ALIVE IN SHAPE AND COLOR

AWRENCE
LOCK

形与色的故事

中信出版集团｜北京

图书在版编目（CIP）数据

形与色的故事 / （美）劳伦斯·布洛克编著；易萃
雯译 . -- 北京：中信出版社，2020.11
书名原文：ALIVE IN SHAPE AND COLOR
ISBN 978-7-5217-1439-5

Ⅰ . ①形… Ⅱ . ①劳… ②易… Ⅲ . ①短篇小说 – 小
说集 – 美国 – 现代 Ⅳ . ① I712.45

中国版本图书馆 CIP 数据核字（2020）第 015428 号

形与色的故事

著　　者：[美]劳伦斯·布洛克
译　　者：易萃雯
出版发行：中信出版集团股份有限公司
　　　　　（北京市朝阳区惠新东街甲 4 号富盛大厦 2 座　邮编　100029）
　　　　　（CITIC Publishing Group）
承 印 者：浙江新华数码印务有限公司

开　　本：155mm×230mm　1/16　　　　印　张：25.5　　　字　数：205 千字
版　　次：2020 年 11 月第 1 版　　　　　印　次：2020 年 11 月第 1 次印刷
京权图字：01-2019-4097　　　　　　　　广告经营许可证：京朝工商广字第 8087 号
书　　号：ISBN 978 – 7 – 5217 – 1439 – 5
定　　价：128 元

版权所有·侵权必究
如有印刷、装订问题，本公司负责调换。
服务热线：400-600-8099
投稿邮箱：author@citicpub.com

目录
Contents

0
一

《办公室女孩》（局部）
拉斐尔·索尔，1936

Office Girls
by Raphael Soyer, 1936

序言：故事开始之前
Foreword: Before We Begin

劳伦斯·布洛克
Lawrence Block

亲爱的读者，以下便是我一开始就写好的前言：

在《光与暗的故事》于 2016 年 12 月出版之前的好几个月，我们就很清楚这本书一定会非常畅销。这本选集所邀来的明星阵容完成了十几篇令人惊艳的短篇小说，而飞马出版社内部昂扬的斗志更是保证了此书出版的质量。

那么接下来的续集，我打算如何安排呢？

我考虑过——但马上又否决掉——要和先前一样，再汇集出一本霍普画作所启发的短篇小说选集。霍普留给世人众多的精神资产，想要再度找到足够的画作来启发作家的灵感，绝非难事。然而在我看来，从那丰富的水源汲取一次成果，已经足矣。

那么于续集之中，是否有可能找到别的艺术家来取代爱德华·霍普呢？

许多名字冒了出来，但我觉得没有一个能够胜任。这其中的每一个画家，我都可以想象出有某一幅画可以启发出一篇故事。比如安德鲁·魏斯、蒙德里安、托马斯·哈特·班顿、杰克森·波拉克、马克·罗斯科——这些大师，不管是写实或者抽象的画家，都有可能启发出一篇引人入胜的故事。但要完成一整本书呢？

我觉得不太可能。

然后有一天，我灵机一动：也许可以汇集众多的画家，来完成单一画家所无法做到的事。十七位作家根据十七幅画作——每一幅都是出自不同的画家——写出十七篇故事。

《形与色的故事》。

对我来说，这个书名要比前一本逊色；我到现在还是这么觉得——这我必须承认。不过这总是个开始吧。

我深深吸了一口气，为自己倒了一杯咖啡，然后便开始草拟信函，邀集作家。

受邀为一本文集贡献己力，应该算是挺风光的，对吧？

嗯，当然是啰。然而我却免不了想到那个不知怎的惹火了当地居民的外地人——部分气不过的居民甚至付诸行动，往那个家伙身上涂了柏油，贴上羽毛[1]，然后将他架在铁杆儿上头，运送出城。

"如果不是因为这样子走挺风光的，"他如此写道，"我其实是希望以比较传统的方式离开啊。"

受邀为一本选集作出贡献所带来的风光，自然是附带了它专属的柏油和羽毛：你得因此写下个什么；而你耗费了时间与心力所得到的金钱回馈，基本上却只具象征性意义而已。对我来说，邀人写个故事分明就是等于索讨人情啊。

当然，有时候受邀的作家是会因此而受益良多。如今回头看看那些我为别人的选集所写的故事，我还真是满怀感激。那当中有好几篇讲的是一个颇为享受杀人乐趣的年轻女子——当时我其

---

1 涂柏油、贴羽毛的惩罚方式在欧洲及其殖民地已行之久远，17 世纪以后，成了暴民执行私刑的方式。——译注（后页注释如无标注均为译注）

实是不情不愿，为了我几个忙于编选文集的友人才写下的；而那之后，我将故事汇集起来，竟也因此出版了一本小说《快乐女杀手》（Getting Off）。此外，一篇多年前我答应为一本侦探故事集所写的东西，再度点燃了我对马修·斯卡德的兴趣（我原本已经决定要放弃他了）——而这个作品《黎明的第一道曙光》，也就是我卖给《花花公子》杂志的第一篇故事，同时也为我赢得了第一个爱伦坡奖，并滋生出《酒店关门之后》，而且还带来了之后的八个短篇，以及另外十二本以斯卡德为主角的小说。

所以呢，我是不会后悔当初接受那些友人的约稿的。然而如今换成我向别人约稿时，我却是戒慎恐惧，因为心知肚明：在某种程度上，这毕竟是对人有所求啊。

以目前这一本来说，至少我知道该从哪里起步。我邀请了《光与暗的故事》中所有的作家。我和他们合作愉快，而且他们的故事都很棒——我希望那当中至少有几位会愿意再度扛起一次任务。

梅根·阿博特无法接续，是因为她目前的工作量已经太大。斯蒂芬·金对霍普的爱将他引进了《光与暗的故事》里头，我还蛮惊讶的——他那篇故事为他赢得了爱伦坡奖的提名；不过这一次，他倒是有办法拒绝了。罗柏特·奥伦·巴特勒很喜欢《形与色的故事》的构想，于是他便选了一个画家以及一幅画，然而当他得知他的出版商已经为他排好了一段漫长的新书宣传旅途之后（这会耗掉他所有的时间），他就只好退出了。

不过其他所有人都点头同意了。

我还真得说，这个结果确实是不可思议。之后，我又发出邀请函给大卫·莫雷尔、托马斯·普拉克、S.J.罗赞以及莎拉·温曼。而他们也都同意了。

《光与暗的故事》中所有的故事都是全新出炉、特意为那本选集所写的，而《形与色的故事》也是出自类似的构想。不过大卫·莫雷尔回信时告诉我,他很喜欢我这个点子,而且他其实三十年前就已把故事写好了。他将《橘色代表焦虑,蓝色代表疯狂》寄给我看,而我也不难看出他的意思何在(同样的,我也不难看出,当初这篇故事发表时,为什么会为他赢得了布莱姆·斯托克奖[2])。

所以,各位当中很可能有几位已经读过了《大卫》这篇小说。不过我想你们应该不会介意再读一遍吧。

而且你还可以把这篇故事当成附送的红利,因为这一回我们可就有了十八篇故事——比《光与暗的故事》还多一篇。当时,我不觉得这会是个问题,而飞马出版社的那些好好先生也一样。

十八篇故事吗?嗯,这会儿恐怕得改成十六篇了。

写作有个特性是:心想不一定事成。准备为一本选集贡献心力的作家,不一定个个都能如愿交稿的。

《光与暗的故事》就曾经碰到这个情况。有个作家选了幅画,答应将会写出一篇对应的故事,然而之后他的生活却是频频发生状况,所以根本不可能如约交稿。等到他通知我们他的故事铁定写不出来时,我们已经取得了他选定的那幅画的转印权——也就是《科德角的清晨》。如果没办法要到故事,至少我们还有那幅画吧,所以我们便将它当成了展示于目录之前的画作了。

而这一回呢,无法如约完稿的则是克雷格·费格森。当初他选的是毕加索的画,却一直无法写出搭配的故事,其后他的行程则是越来越紧凑,再加上天狼星卫星广播又找他要开个新节目,

---

2 布莱姆·斯托克奖(Bram Stoker Awards):世界恐怖小说界的最高奖项,得名于爱尔兰籍英国小说家亚伯拉罕·布莱姆·斯托克,由恐怖小说作家协会(HWA)主持,首届评选举办于 1988 年,获得该奖的代表人物有美国著名作家斯蒂芬·金。——编者注

所以他就只能再三跟我们道歉了。他说，希望我能体谅他。

我完全可以体谅。

因为我发现自己也没办法交稿。

我很早以前就选了一幅画——大约是我草拟邀稿函的时候吧。我的妻子和我到惠特尼美术馆去看一个肖像画展时，拉斐尔·索尔（Raphael Soyer）的一幅油画马上抓住了我的视线。我从来没有看过那幅画，当时的我对那位画家也一无所知；我只是觉得以它为题材来构思一个短篇，效果应该不会亚于霍普的画。

结果我写了大约一千字吧。可是我不太喜欢那个未完稿，也不知道如何收尾才好。

想当初我是在1957年时卖掉了我的第一篇故事，所以算起来，我从事这一行已经有六十年之久了。而最近我开始收到信息说，也许我该收山了。几年前，我觉得自己也许是该准备放弃写小说了——那之后我虽然还是出了一两本书，但我觉得应该不会再有下一本。最近几年，我又写了几个短篇和中篇。或许在我仅存的余年当中，还会再有新的作品出来，但也可能不会有。

而这，也无所谓了。

如果索尔画作的故事，我是答应了别人所编的选集的话，我应该早就跟对方表达了无上的歉意吧。然而由于这是我自己主编的书，打退堂鼓似乎太说不过去，所以我便掐着自己的脖子硬撑了好久。但终究我还是想通了：这本书既然是汇集了众多名家写出来的优秀的故事，那么就算少了我的贡献，应该也无伤大雅吧。

而且也无须因为我无法如愿完稿，就抽掉那幅画啊。就像《科德角的清晨》在《光与暗的故事》的目录之前扮演了令人惊艳的角色，《办公室女孩》应该也可以在《形与色的故事》的起始之处展现它媚人的风姿。此外，就跟先前一样，我也要邀请读者诸君共襄盛举：请各位根据拉斐尔·索尔撩人的画作，写下一篇你自己的故事吧。请尽情发挥自由的想象力——而且，如果你愿意的话，何不写下来呢。

不过请别寄给我。我这就要退场了。

说来事情原本应该就此告一段落了，不过沃伦·摩尔寄来的一封电邮却带来了一点改变（他根据达利画作所写的故事，会是等着你们品尝的一道诱人菜式）。他提醒我说，其实二十年前我所出版的一个短篇应该是完全符合《形与色的故事》的要求的。《寻找大卫》的灵感，是来自我年少时在水牛城的特拉华公园看到的一尊米开朗基罗的大卫雕像的仿制品。我于1995年造访弗洛伦萨时，因为看到这座雕像的原作而引发了我对旧时的回忆。在这篇故事里，马修·斯卡德和他的妻子伊莲来到了弗洛伦萨，他们在偶然的机遇下，碰到了斯卡德处理过的一桩老案子里的主角，这人向他述说了案情中他原先并不知情的关键处，也就是保罗·哈维所谓的"遗漏的真相[3]"——这个故事起始于水牛城，然后在纽约演出，并于意大利的阿尔诺河河畔收尾。

《寻找大卫》确实正合这本选集的需要，然而《形与色的故事》能否再囊括另一篇旧作呢？正反两方的意见我都可以想得出来，所以我便将决定权交给了飞马的克莱本·汉考克，而她则是投了肯定票。所以，《形与色的故事》这下就有了十七篇故事：米开朗基罗的《大卫》加上罗丹的《思想者》，成为雕塑类的代表。

不过我们还是将拉斐尔·索尔的《办公室女孩》保留了下来，作为附赠的开书之作：这幅画虽然没能启发我的灵感，但它有可能启发你啊。

---

3 哈维是美国国家广播公司的主播，他在主持的电视节目《遗漏的真相》中的一贯模式，是先叙述某些鲜为人知的逸闻，然后再交代那当中遗漏的关键作为节目的收尾。

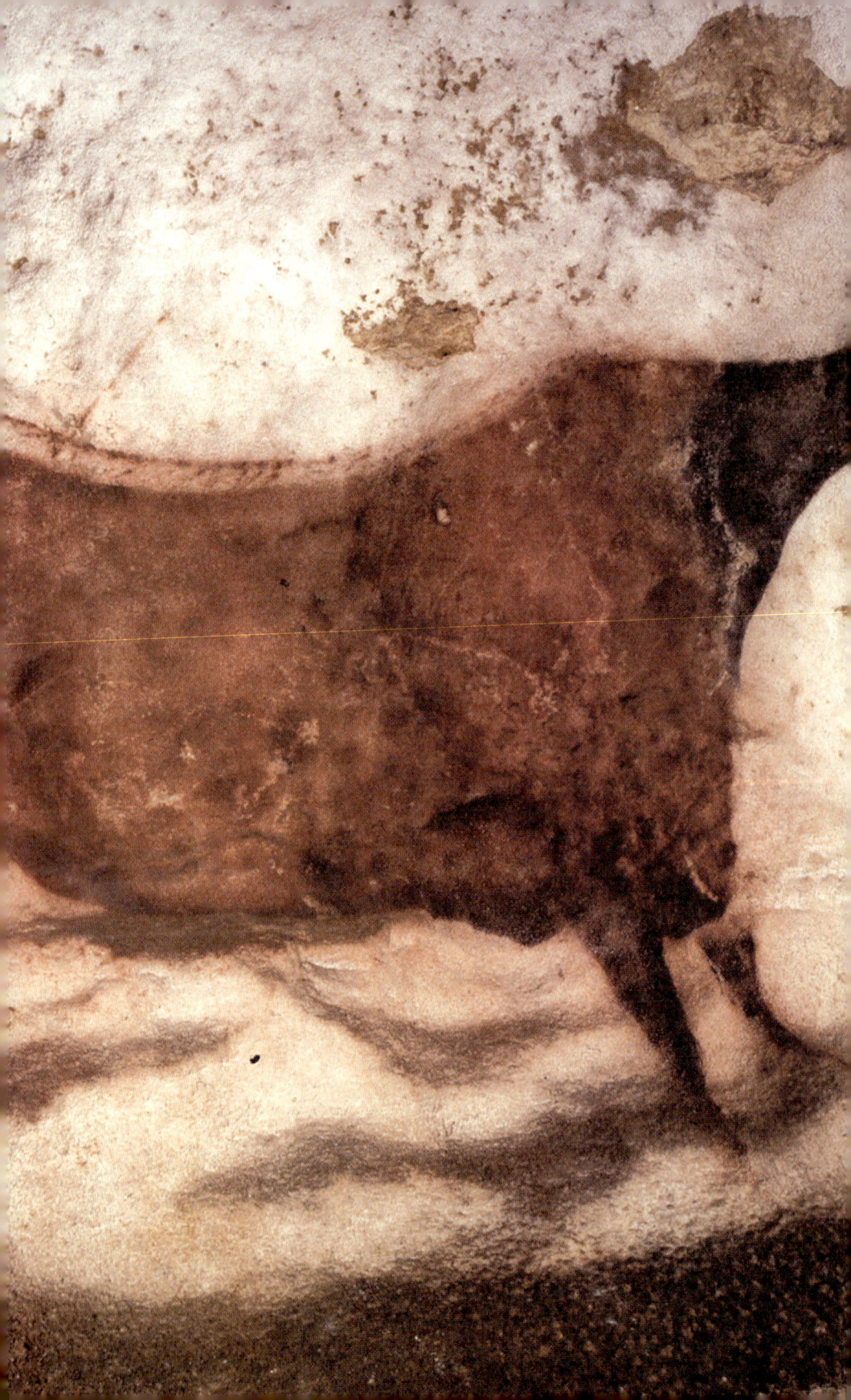

1
一

杰弗里·迪弗
Jeffery Deaver
作者

曾经当过记者、民谣歌手，以及律师。他是国际知名的畅销书作家，作品已被翻译为二十五种语言，在一百五十个国家销售。

迄今他已出版了三十七本小说，三本短篇小说集，以及一本法律书。另外，他也曾为一张西部乡村音乐的唱片作词。获奖无数的迪弗曾以《谎言迷宫》一书荣膺国际惊悚作家协会提名为年度最佳小说。此外，他神探莱姆系列中的《破窗》及《险局》也都曾获此奖项提名。获得爱伦·坡奖的提名次数，更高达七次。

他写的《少女坟场》曾被改编为 HBO 电影，由詹姆斯·嘉纳主演，而他的小说《人骨拼图》则于 1999 年被环球影业翻拍成电影，由丹泽尔·华盛顿饰演瘫痪的警探林肯·莱姆，安吉丽娜·朱莉饰演他的女助手艾米利亚·萨克斯。迪弗的父亲是一位知名画家，他的妹妹茱莉则致力于耕耘青少年小说园地。迪弗多年前曾尝试以手指作画，不幸的是，大师的画作早已杳无踪迹，这是因为当年母亲大人一声令下，他只好将所有的画作都从卧室墙壁刷除掉了。

《拉斯科的洞穴壁画》（局部），距今约两万年

The Cave Paintings of Lascaux, discovered 1940
Mineral pigments on cave walls.
The Axial Gallery in the caves of Lascaux, France.

有意义的发现
A Significant Find

"这是良心的考验啊，不折不扣的考验。我们该怎么办呢？"他将红酒倒入她的杯子里，两人啜起酒来。

他们坐在一间空旷的厅堂里，前方是座古老的石砌壁炉，两人的扶手座椅并不搭。这家客栈也许有两百年的历史了，但显然并非游客们的最爱。至少不是这个季节——清冷的春天。

他又尝了口酒，将目光从酒瓶的标签移上了女人深邃的蓝眼，她正低头看着虫蛀的地板。她的脸和两人初次相遇时一样美丽，只是稍显沧桑了些，毕竟已经过去十年了，而这期间他们又都是在户外不甚友善的环境里度过的，帽子和高系数防晒霜能够提供的保护是有限的。

"我不确定。我也没个头绪呢。"黛拉·凡宁针对她丈夫的问题这样回答道。她将暗金色的头发从眼前拨开。

罗杰比她大了十五岁，外表比她苍老许多，不过他认为（在他心情好的时候），户外生活带来的折损其实让他看起来更有个性：他的脸因而更显粗犷，浓密的短发大半都保留了年轻时的棕，又夹杂着太阳照亮而呈现的金，以及他的年纪所带来的灰。

他伸了个懒腰，觉得骨头咔了一下。忙了一整天，真是累人。"这件事可以从两个角度来看。你知道，大家都说要做正确

　　　　　　　　　　　　　　　　　　形与色的故事

的事，但其实并没有那么简单。"

她顺水推舟道："而且有时候，你还真得选择看起来是错的决定，因为这样对大家会比较有利。"

他问道："你觉得我们是该这么做吗？"

此时，客栈老板把头探进门里，打断了两人的谈话。他笑着用法文问他们还需不需要别的什么。他抬眼瞥了眼时钟：晚上十一点了。

他和黛拉的法文都很溜。他回答说，不用了，谢谢。黛拉补充了一句："Bonne nuit[1]。"

罗杰等老板走了以后，才若有所思地说道："做正确的事。"他摇摇头，又啜了几口杯中的普罗旺斯酒。

是的，这真是个两难的复杂状况。他这一整天几乎都为了这个心神不宁，而且他很确定，黛拉应该也是一样。

然而这个困境的起源却远远不只是一天前的事，而是一万七千年以前了——或多或少。

上星期这对夫妻先是飞往巴黎，然后转乘火车来到了法国这个区域，为的就是要参加一场以拉斯科洞穴壁画为主题的会议。

这些壁画是人类有史以来伟大的考古发现之一：旧石器时代晚期的部落，在洞窟内画了九百幅多彩缤纷的壁画，主题是各样动物，以及人类的手的轮廓，还有一些象征符号。洞窟则是位于法国西南部多尔多涅省的蒙特涅克小镇。

过去几年来，这类的会议已经开过几次，与会来宾包括了像罗杰以及黛拉·凡宁这样的考古学家，还有人类学家、环境科学家，以及法国内政部官员。由于法国政府对洞窟加速剥蚀的状况非常担心，所以目前除了极少数的研究人员以外，洞窟已不再对

---

1 法文：晚安。

外开放了。恶化是湿度、霉菌和细菌造成的，在某些石窟里头，情况甚至严重到壁画都要消蚀不见了。这次会议主要是想找出方案来解决石窟所面临的生态问题，提出有关这些壁画的最新学术性分析，并让每一位与会者都有机会发表论文，提出他们对所谓的"装饰性洞窟"——无论是在此区或者其他地方——所做的最新研究与探讨。

昨天（星期天）是开会的最后一天。午间，黛拉参加了一组研讨会，针对造成石窟局部损坏的新品种霉菌，最近研究出了几种试验性的对策，而罗杰则是参加另一组，某人提出一篇论文，分析洞窟墙上抽象符号所代表的可能意义。

中场休息喝咖啡时，罗杰坐在一个百分之百典型考古学家长相的男人旁边——罗杰在考古学领域里，从来没见过哪个人的相貌和身手是跟印第安纳·琼斯[2]走同一条路线的。这个书呆子瘦巴巴的，头上罩了顶软塌塌的草绿色帽子，鼻子上架着一副厚片眼镜，褐色的西装都起皱了。他的手腕戴了只破旧的天美时手表，庞大的表面已经破损了——是那种 20 世纪 30 年代的考古学家有可能展示的表。

喝着喝着，他们开始自我介绍起来。

"崔佛·霍尔，"他握握手说。

"罗杰·凡宁。"

霍尔一听这名字就扬起眉毛，显然是久仰大名了。他解释说，他读过罗杰和黛拉共同撰写的考古学博客，内容丰富，而且花了很多版面讨论拉斯科洞窟的困境。霍尔夸赞他们耗费心力，点出该洞窟面临的种种问题，并鼓励各界人士捐款相助。霍尔来自西雅图，他走访此地一方面是要参加会议，另一方面就是想花

2　印第安纳·琼斯：《夺宝奇兵》等一系列传奇冒险电影中英勇的男主角，为知名的考古学博士和探险家。

几个星期时间寻找其他尚未被发掘到的装饰性洞窟。这是专业以及业余考古学家都很热衷从事的休闲活动。

他的眼睛带了点迷茫的感伤。"我本以为得了个好线索的，没想到却是白忙一场。我原先真的好兴奋，兴奋过了头。"

在考古领域里，这种事屡见不鲜，就像渔夫谈论起漏网的大鱼一样。

霍尔继续说："我在另一头的山谷徒步时碰到一个农家男孩，他告诉我说，他无意间听到有人谈到一个 Loup³ 附近的小岩洞，说是里头好像有壁画。"

许多装饰性洞窟都是当地人在原野间健行或者骑单车时无意间看到的。传闻说，拉斯科洞窟是 1940 年时，由四名法国学生以及一只叫机器人的狗发现的。

"Loup？"

"没错。那是离这儿大约十五英里的小镇。男孩只知道这一点，但想不起是谁提的。我上星期在那个小镇附近仔细地一亩亩搜过了，什么也没有。"他今天下午就得离开了，寻宝已经结束。"我没那福气可以来个卡特大惊奇，"他挤出一抹酸酸的笑容。"从来没有过，也许这辈子都碰不到了吧。嘻，也罢。"

他指的是霍华·卡特：1922 年在埃及发现法老王图坦卡门古墓的那个考古学家。这应该是考古史上最最有名的发现了。

罗杰从来没听过这种形容法——"卡特大惊奇。"不过他和黛拉当然听得懂其中的意涵：你的发现惊动了全世界，你也因此一步登天，成了举世闻名的探险家。

在这个领域里，对这种惊人的成就也不过就是很低调的称之为"有意义的发现"罢了。

3　法文：Loup 的意思是狼，此处或可译为狼镇，但为顺应故事的发展，保留了原文。

会议继续进行，罗杰回到了他的位子，漫不经心地看着讲者。他心不在焉是因为有个字不断地盘旋在他的脑子里：Loup，Loup，Loup。

黛拉和罗杰·凡宁是经由不同管道来到考古学领域里的。

罗杰这辈子都和考古有着密切的关系。他是一名学者的儿子（老罗杰的专长是中东研究），由于老爸经常得飞往约旦、也门和阿联酋从事考古挖掘的工作，所以小罗杰也就得以跟着父母四处游历。他会走上类似的一条路其实也很自然。只是他长大以后，觉得中东世界的勘探工作太过辛苦，而且往往过于危险，所以宁可选择欧洲这条走起来比较轻松的路。

他在他父亲的母校俄亥俄州中部的葛斯芬纳学院找到了一份教职，而且每年都要花三四个月的时间做田野调查。他的专长是研究法国、德国和意大利的考古遗址。

而他就是十年前在这所学院里遇到了黛拉。当时还很年轻的黛拉，婚姻生活甚为无趣，而她所从事的公关工作也颇无聊，所以她回到了学校，攻读企管。由于一时兴起，她修了一门凡宁教授所开的考古学入门课。黛拉爱上了这个领域，于是便转系换了跑道，然后拿到了这门学科的硕士学位。

毕业以后，她展开新生活：和丈夫离婚，辞掉了办公室的工作。她和罗杰很快就结婚了。两人的蜜月是在帐篷里度过的，地点是法国亚尔露天剧场附近的一个史前遗址。由于经常在外旅行，两人没有小孩，他们将生命完全奉献给了考古。两人出版了许多掷地有声的论文，交出不少漂亮的成绩单，并赢得了学界的注目与赞扬。他们在每一次出席的会议里都很受欢迎，毕竟是举止迷人言谈机智的一对啊，而两人还拥有近乎模特儿般的外表。

然而他们一直都还不曾碰到过"有意义的发现"。

这是两人最大的遗憾，他们的美名仿佛也因此黯然失色。此外，这方面的失败也影响到最基本的经济来源。考古学和医学或者物理、计算机科学不一样的就是，你不能倚仗咨询或者专利权而得到大企业的资助，不过如果你有了重大发现并能引来媒体关注的话，你任教的大学就有可能将你的薪水加倍（因为担心你另觅枝头），而且你的演讲费也会一飞冲天。此外，如果你懂得怎么写作的话（黛拉和罗杰都是个中能手），你就有机会可以出版一本畅销书了。而如果你跟凡宁夫妇一样外貌出众的话，电视访谈节目也会是个可能。

罗杰在会场（一家旅馆）旁的小公园里等着黛拉时，他就一直想着：这会不会正是他们期待已久的大好机会呢？

等她一现身，他便立刻将崔佛·霍尔的话——转述给她听了。

"唔，"她微笑着说，"宝藏呀。他不知道是谁跟那男孩讲到洞窟的事吗？"

"不知道吧。知道的话，他一定会想办法找到那人的。可怜那家伙花了一个星期在田野里卖力搜寻。"

罗杰伸手探入背包，掏出了这个区域的导览书，并翻找到地图。黛拉也凑近来看。他浏览一下之后，找到了 Loup——位于一大片农地中央的小镇。"呐，这儿。"

"以洞窟地质学来看，应该不会在这个地点吧。"她说，眉头皱了起来。

"嗯，说得也是。"

洞窟之所以形成，是因为火山、地震，或者侵蚀活动造成的。侵蚀的原因通常与水有关，而这个区域的洞窟毫无例外，都是侵蚀带来的结果。当然，切过洞窟的河流，应该也是几百万年前就干涸了，但如果石窟够大、适宜人居的话，很可能就是比较靠近水源——只是 Loup 附近其实并没有水源。

罗杰开始往外围的田野搜找，他循着多尔多涅河看过去：这是一条宽广的水道，绵延了好几百英里，很可能是形成其他洞窟的原因，然而几百年来，已不知有多少考古学家沿着这条河的岸边来回搜寻过不知几遍了。罗杰专注在找的是离他们旅馆较近的小支流。

他歪着头，眯起眼睛。"天呐，你看。"他掏出一支自动铅笔，圈出他瞪眼看着的地方。这是一道极小的蓝线，代表小溪——它是从丘陵地流向一条汇入多尔多涅河的小支流。

而这条小溪是有个名称的。

Le Loue。

Loue 在法文里的发音跟 Loup（狼）完全一样。

"农家男孩跟霍尔讲的其实是这条溪啊。他搞错了。"

黛拉说："这溪离我们这里只有差不多十五英里路呢。"

两人你瞪着我，我瞪着你。罗杰说道："明天到乡间晃个一天，你觉得怎么样？"

"我还真想不出更好的点子呢。"

星期一早上，他们从旅馆搭了一辆出租车来到 Loue 溪附近一个小村子里。

他们找到一家破旧但颇古雅的小客栈——蹲踞在一块长着茂盛杂草的空地上，旁边有条小路。店名叫做 L'Écureuil Roux。

意思是红色的松鼠。

听起来比较像是一家英国酒馆，而非法国的乡间旅社。

罗杰想要租个房间，老板支吾了半天像是很为难，虽然显而易见这地方差不多是空无人居。这人说他比较想要现金，还歪了头一副等着收钱的模样；磨蹭好一会儿之后，他才很不甘愿地收下信用卡。两人将行李搬到房间，然后拎着登山背包回到大厅。他们想借两辆自行车骑车到田野间去，罗杰先前看到车库后头高耸的杂草之间停放了好几辆单车。

付了二十欧元租金以后，他和黛拉便往 Loue 溪的方向行去。

小溪缓缓流过一道浅谷：一侧是石崖与青草，另一侧则是花树以及薰衣草。道路偏近石崖，与其平行，他们沿着这条路骑下去，路上一个人影也没有。几辆老旧的雪铁龙和丰田无视路面上的单车客，咻咻驶过。两人每在地表上看到有可能支撑石窟的露出的岩层时，便停下车来，然而每一回都只能找到石灰岩层间的裂隙，窄得不可能跻身而过。

黛拉刹车停了下来，环顾着周遭起伏有致的景色。"太阳马上就要落下了。"

他们离客栈已有几英里路之远，不过罗杰仍然意犹未尽。"再找一处就好，看看那边吧。"他指着一个突出于路面的新月形岩层，就在溪流上方三十英尺处，那上头堆聚了好些岩块、卵石以及砂砾。两人将单车停放在顶端之后，便一起走到岩层的底部。起先罗杰不太乐观，因为这地方离路面以及溪流都很近，如果有洞窟的话，应该老早就被登山客或者船夫发现了吧。不过他马上又发现到，这片岩层的底部杂乱地叠盖了一堆堆树枝和灌木。两人于是戴上皮手套，开始清理起来。

"你瞧！"他说，两眼瞪着清理后露出的坑道：大约三乘四英尺的开口，往岩层内部延伸大约一码。而这内部，却是被一堆砂砾以及灰尘堵住了。罗杰手脚并用清除灰砾，终于打开了一道八英寸长的缝隙。

那后头是一片黑暗，透出了阴湿霉味的空气。

一方洞窟。

"噢，亲爱的！"黛拉也凑过去，尽可能贴近那狭窄的开孔。她将手电筒交给他，他摁亮了，并将光束打入那孔。

"老天爷。真的是呀！"

经由小小开孔处那个角度望去，其实是看不太到洞窟的内部，不过可以确信的是，罗杰的眼睛所对上的正是一幅壁画的局部。他认为是一匹马。

"你来瞧瞧。"

他们换了位置，由她来检视墙面。"噢，罗杰，我真不敢相信！"她往那堆砂砾上方再攀高了些。"没办法再看到更里头了。"她将光束打在那幅画的一小部分上。

两人退出来，研究起那堆堵着洞口的石块和砂砾。他说："要清出通路的话，少说也要一小时。天要暗了，今天也没办法做什么，不如明早再过来吧。"

他伸出手臂抱住她，热情地吻起来。

有意义的发现啊……

终于等到了。

不过，当然，他们还有一件事得要解决。

"这是良心的考验啊，不折不扣的考验。我们该怎么办呢？"

"我不确定。我也没个头绪呢。"黛拉说着。

这会儿是星期一晚上，两人坐在客栈的大厅里，讨论起来。

他伸个懒腰，骨头啪地响了一下。他说："这件事可以从两个角度来看。你知道，大家都说要做正确的事。但其实并没有那么简单。"

"而且有时候，你还真得选择看起来是错的决定呢——因为这样对大家比较有利。"

"你觉得我们是该这样做吗？"

此时客栈老板打断了两人的谈话，露出一脸假笑："你们还需不需要别的什么呢？再来一瓶酒吧？威士忌？还是吃的呢？"

这个狡猾的家伙，满脑子只想再多赚一文钱。

"Non, merci.[4]"

男人不太高兴，而且是等黛拉说了"Bonne nuit."之后，才

4　法文：不了，谢谢。

肯离开。

罗杰等男人走了以后，才若有所思地说道："做正确的事。"

就跟许多两难的局面一样，他们这个良心的考验其实相当简单：到底要不要承认崔佛·霍尔有功呢。

承认这是他的"卡特大惊奇"，这是他有意义的发现。

罗杰想起了这人说他不曾有过任何伟大的发现时，那副阴郁的表情。

从来没有过。也许这辈子都碰不到。嗐，也罢。

然后她的声音柔和了起来。"我们已经一年都没有出版东西了，亲爱的。"

近来他们的事业确实有走下坡的味道。而且到欧洲不管是勘探或开会，他们基本上都得自己支付开销，学校其实只肯负责一小部分旅费而已。而且两人又刚搬到一栋比较大的屋子，房贷成了不小的负担。

如果能发现一个新的装饰性洞窟的话，他们的生活必定会大有改善。

片刻之后，她柔声问道："霍尔其实也不会知道吧？"她摇了摇头。"抱歉，我不该这么说的。"

罗杰耸耸肩，"我跟他做了自我介绍。他会发现的"。

良心的考验很难躲得过的。

两人陷入沉默。声音从四处传过来：楼上咿咿嘎嘎呀的响声，远处一只猫头鹰在叫，壁炉里的火焰啪啪响着。

罗杰解释起他的想法：这是个现实的世界。如果霍尔当初有足够的毅力挺下去的话，也许就能找到洞窟。如果他的脑子再灵光些——跟他和黛拉一样的话——成果就是他的了。

她补充道："而且他其实也没必要跟你透露信息吧。如果他真的那么在乎要居功的话，就应该保持沉默，以后再回来找啊。"

The Cave Paintings of Lascaux

Mineral pigments on cave walls.
The Axial Gallery in the caves of Lascaux, France.

"的确，你说得真是没错。何况如果不是我们坚持下去的话，哪会有什么天杀的发现可言呐。"

然而霍尔的那张脸真是带着迷茫的感伤啊。

到底要不要分他一杯羹呢？

良心的考验……

正如其他所有类似的困境一样，解决的方法其实相当简单且有疗效。

先把罐子踢到远处吧。

"咱们明天早上再做决定好了。"

"这样最好。"她说。

他吻了吻她散发出洗发水香味的秀发，然后两人便爬上嘎吱嘎吱响的楼梯，走进卧房。

罗杰在六点半醒来。现在是星期二早上，他全身都喷发出满满的活力。

他把黛拉叫醒，不过这一回他可没像往常一样，情不自禁地搂着她又亲又摸的。他马上翻身下床淋浴，没有费事刮胡子；而她起床后，也是匆匆淋浴完毕，并换好衣服。他们穿的是牛仔裤、T恤，还有毛衣和外套，因为就算洞窟不深，里头还是有可能很冷的。两人的脚都套上了舒适的登山靴。

罗杰往背包里塞进了折叠式的铲子、手套，还有照相机、手电筒、一本素描簿跟圆珠笔，以及能量棒和几瓶水。

不到十分钟——早餐只喝咖啡——他们便已骑着单车上路了。天空乌云密布。不久之后，两人来到了洞窟。

罗杰隐然觉得会有其他考古学家蜂拥群聚于此，要不就是会看到崔佛·霍尔守在洞口。不过没有，这地方放眼不见人影。

两人将单车停在地表岩层的顶端，并跨过一堆堆散落的石块和砂砾，走到底端。罗杰拿了露营用的铲子，清出不少杂物。终于可以通行了。

他喘个不停，是因为费力劳动且又兴奋的关系。他转身面对妻子，"准备好了吗"？

"上路吧。"

他们费了点劲滑下洞窟的开口处，进到里面。

这洞大约三十英尺长、二十英尺宽、十英尺高。地面跟大部分洞窟一样是石灰岩，上头并没有积聚的死水或者小洼。洞顶完好无损——这是为了安全，两人直觉会做的观察。此处结构毫无问题，两人相当满意。他们转身看着罗杰昨天瞧见局部的那幅壁画。洞里有好几十幅呢。

"噢，老天。"黛拉耳语道。

罗杰简直说不出话来了。

他从来没看过色彩如此明亮、轮廓如此鲜明的洞窟壁画。感觉上，这方空间好像是打从创生以来就给严密地封实了——从来没有侵入任何湿气或者什么气体来污损或者毁掉里头的壁画。

她猛然抓住他的手臂。

这风格显然是旧石器时代的，和拉斯科洞窟的壁画非常类似：形体先是以暗色描出轮廓，然后以红、米黄以及赭石来上色。画中有好些动物，大部分是牛，另外则是几匹马。奇怪的是，这个区域的部落民族虽然是以驯鹿为主食——后人挖掘出来的骨头即是证据——但在壁画上完全找不到这种生物。拉斯科洞窟和此处都是如此。

不过最让人瞠目结舌的倒不是动物本身，而是这墙面正中央处的一系列人像。

罗杰屏住了呼吸。

黛拉惊讶得瞪大眼睛。

在这个区域里，无论是拉斯科或者其他旧石器时代的洞窟，都绝少看到人形，就算偶尔确实出现时，人类也只是个圆圈加上几条线的极简版而已。人类学家认为，这归因于远古的某些禁忌或者原始宗教的禁令：不得描摹人的图像。

然而此处的人形却画得跟动物一样仔细：先是描出轮廓，然后仔细上色。他们应该是演化学里所谓的现代智人，生理结构和现今的人类相似（但和尼安德塔人以及直立猿人已有一段距离——这两个物种是在旧石器时代出现洞窟壁画之前就已经灭绝了的人类祖先）。艺术家（可假设为男性，但不一定）的画风相当原始，但已懂得尝试以透视法来画出立体形象了。画中人呈现出粗略的五官线条，身着宽松的棕色衣服（有可能是动物的皮）。

罗杰耳语道："这有可能是人类有史以来，头一次试图以写实的方法画出人像。"

"搞不好我们是找到了一个前所未见的部落。"

他点点头，"能画出这样的人像，也许就表示他们已经超越至少一种原始禁忌呢。老天在上，咱们这会儿看着的，说不定正是人类进入'行为现代性'的大跃进呢"。

从考古人类学的观点来看，远古时代非人类的物种能够蜕变成现代智人的关键，便是所谓的"行为现代性"：人类从此以后开始能够抽象思考、展现艺术创造力，并懂得前瞻性地规划，也能从事象征性的活动，以语言文字来沟通了。这里的壁画会不会是表明：也许"行为现代性"发生的年代，要比现今学界所认定的还要早呢——至少在某些部落里是如此。

"这就是了。"罗杰说道。他激动得不能自己。

有意义的发现……

这是一直折磨着两人的心事啊。

他俩相互看，然后她点了个头，"还是告诉他吧——那个崔佛·霍尔"。

罗杰笑起来，"嗯，是得告诉他"。

她也咧嘴笑了。

做正确的事。

良心的考验有了完美的结果。

罗杰终于放下了心里的大石头。

无所谓，因为他们绝对是功不可没的——毕竟带头进入这个石窟的是凡宁夫妇啊。他们会和霍尔共享这份荣耀，一起撰写论文，一起出席新闻记者会。他俩的光环是会因此稍稍减弱一些，不过这一来至少可以换得夜里的好觉。

"咱们先拍些照，再回旅馆去。我没有霍尔的电话，不过我知道他是来自西雅图。我们会找到他的。"

"罗杰？麻烦你在这儿打个光好吗。"

他举起手电筒，一片亮光泼洒在斑驳的灰色墙面上。她指着的图像就在正中央——人类和动物画到了一起。她指着一个站在十几只牛旁边的男人。他的脚边粗略地画了只黑猫。旧石器时代晚期，这个区域确实是有狮子和豹以及其他大型的猫科动物。我们现今所知的家猫当时也有，但大半都在北非，欧洲就少见多了。

"天呐，罗杰……你看那些牛！"

他懂她的意思。他细声说道："它们是被畜养的。"

我们现今所知道的畜牧——养殖并宰杀家畜，而非靠着打猎取食——是新石器时代才开始的。几乎所有在拉斯科以及其他洞窟的壁画，描绘的都是被捕猎的动物；但在这幅画里头，动物却是成群圈养起来的。身旁立着一只黑猫的男人像是在照看这些动物的样子。他留了把胡子，头发微秃。

"牧牛人吗？"

"有可能。在那么久远以前就有了畜牧生活，还真不可思议。从没听说过。"

"而且你瞧瞧右手边吧。"罗杰说。

黛拉将手电筒的光束打到牧牛人旁边的图像上头。画面上还是他，不过这一回他是站在一名长发女子的旁边。猫咪就在他俩脚边。

"画的是家居生活。"

"罗杰你看——这些画是一系列的呢。在讲一个故事，就跟漫画一样。"

更多进阶的"行为现代性"的证据——发生在不可思议的远古期。

他们继续往下看。

这第三幅里可以看到前一幅画中的长发女子，不过现在她是站在第三个人身边——一名没留胡子的男子。微秃的大胡子则是独自站在稍远处，猫儿仍然守在他脚边。

罗杰和黛拉继续往右移行，看着这一系列的最后一幅画：微秃男子和他的猫这一回是单独立在一座小丘上头。

"有点怪。"黛拉说道。她皱着眉头凑上前去，伸出手碰了碰。

"亲爱的！"罗杰低声劝阻道。考古遗址里的任何图画，是绝对不能触碰的，因为手指出的油有可能会毁掉脆弱的画作。这是考古学里最基本的常识。

她一脸惊吓，扭头看着她的丈夫，"你说这会是什么颜料"？

"木炭，从动植物提炼出来的色素？"

"都不是，你仔细看看。"

罗杰往前踏步，从背包里掏出一只折叠式放大镜，然后凑近墙面仔细地审视起大胡子以及他所站立的那块土地。他摇摇头，叹了口气，"天杀的"。

"骗局。"她说。

他点点头，"丙烯颜料画的，说不定是去年才上的色"。

"有人正笑得乐不可支呢。"

考古学里所谓的新发现，历年来曾出过不少假造的，比如卡迪夫巨人[5]、密歇根遗迹[6]、辟尔唐人[7]。有的是为了赚钱，有的是为了要提升某个探险家的名望，有些则纯粹就是恶作剧。

"差点被骗了。"罗杰叹了口气。

黛拉摇摇头，笑起来。她仔细看着壁画，"怪了，我们以前还真养过一只黑猫哩"。

"哦？"罗杰心不在焉地说。他正掏出照相机想要拍照。他会把照片寄给崔佛，跟他报告这个最新的转折。

"我的前夫佛瑞德和我养过——就在我重回学校念书的时候。"

"猫吗？它后来呢？"罗杰漫不经心地问。

"离婚以后，归佛瑞德养了。我是无所谓，没跟他争。"

罗杰知道黛拉因为自己和教授有了外遇而觉得很愧疚，她是不可能跟前夫争夺那只猫的。

她的脸整个皱缩起来，"而且你知道吗？你瞧这群牛——"她朝墙面上那群畜养的牛努努嘴："以前佛瑞德和我就是住在一家乳牛场附近。"她的呼吸急促起来，"而且他也是微秃，留了胡子……罗杰，有点诡异呢。"她攥住他的手臂。"崔佛长什么样啊？"

"挺瘦的，五十几岁吧。没留胡子。"不过罗杰马上想到了：刮胡刀。

"秃头吗？"

"戴了帽子。"

5　卡迪夫巨人（Cardiff Giant）：美国历史上最著名的科学骗局之一。1869 年，一些工人在纽约一个井中发现一具身高约三米的男性石化尸体，后证实巨人是伪造的。

6　密歇根遗迹（Michigan Relics）：19 世纪末 20 世纪初被发现，后被认定为是美国历史上最复杂的考古骗局之一。

7　辟尔唐人（Piltdown Man）：1912 年在英国辟尔唐地区发现的头盖骨，当时认为是史前人类化石，1953 年经鉴定为伪造。——编者注

"你从来没见过佛瑞德，不过你看过他的照片。"

"嗯，好像很多年前有看过。"

黛拉问道："他是不是戴了只破旧的手表？"

"没错，天美时表。金色的。"

她猛吸了口气，"表是他父亲的。他从不拿下来！"

所以是她前夫假扮成那个崔佛·霍尔了。罗杰看着壁画：佛瑞德自己，佛瑞德和黛拉，罗杰和黛拉一道时，佛瑞德孤单地立在一旁，"婊子养的！他刻意把我们引到这个洞窟里来，等着我们对外公布好消息以后，全世界都发现这是一场骗局。我俩肯定要被砸鸡蛋了"。

黛拉问道："他难道真以为我们会不经查证，就捧着这个发现公之于世吗？这根本——"话没说完，她倒抽了一口冷气。

此刻她看着的是这一系列的最后一幅画。

佛瑞德站在丘顶上。

那是一座古坟。

"噢，老天。快逃！快啊！"

然而他们还没来得及踏出半步，头顶上便传来轰隆的声音。

不，不……

罗杰一脸惨灰，他知道那是一辆配备了推土机铲具的卡车或者拖拉机，而佛瑞德就坐在驾驶盘后头，将岩层顶部的卵石和砂砾全推到底下。才过几秒，砂石便轰隆隆地倾入坑道，在洞窟里扬起一团团尘灰，将光线阻绝了。

罗杰和黛拉开始呛到无法呼吸了。

短暂的停顿，然后是更多倾盆而入的砂石——佛瑞德倒了车，再一次将车开到洞口边沿，继续将他们活埋于洞窟里。

"不要！佛瑞德！不要！"

不过不管多大声的吼叫，声音都无法穿透石头和沙土。

"电话！"

黛拉叫道。

两人都拿起自己的手机，想打电话求救。然而根本没有信号。

当然没有。佛瑞德全都计划好了。这个想法他应该已经酝酿多年——搞不好打从他得知老婆有外遇以后就开始了。想来他应该是几个月前看了罗杰和黛拉的博客，知道他们即将前往拉斯科开会，于是他便开始策划下一步。他找到最理想的洞窟，开了卡车将石块和砂砾运到该洞上方的小丘。他也研究过原始的壁画，并如法炮制，描摹在这里头。之后他就以崔佛·霍尔的名字报名参加这次会议，并于逮着机会可以和罗杰单独相处时，把隐藏的洞窟当成钓饵引他上钩。

"亲爱的。"她嘶哑、恐慌的声音在这小小的空间里回荡起来。

"没问题的。"他往入口处打了光，"看来大部分都是砂砾。我们可以一路挖到外头的。是要花点时间，不过应该可行。"

两人将手电筒举起来，照亮前方那堆石头。他们先是丢开较大的石块，然后拿起小铲子挖掉砂砾。

他们往前挖了大约两英尺时，罗杰因为缺氧，觉得一阵晕眩。

"我看恐怕……"黛拉开口道。

"没问题的，我们有进展了。"他吸入灰蒙蒙的稀薄空气时，开始呛起来。不够，不够……这就好像口渴的时候，在喝咸水一样，"我们先停一会儿好了。需要休息一下。只要……只要几……秒钟。"

他往后躺到墙边。黛拉丢开手里的石头，爬到他身边，她噗通倒在地上，将头靠在他肩膀上，大口喘着气。

一束手电筒的光暗成了黄，然后熄掉。

没多久后，他感觉到妻子的身体软掉了。

很好，很好，罗杰想着，他的脑子开始昏沉沉了。她是在保存能量。

他说："我们只是休息……一……下……子。"

这话他不是才说过吗？

他想不起来了。

"只要五……分钟。躺一会儿吧。我们差不多算是脱险了。只要……再过……"

他的头往后倒在石块上。

罗杰看着剩下的那支手电筒：光束变成黄色，然后暗成琥珀的颜色，如同埃及帝王谷上逐渐沉落的太阳。霍华·卡特就是在那里发现了图坦卡门的古墓。

只要再过几分钟，我们就可以继续挖了。没问题的，他对黛拉这么说。但也许他什么也没说。

光线已灭，黑暗弥漫了整座洞窟。

迈克尔·康奈利
Michael Connelly

作者

许多作品都是以洛杉矶警局的警探哈瑞尼米斯·鲍许（Hieronymus Bosch, 简称哈瑞·鲍许）为主角。哈瑞警探不只对爱德华·霍普的《夜游者》心有戚戚焉，他和与他同名同姓的15世纪荷兰画家所绘制的三联画[1]《人间乐园》也相当投缘。以下这篇故事便是受到其中的第三幅画的启发而写的。

《人间乐园》（局部）（三联画）
希罗尼穆斯·博斯，1500—1505

The Garden of Earthly Delights (third panel)
by Hieronymous Bosch, ca. 1500–1505
Oil and grisaille on wooden panel, Center panel is 7′2 ½×6′4 ¾ in.
Each wing is 7′2 ½ ×3′2 in.
Museo del Prado, Madrid, Spain.

-----

1 三联画是绘在三片接合起来的木质屏风上的画作。在基督教艺术早期就已经出现，是中世纪祭坛画的常见形式。后来又被文艺复兴画家们采用。用这种形式创作出的作品也易于拆分运输。

第三幅画
The Third Panel

　　警探尼可拉斯·泽林斯基正看着第一具尸体的时候，督察喊着要他到屋外去。他踏步而出，将防毒面具拉到下巴底下。督察代尔·亨利就站在凉棚下头，躲开沙漠里的太阳。他朝地平线打了个手势，泽林斯基这才看到远处有一架黑色直升机越过了灌木林地，在太阳底下俯飞而来。飞机往斜方一偏时，他在机身的侧门上看到了三个白色字母：FBI。直升机绕着屋子转，一副找不到空间降落的样子。但这屋子其实是单独矗立在众多纵横交错的水泥路上——十年前爆发金融危机以后，原本计划好的小区建设全都停下。这里根本就是鸟不拉屎之地——和兰开斯特相隔七英里，而兰开斯特离洛杉矶又有七十英里之远。

　　"我还以为你说了他们是要开车来的。"泽林斯基在嘈杂的直升机声音之下，大声说道。

　　"跟我联络的那个家伙迪克森是这么说的啊。"亨利大声回道，"大概是想到开车过来，来回就要花上大半天吧。"

　　直升机终于找到了个停机的地方，降落下来，旋转翼激起的乱流喷得灰尘四射。

　　"妈的，笨猪，"亨利说，"这人降落到顺风的方向了。"

　　驾驶员关掉涡轮引擎，旋转翼逐渐放慢转速之后，有个男人

　　　　　　　　　　　　　　　　　　　　　　形与色的故事

从机上走下来。这人穿了套西装，戴着飞行员护镜。他一手拿着条白色手帕覆在口鼻上头，好滤掉尘灰。他的另一只手攒着个通常是用来携带蓝图或者艺术品的硬纸筒。他快步走向凉棚。

"典型的 FBI 探员，"亨利说，"竟然穿着西装来到多尸杀人现场哩。"

西装男子走到了凉棚处。他将硬纸筒夹在胳膊底下，以便握手，而另一只手仍然捂住口鼻。

"迪克森探员吗？"亨利问道。

"是的，先生，"迪克森说，"抱歉掀起了这么多灰尘。"

他们握了握手。

"在犯罪现场的顺风处降落的话，就会有这个结果。"亨利说，"我是洛杉矶郡警长办公室的亨利督察，我们通过电话。这位是主掌本案的警探，尼克拉斯·泽林斯基。"

迪克森握握泽林斯基的手。

"你介意吗？"迪克森说。

他指向工作桌上一个摆放着许多口罩的纸盒子。

"请自便，"亨利说，"顺便也换上纸拖鞋和防护衣吧，屋子里到处弥漫着有毒气体。"

"谢谢。"迪克森回答说。

他走到桌子旁边，放下硬纸筒，并戴上了代替手帕的口罩。然后他就脱下外套，穿好白色的防护衣，再套上拖鞋以及乳胶手套。然后他将防护衣的头套拉到了头顶。

"我原以为你是打算开车过来呢。"亨利说。

"没错，不过后来我发现直升机今天正好有空档，"迪克森说，"只是能用的时间不长，今天下午高官巡察的时候会用到。好吧，这会儿咱们就进去瞧瞧吧！"

亨利朝着屋子敞开的门摆摆手。

"尼克，请你带他逛逛。"他说，"我人就在外边。"

第三幅画

迪克森踏过门坎，走进一方小小的玄关——此处前后两面都装有强化门，也就是改装成了捕人的装置。这是大部分制毒场典型的做法。泽林斯基也跟着走进去。

"我猜你跟督察讲电话的时候，他应该把基本的状况都跟你说了吧。"泽林斯基说。

"什么也别猜，探员，"迪克森说，"谁管督察说什么啊，我是宁可从主事人的嘴里听到案情。"

"嗯。这地方是2008年金融危机时盖好的样品屋，不过从那以后这一带就再也没盖什么了，所以这里就成了最最理想的制毒场所。"

"了解。"

"屋里有四名受害者各自倒在不同的地方。三名制毒人，还有一个应该是他们的保安吧。有几件武器，不过他们好像都没机会拿来防身。老实说，我觉得应该是他妈的忍者干的。四个人都是中箭而死——短箭。"

"拉弓射出去的吗？"

"很有可能。"

"动机呢？"

"看起来不像抢劫，因为每个房间里都是一袋袋、一锅锅的毒品，而且全都是摊出来任人拿取的样子。来人只是杀了人就走。另外，有件事我们没写在报告上——也许你会想要知道。"

"电话里你们督察好像提到了，这儿是'圣徒与罪人'的活动基地。"

"没错，兰开斯特和帕门德尔就是他们的地盘，而且他们也是这屋子的屋主，所以应该不是地盘争夺战。"

"好吧，咱们再看下去。"

"请容我先问个问题，FBI怎么一看到我们发出的报告，就急着赶来现场呢？"

"箭，还有弓。这起谋杀有可能跟我们目前在处理的一个案子有关联，等我确定了以后，就会告诉你。"

迪克森穿过了第二道门，然后停下脚步，仔细看着这屋子的厅堂。这个空间的摆设就像一般住家的客厅，放了两张皮沙发、两把软垫椅子，以及一张咖啡桌，而墙上则竖起一面很大的平板电视。咖啡桌上另外放了一台较小的显示器，四个角各架设了一台摄影机——所以从显示器上就可以看到环绕在屋外的灌木林地以及沙漠。

安全显示器正前方的沙发椅上，坐着一名死人，他的身体转向左侧，右手臂则越过他的身体前方，伸向左手边的小桌——那上头搁着一把锯短了的猎枪。他没能拿到手。一只黑色的石墨箭由体后往前刺穿了他的胸膛（正如泽林斯基所说，一箭穿心），戳破了他身上那件印有"圣徒与罪人"机车俱乐部标志的皮背心：画着咧嘴而笑的骷髅头，上头长着魔鬼的角，并顶着个歪了点邪样角度的天使光环。几乎没流什么血，因为那根箭是以极高速穿入体内的，刺入与刺出的伤口都在箭的边缘密合了。

"我们将这人列为受害者一号，"泽林斯基说，"他名叫艾登·凡斯，因贩毒以及暴力行为多次被捕——携带枪械，企图杀人。在加州科拉瑞蹲了五年牢，是典型的机车帮派的打手。不过这会儿看来是对方占了上风。显然他没能在银幕上看到有人侵入，也没听到他们撬锁或者穿过捕人装置。总之发现时已经太迟啦。"

"神鬼不觉。"迪克森说。

"我就说了嘛，是忍者们干的。"

"忍者们？不止一个？"

"你要问我的话，我会说一个人可干不来。"

"四台摄影机——有数字录像吗？"

"没这狗屎运。完全只是现场监看用的而已。我猜他们是不希望留下自己进进出出的影像证据——有可能把他们送进牢里。"

"也是啦。"

他们继续往里头走。屋子里有好几名鉴定人员、摄影师，以及探员在忙着。迪克森放眼看去，到处都贴着黄色的证物标志：地板、家具以及墙面上。这地方是给用来当作冰毒[2]的制毒场所——而冰毒就是"圣徒与罪人"俱乐部最主要的进账来源。泽林斯基解释说，这家俱乐部在洛杉矶东北方的沙漠地带拥有多家制毒场，这里只是其一，而最终的成品则是转运给毒贩。之后，这种恐怖的成瘾药物便会散发到许许多多不幸的受害者手中了。

"所以这里是起点。"迪克森说。

"什么起点？"泽林斯基问。

"人类苦难之路的起点。在这间屋子里制造出来的东西，会摧毁人命。"

"嗯，的确可以这么说。这种地方啊，制造出来的产品总有七八十磅。"

"所以他们是死有余辜啊。"

屋子里有三间卧室，每间卧室都是独立的制毒间，应该是一天二十四小时都在运作，每天分两三班，由几名制毒人和保安轮番上阵。每个制毒间里，都可看到有人利箭穿心，瘫倒在地。每一个都穿着防护衣，戴着口罩，但都没有流血，都是干脆利落的一箭毙命。一路走去，泽林斯基一边跟迪克森说起每一名死者的姓名以及犯罪等级。

迪克森好像并不在乎他们的身份，他只关心他们的死法。他蹲下来，研究起刺入每具尸体的箭，好像想找什么线索。也许是想根据每个箭镞上的记号来确定某种想法吧。

泽林斯基最后才领了迪克森进主卧室，因为这里出现了唯

2　meth：又名穷人的古柯碱。

一一个异常状况，且又可以看到血迹。这一名受害者是侧卧着趴倒的。他防护衣上的袖子给拉了起来，右手从手腕处被人利落地切断了。

"两位，"泽林斯基说，"麻烦让开一下。"

两名鉴识人员马上退后，离开他们原本在取样的墙。一张摆放了冰毒调制锅的折叠桌上的墙面，插了把很可能就是用来切除受害者手腕的长刀——而刀下正是那只断手。手指经人摆弄过。大拇指以及前两根手指都往上伸出，并拢着；无名指和小指则是往下折到掌心。墙面上这只手的外缘，则是以受害者的血画了个圆。

"你可曾见过这种景象呢，迪克森警探？"泽林斯基问道。

迪克森没有回答。他往前倾身，仔细地研究起那只手。血，从墙上滴落到那底下的调制锅上。

"我觉得有点像是幼童军敬礼的手势，"泽林斯基补充了一句，"你知道吗，两根指头竖起来的那个？"

"不对，"迪克森说，"不是那个。"

泽林斯基沉默下来。他等着。迪克森直起身来，转头向他。他抬起手来，做出墙上那只手的形状。

"这是文艺复兴时期的画作和雕刻里常见的神祇手势。"迪克森说。

"真的吗？"泽林斯基说。

"你有没有听过希罗尼穆斯·博斯呢，泽林斯基警探？"

"呃，没有。这是人名吗，还是啥玩意儿？"

"我已经看够了。咱们到外头谈吧。"

他们将凉棚下的工作桌清出空间，然后迪克森便拔出了硬纸筒一端的套盖。他从硬纸筒里抽出卷起来的复制画，将它摊平在桌上，并拿了装着乳胶手套和纸拖鞋的盒子分别压住画作的两端。

"这是跟真迹大小相同的复制画，原作是一组三联画里的第

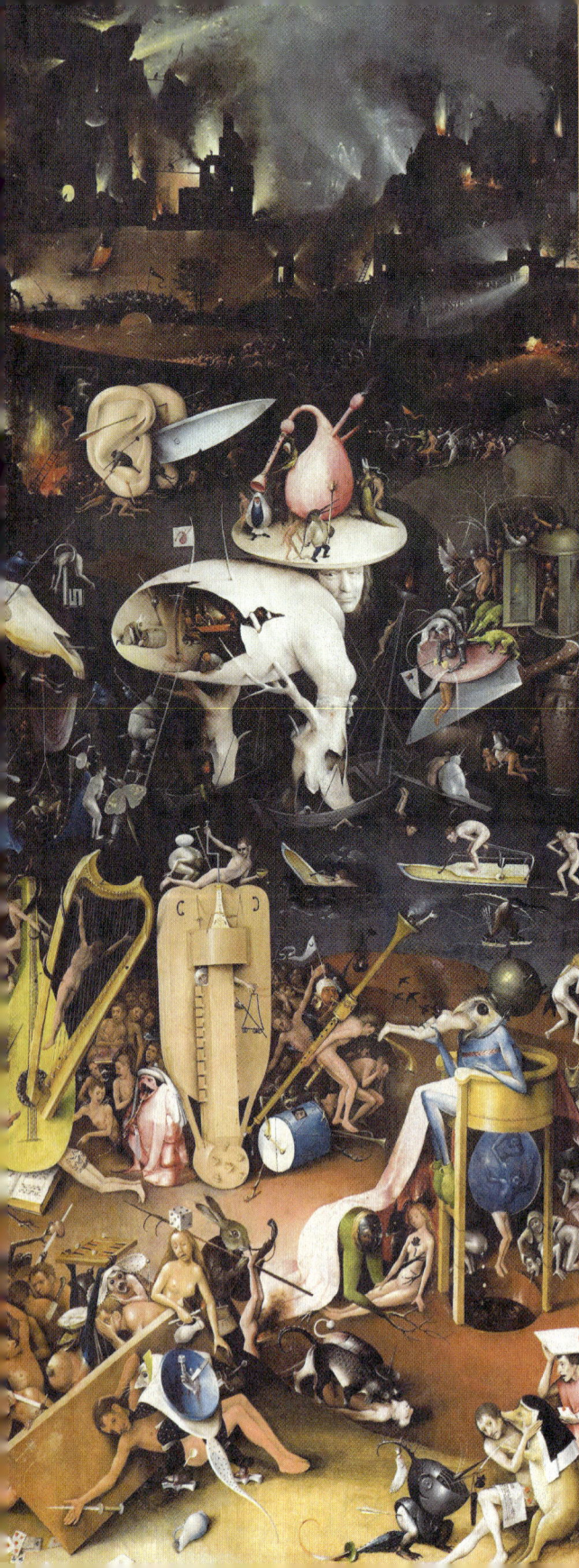

The Garden of Earthly Delights (third panel)

by Hieronymous Bosch, ca. 1500–1505
Oil and grisaille on wooden panel,
Center panel is 7'2½×6'4¾ in.
Each wing is 7'2½×3'2 in.
Museo del Prado, Madrid, Spain.

三幅，就挂在西班牙马德里的普拉多美术馆，"迪克森说，"那是五个世纪以前画的，画家的名字叫做希罗尼穆斯·博斯。"

"好吧。"泽林斯基说。光这么两个字，就听得出他的语气是在说：他知道这个本就颇为诡异的案子，这下子可要变得更诡异了。

"这组三联画是博斯的杰作《人间乐园》。你也许从来没听过这人，不过他可是文艺复兴时期专画人性黑暗面的名家啊。米开朗基罗和达·芬奇在南边的意大利画着大天使和长了翅膀的可爱小天使，而博斯呢，则是在北边的荷兰创作出这么个噩梦样的图像。"

迪克森伸手指向复制画。那上头可以看到残暴的活物以各式各样充满性暗示以及宗教性惩罚的方式，在折磨甚至切割人体。牙齿尖利的动物将裸体的男男女女推进一个暗黑的迷宫，移向地狱喷出的火。

"这你以前看过吗？"迪克森问。

"妈的没有。"泽林斯基说。

"妈的没有。"亨利督察再补一句。这会儿他已经凑到桌边了。

"目前我手边并没有前两幅画——两幅都是颜色明亮，以蓝为主，因为它们的主题是人间事物。第一幅描绘的是亚当和夏娃，还有伊甸园跟苹果啊什么的，也就是《圣经》里的创世故事。第二幅，中间那幅，画的则是后续发生的事。人类开始堕落沉沦，毫无道德与责任感，他们不再敬神了。而这一幅，也就是第三幅，讲的是审判日，还有罪恶的代价所带来的结果。"

"我只能说，这人的脑袋还真是有够扭曲。"亨利说。

迪克森点点头，指向这幅画正中央的一张脸。

"据称这位就是画家自己。"他说。

"好个虔诚的狗杂种啊。"亨利说。

"好吧，"泽林斯基说，"就说这人是满脑子阴暗好了，不过他已经死了五百年，应该不是咱们的嫌犯吧。所以你这是想跟我们说什么呢？难道这画跟我们这案子有什么关联不成？"

"这案子就是在演出第三幅里的暴乱场景。"迪克森说。

"妈的什么跟什么啊？"亨利问道。

迪克森伸出手指，轻轻敲着复制画上的几个影像。

"先从箭谈起吧，"他说，"你们也看到了，这儿画的武器是箭。照理说呢，博斯画作里的箭是象征'信息'。总之，学者们是这么说的。从某甲射向某乙的箭象征的就是某甲在传送信息。画里头说的是这个，而这里也一样。"

迪克森开始用力敲打起画中的某一个点。泽林斯基和亨利便朝着桌面弯下腰来，想看清楚细节。在画作左下角，只见一个男人被一魔物推上了一座墓碑，那魔物的背上扛着个圆形的蓝色盾牌。盾牌上穿刺着一把插入断手的刀——手指的排列方式跟这家制毒场那面墙上展示出来的，还真是一模一样。

"所以结论是什么呢？"泽林斯基问道，"宗教狂吗，宣讲世界末日的疯子不成？我们到底是在找什么人？"

"我们也不清楚，"迪克森顿了一下，然后说，"这是我们十五个月以来看到的第三个类似的场景了。共同点就是，受害者都是人类苦难的制造者。"

他指了指屋子。

"他们在这儿制造冰毒，"他说，"而这，就是通往上瘾以及苦难的路啊。三月间，我们在橘郡一家人口贩子使用的仓库里看到了类似的场景。那儿死了三个人，也有石墨箭。人类苦难的制造者。"

"有人在发出信息。"泽林斯基说。

迪克森点点头。

"橘郡之前的四个月，我们是被引到了圣伯纳迪诺：中国三合会有四名成员惨死于一家面馆的厨房里。他们专事勒索，从中国大陆走私劳工到美国的餐馆当苦工——三合会将他们在故乡的家人当成勒索的人质。三个场景，总共死了十一个人，全都跟这组三联画里的第三幅有关联。画当中有一部分被复制到这三个场景中了。"

"是谁干的？"泽林斯基问，"你们有嫌犯吗？"

"没有特定的嫌犯，"迪克森说，"不过犯案的组织是叫做T3P——第三幅画（The Third Panel）的简称。在一天之内，也许两天，他们就会以某种方式跟你们联络，宣称这是他们干的；而且他们还会宣誓要再次替天行道，因为法律根本不管用了。"

"天呐。"亨利说。

"我们认为，他们应该是两年前在欧洲起家的某个集团的分支。当年是博斯逝世五百周年，而他的作品则是展示在一家荷兰的美术馆，有成千上万的人前去参观，也许那就是整起暴乱的起始点吧。从那时候开始，法国、比利时和英国就开始出现多人死亡的攻击事件，目标全都是人类苦难的制造者。"

"有点像是打击恶棍的恐怖分子。"亨利说。

迪克森点点头。

"下个月初国际警察和苏格兰场将召集一次国际会议，"迪克森说，"细节到时候会通知你们。"

"我搞不懂的是，你们怎么还没把这个消息公之于众呢，"亨利说，"外头肯定有人知道这群人到底是谁吧。"

"开完国际会议后，应该就会公之于世了吧。"迪克森说，"迫于现实不得不这样做。我们原本是希望前两个案子就是全部——也许有机会可以神鬼不觉地查出罪犯身份，逮人结案。"

"目前这个案子绝对得曝光才行，"亨利宣誓道，"我可不想等着他妈的国际警察来宣布。"

"这个决定只怕是超过我的职权范围了，"迪克森说，"我现在只是过来确定事件之间的关联性，而且我得赶紧把直升机开回去了。主掌 FBI 洛杉矶分部办公室的特派员会和警长办公室联络，共同讨论成立项目小组的事宜。"

迪克森转头面向直升机。驾驶舱的窗口有反光，所以无法看到驾驶员。迪克森举起手臂，一根手指在空中转了转。涡轮引擎几乎是马上就发动了，旋转翼片也开始慢慢转起来。迪克森动手剥下防护衣。

"复制画你们想保留吗？"他问，"我们还有其他的。"

"嗯，也好，"泽林斯基说，"我要好好研究一下这个天杀的玩意儿。"

"那就送给你了，"迪克森说，"我只需要这个硬纸筒——我的最后一个了。"

直升机的旋转翼片又开始扬起一片尘灰，眼看着凉棚就要往上飘了。泽林斯基赶紧攥住一根支柱。迪克森穿上他的西装外套，不过口罩还是戴着，以便挡住灰土。他拾掇起空纸筒，再度套上盖子，然后将筒子插进腋下。

"如果有需要的话，你们有我的联络方式，"他说，"再谈了，两位。"

迪克森握了他们的手，然后快步走向直升机，此时涡轮的响声已经盖过其他所有的声音。没多久后他就坐进了驾驶舱，直升机要离地了。飞机升空时，泽林斯基看到 FBI 字样里头的 F 开始剥落了，这是因为旋转翼带出了下行的气流。

机身往左一斜，朝南而去，飞回洛杉矶。

泽林斯基和亨利看着飞机离去：机身是保持在离地表建筑不超过两百英尺的高度稳定行进。直升机飞向地平线的时候，两人才注意到有一辆车正噗噗开了过来，扬起一片尘土。车上头有好几盏灯不停闪烁，而且速度非常快。

"这来的又是何方神圣啊？"亨利问道。

"他们非常匆忙，这是肯定的。"泽林斯基补充说。

这车花了一分钟开到他们旁边。车子抵达时，很明显看得出这是一辆公家车，它就停在并排于制毒场前方马路的其他好几台车旁边。两名穿着西装、戴着太阳眼镜的男子踏步下车，走向凉棚。

他们走近时，掏出了警徽——泽林斯基认出那上头 FBI 的徽记。

"亨利督察吗？"其中一人说道，"我是 FBI 的特派员罗斯·迪克森。我们先前谈过话了对吧？这位是我的搭档柯斯葛罗。"

"你是迪克森啊？"亨利说道。

"没错。"迪克森说。

"可妈的刚才那个又是谁呢？"亨利说。

他指向地平线那头的黑色直升机——这会儿只剩苍蝇样大小，而且是越来越小。

"你这是什么意思，亨利督察？"柯斯葛罗问道。

亨利的手仍然举着，一边指着地平线，一边开始解释起那架直升机，以及先前下机的那个男人。

泽林斯基转身面对工作桌，看着摊放在那上头的复制画。他突然醒悟到：直升机那人在戴上手套以前唯一碰过的东西，就是硬纸筒，但他已经把它带走了。他把压住画纸两端的盒子移开，然后将纸翻了面。那背后印了一个信息。

T3P

我们将继续奋战

苦难的制造者

这是警告

T3P

泽林斯基踏出遮阳的凉棚，瞭望起远方的地平线。他放眼扫过，瞧见了那架黑色的直升机：它飞得很低，已成了沙漠灰色天空里一个遥远的小黑点。只怕联邦航空管理局的雷达也侦测不到讯号了。

没多久后，它便消失了。

每个人都有这潜力，对吧？

毁掉他爱的东西。

劳伦斯·布洛克
Lawrence Block
作者

写过许多小说与短篇故事，另外也写
了六本关于写作的书。多年来，他
总共编辑了十二本选集，最近的一
本是《光与暗的故事》。这是一本因
着爱德华·霍普而起的选集。四十
多年前，布洛克开始撰写马修史卡
德侦探系列，这个和布洛克一起变
老的书中主角，一共发展出了十七
个长篇和十一个短篇作品。

《大卫》（局部）
米开朗基罗·博那罗蒂，1501—1504

David
by Michelangelo Buonarroti, ca. 1501–1504
One single block of marble from the quarries in Carrara in
Tuscany, 5.16 meters tall. The Accademia Gallery, Florence, Italy

寻找大卫
Looking for David

伊莲说："你不工作不行，对吧？"

我看着她。我们身处弗洛伦萨，坐在圣马可广场一张瓷砖面的桌子旁，啜饮的卡布奇诺和格林威治大道上的孔雀酒馆一样棒。这一天阳光普照，但空气有点飕飕凉意，整个城沐浴在十月的天光底下。伊莲穿着卡其裤和定做的猎装，看来如同风情万种的外国特派员，或者间谍吧。我也穿着卡其裤，套了件马球衫，外加她称之为我的老靠山的蓝色运动外套。

我们已在威尼斯待了五天。这是弗洛伦萨五天行程里的第二天，之后我们会到罗马玩六天，然后再搭意航飞回美国。

我说："谅你也猜不出我在想什么。"

"哈，"她说，"明明就给我逮到了。你跟以往一样，正在扫射全场。"

"我可是当了多年的警察呐。"

"是啊，积习难改我了解，不过这种习惯并不坏。我也在纽约街头混出了点名堂，但我可没办法单靠扫描全场便得出你能得到的结论。而且你连想都不用想。你是反射动作。"

"也许吧。不过我可不觉得这叫工作。"

"照说咱们来这儿是要全心享受弗洛伦萨，"她说，"外加叹赏广场雕像的古典美，你却瞪眼在看一个跟我们隔了五张桌子、身穿白麻外套的老皇后[1]，想猜出他有无前科犯过什么案——这还不叫工作吗？"

"我不需要猜，"我说，"我知道他犯了什么案。"

"当真？"

"他名叫何顿·波蓝——"我说，"如果我猜得没错。而且如果我朝他的方向张望多次，那是因为我想确定他就是我想的那个人。打从我们上次碰面以来已经过了二十年。搞不好有二十五年了吧。"我瞟了一眼，瞧见那位白发绅士正在跟服务生讲话。他扬起一道眉毛的模样看起来高傲却又带着歉意——就跟指纹一样验明了正身。"是他没错，"我说，"何顿·波蓝。我很肯定。"

"怎么不过去打招呼？"

"他也许没兴趣。"

"二十五年前你还在当警察。当时是怎么了，你逮捕了他吗？"

"没错。"

"当真？他做了什么呢？艺术品欺诈吗？坐在弗洛伦萨露天的桌子，不这样想也难，不过想来他应该只是个股票炒手吧。"

"换句话说，是个白领人士。"

"花边领吧，瞧他那副打扮。当初他倒是做了什么？"

我一直朝他的方向看，眼神与他交会。我瞧见他露出认出我的神色，看他眉毛上扬的模样就是他错不了。他把椅子往后推开，站了起来。

"他要过来了，"我说，"你可以自己问他。"

"史卡德先生，"他说，"我想说马丁，不过我知道不对。请指教。"

---

1 皇后：意指有女人味的男同性恋。

"我叫马修，波蓝先生。这位是我太太，伊莲。"

"你好福气，"他告诉我，一边握住她伸出的手。"我朝这儿看过来，心想，好个大美女哇！然后我再看一眼，心想，我认得那个家伙啊。不过花了我一分钟才搞清楚——名字冒出来，或者该说你的姓吧。他叫史卡德，可我是怎么知道的呢？当然，记忆全都回来了——只除了你的名字。我知道不是马丁，不过这名字挥之不去，所以马修的名字也进不来。"他叹口气，"记忆啊，是一条滑溜的鱼。想来你或许还没有老到发现这点吧？"

"我的记忆还可以。"

"噢，我的也不错，"他说，"只是捉摸不定，有点任性。有时候啦我觉得。"

在我的邀请之下，他从邻桌拉来了一把椅子。"不过我马上就走，"他说，然后问我们来意大利干吗，在弗洛伦萨会待多久。他住这里，他告诉我们。他已经在此地定居多年。他知道我们的旅馆在亚诺河[2]东岸，直夸它物美价廉。他提到离旅馆不远的一家咖啡屋，说我们应该过去坐坐。

"当然你们其实并不需要照我的推荐找馆子，"他说，"或者米其林的。因为弗洛伦萨到处都是美食。呃，这话倒也不是完全正确啦。如果你们坚持要到高档餐厅，偶尔是会大失所望的。不过如果只是随意就近找家小餐馆的话，保证一定次次满意。"

"我还嫌我们吃得太好了呢。"伊莲说。

"是有危险没错，"他点头称是，"不过弗洛伦萨人倒是都能保持苗条。当初刚来时我确实发了点福。在所难免对吧？每样东西都好吃。不过我还是减掉了增加的体重，然后保持住身材。虽然有时候我会纳闷起自己干吗如此费事。看在老天的分上，我都七十六了。"

"看起来不像。"她告诉他。

2　亚诺河（Arno）：位于意大利中部。

"看起来像我也无所谓。干吗在乎呐，你倒说说看。放眼看去，有谁他妈的在乎我长什么德行啊。所以我又何必在乎呢？"

她说跟自尊有关吧，于是他便沉吟起自尊与虚荣的分际应该如何划分。然后他说他打扰得好像有点太久了，同时起身。"可你们一定要来我家，"他说，"我的别墅虽然算不上富丽堂皇，不过还挺迷人的，我很自豪也颇有想要炫耀的意思呢。两位明天务必来我家吃顿中饭。"

"呃……"

"就这么说定了，"他说，同时递了张名片给我，"出租车司机一定找得到路。不过要先讲定价钱。总是有些存心不良的司机，尽管大半倒是出人意料的老实。就说一点如何？"他往前倾身，手掌贴在桌上。"多年来我常想到你，马修。尤其是搬来这里以后，在离米开朗基罗的大卫只有几码之遥啜饮黑咖啡的时候。那座雕像不是真品，你知道。真品摆在美术馆，不过世风日下，现在连美术馆都不能保证安全了。你知道乌菲兹美术馆几年前被炸了吧？"

"报上读到过。"

"黑手党干的。在家乡，他们是自相残杀。来到这儿，他们是炸掉大师作品。不过话说回来，这里毕竟还是个美妙的文明社会。而且我理当该在这儿度过晚年啊——在靠近大卫的地方。"我开始听不懂了，而且我想他也知道，因为他皱起眉头，颇有几分懊恼的意思。"我讲话漫无边际，"他说，"在这儿什么都不缺，就是少了聊天对象，不过我老觉得我可以找你谈，马修。环境不允许我这么做，当然，多年前错失这个机会我一直觉得遗憾。"他直起身来。"明天，一点钟。我等你们。"

"当然我是巴不得要去，"伊莲说，"我很想看看他家什么样。'虽然算不上富丽堂皇，不过还挺迷人，'我敢说一定挺迷人，一定棒透了。"

"明天你就可以知道答案。"

"不知道啊。他想找你谈，看来他想讲的话题也许容不下第三者。当初你逮捕他为的应该不是艺术品窃案，对吧？"

"不是。"

"他杀了人吗？"

"他的爱人。"

"嗯，每个人都有这潜力，对吧？毁掉他爱的东西，根据那个叫啥名字来着的。"

"奥斯卡·王尔德。"

"多谢了，记忆大师。其实我知道是谁。有时候我说那个叫啥名字来着或者那个姓啥名谁，并不是因为不记得。这叫谈话技巧。"

"噢。"

她朝我探询式地扫了一眼。"案子很特别是吧，"她说，"怎么回事？"

"手法残忍。"我的脑子塞满了谋杀现场的影像，想眨个眼把它甩掉，"干警察那种事看多了，大半都很丑陋，不过那一桩又特别难看。"

"他好像蛮温和的。他犯的命案感觉上应该不太暴力吧。"

"很少有不暴力的命案。"

"呃，没流什么血咯，那就。"

"才怪。"

"嘻，少卖关子啦。他做了什么？"

"他用了把刀。"我说。

"戳他吗？"

"割他，"我说，"他的爱人比他年轻，想来应该挺帅，不过我可没法保证。我当时看到的东西差不多就像感恩节过后的火鸡剩菜。"

"嗯，描述得还挺生动，"她说，"我必须说我看到画面了。"

"除了那两名接获通报的警察以外，我是第一个赶到现场的人。他们还年轻，乜斜着眼摆出一副不屑的酷样。"

"可你已经老得不来那套了。你吐了没？"

"没有，干了几年以后自然习惯。不过我这辈子还没见过那种惨状。"

何顿·波蓝的别墅位于北边城外，虽然并非富丽堂皇，不过魅力十足，是一栋镶嵌在山边的白色泥宅宝石，俯眼可见一大片山谷。他领着我们穿行各个房间，一一回答伊莲有关图画和家私的问题，对她无法留下来吃午餐的解释也点头表示接受。或者仅只是表面如此——她坐上载我们过来的出租车离开时，他露出那么一丝丝受辱的表情。

"我们到露台用餐吧，"他说，"可我是怎么回事哪？我都还没招待你喝酒呢。你想喝什么，马修？吧台各类酒齐备，不过我无法保证保罗可以调出各色各样包君满意的鸡尾酒。"

我说只要汽水就行了。他和他的男仆说了些意大利文，然后估量似的瞟了我一眼，问我午餐要不要搭酒吃。

我说不用。"还好想到要问你，"他说，"我原本打算开瓶酒先让它呼吸一下，不过这会儿还是让它屏着气吧。如果我记得没错，你一向都有喝酒的习惯。"

"没错，那是以前。"

"事发当晚，"他说，"记得你告诉我，我好像该喝一杯。所以我就拿出一瓶酒，然后你便帮我们一人倒了一杯。你可以在值勤的时候喝酒，我记得我好惊讶。"

"规定是不行，"我说，"不过我不一定每次都照规矩来。"

"现在你则是滴酒不沾？"

"没错，不过你还是可以喝酒配菜，无所谓。"

"不过我从来没这习惯，"他说，"当初蹲苦牢的时候是不能，出狱以后则是没了欲望，既不想念酒味也不怀念那种快感。有一阵子偶尔还是会零星喝上一杯，因为我觉得滴酒不沾有失文明作风。然后我才想到我根本无所谓。年纪大了就有这点好处，也许是唯一讲得出口的优点吧。马齿徒增，我们也跟着放下越来越多的包袱，尤其是别人的想法。不过你的过程应该不一样，对吧？你戒酒是因为有必要。"

"对。"

"会想念吗？"

"偶尔。"

"我不会。不过话说回来，我可从来没爱过酒。有段时间我可以蒙上眼睛区分不同酒庄酿的酒，不过讲白了我是从来没把心思摆在那上头，而且饭后喝的白兰地又会让我的胃灼热。现在我用餐都配 Acqua minerale[3]，餐后则喝咖啡。有一家我爱光顾的小店，老板都把它叫做 Acqua miserable[4]。不过他还是高高兴兴地把它卖给我。喝不喝酒他无所谓，而且就算他在乎我也无所谓。"

午餐简单但颇有品位——生菜沙拉、意大利水饺搭配奶油和鼠尾草，外加一片美味的鱼。我们的谈话绕着意大利转，伊莲没有留下来听我很遗憾。他知识广博谈兴高昂——聊到艺术如何渗入弗洛伦萨的平民生活，以及英国上层阶级对这座城市持久不衰的热爱——我听得入迷，不过伊莲会是更投入的听众。

餐后，保罗收拾残局并为我们送上浓缩咖啡。我们陷入沉默，我啜着咖啡抬眼眺望山谷景色，心想这样的美景不知是否有看腻的一天。

"我原以为终有习惯的一天，"他读出了我的心思，说道。"不过我还没有，想来永远不会腻吧。"

"你在这里定居多久了？"

3　法文：矿泉水。

4　法文：悲惨的水。

"大约十五年。出狱以后我一逮着机会就飞来这里。"

"之后就没再回去吗？"

他摇摇头，"当初过来我就是打算久待，所以一到这儿我便想法办妥了居留证。我算是走运，而且有钱什么都容易搞定。不管现在或是以后，我的钱都多得花不完。我过得不错，但花费又不致太高。就算我比一般人虚活些年岁，还是可以不愁吃穿度完余生。"

"这就好办多了。"

"没错，"他同意道，"说来坐牢时虽然没有因此就好过些，但没钱的话我有可能得待在更糟的地方。只是当初他们可也没把我摆进欢乐宫里。"

"想来你是住进了精神疗养院吧。"

"特别为有犯罪倾向的精神病患打造的场所，"他说，一个个字咬得字正腔圆，"听起来挺有学问的，对吧？总之还蛮切合实际状况就是了。我的行为毋庸置疑是犯罪，而且精神完全失常。"

他为自己再倒一杯浓缩咖啡。"我请你来这儿，就是要聊这件事，"他说，"很自私，不过老了就会这样。人会变得自私，或者该说比较不会想把私心藏起来不让自己和别人知道。"他叹口气，"变得比较直接，不过这件事我还真不知道该打哪儿讲起。"

"从你想讲起的地方讲起吧。"我提议道。

"从大卫讲起吧，那就。不过不是雕像，而是活生生的人。"

"也许我的记忆并不如我想的好，"我说，"你的爱人名叫大卫吗？因为我记得明明就是罗柏。罗柏·纳许斯，而且有个中间名，不过也不是大卫吧。"

"是保罗，"他说，"他名叫罗柏·保罗·纳许斯。他要大家叫他小罗。偶尔我是叫他大卫，不过他不爱。只是在我的心目中，他永远都是大卫。"

我没吭声。一只苍蝇在角落嗡嗡飞着，然后停住不动。沉默蔓延开来。

David

by Michelangelo Buonarroti, ca. 1501–1504
One single block of marble from the quarries
in Carrara in Tuscany
5.16 meters tall
The Accademia Gallery
Florence, Italy

然后他开了口。

　　"我在水牛城[5]长大，"他说，"不知道你去过那里没有。很美的城，至少好城区是如此。宽广的街道，两旁种着榆树。不乏美丽的公共建筑与高雅的私宅。当然，后来榆树全都因为病虫害死光了，而达拉威大道的豪宅也已改头换面成了律师事务所和牙医诊所，不过世事本就多变，对吧？我已经认识到这是事实，不过这并不表示我们得喜欢所有的改变。

　　"远在我出生以前，水牛城主办过一次泛美博览会。如果我记得没错，应该是1901年的事，好几栋专为博览会兴建的建筑到今天都还保留着。其中最棒的一栋盖在城里最大的公园旁边，也就是水牛城历史学会的现址，里头藏着不少博物馆级的珍品。

　　"你正在想我说这话是要引到哪儿，对吧？历史学会的正前方有个环状车道，直到现在都还保留着，而在那中间则竖立着一座米开朗基罗的大卫像青铜复制品。想当然是铸造的吧，而且假设只是复制应该错不了。总之，雕像是真人大小。或者该说是跟真品相同大小，因为米开朗基罗的雕像其实比真人要大多了——除非少年大卫的身材和他的对手歌利亚[6]不相上下。

　　"昨天你看到了雕像——虽然，如我所说，那也只是复制品。不知道你仔细欣赏了没有，不过我只想问你，是否知道当初有人询问大师他是如何完成这件杰作时，他怎么回答。那句话绝妙到几乎可以断定只是后人的穿凿附会。

　　"'我看着那块大理石，'据传米开朗基罗是这么说的：'我便把不属于大卫的部分挖掉了。'这话令人叫绝的程度还真可以媲

5　水牛城：又称布法罗（Buffalo），是美国纽约州西部伊利湖东岸的港口城市。
6　歌利亚：巨人歌利亚被少年大卫以石头打死的故事记载于《圣经·旧约·塞缪尔记》。

美年轻的莫扎特当初如何解释音乐创作是全世界最简单的事呢：你只消把脑子里听到的音乐写下来就是了。其实他们就算从来没说过这些话，又有谁在乎呢？如果他们没说过，呃，那也该请他们说的，你说对吧？

“那座雕像陪了我一辈子。我不记得第一次看到它是什么时候，不过想来我头一回造访史学大楼时应该就看到了吧，当时我还很小。我的家位于诺丁罕连栋屋区，走路到史学大楼不消十分钟，所以小时候我去那儿的次数真是多到数不清。打从有记忆以来，我对大卫像就很有感觉。我爱他的立姿、他的神态，还有那种力量和脆弱以及善感和自信的神秘结合。另外，当然，就是大卫的阳刚美，他的性魅力。不过我是后来才意识到那种层面的吸引力，或者该说愿意承认自己意识到了。

“记得十六岁拿到驾照以后，大卫在我们的生命里又有了新的意义。你知道的，环状车道是亟须隐私的年轻情侣心目中的约会圣地。那儿是好地段，气氛宜人如同公园，大大不同于水边几个烂城区的幽会场所。所以啦，‘造访大卫’就成了开车幽会的委婉说法——可我现在一想，幽会这两个字本身不也是委婉的说法吗？

“我十八九岁的时候经常造访大卫。当然，讽刺的是，对我来说，他青春阳刚的体型远比和我约会的年轻女子凹凸有致的身材更具吸引力。依我想来，我是打从出生便有同性恋倾向，不过我没敢让自己知道。起先我是否认这种冲动。之后，等我学会付诸行动时——在馥伦公园，在灰狗车站的男厕——我则转而否认那些关系具有任何意义。我对自己保证，那只是一段过渡期。”

他噘起嘴，摇摇头叹口气：“好长的过渡期啊，”他说，“因为我好像仍在过渡当中。我的否认很有说服力，是因为当时我的生活整体而言还很正常，和其他年轻男子之间的任何举动都只是附属品而已。我上的是好学校，圣诞节和暑假一定回家，而且不管到哪里我都喜欢有女人作陪。

"想当年，做爱这档子事通常都只是点到为止。女孩子真心想要保持处女身，至少技术层面是如此，总要等到结婚当天或者进入现在所谓的找到真命天子的关系时，才会毫无保留。我不记得当时是怎么称呼那种关系的，不过想来应该是比较不累赘的说法吧。

"话说回来，偶尔我们还是会直攻本垒，而碰到那种时候，我也都能达成目标没漏气。我的伴侣没一个有理由抱怨。我办得到的，你知道，而且也能从中得到快乐，虽然刺激的程度远不及与男伴交欢的水平，不过应该可以归于禁果的诱惑吧。那并不一定表示我有哪里不对，那并不表示我的生理状况有任何异常。

"我过着正常的生活，马修。也可以说，我是下定了决心要过正常生活，不过这种事其实跟决心并没有多大关系。我念大四的时候，和一个几乎是认识了一辈子的女孩订婚。双方的父母都是朋友，我们是青梅竹马。我毕业后就跟她结婚了，之后我继续进修。我专攻艺术史，这你也许还记得，而且我也想办法申请到水牛城大学的教职。纽约州立大学水牛城分校，目前是这称呼，不过多年前它还没有变成州立大学的一部分，只是简简单单的水大，大半学生都来自城里以及邻近地区。

"我们先是住在校园附近的一间公寓，不过之后双方家长都出钱帮忙，所以我们就搬进了哈兰街的一栋小房子，和我俩从小长大的家差不多是同等距离。

"而且离大卫雕像也不远。"

他过着正常生活，他解释道。生了两个小孩。迷上高尔夫且加入了乡村俱乐部。他得了些家产，一本他写的教科书的版税进账每年都稳定增长。一年年过去，他也越来越容易相信，自己和男人的关系仅只是个过渡，而且基本上他已经克服了这种障碍。

"我还是有感觉，"他说，"不过付诸行动的需求好像已经过去了。比方说，我有可能被哪个学生的外表吸引，不过我从没有采取行动，或者认真考虑要采取行动。我告诉自己我的爱慕纯属审美心理，是对男性美的自然反应。年少时，我们荷尔蒙旺盛，所以我才会把这个和性欲搅在一起。现在我则清楚认知到，这只是无关性爱的无邪表现而已。"

但这并不表示他已经完全放弃了他的小小冒险。

"我会受邀到某地开会，"他说，"或者担任客座讲师。我会抵达一座我不认识人也没有人认识我的城市。然后我会小酌几杯，我会觉得需要来点刺激。而且我也可以告诉自己，虽然和另一个女人发生关系就是背叛妻子违反誓约，然而和另一个男人来点无邪的运动则无伤大雅。所以我就会到我该去的那种酒吧——永远不难找到，就算在当时那种封闭的年代，就算在乡下小城或者大学城也一样。而且只要到了那种场所，要找对象绝对是轻而易举。"

他沉默一会儿，眼睛望向地平线。

"然后我走进了威斯康星麦迪逊城的一家酒馆，"他说，"而他就在那里。"

"罗柏·保罗·纳许斯。"

"大卫，"他说，"我看到的正是他，我一跨过门槛两眼盯住的便是那少年。我还记得那个神奇的时刻，你知道吗？我现在还是可以很清楚地看到他当时的模样。他穿了件暗色丝质衬衫和棕色长裤以及一双便鞋，没穿袜子——一如当时的流行。他站在吧台旁边，手捧一杯酒，他的体型以及他站着的模样，那神态，那表情——他就是米开朗基罗的大卫。不只如此，他就是我的大卫。他是我的理想，他是我这辈子一直不自觉地在追寻的目标，我用眼睛喝下了他，从此迷失了自己。"

"就这么简单？"我说。

"噢，是的，"他同意道，"就这么简单。"

他沉默下来，我心想不知他是否正在等我追问。应该不是。他好像选择了要暂时留在那段记忆里。

然后他说："一言蔽之，那之前我从来没有掉入爱河。我开始觉得那是一种发狂的状态。那跟深切的关爱不同。关爱对我来说，是很正常甚至高贵的感情。我当然爱我的父母，而且也以不同的方式爱我的妻子。

"我对大卫的感情却属于截然不同的层次。那是一种执着，是完全的投入，是收藏家的热情：我非得拥有这幅画，这座雕像，这张邮票。我非得到它不可，非得完全拥有它。它，而且唯有它，可以让我完整。它能改变我的本质。它能让我的生命展现价值。

"不是性欲的满足，不算是。倒不是说性和那毫无关系。大卫带给我的震撼是前所未有的。但在那同时，我觉得性冲动其实并没有过去的某些经验来得强。我想拥有大卫。如果办得到，如果他完全属于我的话，和他发不发生性关系其实都无所谓了。"

他陷入沉默，而这回我确定他是等着要我追问。我说："然后呢？"

"我放弃了原有的生活，"他说，"会议结束以后，我随便找了个借口在麦迪逊多待了一个星期。然后我就和大卫飞往纽约，在那里买了间公寓——龟湾一栋棕石建筑的顶楼。之后我又飞回水牛城，自己一个人，告诉妻子我要离开她。"

他垂下眼睛。"我不想伤害她，"他说，"不过当然我伤她伤得很惨很深。知道是个男人介入时，她其实不太惊讶，我觉得她并没有。多年来她也看出了一些端倪，已经把这视为必要之恶了吧——是嫁给一个美感强烈的男人的缺憾。

"她以为我还是在意她，但我清楚表明了我要离开她。她从没有伤害过人，可我却带给她极大的痛苦，这点我一辈子永远感到抱憾。对我来说，伤了她比起我入狱服刑的理由，是更大的罪孽。

"不讲了。总之我离开她搬到纽约。水大的终身教职我当然也辞了。学术圈我人脉很广不用说，我虽不是名闻遐迩但也小有名气，所以很有可能在哥大或者纽约大学谋得什么职务。问题是我惹出的丑闻杀伤力太大，再加上我对教书也已经他妈的没什么兴趣了。我只想活下去，好好享受人生。

"我的钱绝对足以办到。我们日子过得很好。太好了，说起来，并非聪明度日，而是挥霍。每晚都吃高档餐厅，好酒搭配美食。歌剧和芭蕾表演的季票。夏天到松树度假村。冬天到巴巴多斯或巴厘岛。搭机到伦敦巴黎以及罗马。不管在纽约或者国外，同行的则是其他富有的皇后。"

"然后呢？"

"日子就这么过下去，"他说，两手交叠在怀里，唇上闪现着些微笑意，"这么过着过着，然后有一天我就拿起一把刀杀了他。那个部分你清楚，马修。你就是从那里切入的。"

"对。"

"不过你不知道原因。"

"嗯，这点一直没公布。或者公布出来但我错失了。"

他摇摇头，"一直没公布。我没提出抗议，而且我当然也没提出解释。不过你猜得出来吗"？

"你杀他的理由吗？我毫无概念。"

"有过多年侦察经验的你多少也该知道人杀人的某些理由吧？何不迁就个老罪人的意思猜猜看呢？跟我证明，我的动机其实并不独特。"

"想得到的理由都太明显了，"我说，"所以应该全不对。我想想看。他打算离开你。他对你不忠。他爱上了别人。"

"他永远不会离开我，"他说，"他热爱我们共同的生活，而且也知道若是跟了别人，他永远别想过得有一半好。他爱上别人的程度永远也不可能多过他爱我。大卫爱他自己。而且他不忠是当然的事，打从开始就这样，而我也从没寄望他改变。"

"你意识到你为他放弃了一切，"我说，"所以心生悔恨。"

"我是放掉了一切，但我了无遗憾。我一直都活在谎言里，丢了又有什么好惋惜的？如果能搭机飞往巴黎度周末的话，有谁会痴想水牛城学院里温吞的愉悦？有些人或许会吧，我不知道，不过我不可能。"

我打算放弃，不过他坚持要我再多想几个可能。结果全都不对。

他说："不猜啦？好，我来说吧。他变了。"

"他变了？"

"当初碰到他时，"他说，"我的大卫是我见过最最美丽的生物，他是我这辈子理想美的绝对化身。他身材修长又有肌肉美，脆弱却又强壮。他是——呃，回到圣马可广场看看那雕像吧。米开朗基罗雕得恰恰好。那就是他的模样。"

"之后怎么了？他老了？"

他的下颚一沉。"人都会老，"他说，"只除了年轻早逝的人。不太公平，不过我们也无能为力。大卫不只是变老。他变俗了。他变得粗壮，他吃太多喝太多熬夜太晚又吸太多毒。他体重增加，变得浮肿，长了双下巴，多了眼袋。他的肌肉在层层肥油底下销蚀了，肉也垮塌掉了。

"不是一夜之间发生的。不过我却有那种感觉，因为在我愿意面对真相以前，那个过程已经进行很久了。最后我不得不面对现实。

"看到他我就受不了。之前，我是没办法把眼光移开；后来，我却发现自己是避开不看。我觉得被出卖了。我爱上了一个希腊神祇，却眼睁睁地看着他变成罗马皇帝。"

"所以你是为这原因杀了他？"

"我并没有打算杀他。"

我看着他。

"噢，也许有吧，说起来。我原先喝了酒，我们两个都喝，之后我们起了口角，我大发脾气。想来我的意识应该还没有模糊到不知道如果动手的话他会死，我应该知道我会杀了他。不过重点不在这里。"

"不在这里？"

"他昏了过去，"他说，"他躺在那里，全身赤裸，如同一大片白得如同大理石的浮肉，酒臭味从他的毛孔一波波散出来。想来我是恨他把自己搞成那副德行吧，而且我知道我也恨自己正是罪魁祸首。于是我决定要改变现况。"

他摇摇头，深深叹了口气。"我走进厨房，"他说，"拿了把刀出来。接着我便想起我在麦迪逊头一晚见到的男孩，然后我又想到米开朗基罗。于是我就想要变成米开朗基罗。"

想必我露出了困惑的表情。他说："你还记得吧？我拿了刀，把不是大卫的部分挖掉了。"

我把这一切转述给伊莲听时，已是几天之后在罗马了。我们坐在西班牙广场附近的一家露天咖啡店。"那么多年来，"我说，"我理所当然地认为他是想要把自己的爱人毁掉。因为切割人体就是这么回事，表达的是破坏的欲望。不过他并不是想要毁掉他，他是想要重塑他的形体。"

"他只是领先了他的时代好几年，"她说，"时下他们把这叫做抽脂，而且索费高昂。我倒是可以告诉你一件事：等我们一回到纽约，我就要从机场直奔健身房，免得我吃下的意大利面全都变成挥之不去的赘肉。我可不想冒险。"

"我看你是没什么好担心的。"

"这倒也是，因为如果你发展出想要雕刻人肉的欲望的话，应该早就发生了。我已经不是多年前你在丹尼男孩的桌子旁看到的那个天真无邪的年轻妓女了——变太多了。"

"没那么多吧，我觉得你一直都很美。"

"你知道吗？我虽然知道你是睁眼说瞎话，不过我却无所谓。"

"我可没撒谎。你现在虽然是大了几岁，看起来也不再那么清纯，不过你倒是比以前还要妩媚。此外，请容我点出一个事实：年岁的增添并未让你枯萎，而你变化无穷的风姿更是让人永不厌倦。"

"你这只老熊怪。莎士比亚的句子吗？"

《安东尼与克丽奥佩托拉》。"

"变化无穷的风姿吗？所以大卫的风姿应该是没那么变化无穷啰。想想还挺恐怖的，他们两个的下场实在有够惨。"

"有些人真是想不开。"

"就这句话。说来这会儿你是打算怎么着？我们可以坐在这儿为那两个男人唉声叹气，感慨他们毁了自己的生命，或者我们可以回到旅馆做点什么礼赞美好的生命。全看你了。"

"好难决定，"我说，"需要马上给你答案吗？"

S.J. 罗赞
S. J. Rozan

作者

曾赢得多项大奖，其中包括爱伦坡推理奖、夏姆斯奖等，并于近年获得了美国推理作家协会（The Private Eye Writers of America）颁给她的终身成就奖。她曾以本名写过三本书，并以山姆·爱柏特的笔名与卡罗斯·度士合写了两本小说。此外，她也写过五十多篇短篇故事，编辑过两本文集。她最新的作品是以山姆·爱柏特为笔名所写的《狼之肤》。

《神奈川冲浪里》（局部）
葛饰北斋，约 1830—1832

Under the Wave off Kanagawa
(Kanagawa oki nami ura), also known as the "Great Wave" by Katsushika Hokusai , 1830–32
Polychrome woodblock print; ink and color on paper, 10 ⅛ ×14¹⁵⁄₁₆ in. (25.7×37.9 cm). H. O. Havemeyer Collection, bequest of Mrs. H. O. Havemeyer, 1929.

巨浪
The Great Wave

　　池水丝一般凉凉的质感滑过她的肩膀、她的乳房、她的臀部。泰伦斯允许她随时都可游泳，而且不限时。泳池就在地下室里她套房的外头。他要求她裸泳——就跟她当初一开始时一样，那时她是自愿来到这里的，而每回游泳时那种水流滑顺冲洗的舒服感，总让她兴奋不已，且激起了她的性欲，满心渴望要他。如今性欲、渴望，以及愉悦的感觉当然都已不再；不过这种池水流过身体、包围住她所带给她的安全感——虽然短暂——还是让她满怀感激。

　　她吸了一口气，跳下水。有力的踢腿以及强力的手划动作，推动着她穿行在这地下的水世界。虽然每次只要她的手指摸到了池水终止处的硬滑墙面时，她的心就会猛然下沉，不过只要她蹬腿一踢然后转身，她就又是独自一人，而且几乎可以说是自由的。泰伦斯没办法游泳。她的生活、她的身体、她目前的居处，他都会一直继续不断地侵犯下去；不过只要到了水里，她就可以躲开他。她知道此刻他就坐在他那张藤椅上，身体前倾盯着她，所以只要她重新浮出水面打算改变方向游下一轮时，她就会改由另一边来换气。在泳池里的这整段时间里，她都可以不用看到他。

　　她尽可能地游很久。他从来不会催促她。有些日子里，她觉得自己应该可以永远待在水里，游到夜幕落下，然后白日来临，然后是晚上，直到他累了乏了然后走掉，直到他慢慢地在那张椅子上腐化，直到她那间豪华的牢房的墙壁颓然倾塌，然后她便可以踏出水面，走入阳光底下。

为了让这荒谬的美梦成真，她有时候会游上好几个钟头。不过到后来，她的手臂会开始发抖，她的呼吸会变得吃力，而到了最后她也只好浮出水面。泰伦斯总是耐心地等在那里，他会将她裹在她那件超大又厚的袍子里，而她则会环抱起两臂，一边走着，一边紧紧抓住袍子给她的温暖。他觉得她的这个动作好有魅力，他会夸赞起她娇柔轻盈的体态——他是绝不吝于恭维的——然后领着她走到那间地底下的宽敞空间里。过去这两年、三个月，以及十一天的日子里，她已把这里当成自己的家。

不，应该是说，他已经把这里当成了她的家。

接着她会躺上那丝质的床单。他会俯下身来，轻柔地吻着她。她知道要怎么做：她头一次来到这里时，他俩所做过的，那时他压上来的力量好刺激，那时危险与诱惑，恐惧与爱欲，是合而为一的。

砂川谈起海时，也是一样的说法。就算我可以置身他处，我也不会愿意，他这么告诉她。不过我一直都很怕置身此处。

总之游完泳之后，她就跟泰伦斯做爱——以他所想要的任何方式，而且不限时。

起初，她拒绝了。噢不对，起初，当他将房门锁上，告诉她不许离开的时候，一道狂喜的电流穿过了她的身体。一个新的游戏，想象中的赌注要比他们先前玩过的都要来得高。他提出要求的当晚，两人才刚做完爱。她本以为两人都已筋疲力尽，然而当他转上锁，回来坐在床边而且开始轻柔地、小心翼翼地解释说，他永远也没办法放她走，所以她非留下来不可时，她可以感觉到自己的身体发烫，她的皮肤开始刺痒起来。于是她扮演了她的角色，他则扮演了他的。当晚，她达到了此生从未体验过的高潮。

　　然而等到两人真是筋疲力尽的时候，他却给了她一个美丽且悲伤的微笑，然后便走出去，把门锁上。

　　有整整一天，她都还以为这只是游戏的一部分。玩得太过火了，她说。放我出去。我还有事要做。我会错过我的班机！

　　没错，他说，你是会错过你的班机。

　　这已经不好玩了。

　　好玩？

　　放我出去。

　　我没办法失去你。

　　你是当真了。

　　当然。

　　我也是。放我出去。

　　没有回应。

　　我会回来的。这你也知道。

　　你就要离开了。

　　只走三个月！去京都，去做研究！你可以去那儿找我。要不干脆跟我一起走好了。这我们也讨论过啊。

　　你打算离开我了。

　　没有！在那一瞬间，其实她也不确定她所谓的"没有"是什么意思。

　　这间套房他是花了心思布置过的。从他的藏品中挑选出来的雕像、版画，还有滚动条画，这些都是珍贵的艺术品：一座他知道她很喜欢的青铜菩萨雕像、几个伊万里古董盘，以及一张套色完美的葛饰北斋的版画《神奈川冲浪里》。他将它们摆在她的套房里，让她可借以做研究，做冥想。北斋对东西方艺术的诸多影响以及他悲剧的一生，会是她博士论文的主题。泰伦斯知道这点，所以他就贴心地为她带来了她的书、美术馆的目录、艺术光盘片。而且只要他觉得时候已到，或者她提出要求的话，他就会带来新的，替换旧的，为的是要提供她多元的视角，让房间有点变化。这两年来，她的牢房已搬进搬出不知多少艺术品，不过沉重的菩萨像以及北斋的作品倒是一直都在。她不能没有它们。她借由菩萨像学到了耐心以及静心。有过两三次，她平心静气等了好几个星期的时间，才又再次跟泰伦斯理性沟通，她慈眉善目不带火气地解释说，她好爱他，她说她绝对会一次又一次地回来，他永远不会失去她，然而目前这样子的生活她真的是过不下去。他从来就没有相信过她，而时至今日，他这个想法当然是对的了。

而他将艺术品摆在她的房里，也是对的。如果没有它们，她很可能会疯掉。只要他一离开，她就会挑出一件作品，专心聚焦其上，寻求它的教导，并借此对抗内心的恐慌、无助，与恐惧。有些日子里她会聚焦于颜色，有些时候是形状，有时候则是线条，甚或只是一平方英寸的范围。她就跟过去她身为前途被看好的硕士生一样，做起了研究——那时的泰伦斯是她的情人，也是她有钱的赞助者。

在这所有的艺术品当中，《神奈川冲浪里》是她最常复习的作品。

海面上那滑落而下的蓝白色条纹状波涛，还有点状的白色泡沫，以及如同弹指的浪花；远处的富士山景，看起来祥和安宁；而巨浪本身如同高塔翻身的线条，看起来好像是完全无从走避。这是个出人意表，猛冲上来的"疯狗浪"，它在一个风和日丽的日子里，从子虚乌有处突然现身，将几艘没有遮篷的小船冲得就要倾覆了。

船上的男人：长野、广濑、木村、池田、平原、大关……她知道每一个人的名字，是前头那艘船的船长砂川跟她讲的。她住在这里两年以来，已经得知他们是谁，也听到了他们部分的人生

Under the Wave off Kanagawa

Katsushika Hokusai , 1830–1832
Polychrome woodblock print;
ink and color on paper,
10⅛×14¹⁵⁄₁₆ in. (25.7×37.9 cm).
H. O. Havemeyer Collection,
bequest of Mrs. H. O. Havemeyer, 1929.

故事。就连砂川船上的人，那几个较小的浪头所遮蔽的人，她也认识了。她知道他们来自哪里，还有他们内心的恐惧以及力量，虽然砂川不肯谈及他们或者她目前的状况，但她心里明白，他们是迫切想要从巨浪底下生还，回到家乡。

他们都是带着同样绝望的心情：她身陷于豪华的地下室牢房，可享受所有的乐趣却没有自由；而在那狂野的汪洋上头，男人们又冷又湿，而且没有任何可供攀附之物。

砂川是在她头一回想要逃走之后，才告诉了她大家的名字，还有他们的故事。

她被关在这里的前几个月里，在她跟泰伦斯谈过之后，在他每回都悲伤地微笑并摇摇头之后，在她终于对自己承认，她不可能说服得了他以后，她突然灵机一动；而且这点子真的是简单到她很惭愧自己先前怎么从没想到过。有一天，她游完泳之后，就在他拉开了她的袍子时，她猛地一把抓住他的手臂，拉啊拖地将他丢进了水池。他疯狂地大吼着拼命踢水时，湿淋淋的她便裸着身，往楼梯冲过去。

顶上的门是锁着的。钥匙，钥匙在哪儿？在泰伦斯穿着的袍子里吗？她猛一转身，回头看向泳池，只见泰伦斯就在那里，呼吸困难脸色死白，他正死命要把自己拖出水里。

他把艺术品拿走了，还有她所有的衣服。她的房里只剩下白色的墙，以及白色床单。她没办法把灯关掉。偶尔，他会捧着以塑料碗盛装的米饭进来，并附上塑料汤匙。他没讲话。

最后他终于将一小幅滚动条画归回原处，将它挂在钉子上。她无限的感激之情把她自己都吓坏了。

她已学到了教训，于是东西便又陆续回到了原先的地方。他将《神奈川冲浪里》重新挂上墙面——这是他慢慢恢复她牢房原状所带来的最后一件艺术品。他离开之后，她立刻坐在画前，而砂川则是头一次出了声，开始跟她谈起他对海的热爱与恐惧。

她很高兴终于听到一个不是泰伦斯发出来的人声，她问砂川他叫什么名字，问他关于其他人的事，还有疯狗浪，问他，他们以前是否也有过这样的经历。他拒绝谈到巨浪的事，而她如今的牢狱生活也是他避谈的话题。不过好几个星期以后，砂川倒是跟她谈起了他的妻子和成年儿子，也讲到他们的渔船和各自的家人。他谈到长野有三个年轻的女儿，而广濑自从妻子过世以后，就更是独来独往了。他也谈到富士山的侧峰秋天时现出华美的颜色，他们从村子里就可以看到，而大浪打来时，他们则是在回家的路上。她跟砂川谈到海洋美丽的蓝，以及泡沫光辉的白，还有清澈的黄色天空，然后她才领悟到，她唯一的机会就是得跟大浪扑上船只一样，扑上泰伦斯才行。

她因游泳而强壮起来。青铜菩萨像是她头一个想到的武器。她举起它，试了试重量，雕像虽然不大，但很坚实，只是实在太重了。她是拿得起来，可是要举起它甩出去只怕不太可能，她无法把它当成伤害或者谋杀的工具。她审视般地看着牢里其他艺术品，开始想象起每样东西的可用性，最后她才想到，唯一的可能就是框在玻璃里的《神奈川冲浪里》。

她不知想象了多少次那个过程。她要在泰伦斯开锁进来时（也许是要带她游泳去吧），将版画捧在手里。等他看清了她是攥着什么要朝他甩时，他肯定会惊得愣住。她可以趁这当口将版画摔上他的脸，并在玻璃破掉时，顺道拿起碎片攻击他。之后她便可以从他口袋里取走钥匙，走向自由。

抱歉，她对砂川说道。请你代我向长野、广濑，还有木村道歉。因为她采取行动时，版画肯定会被破坏掉。还有其他的复制品，她告诉砂川。我所看到过的那些都没有这件来得完美，不过确实还有很多——在外面那个世界里。

他没有回答。

事实上，打从她决定了要牺牲版画以重获自由的那天起，砂川就没再讲话了。

她在脑子里将过程排练了好几遍，也排练了一连串的动作。她将《神奈川冲浪里》从墙上拿下来，抱住了，然后甩了甩。她再次将它挂起来，研究着画，慢慢等着。

而在她决定要动手的那天来到时，她攥住版画，站着倾听开锁的喀响。

门打开了，但——

她下不了手。

完美下滑的蓝，无瑕的白，远方的富士山，还有船上的男人，浪里的船。她抓着版画，无法举起来将它甩过去。她无法以它为工具打死他。

泰伦斯看着她，一脸迷惑。

这上头有个裂痕，她说。这里的玻璃。

我什么也没看到啊。

我有时候会盯着它看好几个钟头。我知道这上头的每一粒原子。玻璃裂开了。如果裂痕变大的话，有可能会伤到版画。拜托，把它拿去重新裱框吧。

他没看到裂痕；上头没有裂痕。不过他只是笑一笑说道，好的，没问题。

而现在，她已一无所有。

下一回他进门要带她去游泳的时候，她已经准备好了。她裹在她厚暖的袍子里，坐着盯看原先挂着《神奈川冲浪里》的墙面。她站起来，但动作不快，免得他起疑。她环抱着自己的两臂，一边走着一边问起泰伦斯版画的事，她问他裱框师进行得如何，画作什么时候可以送回来。他告诉她说很快就会好的。看来他是完全没有感觉到异样，两人沿着牢房外头的长廊走到底端的泳池时，一切平静无波。

她开始冲刺了。她没有停脚将袍子脱下，就直接跳进那迎向她的冷寒。泰伦斯的叫声在她身后发出回响，不过马上就听不见了，因为池水已经将她和菩萨像都覆住了。她先前是从白色的丝质床单撕下一片片布条将雕像绑到腰上，并将雕像拿袍子优雅地缠裹起来环抱在胸前。菩萨像拖住她，将她往下拉。如果她费力反抗的话，这尊美丽的青铜像其实并没有足够的重量可以压住她，不过她没有反抗。她顺着拉力往下沉，并吞下大口大口的水，让自己更重。她压住体内的恐慌，压住身体急切需要呼吸的感觉，不过她的心里是在笑的：她一向都是靠着呼吸法来镇住恐慌。

经由摆荡着的波纹水面，她可以看到泰伦斯在水池的边缘又吼又叫，两手拼命挥舞。她听不到他的声音。

当黑暗穿浸了她脑子的边缘时，她确实是听到了声音，最后的声音：是砂川。

我们结果没有回到家，他告诉她。

一个都没有吗？长野没回到他的孩子那儿？广濑，没有回到他的树那儿吗？还有木村跟平原呢？

我们都没有生还。

没有，她说，这回她是真真切切地了解到她说"没有"的意思了。不，我们没有。

大家比较关心的是
雕像如何「回应」它自身的历史。

5

克里斯汀·凯瑟琳·鲁施
Kristine Kathryn Rusch

作者

纽约时报畅销书作家。她写作的文
类范围很广，而且几乎每种文类都
曾登上畅销书榜单。她习惯于混合
不同的文类写作，这个特点尤其可
见于她的科幻小说——她的"奇幻
侦探"系列，是以月球为背景写的
悬疑故事。另外，她也以克莉丝·内
斯考特的笔名写作背景设定于 20 世
纪 60 年代的推理故事。

《思想者》(局部)
奥古斯特·罗丹，1880– 1881

The Thinker
by Auguste Rodin, 1880–1881
Bronze; overall: 72×38 $^{11}/_{16}$ ×55 $^{15}/_{16}$ in. (182.9×98.4×142.2 cm.)
The Cleveland Museum of Art, gift of Ralph King 1917.42.

思想者
Thinkers

1970

里欧温热的血沾附在她冰冷的双手上，在这寒凉的夜风中冒出水汽来。就像纸杯里的热咖啡。

莉萨压下想要叽咕笑的欲望，因为她知道笑声听上去一定会是歇斯底里。她一手搭上里欧的脸。他正斜靠着环绕在喷水池四围空荡荡的大理石外池上，两腿外张，头倒向瓦德潟湖的方向。

欧文只是愣眼盯着他，而海伦——天知道海伦跑哪儿去了，因为莉萨可不知道。她的耳朵仍因方才的大爆炸而嗡嗡响着，爆炸声远比她预期的要大多了。

寒冷的夜晚，且又干燥，这两个特质碰在一起，音量自然会放大许多。意思也就是说，很快就会有人过来调查原因了。

莉萨越过他的肩膀看着喷水池上的雕像，她看到满月的光芒在露天戏台的冰雪上打出反光。克利夫兰美术馆是这景象的背景：庞大的立方形，官模官样，像是哪个政府机关。有个男人的身体缩在台阶近旁，脸朝下趴在大理石砖上头。

然后她才想到，那根本不是一个男人。那是雕像，因爆炸而倒下来，受到损害，但并未全毁。

　　　　　　　　　　　　　　　　　　形与色的故事

天呐，她想着搞不好是毁掉了，因为碎片在她身边纷飞击中了许多东西。

击中了里欧。欧文的身体晃来晃去，嘴巴蠕动着。他该不会也被打中了吧？他连看都没看她一眼。

她伸出手来，堵住里欧一侧的一个伤口。他的脸在滴血，而在银色的月光底下，她实在看不出来他半闭着眼是因为他已失去了意识，还是因为眼睛受了伤。

"我们得把他带出这里。"她对欧文说。她的声音听来冷硬、平板，像是来自远方。她的耳朵像是给塞住了，她的脸好痛，也许是因天冷或者受惊，或者别的什么原因吧。

欧文连看都没在看她。也许他也听不到她吧。

她伸出滴血的手抓住他。"欧文！"她大声叫道，然后才想到，这样做很笨。

很快就会有人跑来的。搞不好已有人报了警。

而如果他们听到她的吼声的话，他们就知道了一个人名。

不过美术馆附近其实没有民房（就她所知），而且凯斯西方大学的学生都住在好几条街以外。学生是不会听到爆炸声就赶来的，对吧？他们会以为是事前规划好的活动。

但愿如此。欧文眨了眨眼，他的眼睛聚焦在她身上。她猛戳根指头，指向里欧，然后小心翼翼地无声说道：我们得走。

欧文点点头。她想得没错：他听不到。

他伸出手夹在里欧的腋下，轻松将他抬起。

"海伦在哪儿？"欧文问道。

莉萨耸耸肩，抬起手摆出我不知道的手势。她伸手要碰里欧，想止住他一侧的血，不过那一侧这会儿是紧紧压在欧文身上。

莉萨朝着东边的卡车摆摆手，那是在大学附近的后街。当初选在那儿停车原以为是个好主意。

现在看来，却觉得好蠢。

她完全没有预料到雕像的碎片会四处飞舞。或者也许该说，她是预料到了，但没想到竟是打到他们身上。里欧原先说，爆炸当时他们应该已经开车走了。他说他们会躲在卡车里头，可以看到爆炸的经过，但又不至于太过靠近。

莉萨特别问到这点，是因为炸弹爆炸时，她可不想受到波及。这是她最害怕的噩梦——或者该说第二糟的吧。最糟的状况应该就是她碎成一片片飞舞在雕像旁边，就跟黛安娜在纽约时一样，她是因为大拇指的碎片被认出身份的。

她的大拇指。

莉萨摇摇头，发现自己有点头晕。她应该也是处于惊吓状态吧。无法清楚思考。

不过至少她还没有糊涂到大声叫着要找海伦。先前看着海伦时，她是拿着一支记号笔咧嘴笑说："呐，好了。"而里欧则是在说："快，咱们得走了。"海伦张嘴大笑，她惯常发出的颤音在清冷的空气里听来好大声。

但现在海伦失踪了，而欧文则是拖着沉重的步伐走在路上，他的腿在他的屁股下头甩来甩去，就跟战争大烂片里的士兵一样。莉萨再度摇了摇头。整个晚上，她的脑袋里满是电影以及电视上的相关画面。她难道是影视中毒了吗？她参与引爆行动是源自影像画面吗？难道所有那些评论家其实还真说对了吗？她这个世代的年轻人果真是因为看多了影视暴力而麻木不仁了吗？或者他们确实是因为国家发动战争而被激怒了，而被激起灵感？

而且老天啊，她还真是得继续走下去才行。她得找到海伦。

莉萨低头看着喷水池底座上的白雪。原先里欧躺着的地方，在雪里形成了一个洞。一个由他身体模塑出来的洞，而且因他流出来的热血而逐渐融化掉了。

如果不够谨慎的话，他们恐怕会留下警察可以轻易追查的轨迹。她得加紧脚步。

她的手又开始冷起来，而且变得好黏。鲜血，凝结。里欧的血。她没戴手套——她的手指需要活动空间，她本以为。

她弯下腰抓起一把脏雪，拿它来抹掉手上的血，希望抹得干净。

然后她便走向美术馆。她很担心自己会看到海伦倒在地上，就跟那座雕像一样倾倒在石块上头，毁了。

2015

上班的头一天，爱瑞卡停步于平台上，站在罗丹的《思想者》雕像旁边。她瞪眼看着雕像被毁了的双腿。她的手指沿着断裂的边缘抚摸而去，就像前三次一样：头一回是她考虑要在克利夫兰美术馆实习，第二回是在申请期限的前一天，而第三回则是她走进美术馆参加面试的时候。

每一回，雕像都攫住她的视线，让她犹豫不前。雕像让她想起大一时，她修的写实素描课有一回来了一名兽医。画裸像原本就搞得她心神不宁，而这个人的出现更是让她不自在。他坐着一辆老旧破烂的轮椅把自己推了进来，然后便停在讲台下面，而台上则是一名躺在沙发上的裸体男子。

裸男年约三十，全身精赤英挺健美，他的私处毫无遮盖。不过他看起来很烦的样子，仿佛他是一辈子都没穿过衣服一样——搞不好还真的就是这样。

爱瑞卡听说大学付给模特儿的钱很优渥，尤其如果又能完全不动坐着超过一个钟头，那就可以赚更多了。纹风不动，不得动弹。这种工作她绝对做不来，因为你得光着身子坐在一圈艺术系学生前面，任凭他们画下你点点滴滴的缺点。

不过躺在沙发上的这名男子没有半点缺点。总之，没有她肉眼看得到的缺点就是了。她可是目不转睛在盯着他瞧呢。

然后那名坐轮椅的男人便大吼大叫地滑行而入。他将自己举上了讲台，脱下身上的假肢，露出里头毁损了的大腿，然后告诉大惊失色瞪着他的学生们：这就是人生，这就是人体的模样，而不是沙发上的那个。

然后他便鄙夷地看着人体模特儿，仿佛伤害到他的正是那个模特儿。

之后，兽医又攫起他两条假肢，粗暴地将它们穿戴回去，然后他便一屁股坐回轮椅上。他用轮椅把自己推出去，整个过程她看得真是触目惊心。

爱瑞卡就是因为他，那年才会得到甲等的成绩。她满脑子一直都是他。当时她画的并不只是人体模特儿，而是人体模特儿和兽医——而这也正是那堂课教授的本意。是他把兽医请来的。那是一场表演，目的是要提醒学生：生命讲的不只是完美，而艺术也是一样。

不过其实她很喜欢完美，以及艺术赋予她的掌控感。这也就是为什么这座毁坏的罗丹雕像对她的冲击力会这么大。

雕像是罗丹亲手刻的，要不至少也是在他的指导之下完成的。这座人像是他晚期的几件作品之一。它当初是直接被卖给了雷夫·金恩，而金恩后来又将雕像捐给美术馆，之后，睿智的美术馆则是将这青铜像装置于户外，而且没有给予它特殊的保护。

雕像现在蒙上了一层铜绿——头一次看到时，她其实并不想碰。不过她的指头还是不自主地往上攀行，抚摸着这倾毁物，心里想着艺术是会改变的，而世事也非永恒。就连这座知名的青铜像也无法如艺术家所预期的，几世纪不变。

今天，这青铜的触感颇凉。夏日的太阳还没有暖化这金属——她来面试的那天就暖多了。她任凭自己的手从雕像上头往下滑落到大理石底座。她摸起大理石来总觉得好温暖，冷硬的质感有种抚慰的力量。

然后她便挺起肩膀穿越平台，再踏上更多台阶，她便置身于美术大楼了。这楼的外观是典型20世纪的早期建筑风格，而里面则展示着最具革命性的作品。

她的胃在翻搅。她还是不太确定自己是否适合在美术馆工作。实习期间她应该就会清楚了。说来她是拿到了人人称羡的实习策展人的职位呢——只有研究生才有可能得到。她得多方了解艺术品以及保存艺术品的方法；另外，她也会策划美术馆的收藏展以及一些特展。

为别人的作品策展，是因为她看不到自己的艺术前途。

她爬到了台阶顶端的巨型廊柱，她犹疑的身形在她左手边那扇玻璃大门里映出反影。她一手搭在脸上，转头回望着被毁了的《思想者》。他现在已经不属于罗丹了。他是个综合体，综合了罗丹的艺术视野，以及将他搁置于户外的不良决定，还有公物被破坏的结果。另类艺术。

失控了的艺术。

如果她走进大门，她的生活主题便会是"控制"。策划、搞行政、上课、遵行指令。

如果她走掉的话，后果会是如何？五万美金的学生贷款不就付诸东流了吗？

如果她跑掉的话——唉，她也没地方可去。她的才华不够，无法开创出属于自己的事业，而且她也不再抱持梦想了。

想到这点，她的脸抽搐一下。她走在高大的廊柱之间，朝中央大门迈进，她的脸映照在玻璃上，看起来圆润、年轻，且果决。完全看不出她心里的挣扎与痛苦。

她脸上唯一的表情，看起来像是已经刻上了石板。

1970

在午夜时分，一切好像突然显得非常清楚。在午夜时分，莉萨其实根本没有想到她会沾上鲜血，四处寻找海伦。

在午夜时分，莉萨是跷着脚坐在卡车后头的地板上。

而且她的心里是惊恐万分。

当初她真应该听从那种情绪的指导才是。

她把他们这趟旅程想象成了影集《碟中碟》的开场画面：火柴点上，火光闪现，然后缓缓燃烧，直到一切都变成了白。她的脑子一直在刻意回避（但又回避不了）那只以胶带粘贴了三根火药的大闹钟。里欧许诺说，这个装置将会引爆出一长串事件。

里欧和欧文坐在前座，由欧文负责驾驶，因为他开车的技术最好。而海伦则是坐在她旁边，头往后仰，眼睛紧闭。对这么一群可以通宵畅谈的人来说，此刻的寂静还真是少见。莉萨是唯一一个坐立不安的，或许也是唯一一个心怀悔意的吧。她已经后悔了。引爆前的悔意。

一股寒意渗进她的骨里，这是她无法驱走的寒意。这几天，她不断在想着那几管里欧警告说非常危险的火药。她不断想着不到三个星期前，发生在格林威治村的连栋住宅爆炸案。她不断地在脑子里重复播放着相关的电视新闻报道——三月雪纷纷飘落于格村一栋时髦的市区住宅，消防员穿着他们笨重的冬衣以及靴子，浓浓的烟雾从倾颓的废墟中冒出来。

报道说，有两个女人（一名裸体，一名在尖叫）逃出瓦砾堆，跑到一名邻居家里，她们拿了些衣服和食物，然后便消失了。原本莉萨还寄望着她们其中一人就是黛安娜。当初就是黛安娜征召她加入的。然而爆炸发生后四天，警察却宣布说黛安娜是死者之一。

死者：两个男人，一个女人。谣传说，其中一个男子的名字叫泰瑞。莉萨听过他不止一次演讲，那一双炽烈的眼，专注在她而且只在她身上。他提醒大家说，"气象人"组织绝不杀人。他们是要将战争带回美国没错，但绝不会带来死亡。只会带来恐

钱则都来自石油、炼油以及铁路；而目前他们则是"投资"于越南，付钱开战，付钱让孩子们走上战场赴死。

莉萨点点头，紧紧抓住自己的意志力。

深夜里的美术馆没有人上班。没有人会在南方入口附近。这点欧文已经确定了。对大家来说，不伤人是首要之务。

空气干燥寒冷。通往南方入口的大路边缘可以看到未被铲尽的白雪。莉萨踩在雪上，发出"铿啐铿啐"的声音，像是深夜里的迷你爆炸声。

这声音其他人听了好像不为所动。他们走得很快，里欧的呼吸声沉重。炸药其实没那么重，所以他应该是太紧张了吧。他表面上的平静其实只是装出来的。

此刻，她可以看到雕像竖立在前方了，他高高地立在基座上头，对着眼底的一切在冥想。不到两个星期前，她来美术馆游览了一圈。导游说，罗丹当初制作这座雕像，是因为法国某家美术馆请罗丹设计一个定名为"地狱之门"的装置展，《思想者》只是其中一部分而已。该展的主题是诗人但丁描绘的炼狱景象。

《思想者》垂目俯视的便是地狱之门。

而此刻，莉萨、里欧、欧文，以及海伦便是从地狱之门走了过来。

云层再次盖住了月亮，将那奇诡的光线遮暗了。莉萨吞下一口干燥的空气。雕像看起来几乎像是真人，他仿佛真的看见他们来了，也知道他们心里的计划。

"还剩多少时间？"里欧问道，他的声音穿过冰白的景色发出回音。

"时间还很多。"欧文说。而海伦则是说："十二点十分。"

两人都没有看着闹钟上的时间，而这点莉萨也不打算指出。

他们已走到瓦德潟湖庞大楼阶前那长长的平台了。喷水池早在几个月前就停水了，如今在这月光下看来，更显荒芜。

他们必须穿过平台，爬上几层台阶，穿过更多大理石地，然后再走上更多台阶，之后才能走近那该死的雕像。雕像从来不曾如此遥远过。

莉萨的嘴好干，而且她好冷，这是她有记忆以来感觉最冷的一次。她瞥瞥海伦，只见她仍是咧嘴笑着，而且还举起了两支肥大的记号笔。

"你这是干吗啊？"莉萨问道。

"我们总得昭示一下立场，对吧？"海伦说。

"我们是在昭示啊，"里欧忍不住低吼起来，"我正扛着我们的立场哪。"

这话一出，海伦噘起嘴来。她的视线又对上了莉萨，然后她便潇洒地耸了耸肩。

他们爬上了最后一段台阶。

里欧弯下腰，放下盒子。他露出忏悔的表情，而《思想者》则像是一个看尽人间所有沧桑的厌烦的神祇。莉萨几乎可以听到他在说："世上的一切都已不再新鲜。"

然后里欧便会站起来，笑着说道："这个可新鲜啰。"

这一切如同电光石火一般闪现在她的脑海里。她强逼自己要专心——虽然这其实是她最不敢面对的一刻。

里欧捧着炸弹站起来。

电视上，他们说连栋住宅处发生了意外，那里有一群搞不清自己在干什么的人，他们相互推挤，不小心便将自制的炸弹引爆了。爆炸总共有三起。黛安娜是死在第一次的爆炸里吗？或者说，她是看到了意外发生，想赶紧逃走，却被第二次的爆炸击倒了，因为其他所有的火药管全都被点燃了。

有一名警察说，黛安娜的尸体大半都已蒸发无踪。莉萨可不希望自己蒸发掉。她屏着气，因为她可不想看着从自己的肺里冒出的热气，在这冰冷的空气里变成冰冻的水汽。

里欧将炸弹搁置在基座上，就放在《思想者》的脚趾头旁边。《思想者》的脚看来真的就像活人的脚一样，挺吓人的。此刻，她觉得自己就要歇斯底里地叽咕笑起来了。《思想者》会被炸成众多碎片吗？警方能够依据他脚趾头的一个碎片，而猜出他的经历吗？

"好啦，"里欧说，"我们得走了。"

"等等！"海伦的声音在平台上如银铃般响着。而莉萨也就是这时候，才发现海伦并不在她身边。她身旁站着的是欧文，他和莉萨一样，也是非常专注地紧盯着里欧。

然而海伦已经移到他处了，先前莉萨根本没有注意到。

莉萨往侧边踏去，发现海伦正弯身凑向美术馆搁置雕像的台座旁边，记号笔刺鼻的味道飘散在空中。

她提笔写下了"统治阶级滚蛋！"就跟黑豹党[1]大声叫嚣："猪猡滚蛋！"是一样的意思，就跟去年夏天那个恐怖的曼森邪教组织在好几个谋杀现场用鲜血写下"猪猡去死"是一样的道理。

然而莉萨此刻想到的却是迪士尼电影《爱丽丝梦游仙境》里的红皇后，她老爱吼着说"砍掉他们的头"。

"走吧。"里欧说，他的声音从冰雪以及大理石和廊柱反射而来，发出回音。

海伦站起来，她举着记号笔如同擎着一面旗子一般。她说："行，写好啦。"

她此刻的笑容让莉萨不寒而栗，红皇后所说"砍掉他们的头"的声音在莉萨的脑子里回响，听来就是有那么一丝丝发狂的味道。

海伦，就跟红皇后一样。

---

1 黑豹党：是一个从 1966 年至 1982 年活跃于美国的民族主义和社会主义组织，成员皆为黑人，其宗旨主要为促进美国黑人的民权。

莉萨打起颤来。她疾步走下台阶，越过里欧，来到了领头的欧文后面。

"走吧，"里欧显然是在跟海伦讲话，"咱们得走了。"

海伦笑起来。老天，听起来真像迪士尼电影里头的坏蛋在笑，完全失控，一整个抓狂。

欧文伸出手来，一把抓住莉萨的手臂，将她往前拉。她差点就跌倒了。她想把他甩开，但又担心自己会因此而更容易在冰地上滑倒。

她听到后头传来喀嚓的声音，双脚踩破了冰吧，而且里欧没再大声吼叫了。

她想转过身去，瞧瞧点燃了的引信，看着焰火沿着导火线爬向炸弹，虽然她明白引爆的过程并非如此。她有点喘不过气来了。

她一直没有看表。他们的时间很充裕，不是吗？想必是吧。

校园某处有一座钟敲出半点的钟响。

如果他们继续沿着这条路走下去，有可能会在炸弹引爆时，还身处爆炸区。莉萨往另一个方向岔开，跑向瓦德潟湖。她不太确定自己到底在想什么：潟湖应该结冰了吧。不过她真的得尽快远离美术馆才行。

"咱们快到目的地了。"欧文说，虽然她不太确定他所谓的目的地是哪里，因为大伙儿其实并不是朝着小卡车的方向走。

他抓着她，将她拉向庞大的喷水池。她在池边绊了一跤，在冰地上摇晃而行。

喷水池本身其实无法提供多少防护，不过池子的基座（上头有几级台阶）倒是还可以利用。

她跪在一级台阶上（冰冷的大理石），将手放在池边，然后猛然爆出一声惊叫。她触碰到一只冰冷的拳头。

她抬起头一看，瞧见一个真人大小的男孩，两肩伸出翅膀样的东西。他全身赤裸，而且像极了真人。

他的脸在喷水池的阴影下，看起来如同魔鬼。

炸弹还没有引爆。她的眼光越过喷水池以及她右手边那座庞大的雕像之间，望向前方。美术馆看起来还是一样。《思想者》仍然是蹲伏于他惯常的冥想姿态里。没有爆炸。什么都没有。

只有里欧在动，他爬行了最后几码朝他们而来。他越过了水池的开口处，滑行到她身边，然后蹲伏在地，举起两臂遮住头。

欧文也是举手护着头。

她也依样画葫芦，心想海伦不知跑哪儿去了。

什么也没发生。周遭一片诡异的寂静。

"妈的。"里欧说，他的声音因为嘴巴埋在两膝之间而给捂住了。"妈的，妈的，妈的。"他两臂下滑，站起身来一如莉萨先前所做，然后觑眼越过喷水池的边缘往前看，只是他的手并没有碰触雕像。

"设定的爆炸时间已经过了啊。"欧文也抬眼在看。

莉萨垂下手臂，不过她可没打算越过池缘偷眼观望。他们距离炸弹还不够远。

"再等一下就好了。"她的声音比她此刻的心情还要稳定。

"如果不爆的话怎么办？"欧文瞥瞥里欧，但里欧并没有回眼看他，"炸弹会被发现的。"

"警方也找到过其他炸弹啊。"莉萨说。她怎么突然这么冷静呢？"所有那些未爆弹，它们全都还没有把他们引向我们啊——还没有。"

"搞不好是闹钟停了。发生故障，里头的机件出了问题。"里欧站了起来。

而全世界就是在这时候整个变成了白色。喷水池震动起来。莉萨往后倒上了冰地。然后她便听到那声音——全宇宙最大的声响。那声音听起来像是个物体，大而有力，像是有办法只凭着它自己便将她一把推开。

众多小片的冰雪纷纷击中她。要不便是别的什么，某种质地很细的东西，像是沙土。沙砾塞满了她的嘴、她的眼、她的鼻。她咳嗽起来，但听不到自己的声音。

她翻过身去，免得垃圾继续打上脸来，不过此刻冰雪和风暴好像已经止息。她坐起身来，然后才想起了炸弹，觉得自己最好还是再次蹲伏下去为妙。

直到她醒悟到：炸弹已爆。

全世界是一片诡异的寂静。欧文跌在地上，而里欧——她看不到里欧。

她眨了眨眼。两眼模糊看不清，像是才刚睡醒一样。她流出了眼泪，冰寒的眼泪。她一手抹过脸，感觉到有个什么湿湿的东西，然后定眼一看，才发现：嗯，没错，打到她身上的某些东西确实就是雪片。

但还有些别的。她在月光下看到小小的金属片发出闪光。

她的嘴有金属的味道。她吐了口水，然后再吐一次，她看了看，没见到血。也许她还好吧。

只是受惊了。

欧文坐起身来，一脸惊惶。

她还是没有看到里欧。

她四下张望，总算看到似他的身形俯伏在池子旁边。

她朝他蹒跚而行，一手放到他的身上，觉得上头有个温热湿黏的什么，然后便闻到了黄铜的味道。

血。

"里欧。"她说，不过她的声音听来好怪。像是从老远传过来的。"里欧。"

她想抓住他，摇他，然而她却无法肯定这么做是否可行。然后他动了动，稍微而已，并举起一只手搭在脸上。

这只手在滴血。

她低头一看，只见鲜血在他的右边积聚起来。

炸弹爆炸时，他是站着的。欧文的声音（很反常地带着愉悦）在她的脑子里回响。

弹片。就跟越战一样。

她吞了一口水，跪在里欧身旁，这是当晚她头一回希望光线能够强些。

她得看看里欧的伤口。

她得知道他是否即将死去。

2015

他们指派爱瑞卡策划依楂卡的展览。她去面谈的时候，连这场展览即将举办都不知道。她是一直到被雇用的当天早上，才得知有这么一场展览。他们跟她解释了大概情形。

依楂卡是以色列艺术家，她受美术馆之托，要以罗丹为主题做个展览。爱瑞卡花了大半天时间，才了解到芮薇·依楂卡是打算以《思想者》为主轴，做出一个多媒体的装置展。要不也许会做两个装置吧。这点大家都还不确定，不过依楂卡本人应该确定，是吧？因为整个展览都是由她设计的啊。

问题是她人在以色列，只能远距离操控监督。

而目前，爱瑞卡得照看一整个摄影团队。他们都是挺好的人，来到这里是要拍摄雕像的年度保养过程。梯子、鹰架，还有摄影机的正确摆放位置，这些都不是爱瑞卡的权责范围。

她只负责点心和瓶装水。大半时间，她只是站在场边，看着维修人员手持软布，擦拭《思想者》受伤的四肢。他蹲伏着，像是想保护自己裸露的身体。要不也许他只是在假装自己很无聊吧，就像多年前她上过的那个人体写生课里的美男子一样——那

The Thinker

by Auguste Rodin, 1880–1881
Bronze; overall: 72×38¹¹⁄₁₆×55¹⁵⁄₁₆ in. (182.9×98.4×142.2 cm.)
The Cleveland Museum of Art, gift of Ralph King 1917.42.

个兽医闯入的课程。

置身此地，她满脑子都是兽医的影像。他也都是拿片软布来擦拭自己的伤腿吗，还是他愿意交由别人处理呢？而如果有人帮的话，他是否也跟《思想者》一样，会低下头来望向别处，或者他是将这服侍当成每日生活的一部分了？

她不知道，她不可能知道。她连那兽医是谁都不知道。也许可以问那个课程的教授吧。她猜想他是每个学期都会来这么一段戏码，引进一点街头戏剧来吓吓他的大一新生吧。

她想着，不知有多少学生和她一样，多年之后仍然对那幕场景难以释怀。

她叹了一口气，命令自己专心做事。

她只是打杂而已，一个不领薪水的杂工。她到这儿来，是为了累积经验。

看着别人的艺术从观念发展开来，成为展览，她却完全无法加入。连一个想法都无法贡献。

1970

欧文迈着沉重的步伐走开，他一手抱住里欧。里欧流了好多血。

莉萨瞥眼望着前面的路。她已经看不到他俩了。他们已经消失在黑暗中。他们的脚印被掩藏在路上的碎冰之间，然而她并不确定如果警察赶来这儿的话，会不会看到一条血路。

她也不知道周遭是否响起了警笛。她不太信任自己耳闻的声音，因为她的听觉变得很奇怪。通常如果她的耳朵被塞住了的话，她的呼吸就会变得很大声，但她却没办法听到自己的呼吸。只能听到这么个奇怪的铃声，像是有一根手指不断地在一只昂贵的水晶玻璃杯的表面刮来刮去。

有个什么滴落到她的上唇。她举起手摸摸鼻子底下，觉得有个什么黏稠物。她看了一眼，是血。她正在流鼻血。

她受了伤，但她搞不清有多严重。她对脑震荡的症状不太清楚。根本没概念。

至少她没头晕——总之没有很晕。她勉强自己爬上台阶，因为她可不想在冰地上绊倒，再跌一跤。她不记得自己是否撞到头，不过这可不表示她就没撞到啊。爆炸过后，她确实是重重地摔到地上，不过疼痛的感觉还没出来。

她知道自己马上就要痛起来了。

他是一整个往后倒——那座雕像，倒在基座的后头。海伦写的字和苍白的石头形成了强烈的对比：统治阶级滚蛋。

《思想者》滚蛋。

有人抓住莉萨的手臂，她尖叫起来。叫声撕裂了她的喉咙，但她听不到，真没听到。她可以感觉到那声音，知道声音一定很大。

她猛地甩开那手，转过身来。

海伦就站在她旁边。她的脸上撒了不知什么，看起来黑黑灰灰的，像是离火太近的结果。她的眼白在满月下，看起来出奇明亮。她的外套撕破了，而且她还搞丢了一只靴子。

不过她却是咧嘴在笑。她看上去好兴奋，兴奋过头了。

"咱们得走了。"莉萨说。

海伦轻轻拍着她的耳朵。她也听不到呢。

莉萨无声发出那几个字，就像她先前对欧文一样。

海伦点点头，然后指指基座上的字，并使劲地握住拳头，就像拳王阿里接受采访时的模样。

现在就走，莉萨无声说道。她想补充说，里欧伤得很重，但她没讲。她知道海伦不会听到的。

海伦好像什么都没注意到。她的裸脚踩在冰冷的人行道上，一只手臂在一侧摆荡，一副满不在乎的样子。她看来简直就是幸灾乐祸。

她走向雕像，垫起光着的那只脚，然后抬起穿着靴子的脚朝雕像踢去。

莉萨一把抓住她，然后指指小卡车。

海伦做出叹气的模样。她挺直了肩膀，蹙着眉头，开始朝前方迈进。她根本没想到要去找那只搞丢了的靴子。

莉萨跟在后头，觉得自己好像是这一群人里头唯一正常的一个。她不禁想着，一个正常人会注意到她的哪一点呢？她脸上的血吗？还是她爬台阶时，那种浑然不知自己在爬什么的模样？还是她的眼神？

她不太确定自己的眼神是什么样子。不会是海伦幸灾乐祸的疯狂样，也不会是恐惧——这是莉萨早先的感觉。现在的她感受到的是平静地接受，她有种诡异的感觉：仿佛自己已从一个她原以为很了解的世界，踏入了一个她无法理解的世界。

她只知道他们非得离开不可了。也许欧文（如果他神智清楚的话）已经开车把里欧载到医院去了吧。

海伦的嘴在蠕动。她在讲话，但是莉萨听不到。其实她也没多努力想听到。

她一手搭在海伦的背上，将她往前推。如果海伦不加紧脚步的话，莉萨是会把她丢在这儿的。她会告诉欧文她找不到海伦。就让海伦扛下这起爆炸所有的责任吧。

而这个念头一起，愤怒之情马上升起。先前莉萨提起连栋住宅的爆炸案时，大家应该听她的意见的。大家应该要放弃这种"将战争带回国内"的游击战才是。

她应该要听听自己的意见的。她早该离开这个组织的。

雕像不是唯一一个凝视地狱之门的人。

她已沉入那扇门内，而她连自己是怎么会进去的都搞不清。

2015

　　他们将爱瑞卡从依楂卡的展览调到美术馆的一百周年纪念展去了。她的上司说她可以借由处理 2016 年所有的展览项目学习到更多东西——因为依楂卡展其实已经准备得差不多了。

　　处理 2016 年所有的展览项目，就意味着她得为美术馆的周年庆整理出一套美术馆馆史。这一来她要处理的就不是展览了，她其实是在筹备一个"庆生活动"，为的是要纪念美术馆开始运作的第一天：1916 年 6 月的某一天。

　　最近她都是遵照上司指示，坐在美术馆深处某个冷气房里的办公桌前，手中使用的计算机其实五年前就该升级了。

　　她通常都是在寂静的环境里工作，不过今天通道另一头有扇门打了开来，她可以听到好几个声音。音量好大，而且很愤怒。

　　愤怒的声音并不是美术馆里的常态。

　　最后，爱瑞卡实在是忍无可忍，她拿起已经快喝光的瓶装水，朝着吵嚷声走去。

　　通往那间办公室的门半开着，爱瑞卡连那是谁的办公间都不清楚，因为她从来没被邀请入内。音量放低了——至少目前这个声音是如此。

　　那是一个女人的声音。

　　"……这个内容有误，非得更正不可，"她听来非常强势，"爆炸案并不是破坏公物的行为。"

　　"呃，"回答的是个男人，"只怕雕像确实是被破坏掉了——"

　　"破坏公物的人通常都是用喷漆涂鸦，"女人厉声说道，"他们不会去炸雕像。你把这个事件看得太简单了。"

　　爱瑞卡倒抽了一口冷气。他们是在讨论《思想者》，他们是在讨论即将举办的装置展。目前预定会有两样装置：一个定名为

《反思想者》，另一个则是《统治阶级滚蛋》。

"我们可没有把什么东西简单化，"男人说道，"等定稿出来以后，你就会懂了。芮薇先前接受访问时说得很好，她把爆炸案形容为文化恐怖主义，而且也将那个事件联系到现今在中东国家不断出现的摧毁——"

"文化恐怖主义是想要摧毁文化，"女人说，她的声音充满了鄙夷，"而那回的爆炸案是气象人（Weatherpeople）所为，他们根本不在乎文化啊，他们是政治取向——"

"他们的组织是叫做气象男（Weathermen），"男人说道，"而且我同意，他们确实是个恐怖组织——"

"我可没说他们是恐怖分子。"女人压低了音量，"这个展览简介你得改写才行，不要打迷糊仗……"

"你在这儿干吗？"

她没有马上反应过来。有一名义工皱着眉头站在爱瑞卡前面，显然，对方认为她是在偷听。所幸这人并不是她的众多上司之一。

"只是出来找点水。"爱瑞卡举起快要空了的水瓶，"他们是在争执什么啊？"

"小事而已。"女人说。

爱瑞卡认出她来。她都是星期四当班，不过爱瑞卡可说不出她的工作性质到底是什么。这人长得圆圆胖胖，看起来胆小怕事，年龄很难说——是那种引不起人注意的类型。

"听起来好像蛮重要的。"爱瑞卡说。

女人鄙夷地笑起来，"将来你就会懂的"。

爱瑞卡最恨别人说出这种话，"懂什么"？

"福克纳说过，'过去从来都没有消逝，它甚至都还没有过去呢'。"

爱瑞卡瞪着女人看。这人还真是引述了一个死去的白种男人的话不成？

爱瑞卡最恨别人来这招了。轻贱的味道太浓。

她呼出一口气，然后疾步越过女人，朝着南法餐厅走去。每回她到餐厅只是买瓶水时，他们都相当不以为然，不过她哪有办法天天都来这儿吃午餐啊。她到现在都还是穷学生等级，因为在这儿工作没钱可领。就连一瓶水都好贵。

过去从来都没有消逝。这话听来好蠢。那间办公室里的人在争执的只是即将开办的展览简介上的措辞而已，他们根本就没在讨论过去到底发生了什么。

也许爱瑞卡只是太过劳累了吧。她读到的所有文章——打从1916 年以来的——感觉上都是几千年前的事了。对她来说，过去确实是已经消逝了。

她伸出手搓了搓脸，搞不懂怎么有人会对展览那么热情。在这儿工作以后，她开始变得麻木不仁。大家关心的都好像不再是艺术本身。游客们行进的速度太快了，学生们则是抱怨他们得就某幅画作写篇报告，而策展人本身则好像是多头马车，被拉往不知多少方向。

连爱瑞卡都不再享受艺术的滋润了。她已经不再看艺术品了，而且她也想不起自己最后一次抚碰《思想者》到底是多久以前的事了。也许是打从这雕像的年度维修工作开始以后吧，那时他看起来还真有点像她记忆中的那个男人。

有点像一个会呼吸、有感觉的活人。

1970

小卡车包围在它所排放的废气中，仿佛是被新近才扑灭的火所起的浓烟上了一层灰一般。

来自地狱的火吧，也许。

莉萨对着自己摇摇头。方才在一条街以外的地方，她觉得好冷，虽然她可以看到小卡车就在前方，但感觉上好遥远。她的四肢好沉重。

惊吓的感觉开始浮起。

她一直不敢让惊吓感浮现。

她的耳朵并没有完全复原，不过她觉得耳鸣的音质好像不太一样了。没那么大声，而且还有个什么也加入了。

警笛声吗？

她不太确定，不过确实是有可能。

她转身去看海伦，想知道她对警笛有什么反应，不过她看起来好像有点混沌。海伦这会儿是跛着脚在走路，速度也放慢下来了。

莉萨抓住海伦那只没受伤的手臂，将她往前拉行。小卡车的外壳闻起来有汽油和一氧化碳的味道，这种臭味莉萨通常是一闻就会咳的。不过这回她却毫不在意。

她只顾着要拉下乘客座椅旁的门把，踏上小卡车后面，没想到差点就一脚踢到里欧。

他躺在地板上，显然是欧文先前把他丢置在这儿的。而且照莉萨看来，里欧应该是一直都没动弹。小卡车铺的薄地毯在顶头灯的照射下，看上去暗黑且呈花斑状，里欧的脸则是一片死灰。

莉萨以前从来没有看过面色死灰的人。

她将手伸出小卡车外头，想把海伦拉上来，然而海伦已经不见踪影。又一次失踪。老天爷，她到底是——

然后前头乘客座椅旁的门打开了——那是他们一路过来时，里欧所坐的位置。海伦轻快地跳了上去，仿佛大伙儿是要展开一趟愉快的旅行。先前人行道上那个筋疲力尽的女人已经不见了。

莉萨将她这头的门关上，然后越过里欧，想要走到堆聚在乘客座后头的盒子那边。

她越过里欧时，他一动不动，也没缩个身子。他没有抬手保护自己的脸。

他毫无动静。

她跪在他身旁，而非坐在盒子上。地毯湿答答地沾满了血。

"咱们得把他送到医院才行。"她说。她的声音现在听起来挺正常的。或者该说，是带着感冒的那种正常。声音听来还是很遥远，不过是有进步了。她的耳朵已经开始运作了。

"绝对不行，"海伦说，"如果去医院的话，我们会被逮捕的。"

"这不是枪伤，"莉萨说，"只是——"

"弹片伤。"欧文说，声音听来像是水底传来的，"是弹片。"

把战争带回家乡，宝贝。又是欧文的声音。几小时以前，他们将炸弹放进盒子里时，欧文笑得好开心——感觉上好像是几天前的事了。好几个星期以前。

好几年以前。

"那该怎么办呢？"莉萨说，"我们根本没办法帮他。"

"我看干脆去匹兹堡好了。匹兹堡的医院碰到这样子的病人一定马上救，他们连爆炸的事都不知道。"欧文显然已经想很久了。

"从这儿开车过去要两个多钟头呢。"莉萨搭了只手在里欧的额头上。她的皮肤冰寒，但他没有缩一下。他的皮肤摸来也好冷。又湿又冷。

他的眼睛像是上了一层釉。

"咱们得赶快找人帮他才行。"莉萨说。

"他原先就知道会有风险的。"海伦说，特别强调原先这两个字。

莉萨看着她。而海伦这婊子就只是咧嘴笑笑，耸耸肩。

"我们先前就说好了的，"海伦说，"不上医院。不找警察。不寻求援助。"

"有谁认识哪个可以帮忙的人呢？"莉萨的声音在打颤。里欧仍是茫茫然地愣着眼。他的眼睛一直都是这么愣着的。而且她也不太确定他是否还在呼吸。"咱们这群人，没一个有过这方面的医学训练。"

"这就是风险之一啊，"海伦说，"而且我们先前都说好了的。"

警笛声越来越近了。

"匹兹堡。"欧文一边说，一边开始换挡。小卡车歪歪倒倒地往前行，然后他才将车子缓缓驶离路沿——就像先前有人教过的做法。是里欧教的。

要如何避免看起来可疑。开车要像正常人。

然而炸弹爆炸之后，一个正常人又会如何开车呢？有人就在车子后方濒临死亡的时候，一个正常人会是如何开车呢？

"把他载到妈的哪个医院去吧。"莉萨说。

"匹兹堡，"欧文重复道，"匹兹堡。"

这三个字显然他是一直在跟自己默诵吧。就像祈祷文一般。

他心里明白。

她也明白。

里欧已死。

没伤到敌人，反而误杀了自己人。

果真没伤到敌人吗？雕像受到了震击，跌落基座。它滚到了平台上，脸面朝下，断了手脚。爆炸确实是伤到了敌人。

雕像未死，然而里欧已死。

莉萨真的不知道该如何面对此事。

2015

大家还是会为这种场合盛装打扮的。或者也许该说：统治阶级依然如此。

爱瑞卡想到这点，忍不住笑起来。她就站在临时搭起的吧台旁边，离深蓝色的展示墙很近。美术馆的赞助人、义工，还有学生穿行于这个空间，时不时拿起牙签戳起奶酪，搭配着小香肠吃下肚子。有几名宾客捧着满是素食的餐盘，而且几乎每个人都拿着一只塑料酒杯。

大部分人瞪看着艺术装置时，手里都还紧紧捧着吃喝的食物。观看《统治阶级滚蛋》的人要比观看《反思想者》的多很多——显然大家比较关心的是雕像如何"回应"它自身的历史，而非美术馆的历史及其管理艺术品的方式。

芮薇·依楂卡想出了挺棒的点子：经过动画处理的雕像对着他自身的倾倒做出了思考。依楂卡让他活了起来。他看着一张他自己身体俯趴在平台上的照片，一脸惊诧。然后他便将自己的脸埋进臂弯中。

爱瑞卡只看了一次《统治阶级滚蛋》，当场便流下眼泪。从那时候开始，她每天都是从另一个入口来到美术馆。《思想者》对她来说，一直是活灵活现的。她无须看着他移动在一段 3D 动画片里头。而现在，他看来则又更像真人，更具批判性，而且有那么一点点失落的神色。

她不太喜欢把他想成失落的人。他的 3D 影像已经帮助她找到了创作的火花。她的作品也许只能满足自己的需要，而无法取悦他人，但她应该可以另觅他途。

她不需要把自己限制在旧有的框架里，因为现在已经多出了一百种创作艺术的方法——芮薇·依楂卡的作品就是很好的例子。有趣的方法。

大家都在谈论这次的装置艺术。爱瑞卡在展场四处听到了点点滴滴的对话。人们在谈论的大半是自身的情绪反应，不过她也偷听到了美术馆的一名董事和本地一位艺评人私下的对话。

"这场展览让我想到 ISIS（'伊斯兰国'）在叙利亚的帕迈拉所进行的文化遗址破坏行动。"爱瑞卡走过他们身边假意捡拾四散于会场的展览介绍单时，偷听到了这句话。

"这就是艺术家的本意啊。"董事答道。

这话她印象深刻,主要是因为她以前就听过这种说法,却不太确定它的真实性。她很清楚这次展览有其全球性的意义:克利夫兰美术馆身为全世界极具代表性的美术馆,自然是希望能在全球性的舞台上占有一席之地。

然而爱瑞卡却是不断地想着《反思想者》以及相关的新闻剪报:20 世纪 70 年代时,克利夫兰美术馆馆长谢曼·李决定要保留《思想者》受损的模样,并将其展示于馆外。他当时曾表示:所有走过这尊毁损了的绿色雕像的参访者,都免不了要自问——雕像是在告诉我,20 世纪 70 年代的美国是处于何等暴力的氛围中啊。

不是叙利亚。不是中东。

而是美利坚合众国。

当时的美国也有恐怖分子,而且显然一直都有。

爱瑞卡花了许多工时查阅有关"气象人"的资料,她这才发现他们原先其实是叫做"气象男"——一如办公室那名男子所说。而之后,大约就在爆炸案发生后不久,他们又改名为"地下气象团",因为他们全都决定要隐身于"地下"了。

她觉得这群人,这群所谓的"气象人",简直是不可理喻。诡异的是,他们当中只有极少数的人得为罪行入狱。他们当中有些人目前甚至还在大学任教呢——也许该说曾经吧,因为他们都已退休了。天哪,搞不好她曾有一位老师就是"气象人",而她却一无所知。

警方找不到证据可以证明"气象人"须得为《思想者》爆炸案负责。而在破坏现场,唯一能够说明破坏动机的,也只有几个以记号笔写出来的字:统治阶级滚蛋。而这到底又是什么意思呢?《思想者》并非统治阶级的一员,在但丁的炼狱里,思想者其实是一名诗人——而那时候的诗人,根本就不受尊重啊。

爱瑞卡的上司来到了吧台，说是想要一瓶水。她朝爱瑞卡投来一瞥她很熟悉的眼神——不满与指责。

"你应该要跟人社交一下吧。"她的上司说道，并朝着一名单独站在《反思想者》旁边的女人努了努头。

爱瑞卡挤出一抹笑，然后拖着脚走过去。站在《反思想者》旁边的女人是爱瑞卡很想避开的那种类型。爱瑞卡先前就注意到她走进这里。

这个女人看上去是有钱人的那种瘦，她穿着一袭白色的名家设计洋装——爱瑞卡曾在某个时尚展示秀的影片里看到过。女人的双手骨瘦如柴：左手可以看到一只硕大的蓝宝石戒指，而右手则戴了一只稍稍没那么俗气的戒指。不过她身上佩戴的其他珠宝倒还算有点品位。她在洋装的领口上方戴了一圈扁平的纯金项链，并搭上了颇为相衬的纯金耳环。

这金色衬托出她满头白发中残存的金发。她的头发大约是剪到下巴高度，而她利落削尖的发型则是溢满了钱的味道。

然而爱瑞卡不想和她交谈的原因，其实并不是她所散发出来的阔绰气味。主要的障碍其实是这女人的脸孔。几十年前她显然是个美女，然而现在的她却很瘦，也因此让她高耸的颧骨更加凸显，而她细心描绘的眼睛也因此就更深陷在眼窝里了。

爱瑞卡第一眼看到她的时候，觉得这女人简直就像是一副假装自己是活人的骷髅。

现在凑近了来看，爱瑞卡还是有这种感觉。

女人转过身来，有那么一刹那的时间，她的眼神落在爱瑞卡身上，然后她又别开眼去。爱瑞卡稍稍侧开身子，瞧见了先前跟她引述福克纳名言的那名义工就站在女人身后。

这名义工穿着一袭蓝色的丝质洋装，看起来像是喜宴里那位超级不懂打扮的新娘的母亲，但那双锐利的蓝眼毫无母性的温暖。她的眼里满溢着的是别的什么，邪恶与嫉恨。

爱瑞卡退到一旁。管他妈的那个上司干吗啊,爱瑞卡可不打算跟这两个女人讲话。

然而爱瑞卡也没办法走到太远的地方。她还是待在近旁,以防上司突然走过来时,她可以上前一步,假装加入她们的谈话。

骷髅女人朝着义工微微一笑。

"呐,瞧瞧咱们两个啊。"骷髅女人说道。爱瑞卡忍不住打了个寒噤,她认出了这个声音。声音的主人就是一个月前在争执这次展览简介该用什么措辞的女人。"哪知道咱们竟然成了统治阶级呢。"

义工撇了撇嘴,她的颧骨变得亮红——不是因为羞愧,而是因为愤怒。

"咱们一直都是啊。"义工的语气和她那天跟爱瑞卡讲话时一样。

这两人原本就认识了,怪不得这个义工会引述福克纳了。她搞不好根本就不是在跟爱瑞卡讲话呢——不完全是。

爱瑞卡往后退了一小步。这会儿,她是真的很不想加入这场谈话。

骷髅女人看着《反思想者》里头的静止影像。

"原本我以为欧文会来这儿呢,"她说,"不过当然,他其实一直都是胆小如鼠的。"

然后她便举起她握在右手的那杯白酒,朝义工示个意,并朝楼梯的方向走去了。

义工并没有跟上去。她只是抬起手来,手背轻抚着脸颊,像是在为自己量体温。

"那人是谁啊?"爱瑞卡忍不住问道。

义工眨眨眼,像是她根本没有意识到爱瑞卡就在近旁。然后义工便看着骷髅女人的背影。

"怎么，她就是海伦啊，当然，"义工轻声说着，"她是红皇后，一直都是，永远都是，红皇后。"

1970

这趟车程像是永远不会结束。他们在凌晨四点抵达匹兹堡，并跟着"医院"的路标一路前行。路标引向的那家医院看来就跟美术馆一样老旧，而且是位于市区的危险地带。

欧文将车子停在标示着"急诊"入口处的斜对面，然后他便下了车，将侧门打开。莉萨帮他将里欧抬出来，虽然她知道他其实已是回天乏术。

里欧看起来白得好可怕，而且他没有眨眼睛——打从她踏入小卡车以后，他就是这个样子。

然而欧文什么也没说，他只是将里欧扛到前面的那一排门去。

莉萨没有帮他。她做不到。她知道带着里欧进入医院，其实完全没有意义。她永远不会再看到他了，而如果她让这个念头长驱直入自己心里的话，她也许永远都无法复原。

所以她便将小卡车的门猛力关上，两手插进口袋开始穿越停车场。

"你是要到哪儿去啊？"海伦从乘客座朝她吼道。

莉萨没有回答，她不知道自己要上哪儿去。她只知道自己非得走掉，非得立刻离开不可。

也许她可以找到一部公共电话。也许她可以打电话给她爸爸，请他来接她走。

也许她可以回家去。

然后她便嗤了一声。回家吗？她根本无法回家啊，就跟那些打了越战回到美国的退伍军人无法回家是一样的道理。

形与色的故事

何况她又能跟她爸爸说什么呢？嗨，老爸，我今天不小心杀了个人，良心过意不去，所以这会儿我可以回到家里，假装什么也没发生吗？可以吗，老爸？

而她的父亲又会怎么说呢？她那保守的父亲，他老跟她谆谆告诫，说她应该知足惜福才是。他会不会说，好啊，宝贝，我会在家里等你。或者他会干脆跟她断绝父女关系呢？她摇摇头。这里的空气好冷，不过总比克利夫兰好一点点吧。

打电话给她父亲是不会有好结果的，她可不想把自己的重担丢到他身上。更何况，大约在一年前她就跟他断绝关系了。当时她以为自己走在一场革命的最前线，她觉得前途会很有趣。

有趣。结果呢？里欧空茫地愣着眼，海伦笑得像个发了狂的娃娃，而欧文则是摆出一张石头样的脸，就跟《思想者》一样。

莉萨往前迈步，她明白他们已经达成了预定目标。他们已将战争带回了国内。然而那过程远非他们所预期的。

事情的结果总是出人意料。

她原本以为今晚自己可能死掉。她原本以为如果意外发生的话，大家都有可能死掉。而且她以为雕像会整个毁掉。

而下一步又是什么呢？号召大众再次对抗政府吗？大声宣布政府不该在海外发动战争吗？还是干脆毁掉整个美术馆？

她原先的思虑不够周详。他们原先的思虑不够周详。他们原本是打算展开一场冒险，是要宣告自己的理念，是要发出信息的。

而他们确实也做到了

她只是不太确定，那个信息到底是什么。

6

李·查德
Lee Child
作者

曾是法律系学生、电视导播、工会干事以及剧院技师。后来由于所属公司裁员，他赋闲在家，靠着救济金过活之时异想天开，打算写一本畅销小说，结果还真的一炮而红，解除了家庭经济危机。他的头一部小说《地狱蓝调》风靡全球，广受好评，而他所写的浪人神探杰克·李奇系列小说的第十一本《夜校》，已于 2016 年 11 月出版上市。系列主角杰克·李奇是虚构人物，同时也是个善心人，李·查德拜他之赐，闲散时间甚多，得以大量阅读、听音乐，并观赏洋基队及英国 Aton Villa 足球队的比赛。

李·查德出生于英国，目前定居纽约，除非外力迫使，绝不轻言离开位于曼哈顿岛的住处。

《一束菊花》（局部）
奥古斯特·雷诺阿，1881

Bouquet of Chrysanthemums
by Auguste Renoir, 1881
Oil on canvas, 26×21 ⅞ in. (66×55.6 cm.).
The Walter H. and Leonore Annenberg Collection,
Bequest of Walter H. Annenberg, 2002.

皮埃尔、路西安，和我
Pierre, Lucien, And Me

头一回心脏病发作，我撑过去了。不过等我恢复到可以坐在床上时，医生却来到病房告诉我，我一定会有下一次的——问题只是迟早而已。头一回发作就表示我的身体潜藏了问题，而这一发作，则是让问题更加恶化了。下一次发作有可能是几天之内，或者几个星期，最多就是几个月了。他说打从现在开始，我有必要把自己视为病人。

我说："看在老天分的上，现在已经是 1928 年了。咱们都可以接收到无线广播了。难道还没发明出什么药来吗？"

无药可医，他说。完全没辙。也许去看个表演，或者写几封信吧。他告诉我说，大部分人最最后悔的，就是有些话来不及讲。然后他就离开了。然后我就离开了。这会儿我已经在家待了四天。什么也没做。只是等着再次发作。再过几天吧，或者几个星期，或者几个月。我无从知晓多久。

我没去看表演——还没有。我得承认这个建议颇为诱人。有时候我会想到，医生指的也许并不只是娱乐而已。我可以想象自己选了个崭新的音乐剧——声光效果十足，五彩缤纷欢乐无限，而且收尾时声势浩大，全场观众都会起立鼓掌叫好，而我则会一把抓住胸膛，然后如同一件从栽倒的椅子滑落而下的雨衣一

　　　　　　　　　　　　　　　　　形与色的故事

样，倒地不起。不知情的群众在我周围顿足欢呼之际，我会当场死在那里。我的临终时刻将在歌声舞影之中度过。这种死法挺不赖的。不过依我个人从不走运的历史经验来看，只怕我会走得过早。过早来到的某样刺激很可能就会引爆，也许就在我要踏出地铁的时候吧，走在通往四十二街人行道的那道陡峭的铁皮楼梯时，我会跌个倒栽葱，摔在满地的灰砾上头，而过往的行人则都会把我当成街头无赖一样，别开眼睛绕过我而行。要不就是我有可能走到了剧院，却死在通往楼座的阶梯上（如今我已穷得买不起头等座了），但我也许还可以听到一丝仙乐：我一手抓住栏杆，气喘吁吁心脏猛跳，然后便于乐团仍在调音时，翻倒在地，我最后听到的，将会是小提琴拔高拉长的弦音——在试音呢。这可不妙，而且这就有可能坏了其他所有人的兴致，演出有可能因此取消。

所以我还是老话一句（但这话现在已经越来越不中听了）：搞不好以后我会来场表演秀一手噢。

而且我也还没提笔写出半封信。我很清楚医生的意思。也许你跟某人讲的最后一句话很不好听；也许你从来没有花点时间告诉人家，你很珍惜彼此之间的友谊。不过以上两种错误我可都没犯。我这人一向是一根肠子通到底。通常我都话挺多的，大家都知道我心里在想些什么，我跟朋友们的相处都很愉快。我可不想寄出一封病态兮兮的诀别信来煞风景。

所以，怎么有人会想写信呢？

也许是因为他们有罪恶感吧。

我可没有。大致来说是没有。几乎根本没有。我是不会宣称自己一生完美无瑕啦，不过人生的路上，我都是照着规则打牌的。这个世界本来就是你争我夺各自求生嘛，而且总是少不了坏人的，所以我晚上可从来没有失眠过。一直没有。我没犯过什么必须修正的大错——小错也没。我心里头没搁着事情。

只除了一件事，也许只是有可能啦——如果你硬要逼我讲的话，我或许会说那就只有波特飞德小子了。他确实是我一桩小小的心事，虽然当初其实纯粹只是在商言商而已。俗话说傻子和他的钱是很快就会分手的，而年轻的波特飞德就是个十足的傻子，而且他也拥有十足多的钱。他的父亲是腥闻周刊笔下的匹兹堡巨头，老头子将他在钢铁业赚得的资金换得了一个更大的石油王国之后，他的孩子们便一个个摇身成了百万富翁。他们全都在第五大道买下了豪宅。他们全都想往自家的墙上挂些什么。笨鸟一群嘛，这些人——只除了我的那位：他是一只好笨鸟。

我头一回碰到他是九年前的事，也就是1919年年底。雷诺阿[1]才刚在法国过世，电报把消息传到了美国。当时我在大都会美术馆工作，但我只是卸货区的工人。不是台面上的工作没错，不过我确实是抱着能够晋升的希望啊。艺术我还懂一些，就连那时候都懂呢。当时我和一个叫做安奇罗的意大利小伙子合租了一间房，他的志向是要到夜总会表演，不过暂时先在证券交易所附近的一家餐馆当伙计。有一天午餐时间，来了这么个富豪四人组。皮毛领子、真皮靴子。几百万几百万现金价值的股票啊，他们的身价。全都是年轻人，如同王宫贵族。安奇罗偷听到其中一位说，得趁着艺术家还活着的时候买下他的作品，因为只要他一过世，价格肯定要一飞冲天——屡试不爽的。市场的力量、供需的道理，外加提升了的神秘感以及地位吧。第二个人马上响应说，这么说来他们其实都没搭到雷诺阿这艘船啊——这人在滚动新闻上看到了消息。不过第三个人（亦即波特飞德本人）则说，也许还来得及吧，搞不好市场不会立刻反应啊，搞不好在价格飞涨以前，会有个缓冲期。

然后安奇罗这只笨猪不知怎的竟在波特飞德踏步离开的时

---

1 雷诺阿：法国印象派画家，全名皮埃尔·奥古斯特·雷诺阿。

候，硬生生拦下了他表示说，他（安奇罗）现在的室友在大都会美术馆工作，对雷诺阿相当了解，而且他还是个寻找难寻之画的专家呢。

当晚安奇罗跟我提到这事的时候，我问他说："妈的你那样说是干吗啊？"

"就因为我们是朋友嘛，"他说，"因为我们都想要出人头地啊。换作是你，也会帮我吧。你帮我，我帮你，我们这就可以步步高升了。毕竟我俩都有才华啊，还有运气——就像今天。那个有钱人开口在讲艺术呢，而你刚好又在美术馆工作。请问我有哪句话说错了不成？"

"我只负责卸货，"我说，"我看到的就只有板条箱。"

"你这是从基层做起。你会一步步往上爬的——不容易啊，这我们全都知道。所以呢你就应该省掉楼梯，只要抓着机会就搭电梯上去吧。机会不是随时都有——那人可是标准的冤大头哟。"

"我还没准备好。"

"雷诺阿你应该清楚。"

"我知道得还不够。"

"绝对够了，"安奇罗说，"你知道他的流派。你的眼力挺好。"

这话过奖了，不过倒也有几分真实吧，我想。我在报纸上看过他的复制画。我虽然偏爱较古的画作，不过我一直都在增添新知。马奈和莫奈的画作我是分得清的。

果不其然，隔天早上美术馆邮件室的小弟就不顾严寒跑到卸货区来找我，他递了个厚实的信封给我，里头的字条纸质精美，是波特飞德的邀请函。他邀我尽早到他家去，想跟我讨论一件大事。

他的豪宅得往南走十个街口，就在第五大道上，入口处的黄铜大门像是远从意大利弗洛伦萨哪个古老的宫殿移植来的。应该

Bouquet of Chrysanthemums

by Auguste Renoir, 1881
Oil on canvas, 26×21⅞ in. (66×55.6 cm.).
The Walter H. and Leonore Annenberg Collection,
Bequest of Walter H. Annenberg, 2002.

是一艘大肚船运送过来的，八成还搭配了有模有样的船工。管家领我走到书房，波特飞德于五分钟后抵达。当年他二十二岁，一副精神抖擞摩拳擦掌的模样，粉红色的大圆脸上挂了个奇蠢无比的笑容。他让我想起我表弟以前养过的一条小狗。好大的脚掌，滑溜溜的，蠢蠢欲动的模样。我们等着男仆端上咖啡，然后波特飞德便跟我讲起他的缓冲期理论。他说他一直都很喜欢雷诺阿，他想拿到他的一幅画作。或者两幅，或者三幅。这对他来说，可是意义重大。他希望我能去法国一趟，看看能找到什么。他的预算很慷慨，他会帮我写几封引荐函交给当地的银行，而我呢，则是要担任他的采购专员。他会买一张二等舱的蒸汽船票，让我赶搭第一艘船出航。我所有合法的支出他都会给付。他一直讲，我一直听。我心想他跟城里其他有钱的蠢蛋差不多有百分之八十的相似度吧：家里餐厅贴的壁纸上头，有太多的空间需要填满。不过我有个感觉是，他心里头好像有个小小的部分还真是喜欢雷诺阿。也许不完全只是想要投资吧。

最后他总算是闭上了嘴巴，而我不知怎的竟然说道："好吧，由我来。我这就马上出国。"

六天以后，我到了巴黎。

前途无望。我啥都不知道，也不认识半个人。我如同常客一般到各家画廊走逛，但雷诺阿的价格已经是冲天高了。根本没有过渡期。先前在餐厅里发言的头一个家伙说得没错——是波特飞德太乐观了。不过我觉得责任在身，所以还是继续苦撑。我听来了一些八卦。某些经纪商很担心雷诺阿的小孩会把他画室里头的作品全都放进市场，打乱行情。显然他画室的墙边是以一组六幅竖叠的方式堆放了大量作品吧。画室是在一个叫做滨海卡涅的小镇——位于戛纳后方的山间，是法国南部的小渔港，就在地中海沿岸。我可以搭火车到戛纳，然后也许可坐上什么驴拉车继续上路了。

我去了那里。怎么不去呢？不去的话就只能搭船回国，回到一个显然已经被我搞丢了工作的地方。所以我便买了卧铺的票，来到一片炎热的黄土地上。一辆轻便的二轮马车把我带到了山间。雷诺阿的地方放眼望去是一片舒适：好几亩整理过的田园，外加一栋低矮的石砌房子。他已经红了好几年，不是濒临饿死边缘的艺术家，不再是了。

屋子里没人，除了跑来的一个年轻人，他说他是雷诺阿的好友，名叫路西安·米浓。他说他就住在那里，也是个画画的。他说雷诺阿的小孩来过，但又走了，而雷诺阿的妻子住在尼斯的一个朋友家里。

他讲英文，所以我便说了各式各样真心诚意的致哀之词，好让他帮我转达给所有相关人士。我是代表纽约市里所有雷诺阿的仰慕者——我们有一大群，而且大家都很想知道（原因我则讲得像是纯属学术性的好奇，甚至带着感伤），到底画室里还有多少画呢？

我觉得米浓应该会回答，因为他是艺术家，应该对钱非常敏感，没想到他竟然没接话。没有直接回答。他反倒是跟我谈起了自己的生活。他是画家，原先是雷诺阿的仰慕者，后来成了他的朋友，然后则是常伴左右的伙伴。像是他的弟弟一样。他已经在这房子里住了十年。两人年龄的差距虽然颇大，然而他和雷诺阿之间却发展出了极其深厚的友谊。真实的联结。

这话听来颇为诡异——有些人会被送到精神病院其实不是没有道理的。之后则又更糟了。他带我去看他的作品，跟雷诺阿的画作很像，几乎是一笔一画照着临摹的，风格、笔触，还有主题都一样。而且全都没有签名，好像是刻意要制造出大师亲笔绘下的错觉。挺怪、挺卑屈的一种向大师致敬的方式。

画室是一间宽敞、高阔、很方正的房间。颇为凉爽，而且光线很好。雷诺阿有些画作给挂在墙上，而米浓有些画作则是挂在它们旁边。很难看出其中的差异。在这些展示出来的作品下头，确实有很多油画是六幅一组给堆靠在墙边的。米浓说这些作品是雷诺阿的小孩特意保留下来的。它们是父亲珍贵的遗产——不给人观赏，也不让人触摸，因为它们都是杰作。

他讲话的方式好像是在暗示说，它们之所以杰出是来自他的帮助。

我问他是否还有哪些画作尚未寻得买家呢——不管是在法国的哪里。他指着对面的墙上算是回答。那上头挂了极少数雷诺阿小孩不要的作品。有一幅其实就只是一条波浪状的绿色线条，由左到右横过了空白的帆布面而已。也许原意是要画风景吧：起了个头，但马上又放弃了。米浓告诉我，雷诺阿其实不太喜欢在户外作画。他喜欢在室内画他的模特儿。粉红色加圆滚滚的，大多是村里的姑娘，显然其中一位已经成了雷诺阿夫人。

有一幅孩子们不要的作品，它的下半部画了风景：十几道绿色的笔触，效果不错，含蓄内敛，但有点实验性质，好像没有很认真在画。上头没有天空，又是一幅作废的画给搁到了一旁，不过之后却又为了其他目的重拾起来。原本应该是天空的地方画上了静物：绿色的玻璃瓶，上头插着粉红色的花。静物画在画布的左上角，往侧边斜向了未完成的风景画，大约只有八乘十寸的大小——上头的花是玫瑰和秋牡丹。粉红是雷诺阿的注册商标。米浓和我一致认为，没有人画的粉红能够比得上雷诺阿。花瓶本身是廉价品，几文钱从市场买来的吧，要不就是在家里拿了个空酒瓶，往里头注入六寸高滚烫的水，然后举了个铁锤在上头轻轻敲出一些裂纹。

这是一幅美丽的小品，看来是带着愉悦的心情画下的。米浓告诉我说，它的背后有个小故事。某一年的夏日，雷诺阿夫人到花园里摘了一些花，她将花瓶凑向了水泵注满水，并精心插起花来，然后捧着花瓶穿过画室的门要进屋里去。她的丈夫看到了花，立刻兴起要将它入画的欲望。欲望一发不可收拾呢，米浓说。所谓艺术家的特质吧。当时雷诺阿立刻停下手中的事，就近抓起了一张可用的画布（也就是那幅未完成的风景），将它垂直立在画架上，然后将花朵画在原本要画天空的空白处。他说他实在无法抗拒那随意插出来的野性美。他的妻子先前花了不止十分钟插花，这话她听了笑一笑，没搭腔。

我当然是提出了交易。

我说如果我可以拿走这幅静物小品，纯粹只当作我个人的收藏，当成纪念品的话，那么我就会买下米浓创作的二十幅画作，卖到纽约去。我跟他出的价是十万美元（波特飞德的钱）。

米浓当然是点头说好。

还有一件事，我说。他得帮我把静物从大张画布的左上角切割下来，然后将这断片裱进另一个画框里头。就像一幅小品的真迹。

他说没问题。

还有一件事，我说。他得将雷诺阿的签名画上去——完全只是要满足我个人的需求。

他犹豫起来。

我说他知道这是雷诺阿亲笔画的。这点他很确定，因为是他亲眼看到当中的过程啊，所以这就不算欺骗了吧？

他同意的速度够快，我对自己的前途也因此充满了期待。

我们将那半风景、半静物的帆布面抽出画框来，并从中割下我要的那八乘十寸的长方形（外加足够的空白边缘可以将它镶上框）。米浓就近拿了些木头和铁钉做出一个框来。我们裱好画以后，他便拿了一管深褐而非黑色的颜料，挤出一滴来，然后便提起一只细骆驼毛画笔，将雷诺阿的名字涂在画面的右下角。只是简简单单的雷诺阿（Renoir）而已：起首字母是花体的大写，之后便是流畅的小写字母了，很法国风，而且和我在画室周遭看到的几十幅真迹上的签名完全一样。

之后，我便选了二十幅米浓的画。我挑的当然是最最抢眼而且最像雷诺阿真迹的作品。我开了张支票给他——十万美元整——然后我们便将那二十一幅画分别拿纸包好，并将它们装上马车，这车一直都在外头等着我，静候我的指令以及波特飞德慷慨的小费呢。我挥了手，乘着车扬长而去。

之后我再也没见过米浓了。不过说起来，我们算是继续合作了三年之久。

我在戛纳一家挺豪华的滨海旅馆租了个房间。服务生敲门送进了我的包裹。我走出门去，找到一家美术用品店，买下一管暗褐色的油画颜料，以及一只细骆驼毛画笔。我将我那幅静物架在梳妆台上，然后临摹起雷诺阿的签名，总共签了二十次，分别涂在米浓那二十幅画作的右下角。然后我便下楼到了大厅，打电报给波特飞德：花了十万美元买下三张雷诺阿的杰作。将直接回国。

我在七天之后回到了家。第一站为了我的静物，我去了一家裱框店，之后我便将该画放置在我家客厅的壁炉上头；第二站则是波特飞德位于第五大道的豪宅，我带了三幅米浓最棒的画作过去。

而这，也就是罪恶感的种子萌发的起点。波特飞德乐得跟什么似的。妈的飘飘欲仙呢。他拿到了他的雷诺阿，开怀大笑，乐得像个圣诞节早晨的小孩。三幅画都棒透了，他说。而且便宜得离谱，一幅三万三。他还给了我赏金。

我很快就熬过去了。不熬过去也不行，我还有十七幅雷诺阿要卖——结果确实也都卖掉了，在三年的期间内慢慢地一张张脱手，为的是不要打乱市场行情。我就像我在巴黎碰到的那些画商。我可不希望供过于求。我拿着赚到手的钱买下一栋住宅区的豪宅。我再也没跟安奇罗同住了。我碰到一个家伙跟我推荐美国无线电公司的股票，所以我就买下了一堆，结果惨赔。钱差不多都给搞光了。也没什么好抱怨的——这叫自食其果。我既然做得出来，能怪别人也做到我头上吗？在这世态炎凉的城市里，我的世界缩小到只有我跟我的家，唯有靠着壁炉上那束玫瑰与秋牡丹所散发出来的光芒，来让自己振作。我想象着波特飞德家里同样的氛围，我们就像地图上的两根大头针。双胞般的快乐和喜悦的中心点。他有他的雷诺阿；而我，也有我的。

然后就是心脏病发，接着就是罪恶感来袭。我要怎么跟他解释啊？我只能将我的雷诺阿拿下墙面，裹进纸里，然后走上第五大道，穿过黄铜制的意大利大门，来到他房子的前门。波特飞德不在家，这倒无所谓。我将包裹递给了他的男仆，并说我想将这幅画送给他的老板，因为我知道他喜欢雷诺阿。然后我便离开那里，回到我的家。我仍旧和先前一样，坐在家里，静静等着第二次病发。我的墙面看起来空旷，不过也许这样子反而比较好吧。

他抓住了艺术的核心本质，并奉献了自己的灵魂。

大卫·莫雷尔
David Morrell
作者

写过备受好评的《第一滴血》，他在
这本书里创造了兰博这个角色。他
于宾州大学拿到了美国文学的博士
学位，并曾于爱荷华大学的英文系
担任教职。他有许多作品登上了《纽
约时报》的畅销书榜单，其中包括
经典间谍小说《玫瑰兄弟情》。这本
书后来拍成了电视迷你影集——这
是美国电视史上，唯一在"超级碗"
转播赛之后播放的影集。

《两棵丝柏树》（局部）
文森特·梵高，1889

Cypresses
by Vincent van Gogh, 1889
Oil on Canvas, 36¾×29⅛ in. (93.4×74 cm.). The Met,
Rogers Fund, 1949.

橘色代表焦虑，蓝色代表疯狂

Orange Is For Anguish, Blue For Insanity

　　梵高的画作颇具争议性，这是当然。他的作品于 19 世纪晚期在巴黎的艺术圈里引发的丑闻，日后则是成了传奇。梵高鄙视传统，扬弃约定俗成的理论，他抓住了艺术的核心本质，并奉献了自己的灵魂。色彩、构图，以及质感。他秉持着这几项原则所创造出来的肖像与风景画，带出了全新的风格：画作的主题仿佛只成了梵高将颜料涂上画布的借口而已。他热情挥洒的明亮颜料或呈块状，或成涡流状，且那厚涂的颜料如同浅浮雕般从画布突出了八分之一寸，轻易便可攫住观者的目光——相对于技巧而言，画作描绘的人物或景色只能退居其次了。

　　风行于 19 世纪晚期的前卫理论——印象主义——主张作画要模仿眼睛的惯性，将周边物体的边沿模糊掉。梵高则又更进一步，特意强调物体之间没有差别，他让它们仿佛是相融起来，成了相互关联、合而为一的彩色大同世界。梵高的树，枝丫成了灵质般的触须，伸向了天空与草地，而天空和草地也仿佛伸出了触须，奔向他的树，所有的物体都融合成了一个明亮的涡流。他致力于呈现的，好像并不是光线所制造的幻象，而是真实世界本身——或者至少是他有关"真实"的概念。树木是天空，他的技巧如此宣称。草地是树木，而天空是草地。万物合一。

　　　　　　　　　　　　　　　　　　　　　　　形与色的故事

梵高的技巧在他那个时代的理论家看来并不合宜，所以他往往连一幅花了好几个月辛苦完成的画作，都换不了一顿饭吃。他饱受挫折，以致崩溃。到了最后他甚至自残，而他曾经有过的朋友如塞尚和高更也因此退避三舍，和他保持距离。他在穷困潦倒、默默无闻中死去。直到 20 世纪 20 年代，也就是他死后三十年，他的画作才得到天才之作该有的重视。20 世纪 40 年代时，他饱受折磨的灵魂成了一本畅销小说的主题；而到了 20 世纪 50 年代，根据这本小说改编成的电影，则为好莱坞带来辉煌的胜利。时至今日，就算他最微不足道的作品，至少也要卖到三百万美元了。

啊，艺术。

事情都是因为迈尔斯和史岱文森教授那次会面而起了头。"他同意了……不情不愿的。"

"难怪他竟然会同意呢，"我说。"史岱文森最恨后印象派了——尤其是梵高。你怎么不找个容易点的，比方说老头布列福？"

"因为布列福的学术声望烂到爆了。如果写篇论文却没办法出版的话，又有什么意义啊？只要找个德高望重的教授来指导我的论文，就不怕出版社冷眼相看了。更何况，要是我说服得了史岱文森的话，又有谁说服不了的？"

"说服他什么啊？"

"史岱文森也是这么问我的，"迈尔斯说。

这幕情景我仍然历历在目：迈尔斯挺直了他瘦长的身躯，把眼镜推上鼻梁。他的眉毛猛力一皱，那上头的红色鬈发都鼓了起来。

"史岱文森说，先不管他多讨厌梵高吧——老天在上，那个跩王八讲话的那副死德性——他实在搞不懂我干吗要浪费我一年的生命，去写一个不知已经有多少书本和文章都讨论过的画家呢。怎么不选个无名但有潜力的新表现派画家赌一把，搞不好日后我的名气可以跟着他水涨船高呢。当然，他推荐的艺术家就是他的最爱。"

"当然，"我说，"他讲了名字吧，我想他应该……"

迈尔斯说出名字。

我点点头，"史岱文森这五年来都在收集他的作品。他希望退休以后，画作转手得来的钱可以为他在伦敦买下一栋房子。所以你是怎么跟他说的呢"？

迈尔斯张口要答，但又迟疑起来。他若有所思，转头面对梵高那幅《洼地里的柏树》。这张复制品就挂在一座高抵天花板的书架旁边，架上满满都是有关梵高的传记、画评，以及精装的画作集。他沉默不语，仿佛看到了熟悉的画，他仍然是叹为观止——虽然那上头印出来的颜色根本比不上原作明亮的色调，而印刷的过程自然也无法重现画布上一层层浮雕般涡流的细致质感。

"所以你是怎么跟他说的呢？"我又问了一次。

迈尔斯呼了口气，沮丧和赞叹之情都有，"我跟他说，画评人讲到梵高，根本都是胡言乱语满口垃圾。这点他倒是同意——不过却暗示说，梵高的画本就容易招来垃圾。我说，就连很优秀的画评人都没能点出梵高的精髓呢：他们都没看出其中奥妙"。

"什么奥妙？"

"没错，史岱文森就是这么问的。你也知道每回他只要失去耐性，就会开始一直点烟斗。我得加快讲话的速度。我说，我也不知道我在找什么，不过画里确实是有个什么——"迈尔斯指指那幅画，"里头确实是有——但都没人注意到。梵高在他的日记里其实也有暗示。我不知道关键在哪儿，不过我很确定，他的画暗藏了一个秘密。"迈尔斯瞥了我一眼。

我耸起眉毛。

"唔，如果没有人注意到的话，"迈尔斯说，"那就一定是秘密了，对吧？"

"但如果你也没注意到……"

迈尔斯忍不住再度转头看着画，他的声音满是叹服之意。"我怎么会知道内藏秘密，对吧？这是因为啊，我只要看着梵高的画，就可以感觉到它。我有感应啊。"

我摇摇头，"我可以想象史岱文森对你这话的反应：这人把艺术品当成几何了。总之，根本就没有什么秘密可言——"

"他跟我说，如果我打算走神秘主义路线的话，我就应该去念宗教系，而不是艺术。不过如果我打算自讨苦吃，搞死我的前途的话，他会很乐意帮我一把的。他说自己很喜欢以开明之士自居。"

"妈的搞笑啊。"

"相信我，他可不是开玩笑。他说他蛮喜欢福尔摩斯的。如果我觉得自己已经找到了个谜题，而且有办法解开的话，那就放手一搏吧。这话一讲完，他就丢了个最不可一世的笑容给我，还说今天开教职员工会议的时候，他会跟大家提到这事。"

"那就没问题了吧？你已经如愿以偿，他同意要指导你的论文了。可你的语气怎么——"

"今天根本就没有开教职工会议。"

"噢，"我的声音一沉，"把你给耍了。"

迈尔斯和我是同一年到爱荷华大学念研究生的。那是三年前的事了。我俩感情很好，一起在校园附近一栋老旧的大楼里租了相邻的公寓。大楼的房东是个老处女，闲暇时喜欢画水彩——得补一句，这人一丝丝天分也没有。房间她只肯租给艺术系学生，目的是要跟着学画。但她对迈尔斯倒是破了例。他和我不一样，他不是画家，念的是艺术史。大部分的画家都凭直觉作画，而且不擅长以文字表达自己，不过迈尔斯的专长是文字，而非色彩。他的即兴演讲很快就赢得了老小姐的欢心，他也因此成了她最钟爱的房客。

不过那一天之后，她就很少看到他了。我也一样。他没去上我俩共同选修的课。我原以为他大半时间都耗在图书馆里。某天夜里很晚时，我发现他的门底透出光来，所以我就敲了敲门，但没人应。我打电话给他——透过墙壁，可以听到被捂住的铃声响个不停。

有天晚上，我让电话铃响了十一下，就在我要挂上的时候，他来接了，声音听起来筋疲力尽。

"你都要成了陌生人了。"我说。

他语带疑惑："什么陌生人啊？几天前不是还看到你了吗？"

"你是说两个星期以前。"

"噢，妈的。"他说。

"我这儿有六瓶装的啤酒。你要不要——"

"好啊，挺好的。"他叹了口气，"上我这儿来吧。"

他打开门时，我还真不知道是哪一点比较吓人，是迈尔斯的外表呢，还是他公寓里的情形。

我先讲迈尔斯好了。他一直都很瘦，不过这会儿他面容憔悴，成了不折不扣的皮包骨。他的衬衫和牛仔裤都皱巴巴的，红发乱成一团，眼镜后头的那双眼睛布满了血丝。而且他没刮胡子，他关起门来伸手要拿我捧着的啤酒时，手都抖了起来。

他的公寓满满覆盖着梵高的复制画。我真不知道该怎么形容那一大窝明亮的杂乱所带出来的阴郁效果。每一寸墙面、沙发、椅子、书桌、电视、书架，还有窗幔、天花板，以及地板，都覆盖着梵高的画——只除了地板上留了一条狭窄的通道。涡流状的向日葵以及橄榄树、草地、天空和河流，包围着我，淹没了我，它们像是朝我伸手而来。我觉得自己仿佛要被吞没了。画中物体的边沿模糊，物与物相融；同样的，每幅画也像是融入了彼此。我站在那重重杂乱的色彩当中，说不出话来。

迈尔斯大口吞下了好些啤酒。他看我对这房间的反应如此强烈，似乎有点羞惭。他指着那一圈圈的漩涡表示："说起来，我都快淹没在论文里啦。"

"你最后一次是什么时候进食的？"

他一脸迷惑。

"我就知道。"我沿着满地复制画当中隔出来的狭窄信道走向电话。"披萨，我请客。"我跟离这儿最近的必胜客订了超级大餐。他们啤酒不外送，不过我的冰箱里还有个六罐装的——我俩应该会有需要。

我放下话筒，"迈尔斯，妈的你这是在搞什么"？

"我跟你讲了啊。"

"陷进你的论文里了吗？饶了我吧。你翘了一堆课。天知道你多久没洗澡了，你看起来跟个鬼一样。史岱文森跟你达成的协议可不值得你拼掉小命。跟他说你改变主意好了，找个比较容易过关的指导教授吧。"

"史岱文森跟这可没半点关系。"

"老天在上，那这是跟什么有关呢？资格考结束了，就要开始论文的蓝色忧郁期了不成？"

迈尔斯吞掉剩下的啤酒，伸手再拿一罐，"不对，蓝色代表的是疯狂。"

"哈？"

"模式是这样没错。"迈尔斯转身面对涡流般的复制画，"我照着年表研究过。梵高越是疯狂，使用的蓝就越多。而橘色则代表他的焦虑。如果你把他的画跟传记里头描述到他个人危机的时期相互对照的话，就会发现橘色确实是对应到某种情绪。"

"迈尔斯啊，你是我最好的朋友，请原谅我实话实说：我觉得你已经疯了。"

他又灌下更多啤酒，耸耸肩，仿佛是在说他也没寄望我真能
了解。

"听好了，"我说，"什么个人的颜色密码，还有情绪和色彩
相互对应，全是一派胡言。这点我很清楚。你念的是艺术史，不
过我是亲笔在画画的。我跟你说，不同的人对颜色会有不同的反
应。先别管广告公司搬出什么理论说，某些颜色的产品比其他更
好卖。其实全都要看情况、看流行。今年风靡的色系，到了明年
就不吃香了。不过至情至性的伟大画家用到的是他认为可以制造
出最好效果的颜色啊。他全心投入的是创作，不是贩卖。"

"梵高还真是需要卖掉几幅画呐。"

"那当然。可怜那家伙根本活不久，没能赶上流行。可你说
什么橘色代表焦虑，蓝色代表疯狂啊？把这话讲给史岱文森听去
吧，管保他要把你踢出办公室。"

迈尔斯摘下眼镜，按了按鼻梁，"我觉得不太……也许你说
得没错吧"。

"没什么也许啦，我说得就是没错。你需要吃个东西、冲个
澡，还有睡个好觉。一幅画就是颜色和形状的组合——有人喜
欢，也有人不喜欢。艺术家只是照着自己的直觉，采用他熟稔的
不管什么技巧，尽力而为罢了。总之如果梵高的作品里真有什么
秘密的话，也不会是颜色密码。"

迈尔斯喝掉了第二罐啤酒，沮丧地眨了眨眼，"你知道我昨
天发现了什么吗"？

我摇摇头。

"那些全心全意研究梵高的画评人……"

"他们怎么样？"

"都发疯了，就跟他一样。"

"什么？不可能啦。我也研究过梵高的画评人。他们都跟史

岱文森一样，保守而且无趣。"

"你说的是主流学者——打安全牌的那一伙，我讲的是真正有才华的人。这些人的天分不受肯定，就跟梵高当年的命运一样。"

"他们怎么了呢？"

"受苦啊，跟梵高一样。"

"他们也被关进了精神病院吗？"

"比那还糟你信吗？"

"别卖关子了，迈尔斯。"

"相似之处还真是惊人。他们每一个都试图要作画——以梵高的风格。而且跟梵高一样，他们都挖出了自己的眼睛。"

你们这下应该已经懂了——迈尔斯正是所谓的"易感激动型"人物。我这倒没有贬义。他这人容易激动，其实正是我喜欢他的原因之一，另外就是他丰富的想象力了。跟他在一起绝对不会无聊。他喜欢新的点子，学习是他最大的热情。而他也将热情传染给我了。

事实上，我还真是需要灵感的启发啊。我的画倒也不差，一点也不差。但话说回来，我也不是多伟大的画家。就在我快要念完研究生的时候，我才很痛苦地醒悟到，我的作品顶多就只能做到"有意思"而已。这点我不想承认，不过我最终应该就是只能到广告公司上班了。

然而那天晚上，迈尔斯的想象力却一点启发性也没有——应该说是挺吓人的才对。他热衷的偶像老是在换：艾尔·葛雷柯、毕加索、波拉克。每一个都曾让他爱到近乎执迷不悟的地步，然而最后又会让位给另外一个艺术家。先前我看他执迷于梵高，以为那也只不过是另一个过渡期而已。

不过这会儿看到他房间里散乱着不知多少梵高的复制画，我觉得他显然是犯了极其严重的强迫症。他口口声声坚持说，梵高的作品藏有秘密，这点我委实存疑。毕竟，伟大的杰作是无法解释其中道理的。你可以探讨它的技巧，你可以研究它的对称性，然而说到底，那里头总是隐含了无法言传的奥秘。天才是无法用语言来分析的。依我看来，迈尔斯根本就是把"秘密"当成"无法言喻之伟大"的同义词了。

当我醒悟到，他说梵高的画里藏有秘密，其实就只是字面上的意思时，我相当惊骇——而他眼里的沮丧也同样吓人。他说疯狂的不只是梵高，连他的画评人也一样时，我开始担心迈尔斯自己就要崩溃了。老天在上，挖掉他们自己的眼睛？！

我跟迈尔斯一起熬夜，搞到了清晨五点，我想安抚他，说服他需要睡几天好觉。我们喝完了我带去的六罐装啤酒，还有冰箱里的另外六罐，外加我跟走道另一头房间的艺术系学生买来的六罐。破晓时分，就在迈尔斯打起瞌睡、而我歪歪倒倒地打算走回住处时，他模糊地低声说着我是对的，他需要休息。明天他就要打电话给家人。问他们是否可以支付他回丹佛的机票钱。

我因为宿醉，搞到隔天近傍晚时才醒过来。错过了好几堂课我很懊恼。我冲了个澡，满嘴昨晚披萨的味道好难闻。我打电话给迈尔斯却没人接，这我可不惊讶。他八成跟我一样喝得烂醉了。可是日落之后打电话敲门还是没人应时，我开始担心了。他的门已经锁上，所以我就下楼跟女房东要了钥匙。而我也就是在这时候，看到信箱里塞着的字条。

> 说到做到。需要休息。返家去也。
> 会再联络。保持冷静。好好作画。
> 爱你啊兄弟。永远都是你的朋友。

迈尔斯

我的喉咙发痛。他再也没有回来了。那之后我只看过他两次。一次是在纽约，另一次则是在……

我们还是来讲纽约吧。我完成了毕业展的作品，也就是一系列赞颂爱荷华景色的画作：一望无际的蓝天、肥沃的黑土，还有茂密的山林。一位当地人付了五十美元买下其中一幅。我将三幅送给了大学附属医院当礼物，其余的到底流落何方就只有天知道了。

发生太多事情了。

一如我所预期，这个世界对我"好但不甚好"的努力并没有太大反应。我后来则是到了我所归属之地，成了麦迪逊大道一家广告公司的商业艺术家。我画出来的啤酒罐，是这一行里的首选。

我碰到一位聪慧迷人的女士——她在一家美容用品公司的营销部门上班，而该公司是我们的客户。专业会议的碰面，私下的晚餐之约，以及通宵达旦的亲密共处之后。我求婚了。她同意了。

我们以后要住在康涅狄格州，她说。

当然。

时机到时，我们也许会有小孩，她说。

当然。

迈尔斯打电话到我的办公室来——我不知道他是怎么问出我的下落的。我还记得当时他喘不过气来的声音。

"我找到了。"他说。

"迈尔斯吗？"我咧嘴笑了，"真的是——你好吗？你都跑哪儿——"

"我是在跟你说，我找到啦！"

"搞不懂你是在说——"

"还记得吗？梵高的秘密！"

刹那间，我想起来了——迈尔斯总是有办法引发热情，青春年华时那些充满憧憬的美好谈话啊。一个个白日，尤其是夜里，多少勃然生发的点子以及美好的将来在跟我们招手。"梵高吗？你难道还——"

"没错！被我说对了！真是有个秘密呢！"

"你这疯小子，我才不管什么梵高。我关心的是你！你怎么——不告而别，我永远都不会原谅你。"

"我非走不可啊。我可不能让你拖住我。不能让你——"

"我是为你好啊！"

"你以为啦。不过我没说错哦！"

"你现在人在哪儿？"

"就在你预料会看到我的地方。"

"看在咱俩老交情的分上，迈尔斯，拜托有屁快放吧。你人在哪儿？"

"大都会美术馆。"

"你不会跑掉吧，迈尔斯？我这就搭出租车过去，我还真等不及要看到你了。"

"我也等不及要让你看到我看到的呢！"

我推迟了一个 deadline，取消了两个约，然后告诉我的未婚妻，当晚无法和她共进晚餐。她听起来很不爽。不过全天下我就只在乎迈尔斯啊。

他站在入口处的廊柱旁边，面容憔悴，不过眼睛却亮得像星星。我一把抱住了他，"迈尔斯，看到你我好高兴——"

"我要带你去看个东西。快点。"

他拉住我的外套，大步往前。

"你这一阵都到哪儿去了？"

"这以后再谈。"我们走进了后印象派的画廊。我满心疑惑，跟着迈尔斯走去。他焦躁地将我安置在梵高那幅《日出时的冷杉》前方的长椅子上。

我从来没看过原作，复制画根本不能比。为女性美容用品画了一年广告以后，我简直是灰心丧气到极点了。梵高的力量把我带到了……

哭泣边缘。

因为我只剩下匠气的手艺。

因为早在一年前我就放弃了年轻时的大志。

"你看！"迈尔斯说。他举起手臂，指向那画。

我皱起眉头，看过去。

这要花时间——一个小时，两个小时——也需要迈尔斯耐心地诱导。我集中精神观察起来。然后，终于，我看到了。

满心的赞叹变成了……

我的心跳急剧加速。迈尔斯最后一次以手循着画作的线条而行，开始紧盯着我们的警卫也走了过来打算阻止他碰触画布，突然我觉得眼前仿佛有云雾散去——焦距终于对准了。

"天哪。"我说。

"你看到了吧？树丛、树木、枝丫都是？"

"没错！老天，真的！怎么我以前都——"

"没注意到是吧？因为复制画里看不到。"迈尔斯说，"唯有原作才有。而且那其中的技巧惊人，你得仔细研究——"

"一辈子。"

"感觉确实是要那么久。不过我原先就知道了。我讲得没错。"

"一个秘密。"

记得小时候，我父亲——我真是爱他啊——曾带着我到野外采集菌菇。我们开车出了城，翻过铁丝网围篱，然后穿过一座森林，来到一个长着死榆树的斜坡。我父亲要我到斜坡顶上去找，而他则负责坡底。

一个小时以后，他拎了两大纸袋的菌菇过来了。我连一个菌菇也没找着。

"看来是你那边运气比较好。"我说。

"不过你这儿也全都是啊。"我父亲说。

"全都是？在哪儿？"

"你看得不够仔细。"

"我已经来回走了五趟啊。"

"你找是找了，可是你没真用到眼睛。"我父亲说。他拎起了一根长枝子，然后朝地面点去。

"眼睛注意看着枝子的底端。"

我看过去了……

我永远都忘不了当时窜过我胃部的那股兴奋的热流。菌菇仿佛变魔术般地出现了。它们原本就散在四处，当然完全融入了周围的环境，颜色如同枯叶，形状则像是一段段木头以及一片片石块，所以无知的眼睛根本无法辨认出来。可是一旦我的焦距对准了，脑子重新评估它所接收到的视觉信息以后，我就看到了菌菇无所不在，仿佛有成千上万个。我一直都站在它们上头，走在它们上头，看着它们，却无知无觉。

当迈尔斯引导我在《日出时的冷杉》里头认出那些小小脸时，我的惊吓更是铺天盖地而来。脸容还不到四分之一寸大，只是细微的暗示而已——点与曲线——和周遭的景致完美地融合在一起。它们倒也不完全是人类，虽然那上头确实都有口、鼻和眼。每张嘴都是黑漆漆的张大的咽喉，每只鼻子都是锯齿状的切口，而眼睛则是暗黑的沮丧的洞。扭曲的面孔像是极其痛苦地在尖叫。我几乎可以听到它们焦虑地嘶吼，悲切地哭嚎。我想到了诅咒，想到地狱。

当我注意到这些脸孔时，它们突然以万马奔腾之姿从画作层层的涡流里大量涌现出来：风景仿佛成了幻象，奇诡的脸庞则成了真实。冷杉转化成一丛丛可憎的聚集：多少扭曲的手臂以及备受折磨的躯体啊。

我大惊失色，往后一退，差点就撞到正想把我拉开的警卫。

"不要触碰——"警卫说。

迈尔斯已经赶到另一幅梵高画作前面了：《洼地里的柏树》的真迹。我跟了上去，我的眼睛已经知道要找什么了，在所有的枝桠以及石块上头，我都看到了痛苦不堪的小小脸孔。画布上密密麻麻的都是它们。

"天啊。"

"还有这幅！"

迈尔斯快步走向了《丰收时节的向日葵》，而且再一次，仿佛是镜片改换了焦点，我看到的不再是向日葵，而是焦虑的脸面，以及扭曲的四肢。我踉跄而退，感觉抵到了一把椅子。我坐了下来。

"你还真说对了。"我说。

警卫站在我们近旁，满脸不悦。

"梵高确实是有个秘密。"我说。我不敢置信地摇摇头。

"这就都说得通了，"迈尔斯说，"这些焦虑的脸使他的作品有了深度。它们虽然隐而不现，不过我们可以感知到。我们可以在那美的底下，感到焦虑。"

"可是他为什么要——"

"我觉得他是别无选择，他的天分把他逼疯了。依我猜呢，这就是他看到的真实世界。这些脸孔是他必须对抗的恶魔——从他疯狂的心智里头流出来的毒脓。而且它们也绝不只是绘图师耍弄的花招而已。只有天才才有办法把它们大剌剌地画出来，同时完美地将它们和景色融为一体，让人完全看不出来，因为他是把它们当成可怕的真实了。"

"看不出来吗？你不就看到了吗，迈尔斯？"

他笑起来，"也许这就表示我也疯了吧"。

"这我存疑，朋友。"我回他一笑，"这就表示你是锲而不舍。你会因此而成名的。"

"不过我还没完呢。"迈尔斯说。

我蹙起眉头。

"到目前为止，我也只是点出了一个颇为惊人的'视错觉'案例而已。受苦的灵魂在难以言喻的美底下挣扎扭曲——而也许美正是来自这点呢。我会把它们称作是'次位性图像'，广告界也许会称之为'潜意识图像'吧。不过梵高跟商业主义借由'潜意识图像'诱导消费者购物可没半点关系。他是个不折不扣的艺术家，而且也有足够的才华将自身的疯狂当成他的灵感素材。我得再往深处挖掘才行。"

"你这是什么意思？"

"这里的画作提供的数据还不够。我曾在巴黎、罗马、苏黎世还有伦敦见过他的作品。我跟我父母借的资金，已经多到了他们的耐心以及我的良心所允许的极限了。不过因为看得已经够多，所以我很清楚下一步该怎么走。焦虑的脸开始于 1889 年，当时梵高灰头土脸地离开了巴黎。他早期的画作确实糟糕。之后，他在法国南部的维奇村定居下来。六个月以后，他灵思泉涌，爆发出无穷的创造力——开始狂热地拼命作画。他回到巴黎展示了自己的作品，但却无人懂得欣赏。他继续作画，继续展示，但还是被人冷眼相待。回到维奇村后，他达到了创作的巅峰，然后整个人疯掉，精神病院成为他唯一的选择。但在那之前，他已挖掉自己的双眼。这就是我论文的主题。我打算重走一遍他的经历，将他的画作和传记做个对照。我想证明：他的疯狂越是恶化，脸孔出现的次数就更加频繁，看上去也更加焦虑了。他将自身扭曲的视像强加在每幅风景上，而这，就印证了他灵魂里的骚乱啊。"

这就是典型的迈尔斯：思想和观点都走极端，付诸行动时，又更是极端。请别误会我的意思。他的新发现确实有其重要性，但他就是不懂得适可而止。我念的虽然不是艺术史，不过我读的书也不少，知道所谓的"心理评析"是怎么回事。试图将伟大的艺术解析为精神官能症的表现，其实是学界所排斥的。如果迈尔斯将一篇心理分析的论文交给史岱文森的话，那个不可一世的狗杂种肯定是要跳脚的。

我对迈尔斯打算要走的下一步，是存了这么个疑虑。而我更担心的则是另一点，"我打算重走一遍梵高的经历"，他说。我是等到我们离开了美术馆走在中央公园时，才醒悟到迈尔斯这句话讲的还真就是字面上的意思。

"我打算去法国南部。"他说。

我惊讶地瞪大了眼，"你该不会是想去——"

"维奇村吗？没错。我打算去那儿写我的论文。"

"可是——"

"你想得出更恰当的地点吗？那就是梵高经历精神崩溃，最后发疯的村子啊。如果可能的话，我甚至还想租下他住过的那间房。"

"迈尔斯，你这也太过了吧。"

"不过这样做很合情理。我得沉浸在他的世界里。我需要合适的气氛，一种历史感，这样我才会有写作的动力。"

"你上一回沉浸进去的时候，整个房间都塞满了梵高的复制画，而且是不吃不睡不洗澡。我希望——"

"我承认那次我是太投入了。不过上一回我根本搞不清自己是在找什么，现在我知道了，我已经进入状况了。"

"我看你的情绪好像不太稳定。"

"错觉啦。"迈尔斯咧嘴一笑。

"走吧，我请你喝点小酒吃晚餐。"

"抱歉，我没办法。得赶飞机去了。"

"今晚就要走了吗？可是我们已经好久都——"

"你可以等我写完论文以后，再请我吃这一顿。"

我再也没这机会。后来我只再看到他一次，两个月以后我收到了他寄来的信——或者该说，是他请护士寄来的信。她将他口述的话写下来，然后又附上她自己的说明。他已经刺瞎了自己，当然。

> 你讲得没错。我不该来这儿的。可是我这人又何曾听过劝呢？老是自作聪明，对吧？现在已经太迟了。我那天在大都会美术馆指给你看的——老天在上，还有更多更多呢。我找到了真相，无法忍受。不要重犯我的错，永远不要再看梵高的画了，我求你。无法忍受目前的痛苦。需要休息。返家去也。会再联络。保持冷静。好好作画。爱你啊兄弟。永远都是你的朋友。

> 迈尔斯

护士在她写的附注里，道歉说她的英文不够好。她说，自己偶尔会照顾在蔚蓝海岸度假的美国老人，所以才学了英文。不过她听说的能力要比读跟写来得强，希望她写的东西我能读得懂。我虽然不太懂，不过错不在她。迈尔斯目前痛苦不堪，得靠吗啡镇定，所以思绪颇为混乱，她说。奇妙的是，他倒还有办法前言对得上后语。

> 你的朋友目前住在我们村唯一的旅馆里。经理说

他睡得不多，吃得更少。他做研究非常执迷，房间里都是梵高的复制画。他甚至想要复制梵高每日的行程。他要来了颜料跟画布，拒绝用餐，而且也不肯应门。三天以前，经理被尖叫声吵醒了。你朋友的门被堵住了，找来三个人才把门打开：他拿了画笔尖的那一头挖出了自己的眼睛。我们这儿的诊所很棒。你的朋友虽然身体可以复原，但视力是永远毁了。然而我真正担心的，还是他的脑子。

迈尔斯说他打算回家。这封信花了一个星期才寄到我手上。我想他的父母应该是马上就接到电话或者电报通知了吧。也许他现在已经回到了美国。我知道他的父母是住在丹佛，但我不知道他们的名字或者地址，所以我就打给查号台，然后拨电话给丹佛当地所有姓氏是迈尔斯的人家，不过最后联络到的却不是他的父母，而是一个在帮他们看房子的友人。迈尔斯并没有被飞机载回美国——反倒是他的父母去了法国南部。我搭了最早一班还有机位的飞机，其实那个周末我原本预定是要结婚的，不过那已经不再重要了。

维奇村位于尼斯往内陆而行的五十千米处，我雇了辆出租车前去。道路蜿蜒于众多橄榄树园以及农地之间，攀行于柏树林丘的顶上，绕过了好几处断崖。车子行经某处果园的时候，我突然有似曾相识的诡异感觉。开进维奇村以后，这种熟悉感又更强了。这个村落仿佛被困在 19 世纪，除了电线杆和电线以外，这里简直就跟梵高的画里一模一样。我认出了因梵高将其入画而闻名的卵石路以及乡间小店。我向人问路，要找到迈尔斯和他的父母其实不难。

最后一次看到我的朋友，是在礼仪师将棺盖覆上他棺木的时候。我理不清他生命末期的许多细节，不过热泪盈眶的我终究还是慢慢了解到：村里的诊所确实就跟护士在她字条里声明的一样好。如果没有旁生枝节的话，他应该是可以活下去的。

主要是他的脑子已经受到损害。他一直在抱怨头疼，情绪也是日益低落，就连吗啡也帮不上忙了。护士才离开他一下子——因为他看似已经睡着了。就在那么短短的一分钟，他竟然有办法踉跄下床，摸索着穿过病房，找到了一把剪刀。他将绷带扯掉，拿起剪刀猛力插进自己的空眼眶里头，打算剜掉脑子。他在达成目的以前就瘫倒在地了，然而伤害已经造成。过了两天他才死掉。

他的父母脸色苍白，而且由于惊吓过度，已经有点语无伦次了。我勉强压住自己的情绪，竭力安抚他们。虽然我对那可怕的几个小时的记忆已经有点模糊了，却还记得自己注意到某些不相关的细节（是人脑试图重返正常状态所做的努力吧）：迈尔斯的父亲穿了一双 Gucci 的休闲鞋，手上戴着劳力士腕表。念研究生时，迈尔斯一直是省吃俭用。我都不知道，他是来自一个如此富裕的家庭。

我帮他们安排了将他的遗体空运载回美国，陪他们去了尼斯。当他们凝望装着他棺木的板条箱置入行李舱时，我随侍在旁。我握握他们的手，抱抱他们，看着他们拖着沉重的步伐哭着走下登机走道。一个小时以后，我又回到了维奇村。

我回去，是因为我做了承诺。我想要平抚他父母的伤痛，以及我自己的。因为我是他的朋友。"你们有太多事情要处理了，"我对他的父母说，"长途飞行返家，安排葬礼。"我的喉咙好像堵住了，"让我帮忙吧。我会处理好这边的事，缴清他欠的所有的账，打包他的衣物，还有……"我深深吸了一口气，"还有他的书等等，我会把所有的东西都寄回美国给你们。请让我来，这对我来说，是一种善意。拜托了，我总得做点什么。"

迈尔斯并没有空口说大话，他还真是想办法租到了梵高曾在村里唯——所旅馆住过的房间。房间空着，其实并不奇怪。经理阶层是把房间当成推销旅馆的工具了：他们挂了个招牌，宣称此房深具历史价值，家具的风格和梵高当年一样，游客只要付钱，便可贴身窥探天才留下的遗迹。然而这一季生意相当清淡，而迈尔斯的父母又是如此有钱。他愿意付的金额相当大方，再加上他热情开朗的言谈，所以旅馆老板便点头答应了。

我租了个不同的房间（比较像是衣柜吧），跟他的房间隔了两道门。我走进梵高那间散出霉味的圣堂，打包我亲爱朋友的衣物——我哭肿了的眼睛还没消。触目所及仍然都是梵高的复制画，其中好几幅还溅了业已干涸的血迹。我一阵心痛，将画一张张堆起来。

而就是在这时候，我发现了日记。

念研究生时，我修了一门聚焦于梵高的后印象派课程，也读了他的日记——出版商将他手写的真迹影印之后装订成书，并加上前言、英文译文，以及附注。这本日记打一开始就很不好懂，后来梵高越是执迷于画画，精神崩溃的状况越是严重以后，他的话语更是退化成了无解的谜团。他的笔迹就连他心智仍然健全的时候，都很潦草，所以在他赶着要将脑里狂乱的思绪化成文字时，字迹很快就失去控制，到最后甚至变成无从辨识意义的斜线与曲线了。

我坐在一张小小的木桌子前方，一页页翻着日记，也认出了多年前曾经读过的字句。但我每读一个段落，胃就变得更加寒凉——因为这本日记并不是印刷品。这是一本笔记簿，而且我虽然很想相信，迈尔斯是完成了不可能的任务，找到了梵高的亲笔真迹，但我知道这只是自欺欺人：本子里的页面并未因年份久远而发黄变脆，里面的墨渍还没有褪色褪到棕胜于蓝。这个本子是新近才购得，再加上文字的。这并不是梵高的日记——而是迈尔斯的。我胃里头的冰化成了熔浆。

Cypresses

by Vincent Van Gogh, 1889
Oil on Canvas, 36¾×29⅛ in. (93.4×74 cm.).
The Met, Rogers Fund, 1949.

我迅即将目光从本子移开，看到了桌旁的书架上还叠了好几本笔记簿。我心生焦虑，一把全部抓了过来，心怀恐惧匆匆翻阅。我的胃感觉就要爆开了。每个本子都是一样，字字句句。

我抖着手再次朝书架看去，发现到梵高手写日记的翻版书，便拿来和笔记本做了对照。我呻吟起来，想象着迈尔斯坐在这张桌子前，表情专注且疯狂地一字一字、一撇一捺全都照抄下来。抄了八次。

迈尔斯确实是沉浸其中，奋力将自己摆进梵高纷乱的心绪里头。最后他也如愿以偿了。梵高用来挖出自己双眼的武器，是一支画笔的尖端，而他在精神病院里头，则是拿起一把利剪戳进自己的脑袋作为了结——跟迈尔斯一样；也可以说是迈尔斯跟他一样。迈尔斯最终崩溃时，他和梵高是否已成了难分难解的双胞胎？

我两手按住脸庞，抽搐的喉咙迸出了哀吟之声。我抽泣了不知多久。我的意识努力想要控制心中的焦虑（"橘色代表焦虑，"迈尔斯说过），我的理性奋力想要减缓内心的沮丧。（"那些全心全意研究梵高的画评人，"迈尔斯说，"他们的天分不受肯定，就跟梵高当年的命运一样。这些人饱受折磨……而且跟梵高一样，也挖出了自己的眼睛。"）他们也是拿了画笔当武器吗？我想着。其中的对应真有那么精确吗？到了最后，他们难道也是拿了利剪戳入自己的脑袋？

我蹙眉看着堆起来的画作。周遭还多得很：在墙面上，还有地板、床铺、窗户，甚至天花板上。颜料的涡流，明亮的漩涡。

或者该说，我曾以为它们是明亮的。然而如今，因着迈尔斯的引领，因着我在大都会美术馆受到的调教，我在阳光明媚的柏树、稻田以及果园和草地后，看到了隐藏的黑暗，看到了微细的扭曲的手臂以及张大的口：黑点是受苦的眼，蓝色的纠结是扭绞的躯体（"蓝色代表疯狂"，迈尔斯说）。

只要稍稍调整一下感知的角度，果园和稻田便消失了，剩下的就只有群聚于地狱里的多少痛苦惊恐的灵魂啊。梵高的确是为印象派创造了全新的舞台。他在上帝荣耀的创造物之上，密密麻麻地强加了他自身的厌憎之物。他的画不是赞颂，而是诅咒。梵高放眼所及，看到的尽是他私密的噩梦。蓝色代表疯狂，没错，而如果你执迷于梵高的疯狂过久的话，你也注定是要疯了的（"永远不要再看梵高的画了，我求你。"迈尔斯在信中这么说）。在精神崩溃的最后阶段里，迈尔斯是否曾经稍稍恢复了神智，所以才会对我发出警告呢？（"无法忍受目前的痛苦。需要休息。返家去也。"）他的确是以我完全没有意料到的方式，返家去了。

然后我又想到了他另一句惊人之语。（"那些全心全意研究梵高的画评人，他们全都试图以梵高的风格作画。"迈尔斯一年前这么说过。）我的目光像是给磁石吸住了一样，急速越过了一堆堆凌乱交杂的复制画，定焦于我对面的角落——有两幅油画原作就倚在墙边。我浑身打颤，站了起来，踉跄走向前去。

它们是业余者的手笔——迈尔斯学的毕竟是艺术史。颜色上得拙劣，尤其是那一块块的橘与蓝。柏树画得粗糙，而树下的岩石看起来则像漫画。天空需要质感，不过我知道那当中一个个黑点所代表的意义，而小小的蓝色线条又是所为何来。虽然迈尔斯欠缺足够的才华，但我确实看到了暗藏的细细小小的焦虑脸孔以及无数扭曲的手与脚。他已传染到梵高的疯狂，只剩下最后的阶段要走了。

我打从灵魂的深处叹了一口气。村里教堂的钟声响起时，我心中默祷着我的朋友已经得到安息。

离开旅馆时，天色已暗。我需要走路，好躲开房里更大的黑暗；我需要解脱，需要思考。然而我的脚步以及一路的询问，却将我领到了一条通往村中诊所的卵石路上——迈尔斯就是在这诊所完成了他在梵高房里所没有做完的事。我跟柜台询问，五分钟之后，对着一名三十出头的迷人的黑发女郎自我介绍起来。

这名护士的英文高于一般人。她说她名叫克蕾莉丝。

"你照顾过我的朋友，"我说，"你寄了他口述的信给我，还附上你自己写的字条。"

她点点头，"我好担心他。他真的是太沮丧了"。

玄关里的日光灯发出嗡嗡声。我们坐在一把长椅上。

"我想找出他自杀的原因，"我说，"我觉得我应该知道，不过想听听你的意见。"

她明亮慧黠的淡褐色眼睛突然现出了警戒之意。"他在房里待太久了，读书太多。"她摇摇头，瞪着地板，"人脑可以是个陷阱，是个折磨。"

"不过当初他来村里的时候，应该很兴奋吧？"

"没错。"

"虽然是来做研究的，不过他看来像是要度假的吧？"

"确实。"

"那他后来怎么变了呢？我的朋友的确是异于常人，我同意。所谓易感激动型的个性。可是他很享受做研究啊。他有可能会因为工作量太大，看来一脸病容，不过学习就是他的乐趣。他的身体也许不怎么样，可是他的脑子非常灵光。是什么打乱了他的平衡呢，克蕾莉丝？"

"打乱了……？"

"让他变得沮丧，而非兴奋。他是得知了什么，才会——"

她站起来，看看表，"不好意思，我二十分钟前就下班了。我约了要去朋友家"。

我的声音硬起来，"当然，我没有要耽搁你的意思"。

我到了诊所外头，在门口的灯光底下看了看表——没想到竟然快十一点半了。我因为劳累过度，膝盖好痛。这一天所受的惊吓搞得我全然没了胃口，不过我知道得勉强吃点东西才行，回到旅馆餐厅以后，我便点了个鸡肉三明治以及一杯 Chablis 白酒。我本打算到房间吃的，不过没能如愿——梵高的房间和日记在跟我招手。

三明治和酒我都是食不知味。我坐在书桌前，周遭尽是梵高复制画里涡流的颜色以及隐藏的惊怖。我打开了一本笔记，想要读懂。

一记敲门声传来，我猛转过头。

我再次瞥瞥我的表，这才惊诧地发现，几个小时竟然恍如几分钟般飞逝。几乎是凌晨两点了。

敲门声又响起来，声音不大，但听上去很坚持。是经理吗？

"请进，"我用法文说，"门没锁上。"

门把转开，门啪地打开。

克蕾莉丝踏步进来。她已换下了护士服，身上穿的是运动鞋、牛仔裤，以及一件紧身的黄色毛衣——衬托出她褐色的眼睛。

"我要道歉，"她用英文说，"先前在诊所，我太没礼貌了。"

"一点也不会。你有约啊，我耽搁你了。"

她不太自在地耸耸肩，"我有时候下班太晚，都没机会跟我的朋友见面"。

"这我完全可以体会。"

她伸出手来顺了顺浓亮的长发，"我的朋友累了。当我走在回家的路上，经过了旅馆，我瞧见这上头还亮着灯，觉得有可能是你，所以就……"

我点个头，等着。

我觉得她原本好像是在回避什么，不过这会儿她却是转身面对了——面对着我找到的溅了血迹的复制画。"那天下午经理打电话给我们时，医生和我就尽快赶过来了。"克蕾莉丝睁眼瞪着复制画，"这么多的美，怎么却带来这么多痛苦呢？"

"美？"我瞥向那些密密麻麻的张大的口。

"你绝对不能再待下去了，不要犯下跟你朋友一样的错误。"

"错误？"

"你长途跋涉来到这儿，又受了惊吓。你需要休息，要不会跟你的朋友一样，把自己累坏的。"

"我只是在整理他的一些东西。我打算打包好后，寄回美国去。"

"那就尽快打包吧。不要老想着他在这儿的经历了，这是自找罪受。不要再置身于打扰到你朋友的环境里头吧，这样对你很不好。你现在已经够难受的了。"

"置身于？我的朋友会说是'浸淫'其中呢。"

"你看起来筋疲力尽。过来吧，"她伸出了手，"我带你回你房间去，睡觉可以减轻你的痛苦。如果你需要吃点药帮你……"

"谢谢，不过我用不上镇静剂。"

克蕾莉丝的手还是伸着。我牵住那手，跟着她走上通道。

我回头瞪视着那一张张复制画，以及内藏的恐怖。我为迈尔斯默祷之后，关上了灯，将门锁上。

我们走下通道。我进了房间，坐在床上。

"好好睡个长觉吧。"克蕾莉丝说。

"但愿如此。"

"我真是为你感到不舍。"她吻了我的脸颊。

我碰着她的肩膀。她的唇朝我移来，她靠到我的身上。

我们一起倒上了床。我们在静寂中做爱。

睡眠如同她的吻一般，轻柔地压覆而来。

然而在我的噩梦里，到处都是小小的张大的口。

明亮的阳光照进了我的窗户。我睁开疼痛的眼睛，看了看表。十点半。我的头好痛。

克蕾莉丝在写字台上留了张字条给我。

> 昨晚是出自不舍之情，为的是要抚平你的伤痛。完成你原本打算要做的事吧：将你朋友的衣物都打包好，寄到美国——请你也跟着走吧。不要重犯你朋友的错误，不要像你朋友说的那样，"浸淫"其中。不要让"美"带给你痛苦。

我是打算离开的——我真心这样以为。我打电话到柜台，请门房送一些纸箱上来。我冲完澡，刮好胡子以后，便到迈尔斯的房间去，继续整理那些复制画。我把他的书和衣物也堆起来，将所有的东西都装进箱子里，然后四下环顾，确定我没有漏掉什么。

迈尔斯画的两幅画仍然倚在角落里。我决定不要拿走——何必提醒我自己，他一直都在自欺欺人呢。

现在就只需要把箱子封好，写上地址，然后寄出去了。然而当我动手要阖上箱盖时，又瞥到了里头的笔记本。

那么多痛苦，我想着。那么多无谓的浪费。

我再一次翻阅起笔记本。迈尔斯翻译了日记里好几个段落。梵高因为事业不顺，大为受挫。他离开巴黎来到维奇村，是因为受不了艺术圈里恶意中伤、让人窒息的氛围，以及势利的画评人对他早年作品不屑的反应。我得脱离传统的束缚，扬弃美学政治的捆绑，将毒素排出我的体外。我要找到全新的绘画题材与方法。去感觉，而不要让人告诉我如何去感觉；去看，而不要只是模仿别人的所见。

我从梵高的传记里，得知他日后的穷困正是源自他的野心。

在巴黎时，他还真是吃了餐馆后头小巷子里倒掉的厨余剩饭。他能如愿来维奇村定居作画，是因为有个当红但传统（如今饱受讥嘲）的画家朋友借了他一笔小钱。梵高为了省下这笔资金，竟然老远从巴黎徒步走到了法国南部。

而且你们应该也知道，在那个年代，这片山谷是个蛮荒之地，放眼只能看到绵延的丘陵、岩石地、农田以及小村落而已。梵高拖着脚走到维奇村时的模样，想必是一幅可悲的画面。而当年他之所以选上这个荒僻的村落，就是因为它不同于传统，因为它的日常生活景象和巴黎的沙龙截然不同——没有任何其他画家会有勇气将其入画的。

"我要创造出人心未曾想象到的。"他写着。有那么六个月之久，他是饱受挫折，每试必败。搞到后来，他对自己产生了怀疑，决定干脆放弃；却又突然来个大翻转，在之后一整年奇迹般勃发的创造力下，给了这个世界三十八幅杰作。当然，那时他连一幅画都卖不了一顿饭的钱。不过时至今日，我们的世界已经学乖了。

他想必是陷入作画的狂热中了，突发的能量应该是威力强大。对我而言——一个仅有技巧，但不具慧根、不成气候的画家——已达到了艺术的巅峰。他虽然饱受折磨，但我还是非常羡慕他。当我把自己与魏斯[1]的滥情风景画和梵高开创新局的天才之作相比，我简直是惭愧得无地自容。如果回美国的话，我就只能继续再为杂志广告描画啤酒罐和芳香剂。

我继续翻阅笔记本，追循着梵高从沮丧难熬到灵思涌现那一路走来的历程。不用说，他的胜利是有代价的：发疯、刺瞎自己、自杀。我忍不住想着：在临终之际，梵高会不会希望自己能够反转自己的生命之路呢，如果可行的话？到后来，他应该知道

1　魏斯：Andrew Wyeth，安德鲁·魏斯，美国写实派大家。

自己的作品有多杰出、多惊人了吧。

但也许他并不知道。他在刺瞎自己以前所画的最后一幅画就是自画像。一个形容枯槁的阴郁男子，逐渐稀薄的短发，凹陷的五官，苍白的肤色，还有杂乱的胡子。这幅闻名的肖像让我想起我心目中耶稣钉上十字架以前的面容，梵高就只少了一顶荆棘冠冕而已。然而梵高戴的是一种截然不同的荆棘冠——不在他头上，而是在他的心里。隐藏在他杂乱的胡子以及凹陷的五官之下，无数小小的张大的口以及扭曲的肢体道出了其中的一切。他突然涌现的灵感带来了太大的后遗症。

一路读下去时，我再度因为迈尔斯努力想要精准复制梵高痛苦的话语和笔迹而感到沮丧。我读到了梵高描述自己顿悟时的段落：维奇村！我走来了！我看到了！我感觉到了！画布！颜料！创造以及诅咒！

在这个谜样的段落之后，笔记（以及梵高的日记）开始变得毫无道理可寻——只除了不断重复的几个字在抱怨严重的头疼日益加剧。

克蕾莉丝三点抵达诊所准备轮班时，我就等在外头。阳光明媚，照得她的眼睛一闪一闪。她穿了件酒红色的裙子，套着蓝绿色的薄衫。我在心里轻抚着那棉柔的质地。

她看到我的时候，脚步一个不稳。她挤出了笑容，朝我走来。

"你是来告别的吗？"她语带希望。

"不是。我是想问几个问题。"

她的笑容崩解了，"我上班不能迟到"。

"只花你一分钟就好。我的法文词汇贫瘠，而且我又没有字典。你们这个村子叫做维奇（Verge），意思是什么呢？"

她拱起肩来，好像是在说这个问题无足轻重，"没什么有趣的意思，字面的翻译就是'棍子'"。

"就这样吗？"

她看我蹙起眉头，便又说道："另外还有几个意思——'枝子''柳条'。比方说父亲有可能拿来处罚小孩用的柳条鞭之类的，"她看起来不太自在，"也是阳具的俗称。"

"没别的意思了吗？"

"间接的隐射倒也还有，只是离字面的意思远了些。魔棒吧，或许，就是那种 Y 字形的分叉棒——有人宣称可以架在胸前走到田野之间去找水源的那种。据说如果前方有水的话，叉棒就会往前倒。"

"我们都把那称作是探测棒。我父亲有一回告诉我说，他就亲眼见过人还真因此找到地下水了。我老怀疑那人只是故意让棒子往前倒而已。依你看，村子取这名字，会不会是因为很久以前有人靠着探测棒找到水呢？"

"我们这儿溪流、山泉多得很，哪用得着费事找啊？你怎么突然对这名字起了兴趣呢？"

"是我在梵高的日记里读到的。村名不知怎么让他好兴奋。"

"他本来就是很容易兴奋的人。他疯了啊。"

"是个怪人没错。不过他是在日记里写了那一段以后，才发狂的。"

"你是说他的症状是等到那之后才出现的？你又不是心理医生。"

这我不能不同意。

"不好意思，只怕我又得无礼了。我真的得上班去了。"克蕾莉丝犹豫起来，"昨晚……"

"就是你字条里讲的那样。只是因为同情我，想要减缓我的伤痛。你无意于跟我展开什么关系。"

"请你听我的话好吗？快快离开，不要跟其他那些人一样，毁掉自己。"

"其他那些人？"

"我是说你的朋友。"

"不对，你刚是说'其他那些人'。"我语气急促，"克蕾莉丝，拜托讲清楚吧。"

她觑眯着眼昂起头来，像是给逼到了墙角，"你的朋友挖出他的眼睛以后，我在村里听到一些传言。老一辈的人。有可能只是以前流传的一些谣言，后来又被夸大了吧"。

"他们怎么说？"

她的眼睛觑眯得更厉害了。"二十年前吧，有个男的到这儿来要研究梵高。他待了三个月，然后就精神崩溃了。"

"他挖出了自己的眼睛吗？"

"从英国传回来的流言说，他在那儿一家精神病院刺瞎了自己。十年前，来了另一个人。他拿了剪刀刺穿一只眼睛——直直戳进脑子里。"

我睁大了眼，无法控制肩胛骨处不断地痉挛。"妈的到底发生什么事了？"

我在村子里四处询问，却找不到半个人肯跟我谈。回到旅馆后，经理告诉我，他决定不再出租梵高的房间了。我得尽快把迈尔斯的家当搬走。

"不过我总还能续租目前这间吧？"

"最好不要，但如果你想要的话我也没办法，因为我们毕竟还是民主国家嘛。"

我付了账，走到楼上，将梵高房里打包好的纸箱移到我的房间。电话响起时，我很惊讶。

是我的未婚妻打来的。

打算什么时候回家呢？

不知道。

这个周末的婚礼怎么办？

婚礼得延期了。

她啪地挂上话筒时，我缩了一下。

我坐在床上，禁不住回想起上次我坐在这里的时候——克蕾莉丝就站在我前方，然后跟我做爱。我是想毁掉我先前辛苦建构起来的生活啊。

有那么一会儿，我差点就要回电给未婚妻了，然而心里又起了另一股强大的力量逼着我瞥向纸箱，定眼凝看梵高的日记。克蕾莉丝在先前附于迈尔斯口述信里的字条告诉我，他过度执迷于研究，甚至还打算亲身体验梵高每日的行程。于是我便再度想到：到头来，迈尔斯和梵高是否真的成了难分难解的双胞胎？迈尔斯在此地有过什么样的经历？其中的秘密是否就藏在日记里——一如那些受苦的脸庞就藏在梵高的画作里一样？我抓起了一本笔记，一页页浏览下去，寻找有关梵高每日行程的记录。而事情就是这样子开始的。

我先前说过，除了电线杆和电线以外，维奇村仿佛被困在19世纪里。不只当时的旅馆保留了下来，就连梵高最爱的酒馆，以及他早上固定会登门购买牛角面包的那家烘焙店也都还在。他经常光顾的一家小餐馆至今仍在营业。在村子的边沿，有一条他偶尔会在午后坐在岸边品尝红酒的鳟鱼河仍然潺潺流过——虽然河川污染早就杀光了所有的鱼。我一一造访这些地点，而顺序以及时间也都是遵循了梵高在日记里头的记载。

早餐是八点，午餐两点，然后便是鳟鱼河边的一杯葡萄酒，乡间的漫步，之后则回到旅馆房间。一个星期以后，日记我已倒背如流，不用再翻阅参考了。早晨是梵高作画的时间。光线此时最好，他这么写着。而晚上则是回忆和素描的最佳时光。

后来我终于想到，如果我没跟梵高一样也画画、素描的话，那我就不算是真的在复制他的每日行程。所以我便买下了一本素描簿，还有画布、颜料、调色板，以及拉拉杂杂的一堆，而这就是我打从研究生毕业以后，第一次尝试提笔创作了。我采用了梵高喜爱的当地景色作为题材，并画出了你也想得到的成果：梵高画作的蹩脚版。由于没有新的发现，也无法了解迈尔斯最终何以丧失心智，我很快就开始觉得索然无味了。资金已经快用光了，我打算放弃。

只除了……

我隐隐然觉得自己错失了个什么。是梵高日记里没有明讲的某些例行公事，或者是我没注意到的某些有关当地人的信息吧。

克蕾莉丝过来的时候，我正在"不再有鳟鱼的"那条河边啜饮葡萄酒。阳光明媚，我可以感觉到她的身影逼近，我转过头去，看到她正背着太阳朝我走来。

打从我俩在诊所外头那次不自在的谈话之后，我就再没看到她了——已经两个星期。虽然阳光打上我的眼睛，但她看上去比我印象里还要美丽。

"你上回换衣服是什么时候啊？"她问道。

一年前，我也问过迈尔斯同样的问题。

"你得刮个胡子。你酒喝太多了，气色看起来好差。"

我啜啜酒，耸耸肩，"唉，你也知道笑话里的酒鬼是怎么看待他自己那双充血的眼睛吧。'你觉得看起来很糟是吧？等你从我这头看过去才会知道厉害噢。'"

"不错嘛，至少你还有办法开玩笑。"

"我开始觉得自己就是个笑话了。"

"你绝对不是个笑话。"她坐到我旁边来，"你是快要变成自己的朋友了。你怎么还不离开呢？"

"是有这个念头。"

"很好。"她碰碰我的手。

"克蕾莉丝?"

"嗯?"

"再回答下我的几个问题好吗?"

她打量起我来,"为什么"?

"因为如果得到正确答案的话,我有可能会离开。"

她缓缓点了个头。

回到村里以后,我将那一叠复制画展示给她看。我差点就要跟她提起那里头隐含的面孔了,然而她若有所思的表情让我却步。她其实已经觉得我不太正常了。

"午间出去散步时,我都是到梵高当年选择作画的地点去。"我摊开一幅幅画,"你瞧这个果园,还有这个农地、这个池塘、这个悬崖,另外还有很多呢。"

"嗯,我认得这些地方,我全见过了。"

"我是想说,如果我亲眼看到了的话,也许就可以了解我朋友在这儿的遭遇。你跟我说过,他也去了这些地方。每个地点离这村子顶多就只有五千米,好些地方其实都相隔不远。要找到每个地点,其实不难——只有一个例外。"

她没问是哪一个。她只是绷着脸,揉起手臂来。

先前将纸箱子移出梵高的房间时,我也把迈尔斯画的两幅作品拿过来了。这会儿,我将它们从床底拉出来。

"是我朋友画的。显而易见他不是艺术家,他的画相当粗糙,不过你应该看得出来,上头画的都是同一个地方。"

我将一幅梵高的复制画从一大叠画底下抽出来。

"就是这里,"我说,"洼地里的柏树林,周围都是岩石。这是我唯一找不到的地点。我问过村民了,他们都说不知道。你呢，克蕾莉丝？你能告诉我吗？如果我的朋友竟然会执迷到画上两回的话，想必是有什么深意吧？”

克蕾莉丝的指尖刮过了手腕，“抱歉”。

“哈？”

“我帮不上忙。”

“这村子到底是怎么啦，克蕾莉丝？大家在藏着什么呢？”

“我已经尽了全力。”她摇摇头，站起来，然后走向门口。她回头哀伤地瞥了我一眼，“有时候，追问到底是没有好处的。秘密的存在，有时候是有其必要的。”

我看着她走下通道，“克蕾莉丝……”

她回过头来，只说了两个字：“北方。”她在哭呢，“希望老天救你，”她补了一句，“我会为你的灵魂祷告的。”然后她便走下楼梯，消失了。

这是我第一次感到恐惧。

五分钟后，我离开了旅馆。先前散步到梵高画作里的地点时，我都是选择最容易的路线：东、西，以及南边。每次只要我问及北边那些遥远的树林时，村民都会告诉我，那个方向没什么东西好看的——跟梵高没有半点关系。那么洼地里的柏树呢？我问道。那些山丘里根本没有柏树啊，只有橄榄树，他们答。不过现在我知道了。

维奇村在一个椭圆形山谷的南端，东西两侧都是山崖。我租了一辆车，一脚踩上油门，噗噗扬起一阵尘土，然后便朝北开向那急速扩大的山丘去。我从村子里看到树确实就是橄榄树。然而树木之间铅色的岩石却跟梵高作品里头画的一样。我加速往前直开，然后转向驶上山去。到了山顶，我找到一个窄小的空地停好车，匆匆跨下车来。然而我该往哪个方向走呢？冲动之下，我选择了左边，在石头和树木之间匆匆前行。

此刻想起来，我做的决定不是没有道理。左侧这边的斜坡视觉上确实是比较戏剧化，更富于美感。充满了野性美吧。有种深度，一种厚实感，就跟梵高的画一样。

我的直觉催促着我往前走。先前我是在五点一刻抵达丘陵的。时间很诡异地压缩了，才没几下子，我的表就已经指向了七点十分。太阳散发出猩红色的光芒，往下移行，照耀在峭壁上。我继续搜索，任由奇诡的景致引领我。山脊和谷地仿如迷宫，控制了我的方向。每转一个弯，我不是碰到阻碍，就是转了个方位得以前行。这就是我的感觉：我被操控了。我绕过一方峭壁，急步走下满是荆棘的斜坡，无视于我衬衫的破洞以及手里流出的鲜血。我停脚于一块洼地的边缘，洼底满满都是柏树，而不是橄榄树。树与树间矗立着石块，形成了一个石穴。

洼底好深。我绕过了刺藤，无视于身上发烫的蛰痛。石块引领着我走下去，我压住了内心的疑虑，一心只想速速抵达底部。

这个洼地，这个满是柏树与石块的盆状地形，这个周边长满了荆棘的漏斗，正是梵高画作里的图像，也是迈尔斯试图在画布上捕捉的景色。然而这个地方到底为什么会对他们造成那么大的冲击呢？

答案迅即来到了。我在看见之前先是听到了，虽然"听"其实并不能准确地形容我的感觉。那声音非常微弱，但高亢，几乎不在人耳可以侦测到的范围之内。起先，我以为自己是凑近了一个大黄蜂窝。我在洼地死寂的空气里，依稀感觉到了某种微妙的震动。我觉得耳鼓膜后头好像有点痒，皮肤有点搔刺感，但那声音其实是许多声音的组合，每个都一样，而且会合了起来，如同一大窝虫子汇集起来共同发出的，但是声音相当高亢，不是嗡嗡声，比较像是远处传来嘶叫与哭嚎的合唱。

我皱着眉，往柏树林再迈出一步。我皮肤上的搔刺更难忍了，耳鼓膜后头的痒更是让我受不了，我举起手来捂住头的两侧。我凑得近到可以看见树间有着什么，而那清晰可见的恐怖影像则是让我起了无边的恐慌。我倒抽一口气，踉跄往后退去。但是已经来不及了。紧接着从那林间射向我来的物体实在太小也太快了，根本无从辨认。

它击中了我的右眼，那痛简直让我生不如死，仿佛有根白热化的针头刺入了我的视网膜，戳进我的脑子里。我右手啪一声猛地压住那眼，尖声大叫起来。

我蹒跚着继续后退，疼痛加重了我的恐慌——那尖锐、烧烫般的痛急遽扩大，贯穿了我的头骨。我的膝盖一软，意识模糊，倒上了斜坡。

等我用尽全力开车回到村里时，已是午夜。虽然我的眼睛不再有灼烧感，但我的恐慌已逼近了极限。由于先前昏倒过，我的头仍然晕沉，走入诊所询问克蕾莉丝的地址时，我是竭尽全力稳住自己。她曾邀我去她家的，我宣称道。一名睡眼惺忪的助理皱起眉头，但还是跟我说了地址。我绝望地把车子开向五个街口以外她住的小屋。

灯还亮着。我敲了门，她没应门。我砰砰砰地更用力、更急促地敲了再敲。终于我看到了个人影，门打开时，我蹒跚走进客厅。克蕾莉丝紧揪着身上的睡衣，而她卧室的门则是打了开来，里头有个满脸惊惶的女人坐在床上，紧抓着床单遮住胸脯，然后又赶忙起身，将卧房的门关上——这一切我都看在眼里，但恍惚间却有着不太真实的感觉。

"天杀的你以为你是在干吗啊？"克蕾莉丝厉声质问道，"我可没请你进来！我没——"

我挤出了所有的力气发出声来："我没时间解释了。我被吓坏了，我需要你的帮忙。"

她把睡衣又抓得更紧了。

"我给蛰到了，我觉得应该是感染到什么怪病。拜托请帮我把里头的不知什么毒物给排掉。抗生素、解药，所有你能拿到的什么都行。也许是病毒吧，也许是真菌。也许跟细菌一样。"

"到底发生了什么啊？"

"我才说过，没时间了。刚才我去诊所的时候是可以求救，不过我知道他们一定听不懂。他们会以为我是精神崩溃，就跟迈尔斯一样。你得把我带过去，得帮我注射所有有可能把那物杀掉的针剂才行啊。"

我声音里的恐慌战胜了她的怀疑，"我会尽快换好衣服"。

我们一路赶往诊所时，我跟她描述起事发的经过。一到诊所，克蕾莉丝就打电话给医生。我们等着的时候，她将消炎药水点进我的眼睛，又递来一颗药片缓解我急剧恶化的头疼。医生出现了，他一看到我沮丧万分，睡意蒙胧的脸立刻警戒起来。他跟我原先预料的一样，认定了我是精神崩溃。我马上吼着要他顺着我的意，帮我打进抗生素。克蕾莉丝盯着确定他注射的并不只是镇定剂，他用上了许多不相排斥的药物。如果我觉得马桶清洁剂有效的话，我也会毫不犹豫地吞下去的。

我在柏树林间见到的是小小的张大的口以及扭曲的肢体——就跟梵高画作里的那些一样微小，一样隐秘。我现在知道了，梵高并不是将他疯狂的视像强加在真实世界之上。搞半天，他其实并不是印象派啊。至少他那幅《洼地里的柏树》并不是。我很确定《两棵丝柏树》是他的脑子受到感染以后，所画的第一幅画：他是如实描绘出他某一次出行时所看到的景象。其后由于感染日益严重，他目光所及之处，就铺天盖地的全都罩上了无数张大的口以及扭曲的肢体了。所以从这个角度来看，他确实不是印象派。对他而言，张大的口以及扭曲的肢体确实是存在于他后来所描绘的景象里。他受到感染的脑子引领他画下了对他而言是真实世界的景象。他的艺术是"再现"真实的。

这我清楚，请相信我。药物全然无效，我的脑子就跟梵高的……或者跟迈尔斯的，一样有病。我想尽办法试图了解为什么他们在当初被蛰之后，并没有恐慌发作，并没有立刻赶往医院。我的结论是，梵高一直都在迫切企盼能得到灵感，画下杰作，所以他便快快乐乐地忍受了那必要的痛苦。而迈尔斯则是一直都在企盼能够了解梵高，所以他在被蛰以后，也是心甘情愿地承受了其中的风险，为的是要更能认同他所研究的对象，然而等到他恍悟自己犯了大错时，已为时太晚。

橘色代表焦虑，蓝色代表疯狂。真是没错。感染了我的脑子的不管何物，也感染到我对颜色的知觉。在我的世界里，橘与蓝逐渐盖过了其他颜色，我没得选择。我已经不太能看到其他了。我的画作满满都是橘与蓝。

我的画。如今我已解开了另一个谜团。过去我老搞不懂，为何梵高会突然爆发出那么大的创造能量，在短短一年之内，画出三十八幅杰作。现在我知道答案了。我脑里的玩意儿，那些张大的口以及扭曲的肢体，那焦虑的橘色，以及疯狂的蓝——是这一切带给我庞大的压力，搞得我头痛欲裂，所以我得想尽办法清除它们，将它们赶走。我从可卡因换成 Demerol 换成吗啡，每种药物都只是阶段性有用，但终究还是不够。然后我便发现了梵高的秘诀，以及迈尔斯的意图：把疾病画下来，就可以将它驱除体内。但这只能保持一段时间，然后你就得再更卖力地画画，且画得更快，只要能减轻痛苦就行。然而迈尔斯并非艺术家，他的病无法得到出口，所以他几个星期就退化到了末期，而不像梵高可以撑到一年。

不过我是艺术家啊——至少我曾希望自己是。我具备了技巧，只是欠缺灵感。而现在老天有眼，我终于有了灵感。起先我是画下柏树以及其中的秘密。我的成品可想而知就是梵高原作的模仿版，但我拒绝无谓的受苦。我仍然清楚记得，我在研究生时代所绘出的美国中西部风景画：黑土景观的爱荷华。我要让观者深刻感觉到那土壤的肥沃。以前我只是二流的魏斯，不过现在的我可不一样了。如今我已创作出二十幅非梵高模仿版的画作了——它们是我的原创，独一无二，是疾病以及我生命经验的组合。借由强大记忆力的帮助，我将流过爱荷华城的那条河画了下来。蓝色，我将城外辽阔蓝天下的玉米田画了下来。橘色，我画下我的纯真。我的青春。画里头隐藏着我最终的发现，美的底下隐隐然潜藏着丑。我脑子里的可憎之物正在流脓恶化中。

　　克蕾莉丝终于跟我说了当地的传闻。她说维奇村是中古时代建造的，当时有一颗流星从天而降，照亮了整个夜空。流星落在这村子北边的山丘之间，火焰四射，树林起火。当时夜已深了，目睹到的村民并不多。撞击的地点离那少数几名目击者非常遥远，所以他们并没有摸黑赶去看那火山口。隔天早上，烟雾散去，余烬也已成灰。虽然目击者想要找到流星，但因当时尚未辟建道路，要穿过重重荆藤纠结的山林进行搜找，其实是大有困难的。那少数目击者当中有几个还是锲而不舍，而那少数中的少数又再少数的几个虽然完成了任务，但他们是步履蹒跚地回到村里，满口胡言，直嚷着头疼，还说他们看到了小小的张大的口。他们手持木条，在尘土上画出令人不安的图像，最终甚至挖掉了自己的眼睛。传言说，几世纪以来，只要有人到山间寻找火山口后回到村子里，一定都会发生类似的自残。北边的山林此后便成了禁忌之地，不再有村民前往该处——毕竟那里是神的"令牌"碰触到地球的地方啊。燃烧的流星撞击地球之处从此有了个诗意的名称：维奇村（La Verge）。

　　我不想说出显而易见的结论，说什么是流星带来了大量的孢子，而孢子又在火山口里大量繁殖，最后火山口内形成了洼地，并长出了满满的柏树来。不——对我来说流星是因，而非果。我在柏树当中看到了一个坑，那坑里涌出了无数如同虫子般的小小的张大的口以及扭曲的肢体——它们在哀嚎！它们紧紧附着在柏树的叶子上，往后倒下时一个个都焦虑地扭动起来，但瞬间便被其他喷涌而出的焦虑灵魂取代了。

是的，灵魂。因为我坚信流星其实只是个因。对我来说，那带出来的果，便是大开的地狱之门。小小的在哀嚎的口便是被诅咒的魂灵。正如同我是被诅咒的一样。为了求生，为了逃离那我们称之为"地狱"的最终监牢，一名狂暴的罪人朝我扑来。他攫住我的眼，戳入我的脑——我灵魂的入口。我的灵魂。它在流脓啊。我作画，是为了将脓清掉。

我持续讲话——这好像也有帮助。克蕾莉丝记录下我的话语，她的同性伴侣为我按摩肩膀。

我的作品独树一帜。世人将承认我是天才——这是我长久以来的梦想。

代价是如此之大。

头疼又更严重了。橘色变得更明亮。蓝色变得更加让人不安了。

我尽了全力。我告诉自己要比迈尔斯坚强——他的耐力只维持了几个星期。梵高坚持了一年。也许天分便是力量。

我的脑子在肿胀，眼看着它就要迸出我的头骨了。张大的口在滋长。

无尽的头疼！我勉励自己要坚强，再撑过一天，再匆匆画下另一幅作品。

我的画笔的尖端在招手。我真想持笔戳入翻腾滚搅的脑袋，刺进我的双眼以求狂喜的解脱。然而我必须忍耐。

在我左手边的桌子上，有把剪刀在等着。

不过不是今天。也不是明天。

我将胜过梵高。

想要得到自己没有的东西，其实就是人性。

8

—

托马斯·普拉克
Thomas Pluck

作者

曾在小餐馆当过服务生，也当过码头工人。到日本学过武术，甚至还曾在古根海姆美术馆扫过地（不过这并不是为了偷取名画想出来的招数）。他来自新泽西州的纳特利镇——该镇也是知名犯罪分子马莎·史都华[1] 以及理查德·布雷克的家乡，不过托马斯截至目前，仍未被警方捕获。《坏男孩摇滚》是他的杰伊·德马托犯罪系列小说的第一本，而他所写的传奇冒险小说《恶名杀手》则被《爱书人》杂志赞誉为《夺宝奇兵》的通俗廉价版"。他和妻子以及两人共同拥有的两只猫，目前一起住在他的藏身处。乔伊斯·卡罗尔·欧茨称他为"可爱的猫咪男"。

《真相大白》（局部）

让·莱昂·热罗姆，1896

La Verite sortant du puits
by Jean Leon Gerome, 1896
Oil on canvas, 35.8×28.3 in. (91×72 cm.)
Musee d'art et d'archeologie Anne de Beaujeu.

1　马莎是美国知名的商业女强人，出版了许多畅销的食谱书，也主持了许多烹饪节目，她温馨可亲的形象甚受好评。她于 2002 年以内线交易的罪名被起诉，两年后被关入联邦监狱服刑五个月。

真理从她的井中爬出来羞辱人类[2]

Truth Comes Out Of Her Well To Shame Mankind

　　根据头盖骨碎裂的状况来判断，当初的执行者应该是老于此道了。颅骨和眼窝以及牙齿利落地分开来了。他们可不是"消失的洛亚诺克殖民者"那种初尝此道的食人族，所以才没有留下参差不齐的敲痕。总之，不管当初的执行者是谁，他们一定有过经验，而且是传承已久的经验。

　　狄文将头盖骨握在掌中，想起丹麦人于饮酒之前会说的那个字。

　　Skål。

　　意思是碗——饮酒用的碗[3]。

　　这是他从爱玛·馥里卓口中得知的。而这一回邀他来到这里的正是她——台面上的原因是，他对曾在这一带大肆劫掠与屠杀的铜器时代的部族很有研究；不过另外也是希望能够借由他的名气，吸引到足够的资金，来支持这次勘探工作。评论家（包括爱玛在内）都认为，狄文所写的书其实谬误不少，拿来当作茶余饭后闲聊的谈资或许还可以，但完全不具备自然科学所要求的严谨

2　本篇故事的标题《真理从她的井中爬出来羞辱人类》，人类的原文 mankind 照字面看是男人（man）和族类（kind）组合而成的字，亦可解读为男人族。

3　其实丹麦文 skål 有多种意思，其中之一是头盖骨；其发音近似英文的 skul。

论证。不过他的书确实可以吸引大众的注意，而这就表示，亿万富豪名下的各种非营利组织就有可能挹注庞大的资金给考古领域了——毕竟这是个冷门的学科，很难得到大企业的赞助。

"看来你是又找到了一个不幸碰上我钟爱的古冢族的聚落咯。"狄文说，他捧着颅杯在掂重量。他身材高大，头发暗金，光滑的面孔颇为上相。

"我们还不确定呢。"爱玛指着她的学生说道。他们正拿着刷子、滤网，还有小铲子，蹲在挖得齐整的壕沟周围辛勤工作着——那儿到处都钉了木桩，围上布条，还插上旗子。"某些方面，倒是跟赫新海姆遗址以及塔尔海姆集体墓穴蛮类似的，不过某些地方却又很不一样。比方说，现在看到的这个我们称作是'井'的玩意儿吧，它其实还比较像是贝壳垃圾堆。它跟我们在条纹陶器文化遗址发现到的东西都不一样。我们现在已经都往下挖了八层，但还是可以找到遗物。"条纹陶器文化时代的人曾在德国境内开辟许多小型的农垦聚落——直到古冢族找到他们为止。

爱玛对着他背后的艳阳的光晕觑睐起眼。她打从高中毕业以后，便倏地抽长起来，长手长脚，但是屁股多了好多肉，暗黑的鬈发用红色的印花头巾扎起来。她有一颗碎裂了的门牙暴露在嘴唇底下，看来还真像是这儿找到的某颗头盖骨。

"有女性受害者吗？"

"还没看到。"小红旗在微风中飘舞着，一面旗子代表一具尸体。"只看到男人和男孩，全部是死在仪式性的屠杀里。骨头上有石刃刮割的痕迹。"这些新石器时代的刀刃看起来粗糙，不过倒是颇为尖锐，连现代手术都曾以这种石刃为工具。坚硬的石刃——外加槌石辅助——绝对足以撬开头盖骨。

"女人抓来当奴隶，败兵全都屠杀掉，"狄文说，"吃人肉是一个可以考虑的新角度，而且我觉得应该有原因可循。也许是旱灾造成了饥荒，也有可能是为了劫掠更多资源，他们就干脆把被征服者当成可资利用的食物。"

他之所以将这群人称为"古冢族"，是因为他们在四处劫掠之后，都会留下一个个集体坟冢，而每一座坟冢上则会竖起一尊形似男人的巨型石碑——是象征某个首领入了土，而且还有跟着陪葬的成群妻妾，以及他钟爱的铜刀和几样装饰性的护身符伴随他一起走上阴间路。

狄文很佩服他们大无畏的勇气，他们是人类史上率先发动部落战争的族人。有人发表理论说，智人（Homo sapien）曾经大举攻击体格比他们更强健的近亲尼安德塔人（Homo neanderthalensis），不过这种说法并没有确切根据。而古冢族则是留下了大批证据：一个又一个灭村的大屠杀，男人尸横遍野，女人成了奴隶。这是老掉牙的故事了，而且直到现在还是一样，只是没有那么频繁——如果你相信统计数字的话。不过狄文不信，对他来说，文明只是盖在人类暴力史上的一层遮盖布罢了，但他也不忘善意地提醒观众和读者说：想要得到自己没有的东西其实就是人性，而能拿就拿则是男人的天性。

"馥里卓教授！"一名蓄了胡子的学生站起来，挥着手，"小艾又找到了另外一个……呃……那种东西。"

爱玛露出她那抹裂齿闪现的笑容，"等你看完整个遗址以后，再告诉我你的想法吧"。

"嗯，没问题。"他将头盖骨递给她，"Skål。"

学生找到的不是头盖骨，而是一尊小型石像。艾德蕾——这名女子手臂粗厚，戴着厚片圆框眼镜——将石像递上，"小心拿哦，布列肯"。

布列肯长着一双跑者的腿，他戴着白手套的手里捧着那具石像，由爱玛将那上头的尘灰掸掉。这尊粗糙的人像是以蛇纹石雕刻而成，五官不很清楚，一只手臂举起，乳房突出于手臂的正下方，另外一只手则是搁在两腿之间。

狄文越过她的肩膀觑眼看着，"应该是借以祈求丰收的神像吧"。

毛刷再掸了几下，石像的两腿间露出像是叶片的东西。

"她是捧着一把剑呢。"爱玛说。

"看来比较像是夸大了的阴部。维伦多尔夫的维纳斯[4]不就是在离这儿不远的地方被发现的吗？"

"没错，不过它的年代比这起码早了两万五千年。"爱玛说。维伦多尔夫的维纳斯乳房和臀部都是超级巨大，曾引发了许多人推测史前曾有过母系文化，"瞧这石像摆的姿势吧，一只手臂往上甩得高高的，另一只在底下。是宣告胜利的意思"。

狄文皱起眉头。这个雕塑不精致，表面结了一层干涸的血。雕像上头的几个凿洞里头，塞进了小小的蓝石，充当眼睛、嘴巴，以及私处。

"还有红赭石。"狄文说，"这通常都是出现在……"

"送给死者的礼物上，"布列肯接话，他轻轻将小雕像腋下的尘灰吹掉，"为的是要，呃，安抚他们。"

"正确答案。"

饥饿的死者有可能把红石当成了鲜血而得到满足。不过这一带曾有大批人类惨遭屠害，光是那么一点点象征性的血，其实是不可能满足众鬼的需求。

狄文伸出手来，"让我瞧瞧好吗"？

爱玛帮他找来一只手套，布列肯将物品递给了他。由于在地底下埋太久了，石像的触感很冷，没有眼珠子，嘴巴鲜红，"这

4　维伦多尔夫的维纳斯：一座 11.1 厘米高的女性小雕塑，1908 年出土于奥地利维伦多尔夫村附近一处旧石器时代遗址中。

不是来自古冢族。搞不好是考古界的新发现呢"。

"我们在这儿找到好几个呢,其中一个已经寄出去做光谱分析了。蓝色是蓝铁矿。"

"这儿的水铁质含量高吗?"狄文问道。蓝铁矿是富含磷酸盐的人肉溶入铁矿的结果。

"含量不多,"爱玛说,她将塑像放进一只塑料袋里头,"不过血里头的铁含量很高。"

她总是有个现成的答案。这会儿她正动手将新发现的遗物做分类,狄文于是举步离开。他爬上了因为这次挖掘工作而被切成两半的丘陵,居高临下看着木桩上一面面小红旗在飞舞——它们标出了一具具骷髅被发现的地点。人体的血顶多就是两加仑,不过这儿尸体很多。开挖的遗址以及道路另一头的古风小村之间,绵延着一片片丰润的草原,土壤肥沃。

狄文心想,她邀他来此或许是有意跟他和解吧。

多年前上古代史的课时,有一回欧戴尔博士又开始岔开话题,斥骂起全班都是笨蛋,竟然以为维京人戴的是角状头盔,狄文见状,立刻想要博取老师的欢心,便把他父亲有一回到哥本哈根出差回来后跟他讲的话复述了一遍:丹麦人干杯时,都会说声 skål,因为他们的老祖先维京人都是捧着敌人的头盖骨饮下蜜酒的。

小爱玛不耐地嗤笑一声,并从她埋头在看的书中抬起眼来,说:"事实上,这个字的意思是碗。"

没错,欧戴尔老师说道。维京人确实是海盗,不过他们的一生并非只有强奸和劫掠。这种形象是被强加上的,是后人透过自身局限的文化视野扭曲了的……

胖嘟嘟的万事通小姐馥里卓笑容满面,又回到她那本书上。她是在炫耀她熟知本课内容:就算欧戴尔讲课时天马行空,她还是可以边听边读着自己的书。在这所明星高中里，她俨然是个鹤立鸡群的小天才。谣传她已收到了普林斯顿的录取通知了，不过她的父母要等她满了十七岁才肯放行。第二天上课时，她私下塞了一本《红色巨蛇：维京海盗传》要给狄文看，他默默收下是因为不想横生枝节惹恼她。

这回的考古挖掘地点赫森凯勒村离丹麦很远，不过还是在当初维京人的统治范围之内。他们全村集体惨遭屠害，而根据遗留下来的头盖骨以及残骸来看，这应该是发生在北欧英雄贝奥武夫之前起码五千年的事了。古冢族的假说是当初欧戴尔提出来的，而身为他的接棒人，狄文则是借由撰写科普书讨论史前文化，外加开辟讲述历史秘闻的电视节目，来大力鼓吹其可信度：古冢族运用了他们先进的科技和武器扩大其文化影响力；而他们遗留给后人的，当然也包括了如今我们称之为原始印欧语的语言（横跨欧洲及印度）——也就是现代语言遥远的前身了。这套说法正好可以解释人类的语言何以只有单一一个起源，也说明了新石器时代的众多部落何以会突然灭绝。

爱玛爬上了丘顶，站在他旁边。她指着离他们不远处的一根木桩，那上头飞舞的是一面蓝旗，"那是他们撞上的第一座古冢族石碑，离古井大约五十码。这一带本来是要开发成工业园区的——离村庄还有一段距离。他们开着推土机扫过土面，没想到却撞上古坟"。

另一个奇怪之处则是，这儿竟然发现了七座古冢人的石碑。石碑目前都已运到了博物馆，而他从法兰克福开着租来的奔驰抵达此处之前，也曾顺便上那儿参观过。典型的战士碑，共有七座，每一具碑像都雕了胡须，还搭上一把佩剑。照说应该也可以找到许多妻妾的骸骨才对，不过他们却只发现到男人的残骸，而且除了七具以外，其他人身上的肉都曾遭到割除，天灵盖也给撬开了。另有几个人的头盖骨顶上则是被锯成凹洞，额骨还穿了个小洞，仿佛他们生来便长了角，然后又被拔掉似的。

"找到什么武器了吗？"

"七把古冢族镰刀，"爱玛说，"抵抗者——如果他们抵抗过的话——就只有石刃和槌石护身了。"

"井里找到什么了？"

爱玛耸耸肩，"我们只是给它一个代号叫'井'——天知道它到底是啥玩意儿。某些有机物质，但还没发现骨头。石刃都摆在那间配有发电机的温度调控室里"。她带他过去看。

石刃上有刮痕。如果头骨上的痕迹不是那么显而易见地来自刀刃的话，他其实会以为当初那场割人头大赛是以镰刀为主角的。他掏出手机拍照。

"你有什么想法呢？"

"嗳……蛮有趣的。"狄文脱下身上的棕格子外套，"我想去看看井，顺便把我的手搞脏好了。"

"井是由蓝妮负责，你可以帮忙筛土。"

狄文打从大学毕业以后，就没有从事过考古挖掘的工作了，现在动手拿起了滤网，筛选珠子、牙齿以及骨头碎片，感觉还真过瘾。他在肥沃的土壤里找不到任何东西。一个小时以后，他放下筛子，朝井里看去。一个苗条的身影蹲踞在井底，正铲了土倒进水桶——桶的手把上绑了根细绳，绳子直通到顶上，接在一座小滑轮上头。井沿所砌的石头粗糙不成形，石头被细心堆好，并以涂料黏砌起来，看来像个顶端给切掉了的巨型蜂窝。

"下头那位啊，要我帮忙吗？"

一名剪了个俏皮平头的女孩眯了眼往上看，"水桶还没满呢"。

滑轮旁边堆放了许多平坦的石块，绳子卷曲在那上头，"你没绑绳子下去啊"？

"是的。"

"那你是怎么下去的？"

"土壁上头有踏脚处啊。"蓝妮叫道，没有掩饰她的不耐烦。

他趴在井沿觑眼看着，一不小心拨到一块卵石，"糟了"！

她赶紧护着头，卵石砸上她的小臂时她骂了声脏话，"干！瞧你这么好奇，那我就表演给你看吧"。

她蹦跳几下暖个身，然后便一跃而上，双脚各自踏在相对的土壁的硬石凹里，她平衡好身体，接着就如同蜘蛛般攀行到顶端，然后抓住那上头的横木，翻身越过井缘，连一颗石头也没碰到。

"就像这样啦。"

"厉害厉害。"

她指着她手肘边如同鹌鹑蛋大小的肿块，那正中央的皮有撕裂伤，"你刚差点就要把我的头砸裂了呢。妈的那石头好尖"。

"容我找个方式补偿你吧，"他伸出手来，"狄文·贾瑞特，《远古秘密宝藏》的主持人。"

她耸耸肩，"那就带一瓶上好的酒给我吧，有钱人。我只收威士忌"。

好难应付的小妮子，"麦卡伦可以吗"？

她蔑笑一声，"我喝的是艾雷威士忌，就跟当头送来一铲泥炭[5]是一样的意思。既然在土里头工作，喝土也是理所当然吧"。她走到棚子底下，抓起一瓶富维克矿泉水，咕噜咕噜灌下去。

她工作卖力大汗淋漓，没有剃毛的腋下散发出一股气味，不过并不难闻，而且和她钟爱的那种烈酒还蛮像的。

---

5 泥炭被大量用来当作制造苏格兰威士忌时烘烤已发芽大麦所需的燃料。由于苏格兰的艾雷岛盛产泥炭，所以麦芽烟熏的程度比其他威士忌产区又大了许多——也就是"泥炭"（peat）香气会更强。

"一言为定。"

"如果爱玛老师同意的话，我可以带着你爬下去——不过你得先换下身上这套衣服才行。"

"明天好了。我得先去报到。"

"今晚带威士忌过来啦。小艾今晚要做鸡肉蔬菜浓汤，保证美味。"

她将水桶拉上来，开始筛土。

营地离最近的旅馆都还有一段距离，所以学生们干脆就搭帐篷露宿，而爱玛和艾德蕾则是睡在她们开来的活动房车里。如果他把这整个过程拍成影片的话——他觉得这集节目他的制片应该很能接受——节目小组应该就会把他那辆奔驰全地形越野车船运过来，并拍下越野车从高速干道一路驶向营地的画面。而这，也正好可以搭配上他原有的节目形象：身手矫健的印第安纳·琼斯穿着麂皮肘口的花呢外套，身披多用途工具（取代正版琼斯携带的鞭子与高档伟伯利左轮），发上扎着时髦的头巾（取代正版琼斯的软呢帽）。说来他还真是需要来段影片释放出全新的味道，好为下一季节目打出响亮的第一炮。

他找到助理先前为他预约好的豪华民宿。这是一栋巴伐利亚风格的小木屋，活像雪球里头的童话风景，窗口上挂了个以哥特式字体写就的 Zimmer Frei[6] 的告示。

他放下行李，跟柜台说他想找离此处最近的户外用品店，还有当地最好的酒铺。两家店都是位于镇广场上，就在一家老教堂以及一个叫做"赫森凯勒女巫博物馆"的观光景点之间。博物馆其实就只是改装过的谷仓，里头摆上一些刑罚工具——在一般人眼里，就像是古董的木工用具罢了。他付了十欧元入馆，仔细观

6　德文：内有空房。

察了那里头的脚踏压力机，以及一枚"痛苦之梨"——大约拳头大小，长得像个打上饰钉的铸铁手榴弹。行刑人会将该物塞进受刑人身上的某个孔洞，然后拨动按钮，之后该物便会如同仙人掌花一般膨大起来，撑破下颚，或者是撑裂人肉——比起城外埋在地底下的石制头骨碎裂器，要来得先进多了。

导览员是一名年长的德国男子，蓝眼湿黏，他告诉狄文说，该镇镇名的意思是"女巫的地窖"，取名自小镇北方那座防挡强风入侵的小山峰。狂风绕着那座峰的山尖回转嚎刮，就跟尖声嘶叫的女人一样。"很久以前，山上的女巫老是透过窗帘低声细语，搞得家家户户的妻子都把家人杀掉，然后跑到森林里头当起狼人来呢。"

"她现在安静下来了吗？"狄文咧嘴笑道。

他一手挥向行刑人的刀尖以及行刑用具，"我们把所有的女巫都宰掉啦"。

狄文为罗兰拿了份简介。到了外头，他想着：不知道在世界这一头的土壤里，除了骨头之外是否还有别的什么。

从这里驱车到柏根贝尔森纪念馆只要一个钟头。此处是小安妮·法兰克和其他几千人一起被掩埋的地方。这儿不是他会想要参观的地方，不过由于他的节目制作人兼爱人罗兰小姐曾有家人死于该地，所以他曾陪着她前往纪念馆缅怀先人。当时，他觉得空气中仿佛有股无形的重力沉沉压下，自己的内脏难受得像是被鱼钩抓住了。他置身于女巫博物馆时也起了这种感觉，而在曾有千百人惨遭灭村的开挖遗址处，他这种感受又更强烈了。狄文在世界各地类似的遗址都有过这种体验，不过他从没跟人提过。他只是吞下几颗恋多眠，然后勇敢地面对下一天。

到了户外用品店时，他买下一条工装裤，以及一件耐磨的排扣衬衫。之后在酒铺里，他找到了一瓶可以带给罗兰的罗丝玲白酒，而且为了搞笑，他还买下一瓶叫做 Ratzeputz 的姜黄色的荷兰杜松子酒——味道搞不好就真的如其名一般，像老鼠（rat）的阴茎（putz）呢。再来便是一瓶贵得特别离谱的苏格兰威士忌了——满脸皱纹的酒铺老板将它藏在柜台后头。一路开车回到营地，他将车窗大开。晚风凉爽，可以闻到新刈青草的清香。他竖耳想听远方女妖传来的嗥叫，不过耳里却只响着轮胎滚过柏油路的声音。

挖土人一个个找了石头坐下，团团围着升起的火，鸡肉蔬菜浓汤在营火上头的铸铁锅里噗滋噗滋冒着泡。见习生们啜饮着当地的啤酒之时，艾德蕾将浓汤一勺勺舀进锡碗里。

"……早在农业兴起以前，繁殖力便是人类崇拜的对象了，"爱玛说道，"不过我们这位女神好像既非象征农业，也不是象征繁殖力。"

布列肯举起手中的啤酒，"我敬你，贾瑞特先生"。

"我在镇上找到了一样工艺品，"狄文说着便从袋子里抽出一瓶酒，他的手斜了个角度，瓶上标签所印的金箔剑映照着火，发出闪光来。"这酒存了二十五年，是艾雷岛某个泥沼挖出的泥炭熏出来的好味道——艾雷曾有过一把铜器时代的叶片形石刃出过土。"

"有好酒啊，太棒了。"蓝妮说着拍了拍她旁边那块平坦的石头。

艾德蕾将一碗浓汤递给狄文，然后大伙儿便在这个左有一长排高峰，右有一片森林阻隔了文明的地方吃喝起来。火光闪烁间，狄文起身，往众人手中的塑料杯——斟上威士忌。蓝妮尝了一口后，举起手和他干杯，告诉他说两人已经前嫌尽释。

"请你来谈谈，你对那个神像有什么看法好吗？"狄文说，一边品尝着威士忌里含带着海水与烟熏的味道。

爱玛的手里握着一瓶矿泉水，"我只能说我们这个发现很是惊人，不过其中的内涵只怕是个谜呢"。

"拜托拜托，我都跟你讲了我的想法了。"

"你认定了是古冢族干下的一票——虽然单是这个坟冢，就出现了七座石碑。这你以前见过吗？"

"这次行动的规模比其他的大很多，死了更多人——你找到的残骸够多了吧。"

"不过这是食人族干的，"艾德蕾说道，她拿起一片厚面包，将碗里的浓汁全部吸光，"但古冢族可没有吃人肉的习惯啊。他们一向都只是捆绑俘虏，然后杀个精光。"

狄文耸耸肩，"他们饿了啊，先前的收成太差"。

"我认为是献祭，"爱玛说，"受害者营养不良，我们在他们的骨头里找到贫血的迹象。人脑是脂肪的重要来源，可以提供全身营养，这就可以解释为什么头骨都给敲裂开来。"

"那额骨上的洞呢？"

"是愈合的结果，"艾德蕾说，"新石器时代最通行的环锯术啊。石器时代大约有百分之十的头骨都有这样的洞，目的有两种：一是要解除脑伤所带来的脑压，要不就是为了举行某种目的不明的仪式了。"

"我曾在某处读到，有个男的把自己的额骨打穿一个洞，"布列肯说，"就像第三只眼。说是感觉有点像……开天眼。"

"要不也许他只是脑子有问题，短路啦。"艾德蕾说。

爱玛继续说道："我们在坟冢里找到一个女人。一个女人，七个男人。"

"应该是古冢族的女战士吧，这也符合有关维京人的最新说法。"过去，考古学家在维京时代出现的坟冢里找到残骸时，都忽略了要辨明性别，他们一律假设战士全是男人。然而等到再做进一步的研究以后，这才发现其实有近一半是女人，而且骨头都有愈合伤——是打斗造成的结果。

"我们可不确定她原本的形貌，因为推土机破坏了她的残骸。她的身上没看到打仗带来的伤痕。"

狄文笑起来，"也许她是皇后？你以前在学校里，最爱谈论远古时期曾有母系社会呢"。

"没搞错吧，你果真相信那个吗？"蓝妮蔑声道，一手盖住了嘴巴。

火堆里，有段木柴哔剥响了一下。

营火映照在爱玛的镜片上头，"我是给当时流行的说法迷住了。那个理论宣称人类在发展到父系族谱之前，曾经有过一个男女平等、盛行自由开放的多角浪漫关系的时代，然而等到男人意识到性爱会带来后代之后，他们便将我们女人绑上了铁链。这个理论很讨喜：想象远古曾经有过一个伊甸园，在那儿女人是主宰。只是这种说法并没有根据"。

"不过女人做主的说法到处都有啊，"狄文说，"希腊不是出了亚马逊女战士嘛。"

"重点是，太多文化里头都流传这种故事啦，"爱玛说，"这意味着什么呢？我觉得应该是集体潜意识里潜藏的罪恶感：小男孩长大的过程里，看着妈妈如此卑屈顺从，心想她怎么没办法跟自己一样自由呢。"

"也许我们曾经有过自由呢，"蓝妮道，"俗话不就说了嘛，推动摇篮的手统治这个世界啊。"

艾德蕾滚动起眼珠子来，"等你有了小孩再说这句话吧"。

"打死不生啦。"她将酒一饮而尽，伸出了杯子。

狄文为她和自己再斟了酒，坐得更靠近她了，"也许女人的确曾经当家做主过，也许你们是应该重振雌风呢。维伦多尔夫的维纳斯是出现于农业时代之前的一万五千年。目前我们对那个时期的所知还非常有限，搞不好女性当时确实势力很大呢"。

"全是鬼话，"爱玛不屑地笑道，"男人一直都是把这当笑话来讲。女人在远古时代没啥值得统治时，统领一切，之后换成男人出场，这才表现出了真正的统治手腕和能力——根本就是摆出高高在上的态度贬低女人吧。而且这种说法认定了女人就是照顾者的角色，是和平和善良的象征。而且啊，每一个大胸脯的丰饶女神，都千篇一律要搭配一个带来死亡的摩莉甘或者卡莉女神。我们在这儿找到的神像可不是光着脚丫怀着身孕哦，她是伸出拳头的。问题是，这到底是表示胜利，还是警告？信奉该文化的人到底是崇拜她呢，还是必须安抚她的怒气？"

一阵凉风吹来，狄文压下一个寒战。他想到了印度的死亡女神卡莉，以及她那一圈挂满割割下来的阳具的项链。

"你们找到的那个皇后——她的头骨状况如何？"

"不知道。"艾德蕾说。

"没有头，"蓝妮说，"恐怖。"

"我们还在找，"爱玛说，"挖土公司违反了不许破坏坟冢的规定。我猜呢，他们是找到了骨头，但还是继续挖，结果就撞上了第一座石碑，弄坏了他们的工具。所以有些骨头和遗物或许已经找不到了。"

狄文皱起眉头，"你确定那是女人的遗骸吗"？

"臀部比较宽，因为有产道。不过那上头没凹痕，可见盂唇韧带当初没有撕裂伤。所以，不管她是什么身份，应该都没生过孩子。这下子就排除了你那个女王蜂的说法。"

"搞不好是剖腹生的。"

蓝妮蔑笑一声。

"我可没说她活过了那个手术，"狄文说，"她很有可能是死于难产，但还是为首领生了个儿子。"

"搞不好是处女牺牲仪式的受害者。"布列肯说。

"她的身上没有战争留下来的愈合痕迹，"爱玛说，"却是死于金属利器。没被吃掉，没有割肉的痕迹。我看她应该不是牺牲

La Verite sortant du puits

by Jean Leon Gerome, 1896
Oil on canvas, 35.8×28.3 in. (91×72 cm.)
Musee d'art et d'archeologie Anne de Beaujeu.

品，也许是个女祭司。"

"萨满女巫师之类吧。"

"我们还在等着'放射性碳定年法'检测出来的结果，不过渠道里很多骨头的年份都比她要早。坟冢的年份较晚，不管当初是谁造的，他们是将她葬在北端，又拿了垃圾跟石头堆到井上。"

狄文摸了摸他的酒窝下巴，"我这人最勇于认错了，不过我很难得犯错。"他说，并提议要为大家再次斟酒。艾德蕾敬谢不敏，举步回到她的帐篷。

布列肯和蓝妮开始收拾餐具。"我们来就好，"爱玛说，"你们两个今天做了很多苦工。"

两人耸耸肩，各自回到自己的帐篷去了。狄文当然是热烈附议，免得被贴个臭名。他们收拾完毕以后，他为自己斟了点酒。"你还喝酒吧？"

"如果你跟我说你是啥时变成英国人的话，我就会给个答案。"

狄文笑起来，"我的节目制片下令要我去找个发音教练——显然观众很迷英国腔。这会儿我已经是习惯成自然了"。他拿起了酒瓶。

"一小口就好。"

她领着他走到井边。月光下现出了暗影，暗黑的坑洞仿如深渊，两人想起尼采的名言：不要直视深渊，以免深渊反扑而来。不过他们还是探眼往下看了。寒凉的石头颇为潮湿，闻来有点刺鼻，像是金属，就跟在学校游乐场上的攀玩架攀爬之后，汗淋淋的两手散发的气味一样。

狄文的下体稍稍颤了一下，"蓝妮让我想起年轻时候的你"。

爱玛哼了一声，"她的年龄比那瓶威士忌大不了多少，而且她跟我完全不像，她比当年的我们要聪明多了"。

"当年我很蠢，我知道。"多年前他趁父母外出时，邀集同学在家中举行毕业派对；当晚，他俩有过亲密举动。不过那之后两人从未谈及此事，狄文几乎都要以为自己是做梦呢，因为隔早她已不见人影。

"我的意思是说，她不需要找个老男人来指导她。"

搞半天，她想的是这个啊。

"你又来了。欧戴尔或许是头冥顽的沙猪，不过你总不能寄望我摆着大好的机会不要，就只为了公平起见吧。他选的是我啊。"

爱玛抬起了她长茧的手掌，"哎呀，我邀你来这儿是因为你是古冢族专家，而且也希望借着你可以为这遗址打点知名度。可别把高中的陈年旧事又挖出来吧。我对我现在的成就很满意，谢了——本人偏爱田野工作，最讨厌镁光灯咔嚓咔嚓响个不停。如果你想摆脱什么罪恶感的话，可别找我开刀"。

黑暗里，她的眼镜像两片黑色的鳞甲，遮住她的双眼。

"当年的我是个小王八蛋。"说着，他一手搭上她的肩膀。

"而现在的你，是个老王八蛋。开车上路以前，别忘了先醒个脑。"

她留下他一人待在井边。他蹒跚走向了租车，等着脑子里的迷雾散开。他虽然专研遥远的古代，但对自己的过去是鲜少回顾。一次婚姻，两个小孩。和他的节目制作人罗兰分住不同的公寓，维持了三年男女关系。这是公开的秘密了，不过在人前，两人还是维持着该有的分寸。

他在民宿柜台要了个双人床大房，因为不能排除爱玛邀他来此，其实是别有用心。民宿主人提供了昂贵的研磨皂，以及一罐高档的沐浴乳给他。他泡在浴缸里，缅怀着往日。

他的父亲到城外出差，母亲则去"跟闺蜜打牌"，意即当晚家里是狄文的天下了。他打电话给朋友，朋友又打电话给朋友。大伙儿带来了大麻和女孩，以及两升装的可乐瓶子（里头有一半是伏特加）。爱碧·肯恩声明，她得要有爱玛陪同才会登门，所以他也只好举白旗了。爱玛就这么一回，竟然可以默默坐在一旁不开口；而其他人则是放起《疯狂的爱》，直到伏特加／可乐全部喝光，接着大家便攻向酒柜，一起观赏《蓝丝绒》，然后便横七竖八倒在沙发和地板上，醉得不省人事。

狄文被一阵笑声吵醒，听到他父母的卧室门喀一声关上。他爬起身来，把里头的人赶跑。之后，安静的爱玛·馥里卓竟然爬到他的身上，将他的手按压在自己乳房上头，她散发出伏特加味道的双唇凑上了他的嘴，吻起来。她肤色好白，在电视噪声画面的映照下，发出光来。她的双乳比他当时交往过的每个女孩都要丰满，于是他便吻了上去，满脑子爱碧·肯恩的脸蛋，而当他勃起时，他便伸了只手压住她的颈背往下按过去。我需要这个。

他打死不退，所以她就解开了他的牛仔裤，捧着他的老二塞进嘴里。她可不是校园荡妇，不过如果她想帮他吹箫的话，谁又挡得了她呢？她那种青涩的矜持味儿以及迫切想要讨好的心态，是他后来一再需要回味的经验；而这，也是后来他不知下令多少见习生和妓女一再复制给他的飨宴。等他完事以后，她便一手捧着嘴，轻脚跑入浴室，而他则将自己的那话儿塞了回去，开始装睡。

他原本以为她会蜷缩在自己身边，将头搁在他古铜色的健美肩膀上头，没想到却只听到悲怨的叹息。他透过眼帘，想象着自己看到了她满腔愤怒握紧拳头；之后，醉酒以及高潮带来的困意便将他带入了沉沉的睡乡。

今晚窗外棉花球般的月亮在他阖上的眼睛里，幻化成了爱玛：她软白的身躯悄无声息地攀上坟冢顶端，如同追寻猎物的夜行动物一般。阴影间，弹跳出一名裸体女子，细长的手脚满是刺青——蓝色与土黄。他的皮肤起了鸡皮疙瘩。没有五官的女人一手高举，另一只手则是握着一把铜剑插在两腿之间。她举起了剑，他的臀部在她将剑刃置于他的阴茎之上时，绷紧起来。

狄文大喘一口气醒过来，他猛抓着自己，指甲在皮肤上留下新月形的痕迹。他在肥硕月亮刺眼的光芒下，痛苦地缩着身子。他猛然拉下百叶窗，冲了个澡，才又回床睡觉。

早上他开车到遗址时，看到布列肯在路道上跑步；抵达目的地后，只见艾德蕾拿了平底锅在煎培根，旁边则是一个形状如同宽口酒瓶的咖啡壶。布列肯慢跑而来，上身精赤，泛着汗光。

"咖啡好香。"他在民宿吃的欧式早餐太过简陋了。

她将滚水倒在咖啡渣上，哼一声。

"是我昨晚说错话了吗？"

"只是月经来了啦。"艾德蕾说。

蓝妮伸出手里的杯子，"我的也来了，早两个星期。妈的好烦"。

"你俩同步呀，"布列肯咧嘴笑道，"我一路长大，身边都是女人：亲妈、继母、奶奶、外婆，还有我姐。她们有时候也同步哦。"

"呸，"蓝妮说，"好恐怖。这会儿爱玛也来了，看是不是三人同步咯。"

爱玛的眼睛没在看人。她搔搔颈背的一绺头发，"神像是谁拿走的"？

艾德蕾将黑咖啡传给大家，"我把它摆在集物棚里了"。

"我瞧瞧去，"布列肯说，"可别把培根吃光哟。"

爱玛透过她杯子里漫起的气雾，望向前方的沟渠。

"我可没碰。"狄文轻声道。他就站在她后头。

她一手叉腰，挡住他的去路，害得他差点泼掉手里的咖啡。

"你是个王八蛋没错，不过你没那么笨。"

早餐速战速决之后，蓝妮领着他走到井边，她指着他一身典型观光客的打扮摇头直笑，"这身行头花了你多少钱"？

她指指坑洞里的踏脚处给他看，并将绳子解开，拉出滑轮底下，"我每次都直接攀岩而下不绑绳子，馥里卓博士骂了我好多次。不过你太高了，不绑不行。布列肯也一样。当初挖洞的人，个头都比较小"。

狄文避开顶端那些磨损了的踏脚处，砌石上头，足弓以及卵石形的脚趾头清晰可见。又是一个不可知的秘密：有谁会站在一座井的顶端呢？下头的踏脚处是为了攀爬而挖的，相当粗糙。虽然他每个踏脚处都用上了，但紧抓着绳索的嫩手还是如同火烧一般。他哼一声落到坑底，头皮擦撞到石块。他捧着头，往后靠上壁面，眨巴着眼，没冒金星。眼前除了一片黑，什么也看不到。

他一手探入花呢外套，想掏出暗藏的镇静剂。

曾经有那么一次，他在曲棍球比赛时，一头撞上了同队队友的头，力道之猛，他一时竟然什么也看不到。他大口喘着气，呼吸声在坑洞狭仄的壁面发出回响。潮湿窒闷的气味这会儿夹带了血里的铜味。等他恢复视力以后，发现顶端的井口像极了满月。

"你还好吧？"

"擦破了头。"他伸掌按住头皮，觉得血液在伤口处鼓动，如同漏水的莲蓬头一般，往地上滴下血来，"需要绷带"。

蓝妮将她的头巾丢下来，"紧紧按住伤口，做深呼吸。我去拿急救箱，我是搜救队的医护人员"。

他将头巾卷实了，咬紧牙关忍着痛。肚子深处的钩子往下猛扯。他啪地阖上眼睛，眼底的深蓝泛起了一层层红。凉森森的风刮过井口的石块，往下窜来，搔弄着他颈背的汗毛。

好长的一分钟啊，蓝妮总算是攀了绳子垂降下来，她小腿的筋与肉一张一缩。她举着一管笔式手电筒，挤身来到他旁边。"得先检查你的瞳孔，我刚听到你在喃喃自语。"她捧住他的头，将酒精抹上伤口。突来的刺痛真不是盖的，他皱缩的脸埋上了她的肩头，他尝到她汗水里的咸。

他的父亲看到血就会昏倒，狄文曾经很担心自己遗传到这种没有男子气概的弱点。他头一次撞坏了脚踏车时，膝盖破皮，当时他看着鲜血汨汨流出，心里放下了石头。因为母亲不在家，所以他便独自在水槽清洗伤口，并拿了她的指甲剪将小石子挑出来。

"应该不用缝合啦，"蓝妮说，她拿着手电筒，一手轻轻按住伤口，"不过你还是在上头工作吧。我们把你拉上去。"

"我没事。"他说，心里明白刚才失去意识是因为轻微的脑震荡，就跟多年前在曲棍球比赛时一样，不过他可不想说出来。太丢脸了。他由着她将绳子绑上他的臀部，然后便撑着壁面的石块，由布列肯握住绳子的另一头将他拉上井口。

他喝了一瓶水。说他会慢慢来，会放下水桶给井底的蓝妮，然后筛滤她所挖出的东西。结果其实大半都是布列肯在忙。

"可以拉上桶子了。"蓝妮叫道，于是布列肯便拉起水桶，将东西倒入筛子里，摇一摇，再让狄文从中挑拣出骨头的碎片。

"石像找到了，"布列肯说，"我们四处细细搜找一遍以后，博士才慢腾腾地捧着那玩意儿从她的拖车走出来。是恍神吧。"

"你对这遗址有什么看法？"狄文问道，他盯着一破片看去，觉得像是牙齿，但结果只是石英。他将那物丢进垃圾盆里。

"我研究生都还没念完呢，不过依我看应该是仪式祭典的牺牲品吧。人口太多时，就来这里大开杀戒。看这一层层堆积物，虽然年代的鉴定还没出炉，不过应该不是单一次的大屠杀。博士认为他们是每隔几年会来这么一下，为的是缩减人口。也许吧。"

"光挑男人。"

"唉，你也知道，繁衍其实用不上多少男人的，就跟蜂巢里的工蜂一样。为了遗传基因的多元化，太少不行，不过其实也要不了太多。"他咧嘴一笑，"像我爸啊，他就只是个精子捐赠人。"

"他抛下你们了？遗憾。"

"不是啦，没什么好遗憾的。他真的就只是个精子捐赠人。我的两个妈妈说，何必要找精子银行呢，就地取材找人买就行了。我是纯手工挤出来的男人汁液的产物。那人就在硅谷当工程师，是运动健将型。我一路长大，周末都可以看到他。我们到现在还会一起混，一块儿跑步。下个月还要一起去跑新奥尔良举办的半马呢。"

狄文蹙起眉头，然后算了算自己和父亲见面的次数。他没吭声。

"对了，你昨晚有没有梦到什么？比方说，春梦？"

"我看你应该不只是做梦而已吧，因为她一直贴着你。年轻小伙子真是狗运好。"

布列肯笑一笑，撇过头去，"你搞错了啦"。

"有新发现，布列肯！快把博士找来。"蓝妮的回音从坑底传来。

原来是找到了牙齿：下颚一排牙，呈新月形。艾德蕾最擅长挖土，不过她有恐高症。蓝妮为她绑上绳子，大伙儿缓缓将她放至坑底。这一整天她都窝在下头，从那密实的腐质土当中，小心翼翼地将那块下颚骨解放出来。

"这是截至目前，保存得最好的遗物了。"爱玛说，她戴着手套仔细审视着下颚，"在井底工作得更小心才行，如果踩到什么宝物的话就糟糕了。我看底下最好就是一个人负责吧，我们可以装置一条坐式束带，让大家一个个轮流下去挖。"

头骨其余的部分也因艾德蕾的努力而露出来了。蓝妮背着数字相机爬到底下，并将头骨的照片展示在银幕上给大家看：两只塞满了沃土的眼窝，从坑底往上瞪视。

爱玛拿来卡尺量了颚骨的宽度，"是成年女性"。下颚的两颗门牙磨损得很厉害，犬齿也是。臼齿倒还好。"看来我们是找到她的头了。"

大伙儿齐集于当地的地下啤酒屋，用狄文的出差费大快朵颐，狠狠庆祝了一番。丰盛的晚餐包括了烤猪脚、咖喱香肠，以及当地的啤酒跟红酒。狄文开车把他们载回营地后，艾德蕾升起了营火，大家喝起盛在咖啡杯里的威士忌。

他们团团坐在火堆四围，品尝好酒。美食、美酒，再加上当日重大发现所带来的兴奋，众人的身体升起了舒适的暖意。

"搞半天看起来还真是古冢族所为，"爱玛说，"有人割了她的头，将它丢进井里。"

"还把她的残躯跟七名战士埋在一起。"

"搞不好后来她被玷污了。年份鉴定还没寄过来。"

"大地女神的那套鬼理论，这下子就真的说不通了。就算有很严重的恋母情结的家伙，也不会想要砍掉亲娘的头吧。"蓝妮说。

布列肯笑起来。

"就算史前的母系社会其实是瞎掰出来的说法，我觉得说不定还真的可行呢，"狄文说，"男人把世界搞成这副德行，换个方式统治也不至于糟到哪儿去吧。"

爱玛耸耸肩，"历史上出了很多恐怖的女人"。

"那是野史的记载，"艾德蕾说，"正史不太谈女人的。"

"巴托里伯爵夫人，"蓝妮说，"她喜欢浸在年轻女孩的鲜血里泡澡，为的是永葆青春——可别动我的脑筋哦。"

艾德蕾颇不以为然，"那是童话故事啦，不过我的手肘惨灰，倒是可以用上一些嫩血。德国这儿的空气真是妈的够干"。

"黛芬·拉萝瑞，"布列肯说，"她是纽奥良的连环杀人狂。我去她那间屋子参观过。她会拿她的，呃，仆人开刀，把他们折磨到死。"他瞪眼看进自己的杯里。

"总之我们可不是弱者，"爱玛说，"如果女人天生就痛恨战争和种族屠杀的话，我们是拦阻得了男人的。"

"几千年前的希腊喜剧《利西翠姐》就描述过了。"

"听说斯巴达女人都会郑重叮咛儿子别当逃兵——回家时一定要带着盾牌，要不也得躺在上头给扛回来。"

狄文歪了歪头，"其实光是想着乐园的可能性，也蛮好的"。

"想象着有个男女平权的人间天堂当然很棒，"艾德蕾说，"不过在大部分的文化里，女人是到了近代才有权择偶的，所以物竞'性'择的说法我还真是要打个问号。如果几千个世代以来，父母没有掌控女儿的择偶权的话，我们也许会演化成很不一样的人类呢。比方说，男人搞不好会跟雄孔雀一样，长出五彩缤纷的尾巴。"

"我爹就是我娘自己择的偶。"布列肯说。

"你的故事我们都知道啦，人工受精儿。"蓝妮推了他一把。

"我比较有兴趣的其实是追踪线粒体 DNA，找出遗传密码，"爱玛说，"物竞'性'择其实算不上是严谨的科学。"

"说到严谨的科学啊，我曾听过一个生物学家说，人类演化过程里还会选择阴茎的形状呢，目的就是要把前一个交配对象的，呃，精子给刮除掉。"布列肯咧嘴看进他的杯子里。

"你可以休息去了。"爱玛说。

蓝妮嗤鼻道："不管是谁有那想法的，应该先去研究倭黑猩猩。它们的同性竞争很强，不过老二却是跟这个一样。"她伸出了小指头。

"你也可以休息去了。我可不希望我的学生一个个跌进沟里，摔断脖子。在我的照看下，不能发生啦。"

蓝妮和布列肯打闹着一起离开了，艾德蕾则是回到了她的帐篷。爱玛说她只能再啜一小口酒，"我是没办法命令你干吗啦，不过你今晚还是不要开车比较好"。

"我也没打算开啊。"

她的眼睛隐藏在她镜片闪烁的火光后头，不过他看得出来，她没有欢迎之意。

"我会小睡一下，让酒意散掉。能分我一个枕头吗？"

她撇撇嘴角，卷起了她的外套，放在一块石头上。

狄文独自坐在哔剥响的火堆旁边，想象着自己若是住在古冢族大举灭村之前的这个村的话，会是何等滋味。他在节目上就曾这样讲过——由于预算有限，他都是以讲述的方式代替真人模拟表演。他解释说，我们的外表或许跟祖先相似，然而"世代间如同鸿沟般的断层"却让我们成为截然不同的人种。语言的隔阂是个原因，另外就是信仰了。

黑暗中隐藏着恐怖，夜晚的天空里含纳了嫉妒与无情之神的千只眼睛，它们下令人类必得献祭。就连基督教的神都曾要求亚伯拉罕献上独子，为的是要测试他的信心。我们现在则是将自己的儿女献给不同的神了。

比方说，名利之神玛门。狄文希望孩子可以快快乐乐地长大，不过当前妻打算让小孩争取进入城内的资优幼儿辅导计划时，他和她简直是闹得不可开交。他还记得自己在明星高中念了两年以后，有一天母亲很慎重地要他坐下。你的表现还不够好。瞧瞧你父亲吧，你伤透他的心了。

他绝不希望自己的小孩经历他那一天所受的委屈。前妻难道认为，日后他会没有能力供养小孩吗？不要从小就给他们压力吧。人生的变数很大的，他的前妻这么说。意思是他有可能跟他父亲一样，心脏病发英年早逝。

狄文出版自己头一本著作时，到各地巡回签售。等到母亲来电时，他的老父已经下葬多日，成了有待未来的考古学家挖掘出土的遗物了。我不希望影响到你的心情，毕竟，目前你已经找到人生的目标了啊。

狄文哼噜一声醒过来。营火已经烧成了灰烬，笑声从开挖处

　　　　　　　　　　　　　形与色的故事

回声传来。寒风凛冽，他扣上外套的纽扣。

他的头晕晕的，勃起的老二发疼。远处传来一声放浪的呻吟。他朝那个方向起步，沿着两边拉起的绳子走去，以免跌进沟里。此刻的月亮悬在低空，看起来比先前要薄。他已昏睡好几个小时，错过了不少好戏吧。

泥路上散落着马靴，还有袜子。一路可见光脚留下的足迹。他其实还需要一点睡眠，不过稍事偷窥，应该可以让他打起精神开车回到民宿。

蓝妮想必是趴在上面的。韧瘦的肌肉，划上刺青。他的阳具如同探测棒一样，领着他往前。

帐篷里没有交缠扭曲的身影，压低的声音是来自底下。他的多工具带里头有一管小手电筒，于是他便打了光，循着土墙间的小径走向井边。

一声低吟，愉悦中混杂着一丝痛苦。来自暗黑的角落。他探身想瞧。

他看到的不是有刺青的棕色肌肤。井上头，苍白的肉体发出亮光。

爱玛蹲踞在井边，两只光脚稳稳地踩入踏脚处。她全身赤裸，皮肤上可见斑斑手印。

"你的眼镜呢？小心跌下去。"

"我刚已经下去过了。"她龇牙咧嘴，醉酒样地笑起来，身体打着无声的节拍摇啊摇的。她低低发出一声声喘息，寒风中呼出一缕缕白气。他往前凑近。

她看着他裤裆间涨起的那物，笑起来，"还真猴急，就跟当年一样"。

"喂，是你想要我的好吗？"

"那当然。"

她的姿势真是有损形象：叉开腿往前蹲，就跟那些维纳斯塑像一样浪荡无耻。她的眼睛在月光下像是两颗光滑的小石子。他的手如同蜘蛛一般解下裤子。

她勾起指头，要他再靠近些。

她的鬓发披散，如蛇一般落上肩膀。他凑近后，发现手印其实不是灰泥，而是一抹抹鲜血——她的以及其他人的手印，如同洞窟壁画般印上皮肤。血从她的两腿之间，嗒嗒滴到井内。

他惊得目瞪口呆。她嘿嘿的笑极其诡异，然后她便挥舞起手边的石刃。他往后一倒，裤裆缝线应声撕裂。

他撞到另一头的土墙。他听到自己的大腿啪地一声响，落入沟里的剧痛因惊诧带来的麻痹而有了缓解。他孤身躺着，冷风刺骨，白色的月亮好模糊。

脚步掀起他近旁的尘灰。他眨眨眼，月亮幻化成蹲伏着的爱玛。

"我需要帮忙。"他哑声道。

"总是惦记着你的需要。现在你想起来了吧？"

他和爱玛等在欧戴尔办公室的外头，汗水直流，两人透过毛玻璃，看着老师在安慰泰拉·班妮根——他俩唯一的对手。毕业生致辞代表板着脸匆匆开门而出，受伤似的跑下通道。狄文的心脏噗通乱跳，他的手指沉入爱玛如同泥块的软白前臂。

可别搞砸我的机会哟。我需要这个。

没有眼泪。她生气地握紧了拳头，飞快跑掉，鞋子在这机构灰色的地板上啪哒啪哒响着。欧戴尔透过微开的门缝觑眼往外望，他露出共谋的诡秘笑容招手要他进去。馥里卓不来啦？情绪化的女孩啊。

"抱歉……"

爱玛黏答答的手指贴上他的嘴唇。"她是嗜血女神。你喂养了她，你唤醒了她。"她拍拍肚子下头，"她谢谢你。"

他攥住她的手臂，"你非得把我弄出去不可"！

　　　　　　　　　　　　　　　　形与色的故事

她举起石刃往他大拇指的肉球猛力戳去。他奋力拨开那刃，瞪着自己皮内大张的红色的口。

"她让我看到过去。古冢族，还有他们的坟冢是吧？它们可不是为了纪念战士搭的。"哼了一声，"它们是保护伞，护着她。还有我们。"

多工具带已给甩到他两手无法触及之处。他奋力伸掌要抓，她狠狠往他的伤腿踩下去，痛得他猛然闭上眼睛。

你是我的囊中物，量你也跑不掉。

他梦中的蓝、土色刺青女巫在他的眼底说着。他尖叫起来。鲜血从没有眼珠子的脸庞汩汩流下，她的嘶声成了大笑。

"你们需要男人才能生养！"

上头传来笑声。蓝妮和艾德蕾斜眼睨看下来，满脸是血。

"决定权在她，"蓝妮说，"你是俎上肉。"

布列肯抖缩在她们脚边，全身赤裸，一脸惊惶。他的前额横着一个洞，血从洞里流下鼻梁。

"她说最好能在青春期以前下手，"艾德蕾，"石器时代的脑叶切除术。"爱玛揪住他的发，将头骨碎裂器压上他的太阳穴。

龟裂的石器刺进肉里时，狄文闷哼起来，"告诉我你的名字"！

"母亲。"爱玛说，一手举起锤石。

9

尼古拉斯·克里斯托弗
Nicholas Christopher

作者

出版过十七本书，其中包括六本小说、九本诗集、一本评论黑色电影以及美国城市的文集，还有一本为孩子们写的小说。此外，他也编辑了两本诗选。他的书已翻译为多国语言。目前定居纽约。

《拿扇子的女孩》(局部)
保罗·高更，1902

Girl with a Fan
by Paul Gauguin, 1902
Oil on canvas, 92×73 cm.
Museum Folkwang, Essen, Germany.

拿着扇子的女孩
Girl With A Fan

1

1944 年 6 月 5 号那一天，一名年轻男子踏出九点十三分离开里昂的火车，觑眯着眼迎向了晨光。他的身材高瘦，脸孔不太对称：右眼比左眼高，左颊刨下去的角度比右颊要尖。他穿了套褐色西装，搭配着黑色衬衫和黄色领带，戴着顶褐色软呢帽。西装起皱，靴子也磨损了。他提着一只黄铜扣的皮制公文包。裤脚微微溅上了些黄色的油漆。

他走下月台的时候，身后拖着长长的黑影，才走了一小段距离，便有两个穿着皮外套的男人从他后头包抄而上，紧紧抓住他的手臂，其中一人拿了把枪抵住他的一侧，另一个人则攫住了他的公文包。他们把他带离了火车站，粗暴地拉到一条小巷子里。那儿等着一辆车，一名戴着暗色眼镜的男子就坐在方向盘后方。这人是个秃头，颈背上方可以看到一个老鹰的刺青。

两个男人先是搜了年轻人的身，取走他的皮夹，然后便将他推上后座，夹在两人中间。司机从后视镜里瞥了他一眼，说道："胡柏·狄特玛，欢迎来到亚尔。"

坐在他右边的男人打开他的皮夹。这人掏出了十一块法郎、一张穿着红外套的金发女郎的照片，还有三张名片，上头印着：

路易·文生

证券交易员

克莱瑞&凡尼尔公司

比利时布鲁塞尔　马里贝尔街 15 号　63 21T

另外还有一张登记了这个名字的比利时身份证，上头注明他的眼睛是棕色，头发是黑色，身高为五尺十寸，出生于 1908 年 11 月 30 号，出生地为列日。

事实上，他是出生于 1908 年 11 月 29 号，出生地为奥尔良。然而他真正的名字其实并不是胡柏·狄特玛，也不是路易·文生。

2

打从四个月前他开始执行任务时，胡柏·狄特玛就一直在担心这一天的到来。他原本打算在亚尔待到当晚，然后搭乘六点十分开往里昂的快车离开。他以前就安排过这种当天往返的行程，包括亚维侬、鲁昂、利摩日，还有佩皮尼昂，待的时间是越短越好。他的上级夸赞他智勇双全，他却担心自己曝光太多，而且这一趟旅程（预计是他最后一次了）需要的恐怕是另外一种勇气了。

他们开车经过了大片玉米田以及长满薰衣草的草地，之后则穿过一座山毛榉树林，然后又是更多玉米田。胡柏两眼紧盯着路面，男人命令他清空口袋——自来水笔、钥匙、公文包钥匙、小刀、烟斗、烟草袋、火车票。他们也拿走了他的黄玉戒指，以及表面背后刻着 L.C.V. 的玛瑙手表。

坐在他右手边的男子打开了公文包的锁，在包包里翻找起来。那里头有一本空白的素描本，装在皮盒子里的一组十二支彩色铅笔。一张法国的铁路地图。还有两个棕色的档案夹，其中一个装了股票列表以及市场图表，另外一个则是夹了两张打了不知是哪国文字的页面。

"这是什么啊？"

"财务报告。"胡柏答道。

"什么语呢？"

"加泰隆尼亚文[1]。"

"没有数字的财务报告吗？"

"数字是拼出来的。"

胡柏左手边的男人横出肘子，撞上他的一侧，而且动作纯熟，他虽然因此呛了好一阵子，不过肋骨倒是没断。

司机瞥瞥打字的页面。"是密码吧。"他说。

"不管是啥玩意儿，反正你得翻译出来。"左边的男人说。

这可不是问句。

"我不懂这个语言。"胡柏说——屏气等着下一击。

结果那一击是从右边袭来的，而且这回撞断了一根肋骨。

他尖叫了起来。

3

他们抵达拉马丁广场 2 号（一栋两层楼的黄色屋子）的时候，一只黄绿相间的鹦鹉从屋顶飞进了树林。两个男人踏出车门时，屋门口站着的警卫——一名党卫军下士——立刻喀一声碰脚立正。胡柏痛苦地折着腰。男人将他拖到门口。在失去意识以前，胡柏抬眼瞥见了倒映在窗口的一方绿色天空。

1　加泰隆尼亚文：西班牙的官方语言之一。

半个小时以后，有人朝他甩了两个巴掌，把他打醒过来。他是坐着的，手脚都给绑在一张木头椅子上。一圈水银灯光打到他这个方向，而灯后头，他什么也看不到。这是地下室。房间阴冷潮湿，低矮的天花板上纵横交错着一道道管子。他的外套和鞋子都不见了，衬衫给撕裂了，而他的领带绞在他的脖子上。

黑暗中，一个平缓的声音朝他发起话来。

"我们可不会浪费时间讨论，你其实不叫路易·文生。"

"那是我的名字。"

"你是从里昂过来的？"

"嗯。"

"在那之前呢？"

"巴黎。"

"我们已经容许你撒了一个谎，你不能再撒第二个了。我再问一次：里昂之前，你人在哪里？"

胡柏犹豫起来，"日内瓦"。

"所以你是雇了一辆车穿过瑞士边境，到了里昂，对吗？"

"是的。"

"你在日内瓦是做什么的？"

"我在银行业工作——信贷部门。"

"又是一个谎言。"

胡柏还没来得及回应，便听到后头传来了脚步声，紧接着便有人拉紧了套在他喉头上的领带，紧得他以为自己就要昏过去了。不过猛一下，他又给放开了，然后猛喘了好几口气。

"在瑞士的时候，你去拜访了宇果·巴泰罗先生，对吧？"

胡柏点点头。

"你跟他有什么样的生意关系？"

"他的投资。"

"股票和债券吗？不许说谎。"

"都不是。"

"那是什么样的投资？"胡柏闻到一丝丝麝香的味道，掐住他脖子的男人擦了古龙水。

"你迟早都得说的。饶了你自己吧。"

"艺术品。"胡柏说。

"巴泰罗是收藏家？"

"是的。"

"那他为什么找你咨询呢？你不是证券交易员吗？"

"因为我懂艺术。我为他收购藏品。"

"你怎么会懂艺术的？"

"我学过画。"

"可是你成了证券交易员。"

"我画得不好。"

"你仿造得很好。"

"什么？"

他的领带再一次被绞紧了。他觉得自己脑袋里的血给堵住了，血正澎澎地鼓动。他的肺收缩起来，十秒、二十秒，时间滴答过去了，他觉得自己的心脏就要爆了。他又被放开。香水的味道更浓了。房间绕着他在转。

"你仿造画作。你仿制巴泰罗偷走的名画，对不对？"

胡柏喘不过气来，"是的"。

"巴泰罗属下的小偷集团盗取了属于纳粹德国的名画，然后用你仿制的赝品取代。依照德、法先前的协议，法国所有的画作现在都是纳粹德国的财产了。我们在将画作运到德国之前，都是先将它们存放于仓库里；预计1946年以前，所有的画就都可运抵德国境内了——包括巴泰罗偷走的那些。巴泰罗摆明了就是同盟国的走狗！"他停了口，"我们知道你为什么来到亚尔，狄特玛先生。"

胡柏觉得自己就要吐了。绑带割进了他的手腕和脚踝，他断裂的那根肋骨像是插在他体内的一把刀。

"大半的梵高都已送到了柏林,"那声音继续说道,"巴泰罗虽然攻进了我们的仓库,不过我们也已渗入了他的情报网啦——你就是其中一员。我们刻意误导,让他以为某些遗失的高更画作已经重见天日,在边境画廊等着转运。但其实那里根本没有高更,而且边境画廊也已经关门大吉了。他都派你直接到现场研究真迹,对吧?"

"是的。"

"身为仿造者以及小偷,绞刑你是逃不了的——除非……"

胡柏等着。

"你呢我们倒是无所谓,我们要的是巴泰罗。意大利政府倒台的时候,他因为人脉够广,逃掉了。由于他是带着那些画作躲到瑞士,而且下落不明,所以目前我们也动不了他。他和他的小偷集团之间,至少隔了两个中间人,所以那些偷儿甚至连自己是在帮谁偷都搞不清,不过待遇倒是挺优渥的。他付给你的钱想必更多。你是少数几个跟他有私人接触可以贴近他的人。你知道他的下落。所以,如果你讲出来,同时也交出你同党的名单以及你假造的画作的清单的话,你就可以免了绞刑——只是得进监牢而已。"

如果胡柏笑得出来的话,他是会笑的,"你们要的其实只是真品的清单,"他说——虽然他知道其实别说比较好。"因为你们搞不清到底哪些是赝品。"

"我们当然知道,"那声音拔尖起来,"我们只是要你确认而已。"

他们当然不知道,因为他仿造的技巧高过他们的预期了,胡柏想着。不过这会儿他没出声。

"你得在悔过书里头确认哪些是赝品。等我们查证完毕以后,赝品就会给烧掉。你懂吗?"

他感觉到脖子又给领带箍得更紧了。

"懂。"

领带松下来，香水味也消失了。一个男人从灯光底下走向他。胡柏看不到男人的上半身，他只看得到对方的黑长裤以及鞋子，还有他手中的皮下注射器。

"这可以帮助你吐露实情。"男人说。这是个不同的声音。他将胡柏的衬衫拉上他的左肩，然后将针管插进他的手臂里。

黑暗中，原先那第一个声音说道："你知道你现在在哪儿吗，狄特玛先生？"

"在亚尔。"

"你知道这间屋子吗？"

胡柏摇摇头，朝着灯光直眨眼。

"你就在黄屋里头。"

他的脸虽然痛僵了，不过他还是露出了惊讶的表情。

"你当然知道这代表什么吧——这就是梵高当初住的房子啊。高更于 1888 年秋天，来到这儿做客九个星期。两人一起在二楼作画。这屋子目前则是有幸成为盖世太保[2]在本区的总部。请务必谨慎作答：首先，你要告诉我们的是巴泰罗先生的地址。"灯光暗了下去，一名戴着眼镜的瘦小男子从暗影里走出来，他穿着一身黑色制服，脚踩一双高筒靴。"药效快要出来了。"他点了根烟说道。

4

1902 年 5 月 1 号，马克萨斯群岛[3]正中央的希瓦瓦岛上，一名年轻女子正穿行于山中的一处林子里。这是一个炎热的午后，

2　盖世太保：德语"国家秘密警察"（Geheime Staats Polizei）的缩写 Gestapo 的音译，由党卫队控制。——编者注

3　马克萨斯群岛：法属波利尼西亚的一部分，分布在太平洋的中南部海域。

　　　　　　　　　　　　　　形与色的故事

太阳即将落下。在这条尘土小径的两边，处处可见翠绿闪亮的蕨类如羽扇般恣长着。一串串红与橘的花朵如同火焰般在燃烧。竹枝在微风中微微发出沙喀的声音。远处更高的山间，飘起了细雨。

这名女子名叫朵荷道娃。她有着深褐色的眼睛及一头红发，对马克萨斯群岛的人来说，并不寻常。她光脚踩着轻盈的步伐，白色的缠腰裙就扎在她裸露的乳房底下，并止于她的脚踝之上。她今年十八岁，是希瓦瓦岛的巫师哈普阿尼的妻子。哈普阿尼只有二十五岁，但因他懂得魔法，又具有神力，岛民都对他敬畏有加。据说，他可以让物体飘浮，将石头变成水，甚至还能让死去的鸟儿复生。每逢新月或者满月的晚上，他会喝下由榴莲种子泡出来的浓茶，并在高耸于海边的断崖上头通宵跳舞。他披着一条镶有黄色流苏的猩红色披风，手持一把铁木令牌——这上头刻有他亲手雕刻的动物脸庞。他的黑发垂肩，左耳夹了一串缅栀花作为装饰。朵荷道娃于十四岁的时候嫁给他。她的父亲（邻近的摩丹岛的酋长）是在希瓦瓦岛北端的黄森林为他们主持婚礼的——希瓦瓦岛上，所有的花都是黄色，而所有的棕榈叶都是金色的。

她走的这条小径通往一个开阔的山谷，山谷的另一头有个空地，上面矗立着好几栋柚木小屋。其中最大的那一栋，一楼设有厨房和卧室，而户外则搭了十几层台阶引向楼上的画室。画室里装饰着绿岩刻的提基神像[4]以及一些木雕，墙上则钉着分属于创作中各个不同阶段的素描及画作。画室的正中央搁着一个画架，对面则摆了一张雕工精致的座椅。

朵荷道娃撩起裙脚爬上台阶，然后探眼瞥进画室。她来早了，画家不在里头。她绕行一圈，审视起那些画作和艺术品，然后驻足于椅子旁边。油画颜料以及熏香的味道好浓。她走下台

4　提基神像：提基是玻利尼西亚神话中人类的始祖。

阶，找到了他的厨子瓦伊荷，她正在准备一道气味刺鼻的地瓜汤。她告诉朵荷道娃说，画家是去溪边沐浴了。

朵荷道娃回到了屋子的前方，发现她的丈夫竟然出现在台阶底下。她搞不懂自己先前怎么完全没有看到他。

"你是跟踪我来的吗？"

"我是从另外一个方向过来的。"他说道，一边伸手指向屋子后头几百码以外的一座陡丘。她知道那一头根本没有小路，几乎是无法通行的：那儿的土地太过崎岖，而且又密密麻麻地长满了竹林以及树藤。不过如今她已经知道她的丈夫并非常人，而且她知道他从不说谎。

"我想要看着他画你。"

"你跟他谈过了吗？"

"我不需要跟他谈。你是我的妻子。"有时候，在光线逐渐暗下时，他眼睛的颜色看起来好像和他的披风一样。他微微一笑，声音柔和下来，"不过，没错，我今早是跟他讲过了"。

空地的另一头有张石头长椅，从那儿可以看到海——是树梢顶端的一道蓝。她拉起他的手，领着他走向椅子。"我们可以在这儿等他。"她说，于是两人并肩坐了下来，看着太阳于云雾间缓缓沉落，在水面上燃起了火。

5

1888 年，寡妇维尼沙珂是梵高所租黄屋的房东，而隔壁那栋粉红色建筑里的餐馆也是她的。梵高和高更常常在那儿共享晚餐：他们都是静静坐着，衬衫和外套沾满了颜料。他们点的永远是炖牛肉或者烤鸡，并搭配着盛在玻璃水瓶的酒（直接汲自酒桶）。在黄屋住了几个星期以后，高更告诉寡妇说，住处隔壁就是餐馆真是太幸福了。"文森特喜欢自己熬汤，"他说，"不过他都是根据颜色而不是味道，来调配食材的。"两位画家过世之后很久且都享有盛名时，她会跟用餐的客人讲述许多两人发生的趣闻来娱乐大家。

玛莉·维尼沙珂是一位乡下医生的女儿，嫁给了亚尔一家旅馆的老板。四十岁时她便守了寡，而且由于欠下大笔债务，她失去了他们位于植物园附近那栋拥有十二间房的旅馆。她将两人原先的居所，也就是黄屋，租了出去，并买下隔壁的餐厅，而她则住餐厅楼上的小公寓里头。她在 1877 年生了个女儿华内莎。女孩儿生得漂亮，就跟她母亲年轻时一样：身材娇小，长着棕色的眼睛，细致的五官，以及一头火红的头发。华内莎嫁给了一名玻璃工人米榭·拉法，和他一起快快乐乐地住在城市的另一头——直到他被国家征召，并死于 1917 年的巴雪戴尔战役[5]里。一年之后，两人的儿子因霍乱病逝，而华内莎的寡母则于 1919 年过世。短短三年之内就失去所有亲人，她崩溃了。之后她罹患重病，闯了一趟鬼门关。那时她已继承了黄屋以及隔壁的餐馆，而由于不愿意继续住在她和丈夫以及儿子曾经同住的小木屋里，她搬到了她母亲的那间老公寓，并靠着经营餐馆以及出租黄屋维持生计。她做梦也没有想到自己会变成第二个寡妇维尼沙珂——她不许任何人这样子称呼她。不过她的生活确实就过得跟她母亲在世时一样：每天监督着她麾下的厨子、侍女，还有洗碗工和杂工。十年之后，法国陷入经济萧条，另一场战争又在酝酿中，她不免庆幸起自己能拥有一份可靠的收入。这一年，她五十三岁——虽然仍旧精神奕奕，但觉得自己的内心已经老了好多。

在这一切发生之前的遥远的过去，也就是 1888 年秋天她

5　巴雪戴尔战役（Battle of Passchendaele）：又称第三次伊珀尔战役（英语：Third Battle of Ypres），是第一次世界大战期间协约国与德意志帝国之间的一场战役。——编者注

Girl with a Fan

by Paul Gauguin, 1902
Oil on canvas, 92×73 cm.
Museum Folkwang, Essen, Germany.

十一岁的时候，她的母亲经常会差遣她为两位画家送午餐吃的便当。每回梵高起了熬汤的念头时，高更便会赶紧跟寡妇订餐。当年的梵高大半都是在田野间作画，而他在画室工作时，则不喜欢旁人打扰；不过高更作画时，却是很高兴有华内莎作陪：她通常都坐在墙角和他聊天。他会编出一个个奇幻的故事，让她所得入神。他讲到马丁尼克岛的鸟，它们会因季节变换而改变羽毛的颜色，还讲到一个穿着石鞋的暹罗人穿行于隆河的河底，单只靠着一个山羊皮囊里头的氧气维持呼吸。而华内莎呢，则是告诉他她父亲年轻当水手时，在一个热带岛屿上的经历。

"他找到了一个神奇的红色海螺壳呢，夜里他透过海螺的壳唱歌给我听。他的声音越过两片海洋来到我这里。我就躺在床上听，我还可以听见那后头有海浪拍打的声音呢。"她耸耸肩，"你觉得我真能听到他的歌声吗？"

"那当然。有一天我会住在那样的地方，而且我也会去找一只红色的海螺壳的。"

"然后就开始唱歌吗？"

"是的，唱给你跟我的小孩听。"

"谢谢。"她犹豫着，"我妈妈说，你很少跟他们见面。"

"没错，是不常。我得画画啊，而且我喜欢到处旅行。"

"你都不住家里。"

"我的家就是我带着颜料寄居的地方。"

这句话华内莎想了好久。她很同情他的孩子，不过也很高兴他目前是跟她在一起。还好目前他是把黄屋当成自己的家。

六年前，他辞掉证券交易员的工作，并离开了他住在哥本哈根的丹麦妻子和他们的五个小孩。他寄了钱回家，不过他本人却很少回去。他于重返马丁尼克岛之前，先是造访了布列塔尼，然后是梵高住的亚尔，之后他则是去了大溪地，以及马克萨斯群岛。

十二月底一个寒冷的午后，华内莎为高更带了一壶热茶来。他正在画一幅"梵高在画向日葵"的油画。华内莎告诉他说，她正盼着圣诞节快快来到。前一年她的母亲为她织了一条有橘色滚边的鲜黄色围巾。高更转过身来告诉她说，今年圣诞呢，一旦他画好向日葵油画之后，他就要为她绘一幅肖像当礼物。华内莎听了好乐，立刻冲回家去告诉她母亲。

不过高更在亚尔却是待不久了，因为梵高出了意外——警察立刻派了车将他送到医院。华内莎起先并不清楚事发当时的状况，而当她再下一次看到梵高时（也就是圣诞夜），只见他的头上扎了绷带，而他的弟弟西奥则已经从巴黎赶搭了火车过来照顾他。几天以后，西奥和高更一起乘车前往巴黎。

高更在步行到火车站以前，先到餐馆点了个煎蛋卷，以及一杯咖啡。寡妇维尼沙珂走出来跟他道别，而华内莎则拿了个好大的信封跟在后头。她把信封交给高更。

"你非走不可，我好难过，"华内莎说，"这是我送你的圣诞礼物。"

信封里头包着一支白色的羽扇，扇柄上方有个红点。

高更从华内莎手里接过扇子，然后抬眼看着她的母亲。

她点点头表示同意，"扇子是她的——她最珍爱的宝贝。"

"这我不能拿。"他说。

"我非送你不可。"华内莎说。

"我丈夫年轻的时候在海军服务，"寡妇说，"这是他从爪哇带回来的。"

"好美啊，"他说，"你确定你真的想送人吗，华内莎？"

"我确定。"

"谢谢。我会把它当成幸运符一样随身携带。而且有一天我会回到这里，为你画一幅肖像。"

6

胡柏·狄特玛在洪亮的教堂钟声里醒过来，是早上了。此刻他已经不是在黄屋的地下室里，而是在一个二楼的房间，这儿只有一扇窗，上头挂着不透光的布幔。幔间的缝隙露出了钢条，那是新装上的。这房间是个牢房，他躺在一张帆布床上，身子被剥得只剩内衣，裹在一条薄毯子底下。旁边有张小桌子和椅子，上头堆着他的衣服。他环目四顾，发现自己的视野已被切掉一半，因为左眼这会儿肿得都睁不开了。

就在他写了悔过书以后，他们还是毫无必要地继续施暴。矮小的那名军官猛一记捶下，他的鼻孔马上喷出血来。军官不断地捶了又捶，他的脸颊被撕裂开来，嘴唇凝有血块，左耳也被打聋了。胡柏没有吐露半句实话——毕竟他是受过这方面的专门训练。他告诉他们，那两页加泰隆尼亚文确实就是密码，而巴泰罗则是将所有的画作都存放在波恩的一个金库里。他开了一张说是他画的赝品的清单——其中大半其实都是他根本没有见过的真迹。事实上，从德国人手中偷回来的油画都是辗转经由一条迂回曲折的路线，交由一个又一个英勇的男女来处理，它们经由卡车、摩托车、驴拉车，以及最终的马匹运过了比利牛斯山，然后穿过西班牙某些不知名的山路，再送达当时的中立国葡萄牙。画作都是储藏在位于斗罗河口的波多港，交由当时法国流亡政府（基地在伦敦）的间谍来保管。

一名身着制服的警卫将胡柏牢房的锁打开来，他领了一名女子走进来。她满头转灰的红发，手上捧着个托盘。"给他吧，"警卫说道，"不许跟他讲话。"

她缓缓凑近了胡柏，瞪眼看着他的脸，尽量不要露出心里的恐惧。他一只眼睛转向了她，不过还是面无表情。这是打从德国人霸占黄屋以后，她见过的最最凄惨的囚犯。他到底做了什么呢？她知道德国人之所以让她就近看到他们的囚犯，是为了警告她并要她知道，如果她胆敢抗命的话，下场会是如何。

她为胡柏端来一碗汤，以及一片发霉的面包。德国人老是把汤稀释掉，还抽走里头的肉。他们告诉她说，囚犯是纳粹德国的敌人，他们能有得吃就已经不错了。有时候，如果她很确定他们没在监视的话，她会加几勺真正的汤到碗里去。今天她一直还没得着机会。

她将托盘放下，努力挤出了一丝笑容要给胡柏看，不过他并没有注意到。

"出去。"警卫说。

7

6月6号晚上，风声传到亚尔：盟军已经登陆诺曼底了，美国的伞兵从天而降，战舰正在轰炸海岸线。法国反抗军等这一天已经等好久了。他们的军旅已经包围了南部各大城市。由亚伦·迪夏尔队长（他在战前是药剂师）领军的四十九名突击队员于7号进入亚尔。某些队员则是深入了城中心，躲在庇护所里伺机而动。迪夏尔骁勇善战，且又桀骜不驯（穿着红色外套，意思是要自成标靶，跟德国人挑衅），所以自然就成了敌方猎捕的头号目标。他们于占领亚维侬时，杀了他的妻子和儿子，并烧掉了他的药局。他有几个属下觉得他是抱着必死的决心在打仗。大家都很惊讶说，一个靠着调配药剂维生的人，耍起机关枪和猎刀时竟然可以如此娴熟。虽然他毫不顾惜自己的生命，但是尽了全力不让属下暴露在过多的危险之中。

迪夏尔下令兵分两路出击，一个目标是维提耶街上的德军指挥中心，另一个则是拉马丁广场2号的盖世太保总部。他要属下尽可能斩尽杀绝，而且务必毁掉敌方的通信设备。此外，盖世太保总部里还囚禁了一名高阶囚犯，如果他还活着的话，务必将他救出。迪夏尔被告知了这名男子的名字以及长相，也得知此人被捕为的是要启动盟军本就安排好的策略：提供给德方大量的假情报。迪夏尔知道，在逼供过程中所说的谎言，无论如何精心编造，要不了多久就会被揭穿的。他决定快快行动，亲自率军攻击盖世太保总部。

得知盟军进攻的消息时，华内莎·维尼沙珂正在餐馆的厨房里切卷心菜。她有点不敢相信，原本她一直以为这场战争还会再拖好几年。法国的维基政权当初是迅速向德国投降，而且又完全配合敌人行事，所以她对法国其实已经不再抱持希望了——心想盟军应该不会想要为一个傀儡国家流血吧。

她知道盖世太保得知这个消息以后，一定会变本加厉更加恶毒的，如果有这可能的话。她告诉底下的人要尽量保持低调，什么也别说。结果当天中午只有五名盖世太保来到餐馆用餐，她本想着其他人应该是没了胃口吧。后来她才得知，盖世太保的成员大半都被召去参与一项镇压行动了。也许是盟军大举进攻，德军内部起了暴乱，她想着。然而事实上，他们是去应付迪夏尔主导的一个突袭，他的目的正是要尽可能将德国人从各个指挥总部引开。他派了三名狙击手到市中心的屋顶上，并下令他们于十一点整时，同时开枪扫射所有他们在街上看到的德国人。他们总共杀死了九名德国人，也因此引发了德方的报复行动。有一名狙击手在逃跑时被杀，不过另两名倒是顺利逃走，并在正午时分和迪夏尔以及十七名队友会合，然后一起攻入黄屋。

盖世太保的成员和党卫军士兵都措手不及。他们其中十人被杀，另有四名军人被掳，而迪夏尔只失去了两名属下。阻碍都清除后，他便带着一名副手爬上楼梯，攻向胡柏牢房外头的警卫，将他击倒在地。迪夏尔割了他的喉咙，然后将牢门踢开。

胡柏遍体鳞伤，满身是血。他的胸膛和手臂上都是淤青。迪夏尔和他的副手小心翼翼慢慢地为胡柏穿好衣服，尽量不使力。迪夏尔心想他还有十分钟可将他的属下和胡柏带离黄屋。他不知道敌方是否在通信设备遭毁之前，发出了求救讯号，但可能性相当大。

　　他扶着胡柏走下楼。维尼沙珂夫人和她的员工就等在大门外，虽然先前一片骚乱，但她看来相当冷静。

　　"感谢老天他还活着。"她说。

　　"我得把他带离这里，夫人。他需要医生。"

　　众人跟着迪夏尔走进了黄屋和餐馆之间的院子。迪夏尔的两名属下已下令那四名被掳的军人并排靠着一面墙站好。他们的手都叉在头顶上，其中三名军人双眼直视，一动也不动；而最年轻的第四个，已经尿湿了裤子，正在哭泣。

　　迪夏尔转身面对胡柏，"痛打你的那个混蛋可在这里"？

　　胡柏朝四个人眯眼看去，他花了好几秒才定好焦距。他朝尾端那名矮小的军官努个头。

　　迪夏尔往那人凑近了，"是你揍他的吗，矮冬瓜"？

　　军官怒目看他。

　　迪夏尔猛个将左轮手枪从臀后抽出，甩向军官的脸颊，先是啪的一声击中他的骨头打破了他的眼镜，接着又甩向他另一边的脸，然后是他的嘴。

　　军官折了腰，吐出了几颗牙，然后迪夏尔便转头面对维尼沙珂夫人。"请回到餐馆里吧，"他说，"我们待会儿就过去。"

　　迪夏尔一把将军官推到墙上，擎起枪柄捶上他的下巴。

　　枪声在院子里回响时，餐馆里的维尼沙珂夫人强自镇定。一声枪响后头又跟了三声，之后迪夏尔和他的属下又往几名军人的胸膛发了四枪。

　　他们扶着胡柏坐下来。隔了几张桌子之处，只见那些前来用餐的德国人都瘫倒在血泊之中，食物和餐盘散落在翻倒的餐桌四周。胡柏啜了一口水，吞下一片奶酪。

迪夏尔蹲在他的椅子旁边，"你现在很安全，我们马上就要带你走。盟军攻占了诺曼底——情势已经翻转。"

胡柏瞪眼看着他，一脸茫然。

"你来这里是干吗呢？"迪夏尔说。

"画作，"胡柏结结巴巴地说，"把它们从德国人手里偷回来。雷诺阿、莫奈、卢梭——我国的宝藏。"

维尼沙珂夫人拿来一条湿的绷带，并往胡柏的杯子里倒入白兰地。

迪夏尔站起身来。"要大家集合了。"他朝一名属下叫道。

他们原先搭乘的几辆货车就停在转角处，司机都在待命中，发动机空转着。

"夫人，"迪夏尔说，"你得跟我们一起走。"

"我是不会离开我家的。"

"德国人会把你杀掉啊。你别无选择。"

"我很感谢你，不过我确实是有选择的。请把我绑起来，拿布塞住我的嘴，然后把我关在储藏室里头。我会跟他们说，是你制伏了我。"

迪夏尔摇摇头，不过他没再多说。他没剩多少时间了。

"情况很复杂，"胡柏结巴说道，他想继续解释清楚，"首要的任务是里昂……高更在马克萨斯群岛所画的作品。"

迪夏尔正专心集合属下，所以听得有点心不在焉。不过维尼沙珂夫人倒是一个个字都听进去了，她的眼睛发亮。

"他就是死在那儿的。"她说。

胡柏点点头。

"我认识他，"她说，"在我十几岁的时候。我还看过他作画呢。"

三个星期以后，胡柏仍在南特的一家庇护所休养，他听说英国皇家空军大举轰炸亚尔，特定目标有好几个，包括德军军营、他们的火车以及战车，还有黄屋——当时仍是盖世太保的总部。他不知道维尼沙珂夫人是否生还了。他虽然四处打听，但好像没有人知道。

8

　　朵荷道娃看着瓦伊荷爬上台阶走进画室，十分钟后她又出来了。画家出现的时候（他已在溪间沐浴完毕），一只黄绿相间的鹦鹉从森林飞出来，栖息在屋顶上。他戴着一顶草帽，穿着白色外套以及宽松的绿裤子，拄了根拐杖，跛着脚慢慢地在走。他脸色苍白，两手布满黄褐斑，草鞋里的脚是肿胀的。三年前他抵达这座岛屿的时候，健康状况就已经不稳了，现在则又恶化了许多。他的眼镜随时都戴着，就连白天最热的时候都穿着外套或者雨衣。

　　他朝着坐在长椅上的朵荷道娃和哈普阿尼挥挥手，然后步履蹒跚地往屋子的方向径直走去。两人走进画室找他时，他背对着他们正在调色板上调和颜料。房间明亮，厨子瓦伊荷已经点上了蜡烛和灯笼，空气中弥漫着琥珀色柔和的光。画架旁边的桌子上摆放了几管颜料、两个塞满画笔的锡罐子，以及一只红色的海螺壳。画家转过头来，朝他们弯个身。哈普阿尼坐到角落里的一张板凳上，而朵荷道娃则走向了那把雕工精美的椅子——上头搁着一把白色羽扇。她坐下来，审视着手中的扇，那上头纯白的羽毛是她在这里所有岛上的鸟儿身上都没见过的。她伸出指头，摸着扇柄上方的红点——红点给包在白圈之中，而那外头则又围了个更大的黑圆圈。

　　画家调好色以后，转头看着她，于是她便照着她心中画家的意思，以右手举起扇子，让扇柄垂直立在她的左大腿上面，羽毛覆住了她的右乳。感觉上，这样很自然。他点头称许，并伸手示意要她稍微往左倾斜一点，将手心压在椅面上，并抬起左肩（因为重心稍移了一些）。她坐定之后，两眼前视，但看的并不是画家或者她的丈夫，而是穿过了开着的门，越过空地，凝神望向淹没了森林的那一片黑暗。

9

维尼沙珂夫人穿着黑色外套，圈了条黄色围巾，爬上蒙佩利尔城美术馆的台阶。她是远从亚尔搭了巴士过来的，她就住在那儿巴克街上一户公寓里，俯望隆河，她养的两只花斑猫最喜欢坐在阳台上的向日葵之间。她所有的家产都在盟军大进击之后的一次空袭里毁掉了。她在一片瓦砾之中，只找到了个小小的保险柜——先前是给藏在地板下。那里头摆着梵高送给她母亲的礼物：两幅在他预定要画下黄屋之前所绘下的素描，而且都签了名。维尼沙珂夫人将素描卖给了马赛一名画商，从此下半辈子都不愁吃穿，过着富裕舒服的生活。

由于战争期间遭到严重破坏，美术馆花了三年的时间整修，并在最近重新开幕。维尼沙珂夫人的鞋子喀喀响在大理石阶上，她在柜台付了两法郎的票钱，并在咨询服务人员后走下一道长廊，然后往左转，穿过了塞尚、马蒂斯和毕加索以及布拉克的展览室，来到一间专属于梵高和高更的画廊。

她特意来看的画就挂在远处那面墙上最受瞩目的位置。她坐在画作前方的长椅子上，凝神看着画中白衣女孩专注的眼神——女孩和她一样，也长着棕色的眼睛和火红的头发。她的手里握着维尼沙珂夫人六十年前送给画家的白色羽扇。他一直没有回到亚尔来为她绘下肖像。一直没有从他那座岛上，透过一只海螺的壳对她唱歌。不过在他生命的最后一年，她想着，伸手抹掉了一滴眼泪，他却是画下了世界另一头的这个女孩——手里握着原属于她的扇子。他为她留下了一抹黄屋珍贵的残迹，还有她的童年。想来，他是知道有一天她会看到这幅画吧。

他将那回忆带回了家乡——连同他内心的黑暗。

THE SATURD
EVENING PO

An Illustrated Weekly
nded A.º D.ᴵ 1728 by Benj. Frank

5c.

10c.
in Canada

10

UG. 10, 1918

乔 · R. 兰斯代尔
Joe R. Lansdale

作者

写了四十几本小说，以及四百篇短文，其中包括了短篇及中篇小说，报道类文字以及为别人写的序。他编辑过十二本文集。他的某些作品曾拍成电影，其中包括《七月寒潮》以及《死亡圣诞节》，另外，电视剧《海普与雷纳德》则是改编自他的同名短篇小说。他的长篇小说曾得过多项大奖，包括爱伦坡奖，十次布莱姆·斯托克奖以及终身成就奖。他和妻子凯伦养了一只斗牛犬和一只猫，他们目前住在得州。

《理发》（局部）
诺曼·洛克威尔，1918.8.10

The Haircut
by Norman Rockwell, August 10, 1918

理发师查理

Charlie The Barber

    查理·里察斯认为自己的手艺要比一般理发师高明。他人挺瘦的，眼睛明亮，挂着要笑不笑的表情，鬓角开始出现灰发了。他喜爱剪发，而他的女儿米丽则是他最爱的工作伙伴。他们是就他所知唯一的父女档，他为此相当以此自豪。而且他也很高兴，女儿还是跟自己的父母一起住在家里——至少目前是这样。

    明年她就要到大城达拉斯去了。几年前她从高中毕业以后，没出去找工作，只是帮着剪发，不过现在她已经决定要到一家美容造型学校进修了——可以学习女子美发的技巧了，也要修习美妆课。她说等她念完以后，就可以为参加晚宴的女人打扮，还能帮停尸间的女人化个美美的妆哩。查理全心相信她有这能力办到。米丽学东西快得很，而且又能吃苦耐劳。

    查理将搭在顾客脖子上的毛巾一把抽起来，再往颈背大方地撒了好多爽身粉——粉末飘散在空中，如同清晨起的雾一样。男人站起来，从臀部的裤袋掏出皮夹来付账。查理接着便叫道："下一位。"

    除了米丽目前快要处理好的顾客以外，就剩两个在等了。魏佛先生——他是退休的邮局员工，长得像打出生时便是一副老态；另外就是小伙子比利·汤姆森了，这个年轻人据说是挺棒的足球后卫，人挺好的。

查理等着下一位顾客坐上椅子时，瞥了瞥米丽。她长得高高瘦瘦，蛮漂亮的，而且跟她母亲一样是黑发、黑眼睛。她正用心地在处理她那顾客的一头乱发——十一岁的小毛头，手里捧着漫画看得正起劲呢，而且满嘴都是口香糖。

外头的秋风正呼呼地吹。落叶从公园吹过来，打到这儿宽敞的前窗以及理发椅后头的小窗子，声音听来像是有人正在揉弄玻璃纸。查理突然怀旧起来。他当初就是在这种天气里和康妮第一次约会的，那是战争开始之前好几年，他只是个年轻的理发师，而她则在一家二手车厂当秘书。

他们头一次约会是在公园里野餐，不过因为狂风刮得落叶满天飞，两人只好跑到他的理发店避难。当时那家店要比现在这个小，是他跟一家汽车轮胎店合租的空间。他算是有自己的一个小空间，理发时他可以听到液压式车架将汽车举起和放下的声响——举起是要方便将轮胎取下，换上新的，然后转个面。

两人将汉堡和可乐搁在店一角的小茶几上，他们吃着聊着，结果竟然拥吻起来——还真是个意外。一等两人的嘴唇分开，他们心里就明白了，跟电影一样：有个什么发生了，而且你并不想反抗。从那以后，他们就再也没有分开过。

除了战争期间。

他不喜欢想到战争。先前浮出的笑容立刻消失了。最好还是不要多想吧。

米丽打理好了她手下的小毛头。他从椅子上站起来，从口袋里掏出一块钱付给她，然后就出门了——如同被风吹走的魂一般经过店面那扇大窗子。

查理瞥瞥时钟。快五点了。比利的头归他剪，而米丽则要负责魏佛老头那圈白色的绒毛发。之后，就可以打烊了。

米丽就跟拍宠物一样，拍了拍她前头的椅背。她说："魏佛先生，轮到你了。"

魏佛老头缓缓地从等候椅上站起来，他将先前在看的《生活》杂志放到桌上，然后便如同穿行于快干掉的水泥一般，跋涉到她那儿去。查理真希望他动作能快一点，因为他们有个规定：你如果在五点以前进门的话，是可以坐下来等着理发，可是一到五点，他们就会锁上门，拉下大窗上头的百叶帘，并将小窗子上的布帘拉好。等处理完晚到的顾客以后，店铺就会打烊了。

查理本想当时就锁门的，只是由于还差几分钟才五点，他不想破坏行之已久的仪式。不过一等五点到了，他就要走到门边，将告示转个面，然后上锁。

他的思绪飘向了冰凉的啤酒以及晚餐。康妮今晚要做炖牛肉。

比利走上前来，坐在查理的椅子上头。两人寒暄一阵后谈起了足球，然后查理就开始动工。比利的头发有点难搞，这是因为他前后都各有个发旋，不过如今查理的经验已经够多，知道要如何顺掉发旋。重点是不要将发旋剪得过短，要不然的话，头发会一根根竖起来的。

至于魏佛老头呢，他的头发虽短，不过其实却更难搞。剪得太靠头皮呢，他会抱怨，而剪得不够，他也抱怨。有时候，如果你剪得恰到好处，他啊还是抱怨。米丽处理起老头来，通常都比较顺心，所以查理很高兴这会儿他是给吸引到她的理发椅去了。

查理碰碰电动发剪的开关，可是没反应。这发剪就跟死人一样。说来这把时髦品牌的电剪他已经用了好久，都快成了老友，没想到近来有好几次，它却是滋滋啪啪地在警告说它的寿命已经不长。而这会儿，大限终于来到。

查理将插头拔掉，觉得自己好像是把一个朋友的呼吸器给拔掉一样。他放手让它进入那广大蓝天里更大的理发店里头——经由他理发椅旁的垃圾桶。

查理说："请等一下哦，比利。"

查理已经开始流汗了，他得面对自己的恐惧。想要避开这种恐惧的话，就得将新买的设备改放到另一个储藏空间才行，然而他迟迟没有付诸行动，因为改换空间，就等于是承认了他不愿承认的事，就等于是在向过去那场战争低头啊。

光用想的话，会觉得有啥好怕啊，然而真得面对时，却又不一样了。他得走到后头，打开密室的门，进到里面，并探手到上层的架子去拿新买来的电剪才行。这本身并不是问题，问题出在密闭空间。他得先步入里头，举起手来扯扯拉绳才能亮起灯来，驱走黑暗。然而就算灯亮了，四面墙壁还是太过逼仄，灯光也太昏暗。在他关灯出门之前，像是得熬许久。

走在通往密室的路上时，他觉得自己仿佛是加入了巴丹死亡行军的队伍。而一抵达密闭门的前方，感觉就好像是要打开通往地狱的门一样。每一回，他都是在这个时刻告诉自己，他非得在店里辟出一个开放空间搁置储物架才行。储物非得搬离密室啊。妈的为什么要战胜恐惧，真是见鬼了。

然而他一直没有付诸行动——因为这就等于是宣告投降。

查理深深吸了一口气，他觉得自己额头和掌心上的汗珠都起了泡，出了油。

我办得到的，他为自己打气。这里又不是菲律宾巴拉望的小营房。这里可不是坟墓。

查理打开门，越过六英尺长的距离，望着对面墙上的架子。顶层架上搁着装了电剪的纸盒子。那是他要送货员放上去的——也许他是想测试自己吧。在这片黑暗里头，他无法看到盒子，不过他可以在脑里看到图像，清楚知道它的位置在哪里。

在战俘营里，他的营房就跟这间密室一样大小——日军挖进岩石的侧边，又加装了木板隔出空间来。他是和另外两名士兵一起被关进去的，活动的空间很小。另外还有别的营房以及战俘，当然，不过他跟他的两名同伴被关进去的是那个空间。当时的状况好惨，如今战争虽已结束，但甩不掉的战时回忆又比置身其中还要糟。他满载着回忆的脑袋已经变成残酷的刑具了。

某一晚，日军决定要清空战俘营——这是高层下达的指令。他们将营房狭窄的单向出口通道拿板子堵死了，然后就放火打算烧掉营房。烟雾被吸进他的肺里，火舌窜上他的皮肉。他和同伴立刻冲到唯一可以逃生的门去，他们顶起肩膀猛力往前冲，总算将门撞开了。

他们闯出去以后，刺刀和汽油立刻朝他们身上飞来。他虽然躲过了火攻，但两名同伴没能逃过。他们的身体被橘红的火舌舔上——那火舔着汽油，也舔人肉。而现在，如果他闭上眼睛的话，仍然可以看到他们如同发亮的火炬般熊熊烧着，然后瘫倒在地，被一片火浪吞噬掉了。他们身上的恶臭仍然在他的鼻孔里萦绕不散。

营区里火光四起。没逃出的人被困在其他营房里头，哭得跟女人一样。查理想要逃跑，却被刺刀戳上了肚子。他疼痛难忍，昏死过去。他醒来时，四周一片漆黑，还能听到刮擦的声音。他几乎无法呼吸，也没有力气动弹，身上有压着重物的感觉。慢慢地，他才意识到自己的处境：他们以为他已经死了，正在将他活埋。

接着是摇铃叫吃晚餐了。他知道那个声音，他先前已经听过好多次了。那铃声呼唤的不是战俘，而是他们的加害人。日军通常用完餐后，便会捧着一碗碗煮得像拉稀大便样浓稠的虫蛀米饭给战俘吃。不过今晚连那个都没了；他和他的同伴们已经吃过了最后一餐。

晚餐铃响后，日军暂停了埋他的动作，扔下手里的铲子走开——他们假定，看来已死的肉体在他们回来的时候应该还会在那里。

查理发觉自己能够呼吸，是因为他脸上的灰并没有压实，他的鼻子和嘴巴都还暴露在空气里。

他努力将头撑起来，睁开双眼。

天还是黑的。他跑到外头的时间并没有太久。此刻要比先前黑了，因为少了火舌四窜的营房和人体。感觉上，在他昏迷的那段时间里，夜晚就如同雪崩一样落到他的身上。土壤贴着他的躯体，密实且潮湿。他只能稍稍移动一下手和脚。他扭动着四肢，伸展手指，甩掉手上的灰，然后他便有办法坐直上身，伸手将下半身的灰土撑掉了。他并没有被埋得很深，不过只要再铲五分钟的土，他就不会有活路了。

他从坟墓探出手后，肚子里的痛加剧了。他没办法将腿抽离。他往前一弯身，将腿部四周的灰土挖开。一只手从他的两脚间竖起，手指张开，仿佛是要抓住什么。有一名同伴就躺在他的两腿之间——死去的同伴。

查理奋力抽开自己的身体。他受了伤，又使尽全力要脱身，身体实在是吃不消，但他还是勉强爬出了坟墓。灰土填实了他的伤口，堵住血流。祸中有福。

他此时的力气只足够爬行，所以就一路爬到森林，在那儿躺了一会儿。他可以听到日军在营地说笑聊天的声音，有人在唱歌。他想起有些美国大兵说，他们很爱从日军身上割下战利品，比方说耳朵和鼻子，有时候是生殖器。战争不是人类的朋友，战争会改变一个人的——就算你觉得没有。

然而当时他脑子里想的，并不是这个。恐惧给了他力量继续爬行，他爬进浓密的林子里，朝着应该会矗立着岩块的海边而去。他才往树林行进几尺，有只手就触碰到了个什么。是一只靴子，然后是另一只，然后是腿。查理抬起头来，只见有个人低了头在看他——是一名日本兵。这人手里举着一把来复枪，而枪上又拴着把刺刀。他扬起来复枪。一排咬紧的牙齿闪现于黑暗中，然后……他慢慢地放下来复枪，捧在胸前。

士兵蹲坐下来，将脸凑近了查理抬起的头。查理看不清他的五官，天太黑了。

士兵只是大略瞧了瞧他，便立起身来，往侧边一退。查理开始继续爬行，暗暗等着刺刀捅下来——但结果并没有。等查理鼓起足够的勇气转头往回望时，士兵仍然站在原处，只见他举起手来示意，是在挥手，意思是要查理继续前行吧，然后士兵便提起脚走掉了，一拐一拐的。

查理再度开始爬行。过了一会儿，他停下来，趴在地上喘口气休息。后来他才想到，那名士兵有可能是在躲着营区发生的事，不想介入其中，也许还大受惊吓。总之不管他的原因何在，他放过了查理。

爬爬停停，查理终于来到岩块之间，甚至还有办法站起来，蹒跚而行。石块之间以及一路沿着海岸线，都可看到美国大兵的尸体。不少人虽然想了办法逃到此处，但结果还是逃不掉被逮被杀的命运，不是活活烧死，便是死在刺刀之下。

查理在岩石间休息一会儿，而他也就是从这个时间点开始，无法再思考之后到底是发生了什么。他需要跳过那段记忆，让自己的脑子来到一天之后：菲律宾平民发现他，为他治疗伤口，协助他复原。

他是少数得以从巴拉望营地大屠杀中生还的美国大兵，然而他将那记忆带回了家乡——连同他内心的黑暗，以及他因受困于营房和坟墓所留下的伤痕。

而现在，当他站在这密室的前面时，觉得自己就像要走进一段黑暗的记忆里。

这只是个储藏间而已，他告诉自己，然而就因为他必须置身其中，这个认知其实根本于事无补。

而他之所以能够走进去——每回都一样——靠的是大战前的一次经验。那时他还是个少不更事的理发师，准备要理他的第一个头：对象是个小男孩，被他妈妈带过来的。男孩头发挺长，而且坐在椅子里简直是要打仗的架势，体格和力气都大过他那年龄该有的。

如果那不是他第一次正式帮人理发的话，有可能干脆就请他们走了，然而他总得起个头吧，何不就先从难处下手呢。所以他便聚精会神，将男孩的头按稳了，并柔声跟他说话，一边拿起老式的理发器修剪起来。帮那男孩理发，简直就跟打算进行轰炸一样。一等那孩子静止不动时，他便立刻推了剪子下去，然后又得等下一回出现新的目标时再下手。他花了一个钟头才剪好男孩的头发。从那以后——就连作战时也不例外——他只要碰到需要专注的时刻，首先就会聚焦在那皮小孩的头壳上，伺机开始理头，然后再深吸一口气，等着下一个目标出现。这个方法虽然笨，但挺简单的，而且还算有效。

查理想象起这个男孩来，一边将通往黑暗空间的门打开，他感觉到墙壁压了过来，天花板塌下，地板升起。

他迅即走进密室，抓住拉绳，将灯打开。虽然里头是亮了点没错，但对他来说，那亮光就像日军放火要烧营房时点起的第一道火舌一般。他全身僵住，鼻孔里满满都是烟雾以及烧焦的肉味。

他再次想着那孩子——他头一次理的头。而这，就给了他足够的定力，可以探手到架子上的电剪，然后再次拉动绳子……噢天哪，这恐怖的黑，然后他便朝着门口的亮光走去——比较舒服的光——几乎是小跑步一样，逃出去了。

回到家以后，入了夜时，他一定得点亮床头的灯才能入睡。康妮已经习惯他夜里起床喃喃说着："拜托不要……"一遍又一遍地说。然后她会碰碰他，再抱抱他，于是事情就过去了。暂时如此。

查理回到他的理发椅去，插上电剪的插头，开始上工。

米丽暂时停下她修剪魏佛老头头发的动作，问道："爸，你是太热了吗？"

"什么？"他说。

"你在流汗呢。"

"噢，"查理说，他举起手来，用理发服的袖子抹抹前额，"我还好，是那里头热了点。"

米丽点点头，然后笑一笑，而这就让很多事情都搞定了。

查理的注意力又回到比利的头发上，他剪发时，电剪愉悦地嗡嗡响着，然后他便从外套口袋里掏出剪子来，修一修发旋。处理这个，剪子会比较好用——让发旋不要翘起来。等他认定自己已将问题头发控制好了之后，他便将剪刀归回口袋，再次拿起电剪进行修剪。

他和比利又谈起了球赛，还有比利的家人。魏佛老头和米丽则是在聊天气，还有今年初镇上办的西红柿丰收节，以及魏佛的孙女离乡到泰勒镇去教高中历史的事。就是通常在理发店里会有的那种经验，查理相当乐在其中。

就在查理快要剪好比利的头时，门口的铃叮当响起来，两个年轻人走了进来。

一个是街头混混型的帅哥，但另一个就没那么帅了：他的脸仿佛是给喷灯点了火烧到，而那火焰则是拿了把园艺用的耙子给刮熄的。

查理马上感觉到他俩的态度很不友善，一副目中无人的德行。两人坐在等候椅上，伸手拿了桌上摆的杂志翻阅起来，偶尔他们会抬头看看米丽。而这，查理看在眼里还真是有点不爽。

查理知道米丽长得很美。他知道自己身为父亲，确实是保护过头了，而且他知道，走进这店里的每个四十岁以下的男人，几乎都会忍不住多看她两眼，不过他大半的主顾都是四十岁以上。此刻一见到这两个男人，他忍不住加快了手里的进度，差点就决定要打破行之多年的规矩，告诉他们就要打烊了，请他们离开。

魏佛老头的头剪好了。他从椅子上爬下来，付了钱，然后离开。一等他到了店外头，米丽便将门上的告示翻个面，从"营业中"变成"打烊"。

她走到大窗子前头，往外看。"你们两个是走过来的吗？"她说，一边转头看着他们。

"是啊，"火烧脸说，"我们喜欢走路。"

"走路对身体好，"帅哥说，"我在杂志上读到的，搞不好就是在哪家理发店读到的。忘了。"

"你们两个我好像从来没见过呢。"她说。

"我们是来这儿拜访亲戚的。"帅哥说。

"谁呀？"比利问。

"少管闲事。"帅哥说。

"抱歉，"比利说，"我没别的意思。"

"不过这可不表示，我们没听出别的意思噢。"火烧脸说。

"别伤了和气，"查理说，"他只是随口问问而已。"

"是啊，没错，"火烧脸道，"和气。我们就是想要这么来着的。和气。"

米丽回到她的理发椅，说道："下一位？"

"应该就是我。"帅哥说。

"难不成我得让他来理我的头吗？"火烧脸说，"漂亮小妞归你啦？"

"人各有命啊。"帅哥说。

帅哥将杂志放回桌上，然后坐上米丽的椅子。

"你想怎么剪？"她说。

"发型不变，修短就好。"

米丽开始动手修剪。查理继续理发，不过他时不时就要看一眼火烧脸，瞥瞥米丽椅子上的小白脸。

"小镇里的理发师啊，生意都挺不错的是吧？"火烧脸问。

"还过得去。"查理说。

"依我看，你们应该不只是过得去而已。我敢打赌说，你们还真赚进了不少银子。男人总得理个发保持体面，对吧？你应该挺喜欢体面的男人是吧，老爸？"

查理停下手里的动作，看着满脸疮痍的那一位，"看来我得做个简短的说明才行了。请别叫我老爸，而且请立刻走人。两个都给我走。我不喜欢你们讲话的样子"。

"嘿嘿，没问题，因为我们也不喜欢你讲话的样子。"火烧脸说，不过他没动。帅哥仍然坐在米丽的理发椅上。

"要我头发剪一半就走吗？"帅哥说，"这我可没办法。"

"是的，你可以。"查理说。

米丽停下理发的动作，往后退了一步。帅哥并没有站起来。他说："汤米，把门锁上。"

火烧脸汤米站起身来，将门锁上。他走到大窗子前头，拉下百叶窗。然后起步朝小窗子走去。

"天杀的你们是想干吗啊？"查理说。

"我们是在帮你关店，"帅哥说，"把我的头理完，小妞。"

"请走吧，"查理说，"自个儿买把电剪，自己动手好了。"

"自个来我是没问题，"帅哥说："不过我不想要。"

帅哥从理发椅站起来，掀开他的外套。他的腰带上挂着把点四五的自动手枪，军用的。

"你这是想干吗？"查理说

"放轻松，老爸。"米丽说。

"是啊，"火烧脸说，"放轻松，老爸。"

"你们这里有钱，我们正好用得上，"帅哥说，"这样讲最言

　　　　　　　　　　　　形与色的故事

简意赅，直中要害了，虽然有时候我还挺爱滔滔不绝，讲个没完。不过今天呢，我的谈兴不高。唉，我还是说直白点吧，乡巴佬比较听得懂啦：我们喜欢你的钱，我们要把钱拿走，而且我们会在这里窝一阵子。"

汤米笑起来。

帅哥轻松地将手枪从腰带上抽出来，贴在腿侧。他手执枪管，轻轻敲着大腿，"这你不反对吧，嗯……老爸"？

"拿了钱就走，"查理说，"全部拿走，但请立刻离开。"

"只怕不行哟，"帅哥说，"我们刚才出了点状况。抢了本地的银行，不太顺利，因为柜台女孩儿正递钱给我的时候，警察上门了。有人叫起来。我非打死警察不可，而咱们的汤米则是非得把尖叫的那位给毙了才行。"

"你毙了条子以后，我其实不用宰人，"汤米说，"只是手痒啦。"

"承蒙指正，"帅哥说，"好啦，咱们一步一步来，首先请把钱交出来，老爸。就是现在。"

"还有你，"汤米指着比利说道，"你也有点钱，是吧？"

"够付理发的钱。"比利说。

汤米咧嘴一笑，"聊胜于无，俗谚里那个朝着大海尿尿的老奶奶不就说了嘛：几滴也有帮助啊"。

比利站起来，往裤袋里头摸了摸，找到几张一元纸钞。汤米走过去，收了钱，"妈的，理发跟刮胡子的钱都有——如果你要刮的话。去去，坐在那张椅子上，不准动。轻举妄动的话，小心我们送你去见阎罗王"。

比利走过去，坐在一张顾客椅上。

"来吧，小姐，"帅哥说，"理好我的头。而你呢，老爸，你就乖乖坐上理发椅，要不我俩可要不乖了，懂吧？你也一样——叫啥名字，比利是吧？"

THE SATURDAY EVENING POST

An Illustrated Weekly
Founded A.D. 1728 by Benj. Franklin

5c.

10c.
in Canada

AUG. 10, 1918

Norman
Rockwell

The Haircut

by Norman Rockwell, August 10, 1918

查理绕到椅子前方，坐下来。他可以看到坐在走道另一头的比利。他一副火冒三丈的模样，查理很担心他会贸然行事。

"我在想啊，我要来帮你剪个头。"汤米对查理说道，然后便迈着步拐到了查理的椅子后头。"顶上的头发修一点，然后搞不好我就要拿颗子弹帮你分下发线。我也有把枪哦，老爸。"

汤米把注意力转向了米丽——她攥着电剪，一动不动。帅哥又坐回椅子上去了。"而你呢，美女，"汤米说，"我们搞不好要跟你一起玩个挺不一样的分发线游戏哟。"

"不要扯上她。"查理说着便要站起来。

汤米甩了查理一个耳光。查理的头嗡嗡在响。"闭嘴啦，老爸，除非你是想要马上开趴了。"

"让她跟比利走吧，"查理说，"留下我在这儿。他们一个字也不会说的。"

汤米又甩了他一个耳光。查理的脸抽搐了一下。

"以为我们真会信啊，"帅哥说，他往后斜靠在椅子上，挪到更舒服的位置。他把枪搁在膝盖上头，"谁也不准离开——要走也是我们先走。再说呢，有你们三个陪着还真挺不错的，是吧汤米？"

"不错得很，"汤米说，"不过我觉得美女好像要比另外两位更不错。"

比利准备站起来了，查理赶紧抬起搁在膝头的手，摆了摆。比利只好按兵不动。

"这才对嘛，"汤米说，"激动起来想要英雄的话，就只有死路一条。"

比利的脸炫红起来，不过他还是没动。

帅哥在理发椅上转了个面，看着米丽。

"你跟我见过的理发师都不一样，"他说，"我说啊，美女，我需要你说几个字，不用多，不过总得说个什么来听听。"

"什么？"米丽说。

"呵，耍酷呀？"汤米说，"咱们可得来点硬的。"

"不碍事的，OK啦，"帅哥说，"我挺喜欢泼辣些的娘儿们。灭灭她们威风，也挺好玩的。爬得越高，栽下来的时候就更有看头了。你有皮包吗，美女？"

米丽点点头。

"我想听你说出来。"

"是的，我有个皮包。"

"很好。里头有钱吗？"

"几块钱。"

"再跟他们说一次你的感想吧，汤米。"

"俗谚里那个朝着大海尿尿的老奶奶不就说了嘛，"汤米道，"几滴也有帮助啊。"

"就这句话，小妞，"帅哥说，"把皮包拿给我。"

米丽转过身，伸手到一个架子底下，抽出包包。汤米走过来，接了过去，一边趁机摸了她的手一把。米丽缩了一下。

"唉哟，小美女，我也没那么糟吧。"汤米说。

"才怪，"帅哥说，"他是挺糟的没错。"

汤米将米丽的下巴捧在手里，说道："我觉得你应该要吻我一下。"

汤米窃笑起来，放了她，又走回查理的椅子后面。他开始翻起皮包。几分钟后，他找到了个小皮夹。他丢了包包，打开皮夹，抽出几张纸钞放进口袋，然后将皮夹扔到地板上皮包的旁边。

"理发店的进账在哪儿？"汤米说，他斜身歪到查理的肩膀上头。

"就在你后面，架子上那个雪茄盒里头。"查理说。

"没有收款机吗？"汤米说。

"没有。"查理说。

"你有看到收款机吗，汤米？"帅哥说。

"没。"

"那你问这是干吗？"

汤米耸耸肩，他找到了雪茄盒，打开将指头探了进去，"什么，一百块，就这么点零头？我看你干脆收折价券算了。"

"我们就只有这些了。"查理说。

"后头有些什么？"汤米说。

"理发用具、洗手间、后门，还有停车场。"

"钱呢？"

"没有。"查理说。

"我们的车得留在这里，"帅哥说，"应该说是别人的车——偷来的啦。这会儿得另找一辆才行。刚我在后头看到了一辆，那是你的吗？"

查理点点头。

"我们要了，"帅哥说，"有钥匙总比另外再偷来得强嘛——我俩都不是高手。钥匙给我。"

"就挂在前门旁边的钩子上。"查理说。

"汤米，"帅哥说，"去拿钥匙。"

汤米拿了过来，递给伸出手来的帅哥。帅哥一把将钥匙插进外套口袋里。

"帮我理完头吧，小妞。"帅哥说。

米丽举起电剪，开始理发。她的手微微在抖。

米丽剪完帅哥的头以后，他爬出了椅子，照照镜子。他走到镜子前方的架子，找到一把梳子和一瓶红色发油。他倒了点油到手掌心，往头上抹了几下，再梳一梳。

"咱们可以在这儿先避个风头。"汤米说。

帅哥点点头。

"是可以啦，不过如果他们没回家的话，只怕有人会过来找。"

"这我倒是没想到。"汤米说。

"你想得到才怪。"

汤米的前额皱起来，"你有必要这样讲话吗"？

"是没必要啦。"帅哥说。

"这会儿，你们三个得到后头去才行。"

查理和比利站了起来，米丽起步要跟上去。

就在米丽快要走到查理旁边的时候，汤米说："甜心，我得捏捏你的屁股才行啊。我打一进门，就一直想捏呢。"

汤米伸了手就要摸去，但他手才一碰上，查理便往后撤开，伸出肘子击上他的脸。那一击力道很大，汤米踉跄几步鼻子喷出血来。

帅哥一闪身，枪柄马上抵到查理脑袋旁。先前那一击相当漂亮，但查理其实只是稍微动了一下而已，帅哥好像有点惊讶。他动手要打查理，不过此时汤米已经从他外套里掏出一把左轮手枪。他说："由我来吧。"

"也好。"帅哥说。

汤米抢起左轮就要击向查理。他打下去时，比利马上揪住他的手腕，叫道："住手。"

汤米挣脱开来，瞄准手里的左轮手枪。

帅哥说："除非必要，不要开枪——声音太大啦。"

"是有必要。"汤米说。

"才怪。"帅哥说。

"好吧。"汤米说着便将手枪插上了腰带，然后一手伸进裤袋里头，掏出一把折叠刀。他喀一声亮出刀刃。

比利还来不及反应，汤米已经一刀刺进他的肚子。比利往后撞上了理发椅。查理赶紧伸手一抓，把他拉离了汤米，挡在他俩中间。

比利软软倒在上地板。鲜血如同机油，从他身上汩汩流出。

"往前走吧。胡来的话，我也可以割你哦，老头子。"汤米说。

"我是被割过了。"查理说。

"够了。"帅哥说，"要闹待会儿有空再说，先把他们带到后头。搞不好得把他们押做人质，所以得留活口才行——除了这个比利。我可不要他，他的情况不妙，湿答答的。带走的话，免不了要把他丢到马路边，还得帮他收拾烂摊子。"

"混蛋，"米丽说，"不要脸的混蛋。"她浑身都在打颤。

"放轻松，小乖，"查理说。

"是啊，"帅哥说，"放轻松，小乖。"

"到后头去，现在。还有，把地板上这婊子养的抬起来，要不我就在这里解决掉他！"汤米说。

查理弯下腰来，手臂伸到比利的腋下，将他扶起来。"抱歉，小子。"查理附在他耳边说道。

"我还好。"比利说，不过他的面色苍白，脸上冒出一颗颗汗珠。

查理一把拉下搭在椅子上的毛巾，折起来，按在比利的伤口上，"你好好压着，小子"。

比利压实了毛巾，一边呻吟起来。毛巾开始染红了。

米丽凑过来，绕到比利的另一头，两人一起扶着他往后面走。

"我其实还好。"一路走着，比利说道。

"很好。"查理说，不过根据他过去的经验，他知道比利搞不清楚状况。像那样的戳刺，起先有可能只是觉得腹部被揍了一下，但之后就会觉得像是地狱之火流窜在整个肚子里。慢慢就要开始痛了。而且比利又流了好多血，他的生命就像从排水管排去的水一样，正在流失中。

"不会有事的，比利。"米丽说。

大伙儿移到了店后头，帅哥走到后门，猛地把门打开。他探头往外看了一下，然后轻轻关上门。

"后头有个公园，"帅哥说，"里头人可真多。如果带他们出去的话，搞不好有人会注意到，发现有异常。"

"那该怎么办呢？"汤米说。

"这个比利啊——他不能出去，这是当然。先把他们关进密室里头吧，我再想想看。"

查理的心里有个巨大的阴影在晃着。什么不好来，偏就是要被关进密闭空间里。进去一把从顶层架子上抓下电剪是一回事，然而真要被关在里头呢——这他可绝对干不来。

查理瞥瞥米丽。她的眼睛大睁，嘴唇紧紧抿成一条线了。他知道这种表情。他在即将踏进战场的士兵脸上看到过，在战俘营的牢友脸上也天天都可以看到。

汤米从店铺前头抓了把椅子过来，而帅哥则是举着手枪笑脸看着他们。汤米将椅子搁下，放在密室旁边，然后打开房门。"你们每一个，都进去吧。"

"老爸。"米丽说。

查理没动。他一只手臂还撑着比利，米丽则是站在另一头。

"进去啊。"

查理挤出他没想到自己还有的那么一点点意志力，抬起脚来，沉重地迈向黑暗的入口。

只要灯一开，我就没事了，他告诉自己。虽然还是不妙，但总要好些吧。只要打亮了灯，总是舒坦些啊。

查理站在门口，觑眼看向黑暗，他差点就要拔脚溜掉，不过不行。他没办法。毕竟米丽和比利都在这儿，他非进去不可。三个人走进小空间时，他赶紧抬起手来，扯扯拉绳，打开顶上

形与色的故事

的灯。他俩让比利背靠着架子，然后缓缓放下他，让他坐在地板上。

"不行。"汤米说，他踏进密室，往上一跳，拿枪打掉了灯。"得保持黑暗才行。而你哪，美女，等我们准备要走的时候，你也得一起来。咱们可以找个地方开趴。"

汤米往后一退，身影嵌在门外的亮光之中，紧跟着他便关上门，黑暗笼罩了所有的人。之后他们便听到汤米嘎吱一声将椅子拖过地板，卡在门把底下，不让他们出去。

查理深深吸了口气。现在他也只能坐在密室的地板上发抖了。他知道自己是在密室里，但感觉上像是被埋进了坟墓。

我怎么不能动呢，他想着。我怎么不能做些什么呢？当年我就做了啊。现在为什么不能？

因为你知道下场会是如何——对你跟米丽还有比利来说。不过你也知道，无论如何，下场其实都会一样。你知道当年自己做了什么，而如果你放下所有的顾忌，搞不好就会重蹈覆辙——但那却不是你想要的。不能以那种方式。永远不能。

"老爸？"米丽说。

她碰碰他的手臂。他好尴尬，因为她可以感觉到他在打颤，而且他还流了一身汗，衣服都搞湿了。

"我们该怎么办呢，老爸？"

他再次想起他头一回理的头，不过一点帮助也没有。如果他确信自己走得了的话，回想这事也许还有用，然而这会儿灰土好像是压实在他身上了，何况就算他逃出了坟墓，外头还是黑的，而且还有森林、士兵和海边的那些石块，以及——以及他所做过的那件事。

查理告诉自己，别再为你做过的事忧心了，想想你当年是怎么做的吧，就让心里头的愤怒跟飞弹一样冲出地表吧。他可以听到日本兵在营房外头讲话的声音。不对，不是营房，是那两个流氓——他们正在密室外头讲话。只是他妈的密室而已，不是营房，不是坟墓。

"我跟女孩一起出去，"查理听到帅哥在说，"我们可以从从容容地走出后门，然后再让她把车开到店门口，我们会在那儿接你上车。"

"不知道。"汤米说。

"不知道什么啊？"

"要是你们继续开下去呢？"

"我干吗那样啊？钱不是在你口袋里吗，对吧？"

"对啊，不过如果你不管三七二十一还是走掉呢。你跟她，你可以跟她痛快地玩一玩，然后丢了她，再继续开啊。而我却被扔在这儿。"

"我不会那样对你的，汤米。"

"不会吗？"汤米说。

然后他们应该就是移到店前方了，因为突然间谈话声消失了。

在密室里头，查理感觉到米丽身体挨向了他，抓着他的手臂握紧。"噢，老爸，要是他们真把我带走的话，怎么办？"

"没事的。"查理说。他的心已经冷静下来，身上的汗也跟着凉爽起来了。他想起一件事：理发服外套口袋里有把剪刀。他探手将剪子掏出来。

然后他便放任自己恢复失去的记忆，想起当初他爬到了海边，躲在石块之间。他原本不愿意想起来的过程，这下子全都回来了。那段失落记忆的起点是在那放他逃生的日本兵后面又回来的时候——也许是一个小时后吧。当时查理已经爬到了石块之间，他可以听到浪潮拍打的声音，而透过石块间的罅隙，他可以看到海滩上其他成堆的石块以及沙土——这所有的景象，都沐浴在银色的月光下。

有一名举着刺刀来复枪的士兵正沿着海滩走来，他蹲伏着，不断地左右张望。这人有点跛，就跟先前放他走的那个人一样。他很确定是同一个人。

查理不知道这名日本兵是派过来搜索逃犯呢，还是他回想起自己一时心软放走人犯，觉得后悔了，所以又回到这里想把查理解决掉。

查理的心中顿时一把无名火起，虽然伤势不轻，但他觉得自己精力十足。伤口上的灰土止住了大部分血流，现在血已经凝成块了。此刻的查理仿佛疯性大发，身体里像是有什么东西在爬：一窝盘蜷的毒蛇正在昂首吐信。他当下便拾起一块石头，挺重的，而且有一端稍尖，他稳稳地将它握在手里。

这名日本兵在石块间行进，擎着刺刀来复枪一副备战状态。月光在刀刃上跳舞。日本兵经过石间的罅隙时，查理就躲在岩石的阴影里，日本兵还没来得及转头看往他这方向时，查理已经一跃而起。

在那一瞬间，查理觉得自己像只豹子一般。他跳到日本兵身上，将他击倒在地，日本兵如同老鼠般吱吱地叫。石块扬起石块落下，一股潮湿的温暖喷上查理，其中有一些喷进了他嘴里，烫烫的，有点铜味，尝起来有复仇的滋味。石块扬起石块落下，然后传出像是有人踩在蛋壳上的声响。石块扬起石块落下。

他骑在日本兵身上——先前放他走的那位——满脑子想的就是多少个月来所受的折磨：挨打、挨饿，还有火烧，还有刺刀的戳刺。石块扬起石块落下。

等到查理筋疲力尽而停手时，日本兵的头已经没了，只剩下一摊血水，里面混杂了砂粒以及碎骨。月光的颜色变了，阴影的形状也不同了——此时暗影已覆住查理和那名死去的士兵。查理这才意识到，他已不知击打了士兵多久。他几乎无法动弹，所有的力气都耗尽了。就在那一刻，查理看见自己的真相——他的所作所为，已超过了只是杀人的需要。他的愤怒带出邪恶的报复，就跟他所知道的某些美国大兵的做法一样：他们曾割掉死去日本兵的器官当作战利品，而有的则是砍掉日本兵的手脚，手持喷火器以烧人为乐，就跟当初俘虏了他的日军一样。查理发现，他也成了同样的人。

查理跳了起来，猛撞密室的门。他的肩头啪地抵上了个什么，他往后一弹，但他又继续撞了过去，而这一回他则是听到椅子嘎吱沿着地板滑走的声音。查理放任他压抑在心头的那物出闸——自从那回跟日本兵在岩石间过招之后，他就一直极为恐惧且极力压住的那物。门的铰链咯吱从墙上脱落，门也跟着弹开来。查理手里握着剪刀，跟跄跌到密室外头的亮光底下，撞上了个什么，而那个什么正是汤米。

查理如同一辆特快车般出手击打。汤米往后一栽，绊到了查理刚才拉走的椅子，一头砰的猛然撞上地板，枪从他手中滑出，沿着磁砖地板一路滚去。

帅哥此时站在后门旁边，他因受了惊吓，立刻举枪开火。这一枪没打中查理，而是打到了墙壁，不过查理可以感觉到子弹扫过他的头发。帅哥想要再次开火，不过手枪卡住了，他拼了命一发再发都没用，而查理已经朝他走去，剪刀握在手里。

帅哥喉间发出的噪响让查理想起多年前那个夜晚里的士兵，然后查理便扑了上去。

剪刀闪闪发光（石块扬起石块落下），伴随着一声尖叫，起先他以为是帅哥在吼，然后才发现其实是他自己——他内心涌出了高涨的怒火。鲜血喷溅到他的脸上，有那么一会儿他仿佛又置身于石块之间，然后他便听到米丽的叫声。这一次他很确定叫的是她，而不是他。

"老爸，不要，拜托不要！"她说，她的声音穿透了响彻他耳内的吼叫。他的怒气消了一些，两眼前方迷蒙的薄雾开始慢慢散去。

他俯身看着帅哥。他就骑在帅哥身上，他扬起的手握着血淋淋的剪刀，他看到他已划破了帅哥的脸颊，狠狠打上他的肩膀和胸膛。他可以在肩与胸上头看到鼓胀的红点，鲜血穿透帅哥的衬衫和外套往外渗出，流到地板上。帅哥哭得像个小娃儿一样。

查理扭头越过肩膀往后瞧，只见米丽已经捡起汤米的左轮，举着枪指向他。汤米在地板上瘫软成一团，但正试着要动。

查理站起来。他将剪刀塞回他理发服外套的口袋里，然后捡起躺在帅哥身边的枪。他看出了问题，稍稍测试一下，清好了弹膛。这把枪跟他在大战期间用的那把是同一个款式。

他举枪指向帅哥，往后退到他可以同时看见他俩的地方。"不许站起来，小混混，"他对帅哥说，"而你，汤米，爬到他旁边待着别动。你们想手握手的话，也行。"

"我受伤了。"帅哥说，说完之后他就开始哼唧起来，如同受虐的狗。

"是啊，没错，"查理说，"而且，如果不是米丽劝阻的话，你早就没命了。"

这话没错，而且还有可能更惨。查理原本是有可能让自己体内的那物整个儿出闸的，就像多年前在石块间和日本兵过招时一样，不过米丽的声音是救星，她那微弱但光明的声音击败了他火烧般亟欲杀人的欲望。他女儿的声音。

我没有杀人是因为没这个需要，查理想着。我是个人，是个丈夫，是个父亲。我已经可以控制自己了。多年前是战争期间，以前的归以前，现在的归现在。

汤米拖着脚爬过去了，仍然是一脸迷茫。他坐在帅哥旁边的地板上。他没有抬头，所以也就没看到查理正在对着他微笑。

查理深深吸了口气。心魔还在里头，不过已经小了些，也许将来哪一天，他甚至可以完全克服，要不至少也可以让它变得小到无关紧要吧。他并没有痊愈，也许永远也没办法，不过他觉得自己确实是好些了——这是多年来都没有过的感觉。

"米丽啊，宝贝。"查理说，他的枪指向地板上的那一对。"拨个电话报警去吧，告诉他们要派辆救护车来载比利。今天大家都可以活下去。"

她认为自己早已超越女性主义特意塑造的刻板印象。

11

—

盖尔・莱文
Gail Levin

作者

为艺术家写传记，也写艺术史以及小说。她是艺术策展人，也展出她自己的艺术作品。目前，莱文是纽约市立大学研究中心以及博鲁克分校的特聘教授，教学的科目包括艺术史、美国研究，以及女性研究。

她是公认的研究美国现实主义画家爱德华・霍普的权威，所写的书《爱德华・霍普：私密的传记》，于 2007 年获得《华尔街日报》所给的殊荣，被列为有关这位画家之生平的最佳书籍。她也写了有关女性艺术家的传记，其中包括茱蒂・芝加哥以及李・克斯纳。

《红美人蕉》（局部）

乔治娅・奥・吉弗，1927

Red Cannas
by Georgia O'Keeffe, 1927
Oil on canvas, 36⅛×30⅛ in. Courtesy of the Amon
Carter Museum of American Art, Fort Worth, Texas;
1986.11.310

追索乔治娅·奥·吉弗的花

After Georgia O'Keeffe's Flower

　　乔治娅·奥·吉弗终于同意跟我会面的时候，我好兴奋啊！要说服她改变心意可真不容易。起先她根本就没回我的信，但我还是再接再厉——你知道，就是打死不退。后来，我总算打电话联络到了她的秘书。等我跟奥·吉弗直接对话的时候，她跟我抱怨说，多年来实在有太多人访问她了。我一问之下，她才表示对方大半都是男记者。

　　我翻阅了许多老旧的剪报资料，发现过去确实是有太多媒体追逐她了。我也可以了解为什么某些访谈的结果会让她不开心，《基督科学箴言报》的亨利·泰瑞尔就是个例子。早在1917年时，他就带着渲染的口吻写道："奥·吉弗女士直视自己的内心，然后便以无意识的天真，画下了一个女孩内在最深处的成长过程，就像一朵逐渐绽放的花……"这种评论她无法接受。想来是"天真"这两个字冒犯到她了吧。不知她的愤慨之情是否延烧至今呢？是这段回忆让她拒人于千里之外的吧。"我为什么要点头？"我要求访谈她时，奥·吉弗就是这么问我的。我回答说："因为我是女人。我对艺术的看法和那些男人不一样。"

　　我写信告诉她，是她回顾展中的画作引导了我以全新的方式看待艺术的。我念艺术学院的时候，原本专攻的是抽象几何图形，然而在她的影响之下，我改而在大自然中寻找题材，看待世界的方法也因此有了改变。当我放眼观看外界时，往往轻易就能发现到象征女性的隐喻。

我在作画之时，带出了大自然里的女性，而且我也将这个新发现付诸文字，写下了一篇关于奥·吉弗新近展览的评论，发表于《女性空间》杂志里。由于担心会触犯到她，我并未提及自己相当认同这本杂志的女性主义观点——有些人或许会称之为"极端"吧。我们想要改变艺术圈以及整个社会，而且我们期许自己能将父权至上的观念完全铲除。身为女人，我们必须获取属于我们自身的力量。

对我来说，奥·吉弗的艺术和事业就代表了这种力量。当我在她所绘的放大花朵中看到了女性形体的力量时（比方说，她于20世纪20年代早期所画的《红色美人蕉》），我就知道自己找到了想要的封面，而她任何一幅类似的画作都可以胜任。我写的有关女性艺术家的书马上就要出版了，出版商曾警告我说，奥·吉弗截至目前，从未将她的画作转印权给类似的出版品——也就是主题并非只限于她的书籍。不过我已下定决心要扭转她的想法，我希望她能借我一张她的花之作的彩色幻灯片，好让我将其转印为书封。

说起来，我应该算是身负高贵使命的革命斗士吧。我一定要说服奥·吉弗说，她的作品对我们这个世代的人来说，深具革命性的改变力量。我最恨那种老掉牙的俗谚了——只知道把画花的女人当成笑柄看。"画花的女人"啊，只适合于装饰绢扇罢了，查尔斯·狄更斯如是说。而乔·霍普（她嫁给了那个顽固守旧的维多利亚人爱德华）则老爱抱怨说，她的先生非常看不起奥·吉弗以及其他许多女画家，因为她们全都只是"画花的女人"嘛。相对于这种约定俗成的刻板印象，奥·吉弗的花却是让人惊艳与赞叹。她的作品是在对世界各地的女人说话，也是为她们说话啊。然而我要怎么做，才能让她理解到这一点呢？如今她至少已经同意要跟我会面了，这多少也算是个小小的胜利吧。

想到就要跟她面对面进行头一次对话，我还真有点焦虑起来。因为自从打算要访谈她以后，我就听到不少暗示说，她有可能很难搞。想说服奥·吉弗让渡她的花之作作为我的书封，只怕还得费点工夫才行。不过我认为她的花之作确实是人类艺术史上堪称典范的杰作！它们预示了现今女性艺术的样貌——而我指的正是我自己以及跟我同一代的艺术家的作品。

总之，我就是满脑子塞着这些念头，一个人在大太阳底下开了整整两天的车，一路从南加州的威尼斯海滩穿过亚利桑那沙漠，来到了位于新墨西哥州北方的雅比丘，然后抵达目的地——奥·吉弗就住在景观壮阔的桑里代克里斯托山脉底下。其实无须多大的想象力，就可以在她所画的多彩缤纷的岩石奇景中，看到女人的形体与线条。就连风化石崖和平顶孤丘的玫瑰红色调，都会让人联想到肉体。

我实在忍不住满腔兴奋了。到了她家门口时，我和奥·吉弗的助理打了个照面。她看起来还真有点严肃。她伸手接过我的袋子，并简短地说明："不许拍照，也不能录音。"

助理粗鲁的态度我没放在心上，因为我希望自己和奥·吉弗见面时，能够带着全然只是敬畏的心。对我来说，她是所有女性艺术家的典范。我希望她的成功便是在预示我前程的美景。我在她的画作以及事业里，看到了显而易见的力量；只可惜当今的艺术圈中，掌权者仍是男性。如今已八十六岁的奥·吉弗，看起来自信满满。她头一回展示自己的素描是半个多世纪以前了，之后她又在纽约展出了水彩和油画。如今，她很清楚自己已是实至名归。掌声越来越多，而她身为她那一代艺术家中的佼佼者，已是毋庸置疑了。

亲眼看到了奥·吉弗，我是喜中带惊。她的皮肤布满了许多细细的皱纹，头发大半已灰，往上梳了个严整的髻，眉毛仍然是又粗又黑。她将自己瘦弱的形体包裹在优雅的黑里头。她的脸和身体，都映衬了周围俭朴的环境：四面素白的泥砖墙面。她连自己的作品都没有展示出来呢。在这斯巴达式清简的居家空间里，奥·吉弗散发出了浓浓的主权在我的味道。这种效果——或许是精心营造出来的吧——确实相当具有威慑性。

奥·吉弗欢迎我的到来，她说："午安，一路开车过来还好吗？"

我回答道："奥·吉弗女士，非常感谢你愿意见我。能和你会面我深感荣幸。身为艺术家，我受到你的启发甚多，所以我特地带来了我的作品的拷贝照片，希望能够和你分享。"

奥·吉弗的回答吓了我一跳："我没办法看，我的视力现在极差。有人告诉我说我眼睛的问题很特别，别想求得解决方法。而说这种话的，都是那些自认为是专家的人，所以我就决定干脆继续创作吧。现在我是开始捏陶了。我的眼力不行，应该不会给你带来困扰吧？"

我惊魂未定，也有点羞愧，我答道："抱歉，我原先并不知道。我很爱你的作品，你的画对我影响很大。"

"弗吉尼亚·郭德法，你是打哪儿得来这个名字的？"奥·吉弗换了个话题，"现在好多女人都开始用地名当名字了，像是汪达·西岸，还有茉蒂·芝加哥、丽塔·阿布奎克，甚至还有个男的，叫做罗柏·印地安纳，是吧？"

"不、不，弗吉尼亚是我父母取的名字，这是因为我的外婆就叫做弗吉尼亚。其实我是在旧金山出生长大的。"

奥·吉弗现在好像放松了点，她就着这个话题继续说："我的名字是出生时取的。其实我的出生地是威斯康星州的日原市，离乔治亚州还满远的。我不喜欢利用名字耍噱头，因为如果作品的力量够大的话，根本就没有必要借由改名达到目的吧。"

Red Cannas

by Georgia O'Keeffe, 1927
Oil on canvas, 36 ⅛×30 ⅛ in.
Courtesy of the Amon Carter
Museum of American Art,
Fort Worth, Texas
1986.11.310

她犀利批判的态度显而易见。我知道如果想达到此行的目的，恐怕得费很大的工夫，"奥·吉弗女士，我看了你在惠特尼美术馆的展览，真是爱死了！你是我们这一代女性艺术家的最佳典范"。

　　"你说'女性艺术家'是什么意思？"奥·吉弗语气尖锐。我可以感觉到，她并不希望被贬低成什么流派的女性主义者。她好像有点怀疑，我们这些女性主义者根本搞不懂她这一生所面临的难题以及她面对困境的方式。

　　"我指的是那些借由自己的作品来阐释女性经历的艺术家，那些呼吁大众正视性别议题以及两性不平等问题的女人。"

　　奥·吉弗听了以后，答说："我曾经全心支持女人的投票权，而且也加入了全国女性政党。我认为女人应该要自食其力。"

　　"我指的也是那些可以认同《我们的身体，我们自己》这一类新书的女人。女性主义鼓励女人要对自己的身体感到自豪，要保有身体的自主权。女性主义艺术的精髓就是对这一点的认知。"

　　这话奥·吉弗听了很反感："我听一个朋友说，有这么一位'女性主义者'，她花了好大一笔钱买下某家知名艺术杂志的全版广告。她只戴了一副太阳眼镜，抱着个好大的人造阴茎全裸入镜，意思就是要把镁光灯吸到她跟她的艺术身上吧。"

　　我知道她所讲的这位艺术家是谁。这人要弄的花招确实是制造了不少话题，但对女性主义其实毫无帮助。在我还来不及反应之前，奥·吉弗又继续发表她的观点了："某些人竟然还胆敢将她那种攻击性强烈的性展示，拿来跟史蒂格利兹帮我拍的裸照相比。简直是荒谬到极点！当年的我跟史蒂格利兹是亲密的爱人啊！这名年轻女子运用这等自恋的策略来推销自己，我可不希望他的作品给贬低成只是她廉价的样板而已。史蒂格利兹自己就曾声明过：'我每一回拍照，都是在做爱。'"

　　我很希望她能针对这一点再多说几句，我想更加了解奥·吉弗和史蒂格利兹的关系。我很好奇，她是如何面对他所扮演的多重角色：他是她（以及其他人）的艺术经纪人，也是摄影家，而且也是她的爱人，后来又成了她的丈夫。不过最好还是别提吧，毕竟史蒂格利兹比奥·吉弗大了将近四十岁，而且又已过世超过四分之一世纪了。更何况，有人说他曾对她不忠。她应该是不会想要重述那段恋史还有他们的婚姻，以及他的外遇和背叛的。她最后是离他而去，独自定居于新墨西哥州。

我曾读到过，她对史蒂格利兹本身的成就——他的摄影——评价很高。史蒂格利兹曾经专心一志地拍摄奥·吉弗：她的艺术、她的脸、她的手，还有她的裸体。我很确定，这对她的生活以及事业绝对是带来了革命性的影响。所以我决定还是就这一点提出下一个问题好了："他以你为题材所拍下的照片里，有许多都成了经典之作。不知道你当他的模特儿，是不是觉得很辛苦？"

"史蒂格利兹拍肖像的企图心很大，一张是不够的，"奥·吉弗解释道，"他的理念是要从孩子刚出生时拍起……他理想中的肖像其实是影像日记。需要很大的耐心才做得到，对模特儿来说。记得当年他拍我的时候，每一次都要花不知几个小时呢。我得学着一直保持不动，感觉像是永远也不会结束。"

这话引发了我的好奇，但我觉得还是别问的好，所以我便改了个话题。"奥·吉弗女士，"我问道，"你还记得现代美术馆于1929年所举办的第二次展览吗？展名叫做'十九名当代美国人的绘画'，而你就是那当中唯一的女人。当时你有什么感觉呢？"

"没错，这我还记得。你也许知道艾佛瑞·巴尔是策展人，不过想必你并不知道，那场展览的参展艺术家其实并不是他挑的，而是由美术馆的董事会投票决定的。你也许会觉得十九这个数字很怪，不过他们投票的结果就是这样：不是十五，甚至也不是二十。说起来，当时某些董事就已经收藏了我的一些画（以及其他几名中选的画家的作品），邓肯·菲利浦斯就是其中之一。每个董事免不了都想要推销他自己的艺术家。多亏了史蒂格利兹的帮忙，他们大多数人都还算熟悉我的画。"

"你的意思是说，董事会并不熟悉、也不欣赏其他女画家的作品吗？"

"也许是不够喜欢吧。也许喜欢的方式不一样吧。"

"奥·吉弗女士，"我鼓起勇气说道——我是打算念一段某位艺评人对她作品的评语，"我想你应该还记得保罗·娄山飞德吧？他曾经将你的作品形容成是'精神化了'你的'性别'。"他写道："她的艺术是对女性的礼赞。她那痛苦与狂喜兼具的奔放线条，终于让我们了解到男人一直都想了解的黑暗大陆⋯⋯女性独有的器官在说话了。"

"大错特错！保罗的评断大半都太过简化。我听说女性主义者现在也都发出类似这般愚蠢的论调。她们当中有一个曾说，她的艺术——她的抽象花卉——代表的是'积极主动的阴道形态'，而且还把我早期所画的花卉形态形容成是'消极且顺服'。这名年轻女子摆明了是想借着贬损我的作品，来提高她作品的身价。像这样的新闻报道，我看了真的只能摇头。而我最最恼火的就是，她厚颜无耻地想要篡夺我在历史上的地位，顺便还消费了我曾有过的创造。搞不懂这些年轻人怎么没事硬要拿花来瞎搞呢？"

"我们这一代有很多人，都把你所画的巨型花卉当成女性主义的最佳代表了。我们很能认同把花卉当作生殖器官的隐喻。你是众人推崇的先锋人物，画过各种形态的花，包括海芋、东方罂粟、天南星、曼陀罗、鸢尾花以及红色美人蕉。如今它们已成了我们的精神象征，以及我们的革命性图像了。"

"狗屁！实在太过分了。"奥·吉弗呻吟起来。

"我们一定要对自己的身体握有掌控权啊。"我宣告道，颇有点自我辩护的味道。"把我们自身的存在当成反抗的形式，这点我是可接受的。我们需要有个强力的象征来作为抗争的工具。"我到底该怎么措辞，才能让她了解我们的立场呢？奥·吉弗跟我们不同，她并不是以性别化的眼光来看待她所画的花。就算花卉对她曾经有过什么意涵，但经过这几十年来不断地否认，如今她坚持，她的花就只是她细微观察大自然的结果而已，她只是以她特有的热情和奔放的生命力（随你怎么形容了）如实将其描绘下来。她认为自己早已超越了女性主义特意塑造的刻板印象，超越了长久以来的种种争论。

"你通常都是怎么选择作画的题材呢？"我再一次试图平抚她的情绪，"你跟大自然之间，是什么样的关系？"

"念书的时候，老师都要我们画下眼里所见的。不过那样的观点也太狭隘了吧！如果我们只能复制大自然的话，得到的结果绝对是比不上原始版本壮观啊——那又何必要画下来呢？"她看着我，仿佛是在说我非得了解不可。

我又试了一次："可是身为女性，你觉得你和男人的差异是什么呢？"

"我只是一直不断地在实验，而到了最后，我总算是决定要忘掉男人教过我的一切，完全只照着自己的感觉去创作。"

"噢，没错！"就这句话嘛。我脱口而出："我想再多加了解你的花，以及你所画的女性图像，我想了解它们和女人的性欲以及女性自主权的关系。"

"你看着我的花，你以为你看到了我所看到的，但其实你并没有。"她喃喃提出抗议。

"你画作里头那些正中心的凹洞和内在空间，又是怎么回事呢？"我问道。

"凹洞吗——听起来像是牙医在讲话！我画下那些内里的空间，就跟我从自己的家往外看到的景观一样，也跟我从夏瑞登旅馆的高楼所看到的东河河岸景象是一样的意思。所有那些水泥建筑，那些高楼大厦……"

噢，不对，我赶紧打断道："我的意思是说，那些花看来像是女体解剖图的隐喻，代表了女人的性欲。"

"什么隐喻啊！我的作品是我尽可能客观作画的结果！想来我之所以那么费尽全力要保持客观，就是因为我很讨厌众人强行要把这类诠释套在我的图像上。"她继续说道，"据我所知，最近好像有家常春藤名校办了个什么女性艺术家联展之类的，而且有个女性主义人士竟然把我作品的幻灯片，跟其他艺术家的作品摆在一起。她还厚着脸皮宣称说，这些女人——包括我自己，还有路易丝·布菊瓦，以及什么米莉安·沙皮诺之流的人——创造艺术的时候，都是采取类似的模式呢！说是什么循环形的、器官样的，所谓'生物形态的孔洞'，而这些个洞啊孔的，就暗示了女人对她们自身内在空间无微不至的关注哩！多可笑的论点。"奥·吉弗下了这个结语，她盯着我瞧的眼光满是猜疑。

我赶紧再度转换话题："你为什么决定要把你的花画得那么大呢？"

"每个人对花都有许多不同的联想。你会伸出手来碰它，或者往前探身去闻，要不也许会不自觉地嘟起嘴来吻上去，或者将花送给人想要讨其欢心。可是一般人很少会耗费时间真心去看一朵花。我画的花是我细心观察的结果，我画得很大，是希望观者可以看到我所看到的花。"

最后，我只好直截了当点出我的来意："我好爱你的花，也希望你能同意让我将其中的一朵用在我的书封上。"

"什么样的书？"

"这本书探讨的是具有标志性意义的女画家。"

"书名叫什么？"

"书名是《从文艺复兴到现代的伟大女性画家》。"

显而易见这会儿奥·吉弗是真的发火了。她可不希望我（或者任何人）把她圈进一个狭窄的框框。她抬高了音量，斥道："我不是女性画家！"

　　我真是沮丧到极点了，因为奥·吉弗已经站起身来，意思是要结束这次访谈。她怒声道："搞你自己的作品吧，我的作品你别沾手。"

她也活在艺术家心里——一个她不被允许去爱的女人。

12

莎拉·温曼
Sarah Weinman

作者

编辑过两本书:《女性犯罪小说家:
20 世纪 40 年代及 50 年代的八本悬
疑小说》以及《受困的女儿,错乱
的妻子:家庭悬疑故事的先驱作家》。
她的小说曾出现在《艾勒里·昆恩》
推理杂志、《希区考克》推理杂志以
及几本选集当中,而近年来,她所
写的新闻报道以及杂文也曾先后刊
登于《纽约时报》《卫报》《新共和》
以及一本选集《有关天真的解析:
冤狱者的见证》当中。

《工作室的裸体》(局部)
利利亚斯·托兰斯·纽顿,1933

Nude in the Studio
by Lilias Torrance Newton, 1933
Oil on canvas, 203.2×91.5 cm. Private collection.

大城
The Big Town

如果你在你黑道男友客厅的墙上看到自己母亲的肖像，肯定会大吃一惊吧。更可怕的是：在那幅肖像画里，你的母亲又是一丝不挂，只套了双绿色高跟鞋。"你是打哪儿找来这幅画的？"我问道，声音里透出压不住的不满。这是我头一回来到他家。其实早在看到那幅画以前，我就想着也许以后还是别再来了。而现在，我很肯定自己绝对不会再踏进这间屋子里。

他扭着头，面对那幅肖像。我看着他的背影：白色的有领衬衫上面，顶着他那头乱发。我们在丽池酒店套房里做爱的那几个下午，我曾抓着那颗毛茸茸的大肉球揉啊搓的。我再一次想起来，他是什么样的特质吸引我：权力、地位、金钱。也想起我觉得厌恶的部分：身体、脸孔、态度。

他转过身来。"是在一次遗产拍卖会买到手的，"他说，俄国口音带着浓浓的鼻音，"她让我想起我老婆。"

一股欲呕的感觉在我胃里翻搅。我不太确定欲呕的原因是来自我的母亲，还是他老婆。

"她好漂亮。"我咕哝道。

"是比罗莎丽漂亮多了。可我干吗讲起我老婆啊？在这里的又不是她，而是你啊。"

他伸手揽住我的腰，我没有抵抗。而之后，当我俩躺在他那张特大号的四柱床上，而他从我的后头进入时，我则是把脸埋进了羽绒被里，不愿意思量起此时的他其实想的是那幅画里的女人——我的母亲。

就在那个时候，我改变了主意。

我会回来的，但为的不是他。我需要那幅画。

当我谈到我的母亲时，其实我只是在重复别人告诉我的话而已。她在我出生后一个月就死了——这个故事的版本不止一个：我的父亲说，她是血液感染而走的；他的母亲说，她是死于诅咒，而且只要这个话题一出现，我的继母就会露出痛苦的神色。所以，我虽然知道零星一点信息，但其实等于是什么也不知道。

我是一直到十五岁的时候，才开始想念她的。当时我整天都在忙着煮饭做菜、打扫熨衣服、照顾我年幼的手足（我们都不提及同父异母的事情），以及所有可以称作家事的工作。我在十二岁时休学了，和我同一辈的女孩一样。十五岁时，我的父亲和他的妻子想要把我嫁给当地一个农场工人做老婆。这个人是挺好的，然而只要想到我得为他生养小孩，我就受不了，更别说要依我们小镇的习俗，帮他生出十二个来。有一回，我还因此在一个相当不恰当的场合，把我吃下的晚餐统统吐出来。另外一个选择就是当修女，而这，我是打死也做不到。要我宣誓一辈子都得服侍神，我还不如嫁给农家男孩吧。

最后，我决定上路去蒙特利尔[1]。而这，也是跟我同龄的女孩会做的事。不过我之所以会去，主要是因为她当初也选择了这条路。

1　蒙特利尔：Montreal，加拿大魁北克省南部城市。

我没在蒙特利尔找到她，当然。她已经死了。我找到的其实就只有麻烦：又是一个"乡下姑娘混大城"的版本，我只睡得起狭仄的斗室，只能在街上四处浪游，从一家酒店跳到另一家去，寻觅着荷包满满的男人。有时候，这些男人会聚集在花都夜总会，手里握着一张张一元钞票，准备丢向脱衣舞娘的吊袜带。有时候他们则是会集于罗马城堡酒店，一心等着看到艾灵顿公爵和迈尔斯为了相互较劲而来一场午夜的即兴爵士演奏。男人们总是摆出觅食的猎人模样；而我，则是猎物。

不过我跟黑道大哥头一回碰面，却是在另一种场合。我最新的一个室友来蒙特利尔才没几天，她在某天午后，想找个无聊事打发时间，于是我们便跑到圣凯瑟琳街的保龄球馆消磨时光。他们那儿是每条球道一小时一块钱。头一回的比赛玩了一半，我们才发现这条球道挺抢手的——总之，我一看到黑道大哥的眼里闪着邪光时，就知道麻烦来了。

"你抢了我们的球道，"他说。当时他的口音没有现在浓。

"我们是付了钱的。"

"这条是我们的专属球道。"

"这回不是了。"

"那就由我们来付钱好了。"他招手把其他几个跟他穿一样衣服的男人叫过来。他用他的母语说了个什么，然后又改口用英文告诉我："好好表现一番哦，我为你下了赌注。"

我室友的额头马上渗出汗珠，"这到底是在——"

"闭嘴啦，玛丽伊娃。"她张嘴想讲下去，但看到我怒目瞪她，便停了口。

我们打起保龄球。他们开始下注。我们表现得好糟，他们的笑声轰轰，我想不起是谁输谁赢。之后，男人们将我们带到水晶宫酒店，我们喝的每杯酒都是他们付的钱。玛丽伊娃一个星期以后搬走了，因为这次的经验把她吓坏了。当天晚上，我和黑道大哥是头一次上床。

如此这般我过了一阵子。何不呢？下流生活挺刺激的——跟我来自的小镇泰道沙克相差了十万八千里。在那儿，我没有快乐的前景可言。在这儿，我的现状充满了愉悦。然而现状是不可能持久的。当时我还不到二十岁，但已有了茫茫的衰败之感。

衰败之感挥之不去，直到我看见母亲的肖像。我知道这人是她，因为我一直随身携带着她的一帧照片：多年累积的皱褶也掩不住这个女人的生命力。拍照当时，她还不到二十二岁。我的母亲憧憬未来，满脸发光。

未来之光，因我的出生而熄灭。

那幅肖像震撼到我，不只是因为来得突然，也是因为她的表情。她看来游移不定（介于两个世界之间），脆弱无依（不只是因为她一丝不挂）。我这辈子一直把她看成是未解的谜团。而如今，这个线索（就挂在我男友的家里），则又是雪上加霜，让我更糊涂了。

她的故事因此而更添变量，我的故事也是。肖像缩小了我心里的衰败之感，但羞耻之心增加了。

我无法找到我的母亲。不过在这同时，我却又可以。

醒来的时候，他已经离去。我身边留有一张字条：十点以前离开。老爷钟敲了九下。他这到底是允许我进出的默契呢，还是纯然的草率？我甩开这个念头。当然是草率了——如果他竟然会在和妻子同床共枕之处，和他的情妇共享鱼水之欢。

白花花的日光对我毫无帮助，然而现在确实是有机可乘啊。如果我将那幅画扯下墙面带走的话，会不会草率了点？我敢稍微放肆一下吗？我套上昨晚的衣服，头发凌乱也罢，衣冠不整就不整吧，然后踏步走入客厅。

我发现自己不是独自一人。

"克莉亚姑娘。"一个我认不出来的声音在说。低沉的嗓音，带着一点点英国腔。

我的名字不是克莉亚，但我母亲是叫做克萝蒂德——够像的了吧？

我一声不吭，仔细端详起这个陌生人的外表。中等身材，举止利落，软呢帽松垮垮地戴在他不长不短的棕发上。亮绿色的眼睛弥补了这个黏皮糖带给人的不悦。他的眼睛虽然谈不上迷人，不过的确是让他看起来比较出色。

他摇了摇头，像是要抹去一段记忆。"C'est ma faute[2]."他说，"你不可能是她。然而——"他的头努向油画。

"我不知道你在讲什么。"我怒声斥道。

男人回应给我的笑容很是 vulpine[3]——这个字眼是我搬到蒙特利尔以后才学到的。我在这座城市里，还真见识过不少衣冠楚楚的豺狼。"你当然知道。你们俩的相似度真是惊人。安德雷搭上你的时候，就意识到这点了吗？"

我可以丢给他好几种回答：全都很鲁莽，有几个很难听。所以我便选择了沉默。

"我人就在那儿，你知道，在保龄球馆。"

我觉得室温好像在往下降。

"他原本是要勾搭另外那个女孩的，结果却找上了你，"男人继续说道，这会儿又变成了法文，"现在我知道为什么了。"

"我可不知道，"我打断他，"他怎么会有这张肖像的？"我环起手臂合抱在胸前。礼服虽然遮住了我的身子，但我觉得自己像是全裸的。

"报复啊。"男人说。他摘下帽子，将它搁在肖像旁边的壁炉上头。出乎我所料，他的发线并未后退，而是展露了几道螺旋

---

2 蒙特利尔大部分的人口都说双语：法语和英语。这句法文的意思为：是我的错。
3 Vulpine：狐狸样。

毛卷。我瞪眼看着的时候，他的脸颊泛红了。"我通常都不脱帽的。"他嘀咕道。

"干吗要报复？"我逼问道。

"因为他追求画家，但无法得手。"

"画家。不是模特儿。"

笑容又回来了。"嗯，你说得没错。他要的，其实是画家本人。"

我再看了一眼母亲的肖像。克萝蒂德一脸的犹豫。不过我现在是换了个角度在观察了。而这，不知怎的却让我很不自在。我不敢检视我脑中掠过的种种思绪。将它们逐出脑外。

然而这名男子（他的名字我还不知道）却读出了我扰人的遐思。他将那些思绪从我的脑子里挖出来，摊在我俩中间，好让它们活起来——火苗燃起，焰火四射。

"Dis-moi⁴."我低语道。

他的声音更深、更沉了，"已经快十点了。我俩都得离开"。

"你非告诉我不可！"我用英文断然说道。

"显然我是非说不可啦。"他同意道，一边抓住我的左臂。这突如其来的转折让我们措手不及。一股电流窜上我的左肩，我抬眼瞪着他，惊惶困惑。

我恍然大悟，"你来这儿就是为了画。这幅肖像画。"我和他眼神交接，"她是你的什么人？"

他闭口不言。他再次攥住我的手臂，我也任由他了。我闭上了眼睛，而当我睁眼时，已经是上了他的车，和他一起坐在后座——开车的另有其人。然后他便谈起了艺术家，还有她的模特儿：画家本人和我的母亲。

话语是出自他。而故事的主角是她。

4　法文：告诉我吧。

历史在我母亲身上重演。克萝蒂德,当年的她也是个乡下姑娘,来自和泰道沙克相隔两个小镇的圣里维,她亟欲探索那封闭小镇以外的世界。而且她也是为了逃离家人意欲撮合的婚姻,才跑到了大城。上一代的人和现在又有所不同,当时爆发了经济大恐慌,绝望的人看不见未来,只求一时的享乐。说起来,当时的环境应该要比现在更为险恶吧。

不过她倒是没有惹上麻烦。不算有吧,不是马上。她辛勤工作——打扫房子、洗刷地板、清理厨房,她揽下所有她能做的工作,只是为了维生,并有余钱可以寄回老家。家人不谅解她离乡远去,但收取她寄去的钱倒是毫不手软,这是他们愿意保持联络的唯一原因。就算她曾思念过自己的父母以及众多手足,克萝蒂德也都只有藏在心底。寄钱养家是她理所当然的责任。

她有一名雇主的年纪只比她大没多少,是个女人,一个母亲,但她并不是家庭主妇。她曾经尝试理家,然而她的努力却是浪费在一个不懂得欣赏她的丈夫身上。他成天就是忙着挥霍两人赚得的钱,家里入不敷出陷入困顿。股市崩盘以后,他们的婚姻也结束了。他离家而去,一文不名但学到了教训,而她却多了一张得喂饱的嘴。两人的儿子是在七个月以后出生,从没见过父亲,也没得过他的资助。

于是女人便重拾她最拿手的本领,和处理家务毫不相干。她不是油漆房子,而是绘画人像[5]。这她早在婚前就做过了,而且也颇受好评。有几幅画曾经出现在某些展览里头,而且也被人买下。当时的加拿大经济萧条,就像全世界所有其他的国家一样,不过女人倒是过得还可以。她并不富裕,因为艺术家赚到的都是辛苦钱,不过进账还算足够,可以让她免于为自己和儿子的温饱

---

5 英文 paint 有油漆以及绘画两种意思。

操心。她甚至还有点余钱，可以雇请用人帮她处理家务。

她是透过一个朋友的朋友找到克萝蒂德的。她隔天便决定雇用她了。有将近一年的时间，她们之间除了下达与接受指令以外，几乎都没有交谈。而且画室还有个规定：女人作画时，谁也不许打扰。克萝蒂德倒是无所谓。女人绘的肖像让她觉得神经紧绷，它们表达的意涵她不太确定自己可以接受。那里头有种洞烛人世的味道，秘密于光中暴露。

克萝蒂德觉得自己如果成了女人的模特儿，心底的秘密或许会流泄而出。

然后有一天早上，克萝蒂德正在洗刷厨房地板的时候，突然听到女人尖声大叫。她好担心，顾不得规定马上冲入禁地。女人先是怒目看她，但马上就恢复了平静。

"抱歉，我不该生你气的。"

"出了什么事吗，夫人？"

女人摇摇头，"其实也没什么……唉，去死吧。"女人的眼里涌出泪水，"没什么，只是我就要少掉一份可观的收入。我打算画的那个人打退堂鼓了。"

克萝蒂德没吭声，虽然她其实有一肚子的话想说。不过最好还是让女人自己讲下去吧。

"我也知道，请人裸体入画的确是有点强人所难，可是眼看着有人要付大笔钞票请我作画，而我又有个儿子得养，我总得——"

"让我来吧。"克萝蒂德脱口而出。

女人住了口。她上上下下，仔细地打量起克萝蒂德。等她整休端详了一遍以后，她的眼睛闪进了一道光，但她也只是说了声"噢"。

"如果你不想要我——"

"是可以的。她看起来有点像你，我觉得应该行得通。你知道我要的是什么吗？"

"每天在你面前站好几个钟头，而且得连续很多天？"画室虽然是克萝蒂德的禁地，不过她在这儿已经做了够久，几乎天天都会看到不同的模特儿进进出出。

女人笑起来，一手上扬捂到嘴上，"嗯，没错。"她顿了一下，"不过这儿风挺大，又好冷。也许你会不太舒服。"

克萝蒂德其实已经不舒服了。她打从走进画室，浑身就开始不对劲。先前她是一时冲动才接了这份差事，接下去事情到底会怎么发展，她也顾不得了。

"我了解。"她对女人说。

"不，我觉得你恐怕还搞不懂。"

"我懂。"这会儿是克萝蒂德大大方方瞪着女人看了。她将画家从头看到了脚。克萝蒂德以前从来没有这么明目张胆地盯着一个女人看。她害怕自己目前心里浮起的感觉，但又觉得很刺激。

而女人——克萝蒂德是知道她的名字，脑子也会默诵着，然而就算后来事情有了进一步发展，她也从来没有张口说出来——则是给了目前唯一需要的回答：

"好吧，那就这样吧。我们明天早上开始。"

"你就是她的儿子。"我插嘴道。车子已经停在一栋挺时髦的屋子前，就是那种你会在苇斯特蒙看到的豪宅。我以前很少来到这个豪华住宅城。

他彬彬有礼，没给冒犯到。"是的，没错。"他说。

"你比我想的还要年轻呢。我还以为你的年纪会跟——"

"我们现在还是别提他。"他那一侧的车门打开了，"跟我一起来吧。"

"我还能上哪儿去呢？"

"回他家啊。"他站在人行道上，我跟了上去。

"不了。"

我跟着他走进屋子。里头就跟外头一样豪华。我忍不住脱口问道："所以你是靠爸族咯？"

"是他把我带大的。"语气坚定，不容我提出质疑。眼前的富丽堂皇震慑到我了，这种气势是不言自明的——它就在那里，挑衅着看你有没有本事否定它。

"所以你是全数继承过来了。"

"几乎。不过那幅画不在内。"他打个手势，请我坐在他对面那张绒布椅上。我坐了下来。他还是站着。"他不知道有这幅画的存在，我也不知道，直到我遇见你的男友。"

"你先前是要告诉我说，他怎么会对画家有兴趣。"

我看得出他不想回答。他的头撇了个角度，两眼在地板上找到一个定点盯着看。时间滴答过去，我开始觉得他也许不会回答了。

不过答案还是来了，以低语传达。"就因为她拒绝他啊。像他那样的男人，向来听到的就只有'好'——虽然有些说了'好'的人，其实心里没那意思。"他的头猛个抬起，绿色的眼睛闪着怒火。

"你别论断我的不是。"我说。

"我可没有。这个世界本来就是这么回事，我清楚得很。道德只是权宜之计，它是该穿时才需要穿上的化妆礼服。如果没必要的话，它就会跟蛇皮一样给蜕下来。"

他话里的恶毒激怒我了。"你的房子就是这么回事吗？"我两手一挥，以取得最佳效果，"也只是一张面具而已？我人在这里，可是我连你叫什么名字都不知道。"

"我也不知道你叫什么？除非你果真就叫做克莉亚。"

看来我们是陷入僵局了。下一代的两个人，各自站在一幅画的两边对峙着，这是个尚未完结的故事。而我，则是迫切需要为

Nude in the Studio

by Lilias Torrance Newton, 1933
Oil on canvas, 203.2×91.5 cm.
Private collection.

这个故事安上结局。

"你又是怎么知道你的母亲跟我母亲说了什么呢？"

他坐在最靠近我的那张椅子上，头又垂下了，"是她告诉我的，虽然她很清楚我会受伤"。

当他再度拾起线头讲下去时，我懂了那种伤痛的滋味。

头一个早上，克萝蒂德的确是感受到画家先前警告过的那种寒冷。她抬起双臂举在头上时，全身都起了鸡皮疙瘩；她的腋下裸露出来，露出腋毛是她最无法忍受的，虽然艺术家并不见得看得到她身上的每一寸肌肤。她是可以把自己的苦恼藏进脑子一个偏远的小角落里头，然后专心想着一些琐碎的小事：比方说，摆完姿势以后，厅堂里会累积多少有待她清扫的灰尘。

"左臂再稍稍往右移一点。"艺术家叫道。

克萝蒂德几乎是机械式地照做了，然而这么做的结果却是把她从有关家务事的思绪里头抽离出来。那之后，她开始迫切觉得需要动弹，全身各处搔不到的肌肤都痒了起来，她的思绪奔驰。

时间流逝，过了无止境的不知多久以后，艺术家拍了个掌。"成了。"她对着画布叫了一声，然后移动一下偏了个头，好让克萝蒂德可以看到她。艺术家的嘴角跳跃着半抹微笑。

克萝蒂德有点唐突地先开了口："完工了吗？"

艺术家就算听到了，也当作没听到。这会儿，她的脸挂上了一抹合于礼数的微笑，"是的，克萝蒂德。明天早上见"。

克萝蒂德从画室逃到了她的卧室。门在背后关上以后，她开始感觉到这里的空间太过逼仄，这是她一直都有的感觉。这个空间怎么容得下她，还有两张单人床、一方衣柜，以及一个床头柜呢。而且有个扰人的思绪又更进一步地缠身而上了。她整晚都辗转难眠在思考，答案却是迟迟不来。

其后，一天又一天作画与被画的时光匆匆而过，答案仍是遥不可及。艺术家除了在画布后头下达指令以外，其实很少开口：下巴抬高；眼睛睁大一点，不要眯眼；这个肩膀抬起来，那个肩膀放下去；右腿稍稍往前挪。克萝蒂德百依百顺，她其实不只是遵行指令而已，她简直就是融入指令当中了。每次作画到了尾声，画家用一声"成了"宣告结束时，克萝蒂德觉得自己简直就不是人了——直到她踢开脚上的高跟鞋，奔离画室为止。每次都一样。

就这样过了一个星期，然后又一个星期。在画室外头，克萝蒂德和艺术家倒是维持着热情友好的关系，如果下达与接收有关家务的指令也可以称作热情友好的话。不过到了画室里头，情形就不同了。两个女人之间如果毫无言语互动的话，何来友好可言？如果好几个钟头过去，一个画画，而另一个只是尽可能保持不动而且就算无法保持不动也得尽量不动的话，何来热情可言？

这种状况持续进行了三个半星期以后，事情有了变化。

她们是四月开始的，而如今已近五月。五月是克萝蒂德最喜爱的月份。刺骨的寒冬不再，炙热的酷暑也还没到。在这寒暑之间，空气里飘散着希望以及金银花的香味，乐观的气息穿梭于飞利浦广场以及主街拥挤的人潮中。此刻如果登上皇家山的顶峰应该会是让人心旷神怡，而非难以忍受吧——唉，还是别做梦了。

此刻的克萝蒂德人在这里。在她最爱的月份起始之时，仍旧受困于这间牢笼般的画室。艺术家下达命令时，克萝蒂德并没有乖乖服从。"肩膀保持平行"的话一出，克萝蒂德反倒是斜了一侧肩膀。

艺术家忍不住起身了，画笔砰地甩上地板。

"你到底是怎么了？眼看就要大功告成，你却选在这个节骨眼跟我作对吗？"

艺术家憋不住满肚子的怒火抬高声量，克萝蒂德却只是闭上眼睛；她知道闭目不看也挡不了声音的进袭，不过她现在只想装

　　　　　　　　　　　　形与色的故事

聋作哑。一会儿之后，她又睁开双眼。艺术家和她面对面了，两人的脸只相隔几英寸。

"抱歉。"艺术家说。她恢复了原本不疾不徐的音调，但声音哽住了，"你一向都很配合，从来没有抱怨过。也许就是因为你终于忍无可忍，我才会吓一跳吧。"半喘的声音后头跟着听似懊悔的咯咯笑声。然后，艺术家的手便放到了她的肩膀上。

"请你原谅我好吗？"

时间似乎慢了下来。克萝蒂德回眼看着艺术家，一时的冲动眼看就要被压下去之前，她已伸手捧住艺术家的另一只手，将它放到自己的乳房上。

"我原谅你。"克萝蒂德说。她往前靠过去，吻上艺术家的唇。时间霎时停止。克萝蒂德觉得自己里头有股暖流扩散开来，她好享受艺术家双唇散发的气味——如同樱桃，也像苹果。她享受着在自己身上游移的双手。画家的一只手往下移行，缓缓推上了克萝蒂德的私处。时间又开始滴答前行了。

"我没办法。"艺术家低语道。她猛地抽开了手。

这回换成是她匆匆逃离画室。画笔躺在地板上。克萝蒂德仍然是一丝不挂，但现在她是独自一人，所以她便大了胆子走向画架，想看看艺术家的成果。

这幅画已经完成了——至少克萝蒂德是这么认为。感觉上，她好像是看着自己的内里给掏到了外头。又或者，也许该说是艺术家最深层的自我给摊出来了吧。

克萝蒂德在听到背后倒抽了一口冷气的声音以前，其实就感觉有人了。她微微侧了头，发现有两只眼睛正往上盯着她瞧。然后两只小脚丫子便啪啪窜出门外了。

"你看到了事情的经过。"我说。

男人没有回答。他不用回答。讲述间，他的脸变得惨白。

"当时你是几岁？四岁吗？"

"快要六岁了。从那以后，我就不再是个孩子了。"

"你知道当时是看到了什么吗？"

他看我的眼神满是悲哀。我的问题太蠢。不过他还是回答了。这个回答是来自一个还没有从怨怼的情绪解放出来的男人口中。

"我很爱我的母亲，只是我父亲刚好就在那件事的隔天上门来了。应该是一时兴起吧，我想，因为在那之前，他根本就懒得理我。他问我为什么看起来那么伤心，我就跟他说了原因。我根本还搞不懂是怎么回事，就被迫跟他住在一起了；从那以后，他们俩的角色互换。之后的十年间，我很少看到她，而且就算见了面，时间也很短暂。直到我父亲过世以后，这才有了改变。"

就在那时候，我全都懂了——为什么他会出现在保龄球馆，为什么他会加入黑道大哥那伙人，为什么他会想要拿到那幅画。

"你为的不是自己，而是她。她还活着，对吧？"

这一次，他还是没有正面作答。他从椅子上站起来，转身面对着我。我这才发现，我们差不多是同样身高——虽然穿上高跟鞋的话，我是会比较高。不过这就表示，他在下一刻拉住我的手时（他内心的澎湃我触摸得到），我其实是可以轻易便凑上他的脸庞吻他的。

他握着我的手，说："我们今晚就去拿画。"

然后他便说了他的名字：法兰索瓦。

原先我是希望能将那幅画据为己有，因为我对母亲的所知实在太过有限。拥有本身，感觉上是个弥补。不过现在由于法兰索瓦的出现，我对她的了解增加了，增加许多——我听来的信息远远超过我的预期，而且也正符合我的需要。了解带来了领悟：那幅画其实并不属于我，也永远不会是我的。

不过我可以将它转交给最需要的人。

其后几个小时，法兰索瓦和我忙于别的事情。而且，我们也忙于相互慰藉。这种经验倒也不能说是升华，因为这就是撒谎了。然而这的确是我有生以来第一次不会在性交之后憎恶自己。我这辈子致力于驱除的悲伤还是在，不过现在我已经可以坦然接受它的存在，而不会任由它主宰我的生活了。

我们一起坐在厨房，看着窗外逐渐落下的夕阳，面前摆着丰盛的法式吐司配荷包蛋（是由他的大厨亲自制作的，当然），还有切达奶酪跟无花果以及其他水果。在天色暗下，入夜以后，我俩便换上了全黑的衬衫和长裤，戴上面罩，指示他的司机今晚回家过夜。

"你以前就试过要偷了吗？"我纳闷起来。

他摇摇头，"我是常常想到要偷，有一两回差点就付诸行动了，不过做这一票得有两个人合作才行"。

法兰索瓦平顺地将车子开出这个地方，并绕过了雪岸小区，开离主街。不到十分钟后，他将车子停在离黑道大哥那栋豪宅一个路口的地方。距离够近，便于逃离，但也不至于太近。

我们踏出车外后，我迟疑起来。"怎么了？"他耳语道。

"我也不知道。"我等着，然后便听到远处传来一声哀嚎。

"去看看吧。"他说。

"不要赶。"

我们慢慢前行，小心翼翼地沿着围篱爬行，戴着面罩的脸朝里侧歪去，不过其实我们无须担心。今晚外头没有人。我保持警觉，以防有人出现，不过我知道其实根本没有危险。

我压住了想笑的欲望。在这么短的时间里，却发生了好多事。信息多得我头都晕了，因为得知太多有关我母亲的事了。克萝蒂德。想当年她遇见艺术家时，年纪比现在的我要小呢。还有太多事有待了解了。

但不是现在。我们逼近了黑道大哥的屋子。不能从前门进去。法兰索瓦和我快步走向屋后。我们两个都知道有另外一个入口——因为我是大哥的情妇,而他则是亟欲寻仇的人。

窗子开了点缝隙,法兰索瓦将它撬得更开,要我先行进入。里头是洗衣房,等我俩都砰地落上地板时,不对劲的感觉又更强了。

"楼上有声音呢。"我说。

法兰索瓦摆了摆手,"我们人都在这儿了,那就上去吧。如果非逃不可的话,我们应该知道时机"。

洗衣房外头的楼梯,我们每踩一步就嘎吱晃个一下。一想到会被发现,我的心脏就猛跳个不停。法兰索瓦看似平静。他是在专心保持沉默,我也努力向他看齐。等我俩爬到楼梯顶时(他在我前方),便一块儿推起挡在梯口的门。

门没动。

"锁上了不成?"

"Je ne sais pas. Je pense que non[6]."他的眉头皱起来,显然是在想着:踢还是不踢?

他使力想要再次推门。还是行不通。只有一脚踢上去了吧,因为后头根本没有空间让我们起跑啊。蛮力而上,或者原地不动。

法兰索瓦和我合体撞上门去。

门飞一般打开。

有个男人躺在走道底端的地板上。

有个女人俯身看着尸体。就算隔了一段距离,我们也可以看见她眼里的怒火以及挫败的沮丧——她举着的枪就擎在她自己和男人之间。

---

6 法文:不知道,应该没有吧。

法兰索瓦立刻把门关上。我都还来不及再吸一口气，他就已经飞脚奔下不稳的楼梯了。

"赶紧下来啊！"他吼道。

我立刻下楼。

没一会儿，我俩便置身于户外，大口喘着气。

而且这一次，我们是取道于比原先进屋时还要复杂四倍的路线，回到了车旁。我们听到警笛呼号，听到黑道大哥的妻子拒捕时尖声吼叫，还有就是警官唱诵着"你有权保持沉默"云云的悲伤语调了。

整整十分钟的开车期间，我俩都不发一语。然后，就在法兰索瓦将车子停在他家的车道上时，他侧了头看着我，一边取下面罩。他的脸满是无奈。

"今晚没办法拿到画了。不过总有一天会得手的。"

结果是花了将近九个月的时间。

此时黑道大哥的妻子——全名是罗莎丽，闺蜜称她为小莎——已因过失杀人罪而被判要服刑五到十五年。事发之后，大家都希望她干脆直接认罪，因为他们很担心审判期间她不知会说出什么，也不知道另外有谁会说出黑道大哥的什么好事来。最好还是赶紧把她弄出蒙特利尔吧。天知道那把枪怎么会走火，而黑道大哥又是怎么会死的。

结果三天以后，警察跑到了法兰索瓦的家，说是要找我，因为小莎在她的口供里抖出我的名字（形容词不太好听），而这就有了可能的动机。我说了实话，但没有提及我们是打算偷画没偷成。警方是有可能在洗衣房里找到我们留下的蛛丝马迹，不过由于已经逮到嫌疑重大的女人（满肚子丑陋的秘密），我觉得他们应该是不会追查我俩当晚的行踪了。

那时，法兰索瓦的屋子已经成了我的。我跟以前一样，还是无所事事，不过已经没有需要借由纵欲以及吸毒来填满内心痛苦的空虚了。在谷底的日子里，在我觉得自己有可能干脆一了百了的时候，法兰索瓦总是及时发现，救了我。如今，我已经有好一阵子都没再陷入可怕的低潮。

而当我母亲的肖像终于出现在我眼前时，我其实并没有心理准备。我一直都不想知道双方讨价还价的过程。每回法兰索瓦跑去跟小莎开完两人会议以后，他的脸色就又比前一次更加灰惨。我对这个恶性循环已经太习惯了，所以等到肖像果真上手之后（裹在层层的包装材料里头），我还真是认不出摆在眼前的物品。

然后法兰索瓦便宣告说，我们第二天就要登门拜访某人，递交包裹。

我吃了一惊，瞪大了眼，"都安排好了"？

"没错。"他攥住我的手，"是时候了。"

司机将我们和画作一起载到了目的地，总共才花了不到一个小时。这是一个临近圣亚嘉莎德蒙的小村庄，只有几百个居民。艺术家目前就是住在这里——差不多打从我出生以后就住这里了。

一路上，法兰索瓦又跟我谈起她的事情。当年她失去了他的监护权之后，有好几年都没有意愿作画。而且她对蒙特利尔也不再依恋，因为这儿有过太多不愉快的回忆了。她翻出地图，手指随意画了个半弧，指尖点的便是这个村庄。她给了自己一个星期的时间，心想如果住不惯的话，大可以卷铺盖离开。不过她没有。之后她重拾画笔，找回了一部分的自我。

我母亲的肖像只展出过一次，那时法兰索瓦刚满八岁。黑道大哥爱上了这幅画。他就是这么跟酒友们夸口说的，还说他很爽快地以行情的两倍价钱将它买了下来。摆明就是要报复吧，而这里头也掺杂着怜悯。这是因为有一天晚上黑道大哥暴力向她示爱，艺术家却当场给了他难堪（这是法兰索瓦出生的前一年），他一直将这事铭记在心，因为女人通常都不会对他说"不"。怒火中烧的他暗自想着，如果他拥有她最前卫的画作，如果她还得靠着他的大方施舍才能过活的话，他就可以证明自己才是赢家。

司机开上了一条灰土路。左转以后，我们慢慢靠近了一栋红白屋顶的小木屋。法兰索瓦将油画从行李箱中拿出来，小心翼翼地捧在手上。我尾随在他身后不远处，手里只拎着皮包。没有门铃，我便轻轻拍了拍门。

艺术家应门时，我的呼吸急促起来。我也搞不懂为什么我会觉得她很眼熟。她长得跟她的儿子不太像，不很像。她由黑转灰的头发贴在脸颊旁边，身高和法兰索瓦相当。她欢迎我们进门时，我惊叹于他俩相近的聪慧气质。她的笑容搭配着她眼里闪烁的光和机智的谈吐，是如此和谐。

法兰索瓦拆下了包装纸，将画作放在离他最近的画架上头。房子好小，看起来客厅应该被充当为艺术家的画室了。有好几幅未完成的油画散置于这个空间，东一幅、西一幅地随意摆放着。她凝神看着自己很久以前的创作：脚踩绿色高跟鞋的裸体女人，两眼迷蒙，欲望满溢。然后她抬起眼睛看着我，一脸惊讶。

"克莉亚！"她惊呼道，又赶紧收拢了嘴，两颊泛起潮红。她举起一只手遮了脸庞，然后又讪讪放下。

"你长得好像她。"

我觉得自己整个人都轻盈起来。我感觉到我的母亲（那忠于自己的克萝蒂德，一个不再是秘密的秘密名字）在我里头活了起来。而且她也活在艺术家的心里——一个她不被允许去爱的女人。

我感到前所未有的平静。

"有人告诉我，"我用英文说道，"我的名字叫做奥蕾莉。"

13

沃伦·摩尔
Warren Moore

作者

南卡罗来纳州纽百瑞学院（Newberry
College）英文教授。当不在课堂上讨
论乔叟或者约翰生博士的时候，他
创作出了小说《破碎的华尔兹》，以
及几篇短篇小说，其中也包括了《光
与暗的故事》当中的《夜晚的办公
间》。他目前和妻子与女儿一起住在
纽百瑞城。

他很感谢父母将达利的画作介绍给
他，也很谢谢苏珊·弗迈尔医生提
供他专业上的建议。

《寻找虚无的安普尔丹药剂师》（局部）
萨尔瓦多·达利，1936

**The Pharmacist of Ampurdan
Seeking Absolutely Nothing**
by Salvador Dali, 1936
Oil and collage on wood, 30×52 cm.
Copyright c Peter Horree / Alamy Stock Photo.

Ampurdan[1]

艾伦·波林又在走路了。科罗拉多秋天的金色阳光撒落在他脚下锈色与棕色交杂的土地上。而他后头，则是本城。这里的空气凉爽，远离商店、学校，还有 Ampurdan 城郭的边缘。

艾伦搞不懂这座城市为什么会叫做 Ampurdan——啐，城市呢，别往自己脸上贴金了，顶多也只能算是个小镇吧。他曾在某处读到过，这个字原本是西班牙一个地名，而那儿现在则是叫做 Emporda。他私下是把本城称作 "Ampersand[2]"：一个介于另外两地之间的地方，它的联结作用是来自……来自什么呢？一个 Ampersand 到底要如何才能连结两样东西呢？应该是需要有个人，以他的大脑来行使自己的意愿，才做得到吧。唯有这个说话的人，这个思考者，选择他心中想要连结的两样东西来做连结，Ampersand 才派得上用场啊。然而在艾伦的生命里，他所能看到的唯一连结，便是日复一日仿佛没完没了的叠合而已，所以这个生命其实是没办法画上句点的：只是一串串如同省略词的日子而

1　Ampurdan：城市名，或可音译为安普尔丹，但为顺应故事的发展，保留原文。
2　Ampersand：英文单词 Ampersand 代表的是标点符号 "&"。另举一个例子 comma，这个单词代表的是标点符号 ","可直接翻译为中文的 "逗号"，只是 Ampersand 在中文里并没有相对应的字词。

已——直到最终的无言无语。

"如果老用这个方式思考的话，搞不好我会陷入逗点状态[3]呢。"艾伦想着，脸上泛起一抹笑意。他知道他是不会把这笑话说出去的，不管是待会儿回去上班，或者之后去杂货店时，他都不会提。太难解释了，何况又谈不上有多机智。

几分钟以前，他看到了另一个路人——或许是游客吧？艾伦笑出声来，不过也只有灰尘才听得到吧。这地方游客是不会来的，不是因为这儿的山路崎岖不平，或者犯罪率很高，而是因为这儿根本没什么好看的。只有一条河和平原，外加坐落在河边的小镇而已。是有一座山没错，不过这山距离太远了，外地人可不会特意到这城里来看山景啊。山里四处可见一道道山沟，但并不是游客喜爱一游的小峡谷之类。镇上有商店、几家餐厅，还有两家诊所，外加艾伦开的药局。人呢，当然是有的，但只是普通人而已，跟其他地方的人差不多，做的事情也一样——不外就是吃喝、工作、做爱，还有长大或者死掉。

还有走路。艾伦已经走了很长一段时间了。想不起是多少年前开始的，而他也不太记得原因，总之某一天下午，他就是从药局走了出去。下午生意通常都很清淡——有他的助理马歇尔，还有药剂师应付，就绰绰有余了——于是他便顺着自己当时心里的驱使，离开柜台去了别处。他告诉马歇尔说，他想到外头抽个烟（为什么呢？他又不抽烟啊，不过那头一回，他觉得好像非给个理由不可），然后他便离开店铺，走入乡间。他回到店里已是三个小时以后了。当时就算马歇尔以异样的眼光看了看他，但可没说话。几天以后艾伦再度出游，甚至再过几天，他又出走时，马歇尔也没发表意见。

3　逗点状态：逗号的原文 comma，音与形都类似 coma——意指"昏迷"。

而到后来，走路则是成了每天的例行公事。就算马歇尔想过艾伦每天的行踪，他可从没说过什么。或许有一阵子，他以为艾伦是在城里的哪个公寓或住家养了女人，不过他从来没问起，而艾伦也从来没提。

　　当然没有什么女人啦。倒也不是说艾伦已经免疫了，他偶尔是会约会的，何况他的工作也挺好的，自己还开了家店——他可以说是黄金单身汉。不过真要说起来，他确实是有过一个女人。她的名字叫做凯洛琳，皮肤白皙、头发乌亮，眼睛像是沙漠玻璃的颜色。她有可能是他的理想对象，结果她却选了别人。几年以后，在她的丈夫德瑞克死后，她的名字还在艾伦的脑子里萦绕不去时，她却在他还没来得及找上她以前，又选了另外一个人。时间过去了，她和她的新任丈夫搬走了，而艾伦也不知道他们是去了哪里，他只知道自己是在何处：仍然窝在 Ampurdan——这座他在四周围绕着走的城市。

　　其实艾伦还真是说不出多年前，他为什么会开始走起路来，而且他也搞不清自己现在为什么还在走——都这么久了。有时候，光是感觉到脚底下踏实的土地，他就觉得很满足，因为他知道自己在某一段时间里，行过了某一段距离。这就算是出游过了吧？他还记得大学时代上的一堂物理课："力（force）作用在物体上，使其移动某段距离（distance），就叫做'作功'（work done）。你也许使了很多力，"教授说，"你也许开始觉得筋疲力尽，你的肌肉也许很疲劳，韧带也拉伤了，然而不管你使出多少力，如果受力的物体最后还是回到原点的话，你其实根本就没有完成任何'功'。"每回走路走到最后，艾伦都还是回到药局，回到制药公司寄送的药片以及化合物当中。他这算是出游过了吗？

　　偶尔有人会看到他朝郊区走去，走向联邦政府的公有地，那里是道路的终点，放眼只能见到土地与天空，于是他们就会跟他说："啊，艾伦医生！看来你是在健走啊。"艾伦只是笑而不答，并稍稍往下瞥了瞥，半举起手来，然后继续走下去。跟他打招呼的人很庆幸自己反应挺快的，不过艾伦明白他根本不是为了健康而走的。没错，走路对他是很好——医生当然都这么说，而他也因此保持了健美的身材。不过他可从没把这当成原因之一，更别说是唯一的原因了。他走路，是因为……

他走路，是为了走路。

而这，应该就够了吧。在大部分的日子里，确实如此；而如果哪一天感觉不一样的话，也许当天他就不走了。而今天在他走路的时候，徐徐吹来的微风还真凉爽，他颈背上的汗毛微微竖了起来。

凯洛琳的嘴唇也曾给过他这种凉爽的感觉，不过那是在她告诉他，她打算接受德瑞克的求婚以前。艾伦机械地跟她道了喜，并告诉她，他祝福他俩幸福快乐。也许他俩确实是有过快乐的时光吧——在癌症带走德瑞克以前。也许她现在跟另外一个男人在一起，也过得很快乐吧。

一段时间以后，艾伦开始回头往镇上走去了：走向他的店，走向他需得调配的或新或旧的处方，走向他或常或不常看到的顾客——他们的健康好坏各异。就在他快要走到小镇边缘，即将踏上通往购物区的道路时，他看到了一个小男孩。等他凑近了点时，他认出男孩的脸——是乔丹·霍普金斯。乔丹的父母在号称是市中心的地方开了一家教学用品店。他问起乔丹他前一阵子喉咙痛的状况好些没，乔丹答说他没问题了，而且也只有两天没去上课呢。学校办园游会以前，他就已经复原了。"阿奇霉素大获全胜。"艾伦笑着想道。

"你要上哪儿去啊？"男孩问道。

"回去上班。"艾伦说，"我刚是走路去了。"

"你是想找什么东西吗？"

"没有啊。"

"如果我走路的话，应该会要找个什么的。"

"比方什么呢？"

"宝藏？还是妖怪？"乔丹想了一下，"总要找个什么才行。"

"这两样东西我在这附近可从没看到过；哪天如果看到了，我会告诉你的。不过你还是别找妖怪为妙——小心惹上麻烦。"

"我才不会惹上麻烦呢，"乔丹说，"我懂魔术。"

"还是小心为上，妖怪是惹不得的。"男孩耸耸肩。等他迈步要走的时候，艾伦又说："什么都不找，也是有好处的。"

"什么好处？"

"保证你绝对可以找到。"不过孩子已经转开身了，所以艾伦·波林便继续往药局的方向走去了。

当晚，在他洗好晚餐用过的碗盘，并熨好隔天要穿的衣服后，艾伦·波林想到了凯洛琳。偶尔他突然会这样，几乎从来不是刻意要想她。

他会躺在床上，听着音响里葛伦·顾尔德弹奏的巴赫，让自己的脑袋于入眠前四处游荡，有时候他会立刻睡着，有时候他会想起隔天要做的工作。不过有时候，他却会想到凯洛琳，倒也不完全是带着遗憾的感伤，而是惊讶于他所做过的选择，还有她所做过的选择，以及他俩的生命是如何有了交集，然后又各分东西。他不知道到底是巴赫的什么让他想起她——她的品位比较倾向于皮亚佐拉（Piazzolla）——然而事实便是如此。也许是因为巴赫的音乐总有好几个声部的旋律依次出现，相互应答相互追逐，总是那么的工整严谨而且优雅吧。

他想到了她选择德瑞克之后的那几个月。他强逼着自己要雍容大度——Ampurdan 只是个小镇——而且他的外表也看不出明显的悲伤。然而一天又一天过去，收音机里播放的歌曲却是叫他神伤——不是"他们的歌"，因为他们从来就没有过这样的共识，然而总是会有一首歌，伴随着她的影子回荡在他心里头。有时候是他在某一本杂志上，看到哪个女人以某种方式微微偏了头，要不就是有一片彩色玻璃让他想起她的眼睛，然后他就会哀伤地抽了一口气。任何东西都有可能让他想起她。不管走到哪里，他看到的都是她的"不在"。

一个月过去了，又是另一个月，艾伦逐渐明白到，就算在一个小镇里，想要避开不想见的人，其实并没有那么难。于是随着时光的流逝，他也习惯了目前的境况——就如同舌头开始适应了缺牙所留下的空隙。不过遗憾还是难免的。有时候到了晚上，他免不了还是要想着，如果他早些认识她的话，如果他说了个什么，或者没说个另外的什么，也许一切都会改观吧——某一次的决定导向了某个决定，又导向下一个。

一年年其实可以就这样过下去，也的确就是这样过去了，直到有一天，艾伦收到一家诊所开来的订单：有一名化疗案例必须暂停口服治疗，得另外为他配制针剂才行。这种事有时候确实有其必要，因为病人无法再服用药片或者胶囊了；不过却很少见，因为针剂在人体内的作用，效果其实并不好。

他盯着那份订单，看到病人的名字：德瑞克·立普顿。他再次看看那处方：医百幸注射剂。同时他也看到了病名：急性骨髓性白血病（AML）。艾伦大感惊讶，是因为 AML 通常不会这么早发病。总之前景不太乐观，治愈率不到五成，而立普顿目前甚至是用打针的方式进行化疗，这就更不妙了。其实对立普顿来说，最好的办法也许就是干脆……

一了百了吗？艾伦摇摇头，继续工作。

每个星期注射单都会寄来，每个星期艾伦·波林都会调制针剂。一个又一个星期过去了，艾伦开始想着，到底立普顿是在诊所里打针呢，还是在家由凯洛琳帮忙。他想着，不知立普顿到底能够撑多久，而凯洛琳的日子又有多难挨；不知道她是否仍然盼着他康复呢，还是说她其实也不抱多少希望了。

The Pharmacist of Ampurdan
Seeking Absolutely Nothing

by Salvador Dali, 1936
Oil and collage on wood, 30×52 cm.
Copyright © Peter Horree / Alamy Stock Photo.

这对她来说一定很痛苦吧，他想着。而当他想到，如果他将自己的念头付诸实行的话，其实应该也等于是为凯洛琳和德瑞克解套啊。总之以这个角度来看，他想做的事其实也是无可厚非，不是吗？何况，像立普顿这样的病人，在……呃……在那个之后，应该不会有谁想去仔细观察吧。艾伦想起了一首诗：

请你想象你置身于我的处境，亲临现场——

手里拿着一管微型机具。你看到了吗？

就像这样打下去……你该不会吊死我吧？我想应该不会。[4]

而结果呢，他们也确实没去观察他——甚至连检查的手续都免了。如果德瑞克签过了放弃急救同意书，艾伦也不会惊讶的。他在报上看到了立普顿的讣闻，于是便想着要找个恰当的时机去安慰凯洛琳。

他就是从那时候开始走路的。

而到了多年之后的现在，他仍在走路。一旦养成习惯，他暗自想着，就没有力气改变了吧。

德瑞克过世以后——艾伦忖度着——也许哪个下午他出门在外、四处游晃之际，会碰到人吧，而且说不定就是凯洛琳。所谓的不期而遇。而有那么一个下午，他在走路之际，果真就看到了她。

她坐在某个公园的长椅子上，跟一名身着西装的男人聊天呢。从那一天开始，虽然他其实也没办法说出原因，但艾伦·波

4　这是诗人 Edwin Arlington Robinson 所写的十四行诗 *Annandale*（归西之途）的最后几行，此诗是以即将为病人 Annandale 施行安乐死的医生的语气所发表的独白。

林已经明白，他是永远不再有机会了。过去的一切都是虚掷生命。自从她选上德瑞克以后，他经历了多少痛苦，多少无眠的夜晚。他所做的一切，他为德瑞克调制针剂，结果就只是让凯洛琳踏上了另一条路，走向另一个男人。一个不是他，也永远不会是他的人。她也许是因为他，才走得更加顺遂吧。

他掉头走向药局，再也没有回到那座公园。就算在他得知那第二场婚礼以后，也一样。相反的，他的路线开始朝反方向移去了：穿过城市边缘那片平坦的褐土地，往更远处而行。他踏步走时，总是尽量放空脑袋，专心一意只想着每一步的距离，还有每一回合的呼吸。他数起自己的脚步，就像修行人持诵着梵咒。

一月月，然后是一年年过去，他甚至已经有办法将他的所作所为埋进了自己内心的极深处。如果有人问起来——不过没有人会问的，因为没人知道——也许他会说，那只是一时之间的软弱，他选择原谅自己了。毕竟，他在那之前，还有那之后，都曾做过许多善事啊。而且说起来，也许就是靠着他那管 Annandale 的"微型机具"，凯洛琳（噢，凯洛琳！）和德瑞克·立普顿才得到了解脱。Annandale 和 Ampurdan 这两个字仿佛在他脑袋表层底下的某处融为一体了。Annandale Ampurdan Ampersand Carolyn，这四个字当他走路时，仿佛是在为他的脚步打出节奏——虽然他其实并没有听到拍子。

他经常会走上之前碰到过乔丹·霍普金斯的那条路，偶尔也会看到那孩子。他不是拿了个球玩抛接，就是看着蚂蚁搬东西，要不就是在做着一般男孩用来打发午后时光的什么。他们会相互微笑点个头，偶尔艾伦会问他找到了宝藏没。男孩会答说没有，今天没有。

"妖怪呢？"

"没，也没妖怪。"

"嗯，其实也还好，对吧？"

男孩会耸耸肩，然后又开始抛球了，"那你找到妖怪了吗，艾伦医生"？

"没，我想是没有。不过我其实也没在找它们啊。"

"那你都在找些什么呢？"抛。接。

"这我跟你说过了吧——如果你没特意要找什么的话……"

"你准定就可以找到它了。"男孩帮他收了尾。抛。接。而艾伦·波林则起步回去工作，然后下班回家，听听音乐或者思考起围棋谜题，也许根本就不会想到立普顿夫妇了。

一年年过去了，老去的艾伦·波林将药局交给了仍然比他年轻，但也已老去了的马歇尔经营。乔丹·霍普金斯已经长大了，他去了远方的一家药剂学校就读。真是巧啊，艾伦暗地里希望男孩有一天会回到 Ampurdan，把药局接收过去，不过其实他也没真预料到会是如此。凡是离开 Ampurdan 的人——也就是那些有办法的人——其实都不会回来了。

凯洛琳就没有（噢，凯洛琳！）。她还活着吗？艾伦不知道。某一段巴赫或许仍然会在他的脑子里唤起她，然而那也只是记忆中的记忆而已。他还记得她嘴唇的凉意，以及她那双如同沙漠玻璃般的眼睛——反映出他影像的玻璃啊，将他剔除在外，从来没有将他迎进里面。然而这些回忆或许只是他认为自己应该记得的部分；他念念不忘、时不时翻出来复习的，也就只有这些"应该"记得的回忆。

大部分的日子里，他还是如常走路。Ampurdan 的天气长年干爽，午后更是怡人，相当适合老年人外出走动。而他就是在这么一趟出行的时候，看到了眼前一阵骚动。是只鸟，一只狐狸，还是一只老鼠呢？他不太确定。总之，他就那么踩空了一步，扭到了脚踝，然后跌进一个很久前被雨水冲刷出来的山沟。

他跌到沟底时，觉得臀部好像错位了。当他一手搭在土石之上，将手往一侧拉去时，简直痛到无法呼吸了。他想撑起左侧身体，将自己拉抬成类似坐起的姿势，但艾伦·波林就是在这个当口感觉到，然后是看到，他手上的鲜血。他的眼光往下移去时，他看到了大腿上的弯折，不，是曲折，以及大腿周遭起伏有致的暗色土壤。

他想起了大一时念过的解剖学。股动脉破裂是非常危险的，除非立刻拿止血带绑住，否则可能很快便会因失血过多而死亡。艾伦伸手想解下自己的腰带，然而他的年纪实在太大，而且他太累了，手指已经不再听他使唤。这点艾伦很清楚，而且他其实也无所谓，多年来，他已走过太多太多的路了。

他突然觉得好冷，猛地拼命眨起眼来，而且有那么一会儿，他觉得自己好像看到凯洛琳就坐在山沟的边沿，黑发里也许夹杂了点灰，眼睛则是介于蓝和紫之间。"你终于来到这里了，真好。"他这么想着，或者说着，或许是想着他说了，不过之后他再眨眼，却是看到了德瑞克·立普顿，还有好几张处方订单，然后便是公园里的那个男人，之后则是乔丹·霍普金斯，然后又再一次是凯洛琳（噢，凯洛琳！）。然后他吞个口水，他们便全消失了，而他就只是一个困在 Ampurdan 某个山沟底部的垂死老人了。如今他已没有半点意愿要拿个 Ampersand 来连结什么跟什么了，而且就在一切都变成灰色且逐渐褪色之际，他才领悟到自己已找到长久以来一直在找的东西了。

绝然的虚无。

在所有的罪恶里头，背叛最是不可原谅。

14

乔伊斯 · 卡罗尔 · 欧茨
Joyce Carol Oates
作者

新近出版了小说《美国烈士之书》
以及《娃娃大师：恐怖故事集》。她
的短篇故事《窗口的女人》出现在《光
与暗的故事》当中，并列入 2017 年
度最佳美国悬疑故事的榜单。目前
她是纽约大学研究所写作课程的访
问作家。

《美好的日子》(局部)
巴尔萨斯，1944—1946

Les beaux jours
by Balthus, 1944–1946
Oil on canvas, 58¼×78⅜ in. (148×199 cm.).
Hirshhorn Museum and Sculpture Garden,
Smithsonian Institution, Washington, DC, gift of the
Joseph H. Hirshhorn Foundation, 1966.

美好的日子
Les Beaux Jours

爸爸拜托带我回家吧。爸爸我真的好抱歉。

爸爸这是你的错。爸爸我恨你。

不，爸爸！我爱你爸爸，不管你做了什么，我都无所谓。

爸爸，我被魔咒锁在这里了。这里的我不是我了。

我关着的地方——应该是在阿尔卑斯山吧，我想。这是一栋好大、好古老的房子啊，就跟石砌的古堡一样。透过高窗，你可以看到沼泽朝着地平线那头的山峰延伸而去。放眼看去，全是灰灰绿绿脏脏的一片，好像海底。这里永远是昏暗的微光。

黄昏是大师驾临的时刻。我爱恋着大师。

不，爸爸！我一点也不爱大师，我怕死大师了。

他跟你不一样，爸爸。大师嘲笑我、讽刺我，还伸出他瘦长冰凉的指头缠住我的手指头。我被拧痛到唉唉抽泣的时候，他只是冷笑。

如果你怕成这个样的话，又干吗要爬到我们这儿来呢，小亲亲？

爸爸，请你原谅我。爸爸，请你不要抛下我。

虽然这全都是你的错，爸爸。

虽然我永远都无法原谅你。

这地方有两个名称。"歌岚行宫"[1]是台面上的名称。

而台面下耳语相传的称呼则是"迷魂满宫楼的歌岚行宫"。

这里真是壮观哪,爸爸。"行宫"里最最古老的区域可以追溯到 1563 年(听人说:如此久远的年代,是我根本无从想象的)。环绕在宫外的是一大片如同护城河般的荒凉土地,狂风终日吹刮,所以就算我可以把自己缩到跟一只吓坏了的猫咪一样小,就算我可以从哪一扇破烂窗户钻到外头穿过沼泽往外跑,也防不了大师的仆人放出狼狗扑杀我。它们会伸出尖利的牙齿把我撕成一片片的。

或者如果大师动了善念,不想以怨报怨的话,仆人们或许只会把困在巨网里挣扎翻滚的我拖回去,然后将我丢在大师脚前的石板地上。

其他俘虏女孩就是这么警告我的。

而大师自己也曾警告过我,但他没发出声来,只是照他的惯例伸出一根手指头,按上了在我喉间惴惴打着节拍的小动脉,并施加了一定的压力来做沟通:在所有的罪恶里头,小亲亲,背叛最是不可原谅。

我不太确定"迷魂满宫楼的歌岚行宫"到底位于哪里,不过我想应该是在东欧某处吧。

一个没有电力的荒僻之处,只有燃烧中的蜡炬:高大、壮观的蜡炬,直径和年轻的树木一样大,上头布满了奇形怪状、硬掉了的熔蜡,看来就像是从熔岩当中刻出来的远古雕像一般。烛光

1　歌岚行宫:原文为法文 Le grand chalet,grand 的意思是宏伟;chalet 的原意是瑞士风格的农舍,引申义则为度假旅馆。目前欧美有很多旅馆都取名叫 Le grand chalet。画家巴尔帝斯 Balthus 于 1977 年在瑞士的旅游胜地 Rossinière 买下的旅馆也是叫做 grand chalet,此后他便以此为家,直到 2001 年过世为止。本文将 grand 音译为"歌岚"。

映照下，庞庞然的阴影起舞，如同饿昏了头的秃鹰一般伸开奇大无比的翅膀，往头上十二英尺高的天花板飞去。这你能想象吗，爸爸？说来"行宫"和我们位于七十六街第五大道上的公寓，简直是天差地远啊。我们的家在高高的二十三层楼，往下可以俯瞰中央公园呢，然而（依母亲所说）那里头的房间也是闹鬼的，而居住其间的灵魂也都迷了途。

这里可以看到一座座六英尺高的壁炉，以及满是煤灰的烟囱，而且耳语相传：萎缩成木乃伊的俘虏女孩，就是因为太想逃离大师而被困在其中。每当黑烟因此而漫入房间时，壁炉燃烧着的美丽火焰就得立刻熄掉才行——也难怪大师会怒不可遏。

这是一个荒僻之处，爸爸。这里的汽车都非常古旧，却相当高贵典雅，而且黑得发亮。和灵车很像。

"行宫"里没有电视。大师的居处也许有一台吧，只是我们从来不得进入其中，也无法一窥究竟，所以无法确定。但想想应该是不太可能，因为大师对"软弱矫情的现代世界"只有无尽的蔑视，就连"20世纪"在大师的眼里，都跟个抽抽噎噎猛吸鼻涕猛打喷嚏的女孩一样俗不可耐。

不过这里倒是有一台旧式收音机，"立地式"的呢。仆人们称之为"无线"。它就搁在大师位于楼下的起居间，我们如果在大师的工作室表现不错的话，是有可能在当天获准入内的。

在大师的工作室里，风往往很大。风如同寒凉阴恶的手指一般，撬开高窗的边缝，搔弄着我们，我们全身发抖牙齿格格打颤，因为我们奉命得立刻脱下衣物，而且不许反抗，然后给自己冰冷的裸体套上过度宽大的丝质和服。不管我们如何紧紧扎住腰间的流苏，和服还是免不了脱落。

我们在"歌岚行宫"经常都是赤脚走路，因为大师最仰慕（他说过）小女孩儿的脚丫子了。

何况，光溜溜的小女孩儿的脚丫子，可没办法在"行宫"墙外的荆棘和刺藤以及小石头之间自在奔跑啊。

在大师的工作室里，我们奉命要好几个小时都坐得挺直，完全不许动，或者好几个小时都站得挺直，完全不许动，而且我们当中较受宠的几个还得摊开裸露的大腿，慵懒地斜靠在躺椅上，脑袋往后甩出一个痛苦的角度。此外，我们当中的某些人（谣传是最得宠的），则被命令要纹风不动地躺在冰凉的大理石地板上，拟仿 le mort[2] 的模样——大师这么说。

我们切切不可观察画架前的大师。大师在离我们只有几英尺之远的画架前方，矮着身凝神作画时，呼吸急促双腿发软，整张脸也因痛苦、渴望以及狂喜之情而扭曲甚至抽动起来，但我们连快快横扫一眼，都是切切不可的。艺术是个残酷的主人，就连大师也受制于它。

有时候，贵为绅士典范的大师，会以我们大半人都不懂得的语言大声咒骂起来。有时候，大师会猛摔画笔，或者猛丢一管颜料，就跟闹脾气的小孩一样，因为他知道待会儿总有人（一名大人，仆人）会帮他捡起来的。

还好大师画架底下的大理石地板上，铺了一块污渍点点的帆布垫。

瞧见大师那一管管多不胜数的颜料时，我们还真是吓呆了。它们全被胡乱堆上了他画架旁边的桌子上：各种色彩的颜料管，大部分都脏兮兮的，有些则是被挤到干得只剩个骨架而已，挺丰肥的那几管是最近才买来的。相较之下，"歌岚行宫"其他的空间简直是干净整齐得如同几何图形。

大师工作室的天花板高阔，墙面雪白，据说这里是全世界颇为知名的画室之一呢。早在我们当中最大的那个出生以前，"迷

2　法文：死人。

魂满宫楼的歌岚行宫"便有了工作室，而且当然，在我们当中最小的那个过世很久以后，工作室也还是会在。大师的工作室将永存永续，因为它已成为传奇，就像大师自己一样。据说，他是少数几位作品得以在卢浮宫展示的当代艺术家。

大师不喜出名，也不喜商业性的成功，然而讽刺的是，大师却是闻名遐迩，成了所谓的"现代世界"里颇为成功的画家之一。他的画作都是超大尺寸，而且是吹毛求疵地画了又再重画：结构工整，近乎严谨，而且"古典"——虽然画作的主题都是裸女，或者衣不蔽体、摆出慵懒姿态的少女。

大师相当强调绘画需客观，不带私人情感。大师选择了遗世独居，远离欧洲的大都会，如巴黎、柏林、布拉格和罗马。大师鄙夷精英主义的艺术圈，就如同他鄙夷媒体一样，不过媒体对他还是趋之若鹜，不时派狗仔队跟拍。大师广受尊敬，是因为他对创作的严谨态度，以及他的完美主义：大师往往会花上好几年来创作一幅画，然后才肯将作品交给他在巴黎的艺廊。每回在他难得举办的展览里头，大师都要再次发表他的宣言：

> 生命不是艺术
> 艺术却是生命：充满了未知的生命
> 专心凝视画作吧
> "余者皆是虚空"

然而媒体却是爱死了大师，他们将他视为贵族艺术家——自我放逐，遗世独居于欧洲某一个浪漫、遥远的角落。

在大师的工作室里，时间不再存在。在大师的工作室里，魔法如同乙醚一般充满了我：我的手臂、我的腿、我仰卧于绿色沙发上的躯体——好沉重啊，我无法移动。

大师命令我穿上紧袖上衣，将我紧身胸衣的扣子打开，露出我小巧的右乳；大师将我裸露的双腿横来摆去，同时也在我秀美的小女孩儿的脚丫儿套上了质地极细的缎面便鞋，穿着这双鞋是几乎无法走路的；大师将一圈项链围上我的脖子，那上头镶着的小巧宝石绝对配得上风华正茂的美女。一如大师所说：项链有可能是他某一任的妻子所有。

而大师也给了我一面手持镜，让我得以揽镜自照，让我为眼中的所见而迷醉：娇美的娃娃脸、小巧挺直的鼻梁，还有噘起来的丰唇——这就是我。

当初我是怎么来到这被掳之地的？这是我脑里唯一的念头了。

爸爸，我逃离了你。我逃离了她。

然而我头一次到美术馆，便是跟着母亲去的——我在那儿流连多时，晃荡于我们从第五大道的窗口便可看到的美术馆。母亲戴着一副太阳眼镜，好遮住她红肿的眼睛，而且认识她的人（以及认识你的人）都不会认出她来。母亲拉着我和妹妹的手臂，催促我们登上壮观的石阶去寻找她也不知如何定义的什么——抚慰人心的艺术，不带感情的艺术，逃避现实的艺术。

艺术的神秘带来了迷惑，却也夹带着强大的力量，愈合我们的伤口——或者撕裂我们的伤口，造成更大的苦痛。

很快的，我便偷偷独自前来此地了。我成了美术馆里的异数，这么小的小孩子呢，还是自己来……

不过我的外表（包括年龄和身材）看起来都比实际上还大。而且我有个本事：我会在通常都很拥挤的大厅里寻觅理想对象，然后踏卜前去，请求对方为我买票，并请她们带我一起进馆，仿佛我们本就同行一般……当然，我会付她们票钱。而且我挺聪明的，我甚至还会将母亲的会员卡（特为这次看展取得的）借给她们，以便促成双方合作。

我找的通常是女人。年纪不小，也不大，母亲的年龄吧，不会太艳丽（和母亲一样），而且带着母性的光辉。起先她们对我的要求会很惊讶，不过倒是满慈祥的，之后则是点头同意。想要骗这些女人说，你或母亲就在旁边的咖啡座等我其实不难；而入馆以后，我就会偷偷溜开她们的视线。

　　没多久后，我便会在美术馆内一长排二十世纪欧洲艺术家的画作前面，流连忘返了——我说的正是大师本人。

　　这些画作施展的魔幻力量何其大啊！我哪知道，这种引人迷恋、使人受困，且置人于无力状态的魔力，会在将来的某一天如同妖邪的镇静剂一般，穿透我的四肢……

　　这一幅幅大尺寸的画作带着梦幻色彩，风格则是近似母亲最喜爱的欧洲古典时期的艺术：严谨中带着沉静内敛的美感，然而它们的主题却不是来自《圣经》或者希腊、罗马神话故事，那上头画的都是女孩，有些甚至跟我一样小。虽然画作的背景和我的生活差异很大，上面的女孩们对我来说却很有亲切感，比我自己的妹妹还亲的感觉——妹妹比我小很多，又笨，老是叽里呱啦在讲话，打乱我的思绪。

　　我尤其爱盯着一个看起来很像我的画中女孩，她就躺在一间老式客厅里的小沙发上（当时我还不知道法文 chaise longue，是专门用来形容这种躺椅的）。女孩跟我挺像，不过年龄较大也比较有智慧。她的眉毛跟铅笔画出来的一样细长，很有美感，反之我的眉毛就粗了些，而且没有那么清楚的线条。她的眼睛跟我的一模一样，但较有智慧，像是在笑看人间。她铜色的波浪鬈发和我的一样，不过看来比较老式。她洋娃娃般的五官、细致骨感的鼻子，以及噘起来的阴郁双唇，都跟我一样，不过她比我漂亮多了，也更轻灵。另外，她还拿着一面小小的手持镜，自恋样地凝神静静看着自己——我打死也不会来这套的，因为我越来越无法忍受自己的脸了。

这幅画怪就怪在，沙发上的女孩好像完全无视于房里另外一个人的存在，虽然那人离她其实只有几尺远：一名弓身弯腰的年轻男子，正在拨弄壁炉里熊熊燃烧的火焰。站在这幅画前面，你几乎可以感觉到那团火所发出来的热力与光芒。

　　事实上，如果你从稍远处朝着画作走来的话，首先注意到的，会是那团仿佛扑面而来的火焰，之后你才会看到沙发上躺着的人形——正做梦一样地专心凝看自己的影子。

　　听来蛮怪的吧，爸爸？然而，如果沙发上的女孩是在做梦，而梦到的便是她自己漂亮的娃娃脸的话，那么她会无视另一人的存在就不奇怪了，虽然那人就在近旁；弓身的人形是个男子，但因为他弓着身，所以一定就是仆人，而不是主人了。

　　每天放学以后，我都会来到美术馆。我在这幅画前面所待的时间，一天比一天久。Les beaux jours. 起先我以为画名的意思是"美丽的眼睛"，不过 jours 的意思是"日子"，而眼睛的法文应该是 yeux 才对啊。

　　所以，画名的意思是"美好的日子"。

　　一天又一天的迷恋与受蛊。但还不至于陷入"受困"的日子。

　　美好的日子，每天都是完美的平静与祥和。平和的日子里，你会凝神望入小小的手持镜里头，无视于在你几尺以外预备着美丽火焰的那位弓身且无脸的仆人，也无视于你脚上那双单薄的缎面便鞋——如果你想穿着这双鞋逃离此地的话，只怕是难上加难。

　　这名艺术家的其他画作对我的吸引力也很大——他的名字我不能说，是因为我们万万不可指名道姓谈论大师；"歌岚行宫"里所有的仆人也都一样。其中任何一幅都有可能掳获我的心：《做梦的泰瑞莎》《打扮中的小女孩》《和猫咪玩耍的裸女》《受害者》《卧室》。

模糊间，我仿佛可以听到她们在哭泣——是画作中的俘虏女孩，而不是（还不是）我。

那声音真是模糊，几乎可以假装没有听到。我四下瞥瞥美术馆里的其他人：偶尔来访的观画人、无视我的制服警卫。一个十一岁的小孩独自在馆内游荡，不知为何心生焦虑、全身打颤（这点我当时无法猜透）。

（而美术馆里的警卫又是怎么回事？他们难道也没有听到吗？他们难道日久而无感觉，对美，以及痛苦，都已厌烦，仿佛墙上挂的只是涂了颜料的帆布面，触目只见表层，而无更深处可看？在我哭喊求救的时候，他们难道也是一样听不到吗？）

出了美术馆，便是纽约街头的吵嚷与纷乱。高大的浓荫绿树，巨型的绿色公园。第五大道上，出租车在美术馆前的路沿排队——就在如同金字塔般的石阶底下。

摊贩的推车沿着街边一路延伸。这些推车一律是美国退伍军人所拥有的——这是法律规定。那热腾腾的肉味，让营养不良的我们闻得头晕目眩。

我们位于七十六街第五大道上的公寓，在高高的二十三层楼，往下可以俯瞰中央公园。太高了，我们什么也听不到，街上的声音无法往上传到我们的耳朵。当我用两手捂住耳朵时，就听不到哭泣声了。我连自己的哭泣或者心中狂野的节拍都听不到。

我上一次生日是十一岁。那时你还跟我们一起住呢，爸爸，虽然你老是投宿在外。而你当时就给了我承诺：亲爱的我当然没有要离开你跟你妹妹和母亲啊，就算我离开你们母亲——暂时的！这也不表示我要离开你跟你妹妹啊。不会的。

然而当你离开后，我们就被迫搬到位于一条比较不起眼的街道上的另一间公寓，楼层也降低了。母亲说，你离开我们是为了展开新生活。她痛哭流涕，穿着她那套薄得透明的睡衣，好几天都不肯脱下来。

一个个男人跑来跟母亲同住，但都待不久。我们听到他们大声喧哗笑闹，我们听到杯子、瓶子喀啷喀啷响的声音，我们听到母亲在尖叫。

在破晓时分我们听到男人匆匆离开的声响：踉踉跄跄的脚步、诅咒、威胁的话语、粗野的笑声。

珍妮睁大了眼跟我耳语道：他们其中一个会把她杀掉，勒死她。

（你或许觉得不太可能，一个八九岁的小孩会说出这种话来吗？就算只是耳语，而对象又只是她十一岁的姐姐？你就是这么想的吗，爸爸？你希望一切都是如你所想吗？）

（爸爸是一个"想"要保护自己的人。他可没"想"要保护他的孩子。）

大人的生活我们一无所知。然而，大人的生活我们也无所不知。

我们习惯看电视。深夜时分照说我们该上床时，音量关小了。我们看着满头蓬发、一脸横七竖八的睫毛膏的女人（身上穿着单薄透明的睡衣），在床上被强奸、勒毙了。纽约市警局的探员无礼地瞪眼看着她们的裸体。摄影师蹲伏在她们上头，屈着膝盖拍照，鼠蹊都隆起来了。

不过母亲没有死，这你应该知道。母亲的尖叫声四处可闻。就连在这儿，在"歌岚行宫"里头，我都可以隔着一段距离听到。不过也有可能只是我的俘虏姊妹们的哭喊声吧——被垫子或者大师的手捂住了。

男人带来了威士忌、波本、可卡因。

从母亲的冰箱里头，搬出柔软有异味的布里干酪，硬邦邦的波罗伏洛奶酪，蜗牛和大蒜、热牛油。他们狼吞虎咽，直接用手大快朵颐。我们赶紧躲躲起来，遮住眼睛。蜗牛看起来好恶心啊，就像我们女孩儿细瘦腿间的那小小的突起的肉片一般，我们就连泡澡的时候，都没办法伸手去摸——那种触感太过强烈了。

爸爸，你不敢碰我们的那里。很久前你还是个年轻的新手爸爸时，你帮我们洗澡。那时我们还是小小女孩儿，才刚过了婴儿期、学步期。那么久以前的事，你（也许）已经忘记了。

爸爸，我们可没忘。当时你的眼睛闪闪发亮，因为知道我们的腿间藏有秘密，那是你没有（允许你自己）触碰的。

大师在我们的身上无处不摸。当然，大师也会碰触我们的那里。

爸爸你为什么离开呢？为什么你的生命里没有我们呢？

母亲一直不知道，我们曾经看过她一次——那个从你的怀中翻身而下的女孩，她咕咕在笑。

年轻得可以当你女儿了，母亲斥骂道。我想抗议说，我才是你的女儿！

那次的碰面是个意外。珍妮和我坐着你的私家车回到公寓的时间稍微早了点，要不就是你的朋友走得太晚。从你的怀里咕咕笑着滑下来，脸好红，结结巴巴说着：噢，不要想歪了啊，我不是坏人……

她先前喝了酒。你们两个都喝了。我们觉得好惊讶，她可真高啊，不过不够瘦，不够漂亮，而且（也许）没有母亲想得那么年轻，不过当然比母亲要小很多。

她的紧身短裙被拉到丰肥的大腿上头，衬衫的纽扣全给扯开了。

我不是坏人。请相信我！

在宏伟的美术馆里，我快步踏上气派的石阶，沿着高阔的一道道走廊走去，到了那间灯光昏暗、内有大师作品的画廊。

我在迷宫般的美术馆移行，如同只靠着嗅觉与触觉寻路的盲眼小孩。然后，哇，我就赫然看到了它，在我眼前——美好的日子。

真是让人惊叹啊，这幅画竟然完全没变。歪身靠在绿色躺椅上的女孩，两只大腿斜张，她正专心看着手中镜子里的自己。女孩跟我很像，但大一些，也较有智慧，而且（似乎）因为明白这点，显出自得之色呢。

女孩对离她几尺以外，那团熊熊燃烧的烈焰毫无所觉。

这是我头一次听到那微弱、呼唤的声音，也许不止一个人：哈喽！到我们这儿来吧。

或者她们是在哭求——帮帮我们啊……

工作日下午的时候，这间画廊通常是空无一人。访客一群群地穿行于特展场地，根本就不会到这间画廊来。

没有人听到哭叫声，除了我。

真是奇怪，美术馆警卫从没听到过。应该是他们超级单调乏味的警卫生活，让他们无法看出大师艺术的奇妙与魔力吧——虽然那幅画就挂在他们前方：带着胜利的姿态，无视于道德的批判。

所以这幅画才会如此寂寞啊，爸爸。希望你听得到。

至于我们目前的公寓呢，则是位于比二十三要低的楼层，不过还是高于人行道，高得足以在我的内心翻搅出恐惧来。我爬到外头的侏儒阳台，鼓起勇气靠上黏着鸽粪的铁栏杆，等着你来发现我，爸爸，等着你来责骂我（但你都很少骂啊）——你在干吗啊！快回到这里来，亲爱的。

大师从来不骂人。大师很少在我们面前流露出感情来，因为我们不值得。他对我们就只有愤怒、失望以及不悦的情绪。

爸爸，快来吧！我很害怕大师会不喜欢我，我担心他会腻味

Les beaux jours

by Balthus, 1944–1946
Oil on canvas, 58¼×78⅛ in. (148×199 cm.).
Hirshhorn Museum and Sculpture Garden,
Smithsonian Institution, Washington, DC, gift of the Joseph H.
Hirshhorn Foundation, 1966.

我了，担心他会把我一脚踢开——因为他曾踢开许多人。

好寂寞啊！然而，我爱大师。我很爱那在大师工作室里重重压到我身上的魔法，虽然我的四肢发疼，我的脖子好费力地想要支撑头部的重量，因为我得为大师摆姿势，一动不动好几小时。

如果你不过来带我回家的话，爸爸。如果你把我丢给大师的话，我会陷入那个魔法当中出不来，而且大师总有一天会厌弃我的，他会在我的脖子上套个狗圈，然后系上链子，将我紧紧拴在"行宫"最底层的地牢里头。

到我们这儿来，帮帮我们
帮帮我们，到我们这儿来

我朝着美术馆里的那幅画走近时，魔法开始在我身上起作用了。如同空气中的乙醚。

近旁没有警卫。没有其他观众。我全身发抖，往前凑去，低语道：好的！我会上你们那儿去。

因为在我看来，《美好的日子》里头的客厅真是美轮美奂，虽然有点奇怪，颜色也阴暗了点以致整体看不太清。一如梦境中的细节往往不太清楚，然而极具魅惑性，令人无法抗拒。

在放学后孤单寂寞的午后，我已养成习惯待在另外那个世界里。当时我并没有意识到那是大师的世界，因为画作里并没有大师的身影，你只能看到你自己，而且这幅作品是以你这辈子从未见过也无法想象的热情、渴望以及爱欲所画出来的。

每一幅画里的每个女孩：她们好安静、好完美。就算是怪女孩，就算是隐匿着没露脸的娃娃脸女孩，也备受宠爱。这点，你是可以感觉到的。

生命里如果没有你的话，爸爸，我就唯有在这些画里才能找到快乐了。

来我们这儿吧，你是我们的一员——众多声音耳语着；而我的回答则是——好的。我是你们的了。

Ma chere, bienvenue[3]！——大师展臂迎向我。

Ma belle petite fille[4]！——大师一看到我就发出欢呼声，一副他从来没有看到如此标致的人似的。

在这之前，我置身于一间好大的老房子，在昏暗的长廊四处游荡，因迷途而哭泣时，一个仆人发现了我。后来我才知道，这房子就是"迷魂满宫楼的歌岚行宫"。

大师让我脸红、心跳，而且简直无法呼吸。他往我的脸，我的手，和我裸露的手臂上猛吻猛亲，湿答答的吻，搞得我差点昏倒。

你是从多远以外的地方来的呢，小亲亲？——越过大洋，来到你的主人面前。

我当时还不知道，其实每个俘房女孩都曾承受过大师如此盛大的欢迎，而且每个都以为自己是他的唯一。唯有我。

在那另一个我曾拥有的生命里头，我无法忍受在镜中看到自己。

因为你当初离开我们的时候，爸爸，你带走了太多东西——你无法想象有多少。

然而在大师的工作室里，当我照着大师的指示卧在绿色躺椅上时，我就得以看到自己的脸并不平凡，并不可鄙，我长的是一张可爱的娃娃脸。我喜欢凝神看着大师给我的镜子，看着那张可爱的娃娃脸。

3　法文：小亲亲，欢迎你。
4　法文：我美丽的小女儿。

那就像睡眠一样。看着那张可爱的娃娃脸，很难醒来，很难把眼神移开娃娃脸。我的嘴唇几乎没有动弹——这是我吗？那其中的神妙有很大的催眠力量，就像永不停止的爱抚一样。

虽然我知道——我想——房里另外还有个人……首先我感觉到的其实是热：这个寒风凛冽的房间突然热得不太舒服起来。

那是一团火焰的热力。有人在旁边。

大师扯一扯我的紧贴袖，将袖子拉下我的肩膀好露出我的右乳——小而坚挺，如同一颗未熟的苹果。大师给我的这件紧身洋装，裙子好短，而且往后拉去，露出了我大半段的腿。在其他房间里的其他画作里头，由于大师将我的腿的搁置方式不同，所以我白闪闪的小女生内裤就露了出来。不过在这幅画里，你就无法看到我大腿间那窄窄的一段棉白。

在大师的工作室里，时间不再往前走。在大师的工作室里，我们永远不老。这就是大师的工作室给予的承诺。

大师嘲笑我们，不过他没有恶意。你们也知道，来我这里，是出自你们的意愿，所以啊就别假惺惺的了。这里不容虚伪的存在。

我们必须长时间摆姿势。我们的生活在我们的眼前如同一轴轴棉线般，虚掷于一面倾斜的大理石地板上头。我们有些是新来乍到"歌岚行宫"的，有些则是已经在这里一辈子了。我们必须长时间在这间寒风凛冽的工作室摆姿势，否则就不许进食。我们绝不可打断专心工作的大师，因为大师会大发雷霆，而且大师会以将我们打入冷宫来做惩罚。

口渴难挨时，我们只能从蹲伏在一旁的仆人手中喝到一小口水。如果我们要求"解手"的话，大师的怒气指数绝对会爆表的。

他们这里都习惯讲马桶，而非洗手间。我对"马桶"这两个字非常敏感。他们的冲水设备非常老式，得用链子拉扯才行。老旧的水管会锵啷啷地响起来，在这古老的大房子里听来，还真像是魔鬼的声音。

我憎恶你。你！——大师细瘦的鼻孔会因怒气而颤抖。

我们已经学到，身体只是一具臭皮囊。说穿了，美丽的娃娃脸只是昙花一现的假象而已。

母亲曾怨毒地告诉我们说，当她头一次怀孕时，你对她的爱就结束了，爸爸。我的肚子，还有我的乳房，太大太肿了，她说，不再是个女孩，所以他觉得遭到背叛。可怜的男人起不了性欲。

我们不想听这个！我们年纪太小，还没办法听闻这等人间丑陋。

当然，婚姻还是持续了下去。你们的父亲连对他自己都无法承认，他——一个男人——的欲望是有限度的。

然后有一天，大师选了我来当一幅特别画作的主题，标题简洁但也吓人：受害者。

我希望你能看到这幅肖像，爸爸。我就是在美术馆的墙上看到这画的，但并没有意识到那个摆着软瘫躺姿的女孩，并不只是像我而已。她就是我。

《受害者》不像大师其他有名的画作那么梦幻、唯美。《受害者》展示出非常直白且直捣核心的影像：一名受害的女孩。大师无比有耐心，几乎是温柔地引导我躺到一面石板上，大师几乎是充满爱意地将我裸露的四肢翻来覆去摆姿势。他伸出他如钢铁般坚硬的手指，调整我的头。

在《受害者》里头，我觉得我并不美丽。我好苍白啊，仿佛失了血一般。而他也没有赠予我一面小镜子，让我欣赏自己美丽的娃娃脸。我的眼睛阖起来，视线不再。除了单薄的白棉袜以及小巧、只有装饰作用的便鞋以外，我全身赤裸，一丝不挂。

慢慢地，仿佛进入狂喜状态的大师画起这幅肖像。好几个小时以后，大师完成了一天的工作，他如同幻影般悄然离开了工作室，而一名仆人则将我从昏睡状态唤醒过来。那是一名侏儒妇人，她猛然拉开了厚重的帘子，阳光如同一道重击泼洒进来——起来吧，你。别耍花招了。你没死——还没。

当我头一次抵达"行宫"时，我受到的是公主的礼遇。

就如同我出生时一样，就如同好多年间我是你唯一的孩子时一样，爸爸。那时，你待我如同公主。

在"行宫"中我的房里，摆着一瓶山谷里的百合。就在我的床铺旁边。我的床的大小，则是恰恰适合于一名十一岁女孩的尺寸。山谷里的百合所发出的甜美香味直到现在都让我感到迷醉——在回忆中。

一名女仆为我洗澡，帮我洗头，并拿着发梳缓缓地、用力地为我梳头。大师在一旁满意地观看。

Tres belle, la petite enfant[5]！

在早年美好的日子里，偶尔我还会想着，这一切将永远不变：大师从女仆手里接过发梳，亲手为我梳头。

有时候，我模糊记得，大师甚至为我洗澡，送我上床。

我必须很惭愧地向你供认，爸爸，那时我其实并不想念你。我没有想到你。当时，我的心里只有大师一人。

在大师的工作室里，大师穿着一件跟神父袍一般的纯黑袍子。每天入夜时大师的袍子必定沾满了颜料，所以每天早上大师都会换上一件新的干净的黑色长袍。

他纤瘦的脚上套着黑色的丝质便鞋，大师穿着这双鞋直挺挺地无声移动，如同鬼魂。

---

5 法文：好美啊，小小女孩儿。

我从来就没有真的直视过大师的脸，爸爸——我们不准看的。所以我也不算真的见过大师。我只知道他比你年长，而且颇具威严，他苍白严峻的脸就像是雕出来的一般，不同于其他纯属肉体、等级较低的人类。

（你的脸是否变粗糙了，爸爸？我不愿意这样想。）

（我不愿意想到你的不好，然而母亲一直都在跟我们数落你的不是。）

我们当中有些人已经领悟到大师其实并不爱我们，因为我们不是他的孩子。这点很难理解，而且蛮伤人的。不过事实便是如此：所有我们这些大师的俘虏女孩，没有一个是他亲生的。大师本身宝贵的精子并非漫不经心地四处乱洒（据说），而是精心挑选土壤才下种的，而之后也生发茁壮起来。大师的这位独子相当出色，但我们永远见不到他（据说），因为他住在巴黎。他和大师一样是位艺术家，虽然名气远远不如大师。

另有谣言盛传，大师的儿子有一天会来到"歌岚行宫"，解放他父亲的俘虏女孩，因为大师的儿子对大师艺术的理念无法苟同。

然而一年年过去，大师的儿子却一直没有现身。

反倒是来了好些摄影师，他们无畏于迢迢千里路，越过阿尔卑斯山来到东欧这荒僻的地方。另外也来了记者，以及意欲采访的人士。大师已吩咐过仆人，不许访客进入"行宫"的外围大门，不过偶尔大师兴致一来（他最爱来这招），他会同意某一两名陌生人拜访——如果这人（女人的概率较小）是来自某家知名的出版社，或者是个资历辉煌的同行的话。

这些得到特权的访客通常也只能进入"行宫"前端的几个厅而已。仆人无时无刻不在监视他们，而且大师的狼狗群就驻扎在不远处（据说），专心盯着陌生人的一举一动，随时有可能收到信号而发动攻击。

322 　　　　　　　　　　　　　　　　　　形与色的故事

大半访客都只看到装潢华丽的一个个房间，里头摆设有厚重的家具以及波斯地毯，还有色泽如同葡萄汁液的天鹅绒窗帘。窗帘如今因阳光的照射，现出片片淡褪的不规则区块。他们获准拍摄这般场景中的大师——而这也是大师事先精心设计好的，就如同舞台的布景，因为大师（偶尔）会以如此设计为乐。当年大师身为学徒时，曾置身于达达主义风潮的边缘地带，又是曼·雷（Man Ray）的知心好友。访客不许拍摄污脏的大理石地板、天花板上的缝隙和水渍、大师古董希腊雕像上所蒙的尘灰，还有马桶内部吓人的细节。大师的工作室只有在少数两次特殊状况下，经过一丝不苟地严加整理，才允许访客入内。一次是德国公共电视台要拍摄关于他的纪录片，另一次则是黄金时段的美国电视节目派了一名当红的主播来采访。

大师在那两次采访时，皆优雅作答——问题都是事先经由大师批准认可过的。大师是个口才了得的艺术家，他的每一句话都是精心雕琢而成的，如同诗一般。

艺术不是真理。艺术模塑真理。

艺术不是"美"——艺术比美还伟大。

艺术是那飞越在生命之上的生命的影子，永远也不会受限于（区区的）生命。

采访时，我们在"行宫"的后厢房以及那（不可言喻、极其恐怖的）地牢里唉唉哭泣，但无人听到。

大师的底下有许多的"我们"，爸爸。我们来到大师这里，是出于我们的选择，我们如同懵懵懂懂的小孩一般，将自己的自由交给他。也难怪仆人会嘲笑我们啊——起先是我的小亲亲，其后就成了我的俘虏啦。

大师将我们关在"行宫"的许多房间里头。我们有些是"婢女"——也就是奴隶。有些人脖子上围着狗圈，并系上链子。我们被迫要吃地板上搁着的碗里头的剩菜，而大师则在一旁笑看我们如同野兽饿疯了的模样。

小亲亲啊，你们是小小的宠物猪仔仔，对吧？你们不是天使！大家都很清楚。

没有人听到地牢里传来我们的哭声。锁上的房间，仆人们都会避开。这里可闻到生锈的铁以及蜘蛛网的味道。没有人想听这个的，他们是被邀请到最豪华的前厅去享受清简但高雅的下午茶啊，那儿还展示出一台据说曾是贝多芬的钢琴。

虽然几十年来在欧洲的都会如巴黎、柏林、布拉格、罗马，都谣传"歌岚行宫"内藏秘密，却一直都没有人想要一探究竟。没有人有勇气当面质疑大师，要求他将屋内所有上锁的门——打开，将大师的俘虏女孩从她们的惨况中解救出来，因为这可能会招来大师的狼狗群以及仆人的攻击。

帮帮我们！拜托帮助我们。

将我们从大师的手中救出来……

在众多地牢最恶名昭彰的那几间里头，女孩们都死在链子底下，身躯萎缩，如同老妪的尸体一般。她们曾经是活蹦乱跳的女孩，长着美丽的娃娃脸以及铜色的波浪头发，但最后则是枯萎成了四岁小孩的尺寸。

我们这些仍活着的人饥饿难耐，而大师的仆人却吝于供给食物，因为大师非常聪明，且非常残酷。他严格限制宫中食物，所以给女孩的越多，仆人自身得到的就越少。

大师跟所有的暴君一样，知道如何在人与人之间制造纷争——我们现存的世界很现实啊，你给得越多，留给你的就越少。给出太多的话，你就要挨饿了。

我很羞于承认，爸爸——刚开始时我非常天真，对自己往后的命运毫无所知。身为此地的新人，我受到公主般的礼遇，所以我就很同情其他某些女孩。她们在这儿的年资较久，却好像不如我受宠。我把自己的食物给了她们，因为我的每一餐都是个小小的盛宴，太多的美食我其实也吃不完。你知道，饱暖的人是会很大方的，所以我便表现得相当大方，但这其实只持续了几个月而已。原本他是那么看重我，很难想象有朝一日他竟然会突然翻脸。错是在我，爸爸。当初是我自己要跑到这里来的：在《美好的日子》前面游晃多时，直到有一天我发现自己竟然跑进画中，来到了燃烧着美丽火焰的客厅，快乐如同神仙——哪知这是犯了大错啊，因为我无法轻易逃出大师的房子，回到我原有的生活里。

起先你是备受关爱。在大师的宠爱下，你沉浸在你自身的力量当中。然而那个力量瞬间即逝，因为它不是你的——那是大师的力量。我错就错在这里。

然后有一天，有个摄影小组搭着一辆现代化的交通工具（小卡车）来到了"行宫"。来自伦敦的陌生人被迎进了"行宫"。那当中有一名声音和悦的采访人，他本身也是艺术领域里的名人。

大师已经闻名遐迩了！他的画作不知赢得了多少荣耀！大型美术馆为他办过多次大型展览。他的名字在精英圈里是响当当的——虽然也许群众不见得知道。他比他所有同代的名人都要长寿，而且许多更年轻的艺术家都比他更提早离开人世——他们的名声永远也无法超越他。如今他是德高望重被视为圣徒的长者了。随着年纪增长，他的脸却变得更加俊美，他脸孔的老化——褪色的皮肤和皱纹——都可借由化妆来遮掩，苍黄的肤色也可制造出大理石的效果；他稍显凹陷的眼睛画上黑色眼线，根根睫毛都分明；他渐秃的银发高雅地往后梳过头骨。穿上黑色细亚麻袍子的大师是艺术的守护者——最高艺术。

大师说：然而我们活着是为了艺术。我们的艺术是唯一的生命。

采访记者说——抱歉，先生？——我好像听到了什么——有人……

（采访人听到了我们。他听到了！）

不过大师却笑着说——不对。你听到的只是风声，从山上吹来的永无止境的风。

（风吗？应该是哭声吧，不是风。不可能，这只是风在吹。）

采访人犹豫起来。声音和悦的采访人一时之间无话，他突然觉得好冷。

大师的声音更强劲有力了，虽然他还是和颜悦色——这里是欧洲荒僻的一角啊，朋友。这里可不是你们娘娘腔的"文化"哪，不是你们的皮卡迪利广场、海德堡公园和肯辛顿花园。很抱歉，我们这儿忧郁的风老吹个不停，害你们分心，让你们感到悲伤！

大师带着仿英国腔讲话的语调真是迷人，没有人发现大师的声音有点抖，意思是他快发火了。采访人和他的助理交换了眼神之后，就没再继续提起这个不受欢迎的话题了。

毕竟，大师是个伟大的艺术家。不出世的天才。天才是可以为所欲为的。

就跟其他在"行宫"进行过的访谈一样，这次访谈也很顺利地进行下去。影片只有一个钟头，但内容相当丰富，而且会经过精心剪辑；如果没有大师以及大师画廊的同意，是不会在 BBC 播放的。

只是声音和悦的采访人以疲累为由，拒绝了大师下午茶的邀约，让他颇为失望。他和他的组员必须立刻搭乘小卡车离开，好赶上飞往"娘娘腔"伦敦的飞机。

说得妙！有人笑起来。有人在握手。

大师平静下来了，也许。不过大师心情还是不好，而且（我们有些人很清楚）仍然是个危险人物。

在"行宫"底层区域的我们告诉自己说，这位来自伦敦的知名采访人听到了我们的声音，而且已经懂了——他不可能不懂。你只要看看大师有名的画作，便可了然于心。他会为我们寻求援助，他会救我们的。

置身于"迷魂满宫楼的歌岚行宫"，我们唯有跟自己编出这样的故事，才有办法度过漫漫的长日与无尽的夜晚。

沼泽上的风，山里吹来的风。也许不是阿尔卑斯山，而是喀尔巴阡山脉吧。

其实离你并不是那么远啊，爸爸！拜托。

现在还不会太迟，爸爸。我还没有被拖到最底层的地牢，那儿的门是锁上的，里头的人则将永不见天日。

你还没有忘记我吧，爸爸。我是你的女儿……

在《美好的日子》里，你会看到我的，因为我就在那里等你。来到美术馆吧！进到这儿来，凑近《美好的日子》。我等着你。

救命！救救我啊！——我低语着。

如果我有办法再放大音量的话，我想一定有人会听到的——美术馆的一名访客，某个眼神空洞的警卫。他们会从迷昧状态中醒觉。他们的心地都是好的，我知道——如果办得到的话，他们是会帮我的。

如果你可以的话，爸爸。我知道你会帮我的。你会吧？现在还不至于太迟。

我将这面手持镜收了起来。我瞪着美丽的娃娃脸已经瞪够了。有时候我可以看到——几乎看到——画框外头，爸爸。我可以看进美术馆里头（我想应该是美术馆吧，还会是别的什么呢？）——在远处，在活人游走的彼端，有缓缓移动的人形和脸孔。

爸爸，你是其中一人吧？请你说是吧。

如果我还留有往日的力气，我是有可能爬出画框的，爸爸。我会自己来，无须你的帮忙。我会爬出客厅，然后我会跌落在美术馆的地板上，我会躺在那里，呆愣那么一会儿，然后也许某个人，你们其中一个，也许是你吧，爸爸，就会发现到我，而且来帮我。

或者也许我会在活人的世界里，再次找回我的呼吸，还有我的力量，并想办法撑起我虚弱的双腿站起来，然后斜倚着墙面缓缓移动，并穿过一排排挂在寂静无声的画廊里的画作，走到我熟悉的石阶上（母亲就曾在此处拉着珍妮和我，紧紧攥住我们的手），然后我就会移动到宏伟的美术馆的前门，踩着更多石阶，踏上第五大道以及熙熙攘攘的市井生活里——如果我还留有往日的力气的话。也许……

爸爸？我在等你。你知道，我只爱过你一人。

艺术带来的应该是生命的力量，而非死亡。

15

贾斯汀·斯科特
Justin Scott
作者

写过三十四本悬疑小说、推理小说以及海洋冒险故事，其中包括《喜爱诺曼底的男人》《霸道横行》，以及《船难制造者》。

他最常用的笔名是保罗·盖瑞森，他以这个名字出版了好几本现代海上故事《火与冰》《早晨的红色天空》《海葬》《海上猎人》以及《涟漪效应》，也写了以罗柏·陆德伦的小说人物为主角的两本书《神鬼指令》以及《神鬼抉择》。

斯科特出生于曼哈顿，在长岛的大南湾长大，他拥有历史学学士以及硕士学位，在成为作家之前，他曾开过船和卡车，盖过火地岛的海滩屋，编辑过一本电子工程的刊物，并在纽约地狱厨房的吧台当过酒保。

斯科特与他担任电影制片的妻子安珀·爱德华兹一起住在康涅狄格州。

《PH-129》（局部）
克莱福德·斯蒂尔，1949

阳光下的血

Blood In The Sun

1973 年夏天，纽约市。

"如果你会飞的话，这片屋顶应该是个不错的起点。"克莱佛·史提跟吉米·卡美拉诺这么说道。

吉米此时是坐在女儿墙上头，他伸出一只手臂抱住石雕的滴水嘴兽[1]，两腿在第十街上方九十英尺处的高空中悬晃着。

"从纽约疾行而下，降落在一个蓬莱仙岛，作画时可以心无旁骛。"

史提是吉米的偶像。他是一位特立独行的画家，也是抽象表现主义的创始者之一。这人业已退隐山林，他认为画廊如同妓院，美术馆其实只是陵寝，而他大多数的同业艺术家则是习于暗放冷箭的野心人士。他身材高大，一头白发，穿着鲨鱼皮的西装，看上去相当时尚。他站在女儿墙的后头，手肘搭在墙上，觑眯着眼看着吉米打算着陆的地点，满脸的不以为然。

这是个湿热的夜晚，城里空空如也。古董店和家具行都打烊了，人行道上不见人影，而且路沿空旷，放眼所及只能看到街区

1　滴水嘴兽：也就是雨漏，在欧美等地通常被雕刻成怪兽的模样。

　　　　　　　　　　　　　　　形与色的故事

的中段处停放了一辆车。曾有一辆警车驶过，不过他们并没有注意到高空上的吉米。

"如果你不会飞的话，往下俯冲肯定是死路一条。不过依我看呢，艺术带来的应该是生命的力量，而非死亡。画家活得长寿，是有必要的。"

吉米觉得自己从来没有这么低潮过。他只知道自己已经是在往下掉了，所以一切都无所谓了——这虽然是他头一回和自己的偶像面对面，然而此刻的他却是出乎意料地无感了。

"长寿的目的又是什么？"

"为的是要明了艺术当中愉悦的本质。"

这话他说得倒是容易，因为他是神嘛，吉米想着。不过说实在的，这点他这大半生来的确是多有体会。两人的眼神交会，他的脑里闪现出年长画家拿着手帕在擦一扇脏玻璃窗的影像。

"比方说，"史提开口道，"底下那条街……"

吉米顺着史提的视线往下看。有几扇窗户以及贫血样的街灯打出晦暗的光线，他在其中看不到任何愉悦。有个男人走出转角处的电话亭，亭里的光瞬间熄灭。

"这条街需要一匹马。"

"什么？"吉米说。

"什么？"爱碧·维洛克说——就是她把史提带上屋顶的。此刻她就站在他旁边，很安全地置身于女儿墙后面。

史提说道："吉米，一看到你的脸，我就知道我不管说什么，都没办法说服你不往下跳。爱碧，我很抱歉。"他突然转了身，从容地迈起大步朝着打开的楼梯门走去。

爱碧叫道："你打算上哪儿去啊？"

"我想我还是直接表演给他看好了。"他那头蓬乱的白发在楼梯那头往下飘行而去。

吉米开口问起爱碧："这位纽约学派的大师是罗斯科、

德·库宁、波拉克、马哲威尔，还有纽曼等知名画家都尊崇的人，他也是我从小就膜拜的偶像，而且在我来到纽约许久以前，他就已经归隐山林了，可他偏偏选了今晚，哪儿不好去，却来到这片屋顶上头，难道这完全只是巧合吗？"

"是我打电话把他找来的。"她说。

"为什么？"

"因为我爱你。"爱碧伸出手来，摸摸他的脸颊。他猛个闪开，心想她是打算抓住自己吧，所以他便展开两臂，抱住了滴水嘴兽。好大一声噼啪的响声，怪兽从腐烂的水泥台面松脱开来，就在平台上摇晃起来——此刻它是靠着自身的重量才能保持在原位的。

爱碧往后跳开。她张开了双手，表明自己并无意将他抓住。平台上的吉米维持住自己的平衡。他以前老会想着，不知那些从高楼摔下去的人，脑中会闪过什么念头。这会儿他知道了——要看情况而定：自杀的人会纳闷起自己跳楼的原因；命案受害者仍会苦苦求饶；而意外坠楼者，则会是满腹的惊心与不可置信。

"史提怎么会听你的话呢？他最恨艺术经纪人了。"

"他知道我一向都很照顾我旗下的艺术家——就算我不喜欢的那些也一样。"

"他对我的作品有什么看法？"

"这我不可能问他的。如果我跟他的关系是生意导向的话，我们就不可能成为朋友。"

"什么样的朋友？"

"蠢话少说。"

"你是怎么跟他说的？"

"我跟他说你就坐在女儿墙上，而且我也跟他读了柏恩的画评。"

"毁人的柏恩，"吉米说道，不过他指的是所有无良的艺评人。"我其实一直在想，柏恩会不会想要找我报复。"

所有不属于嗜血的艺术圈的人，都会发表一些无知的安慰之语劝他说，单单一个恶毒的纽约时报艺评人，是不可能摧毁他稳当的事业的。

不过爱碧太熟悉这个圈子了。她拥有五十七街的维洛克画廊，以及苏活区第一家城北画廊的城中分店，更何况她对吉米的爱已是如此久远而且深厚，她不可能粉饰太平，假称柏恩·霍尔无力伤害一个他志在摧毁的艺术家。

"柏恩是可以毁掉你的行情，"她同意道，"不过他无法毁掉你的生命——除非你自己缴械。他无法毁掉你已完成的作品。他无法毁掉你未来的作品。"

"如果我的画卖不掉的话，我还有可能办展吗？"

"那就活久一点吧——这是史提的建议。总有一天，你会东山再起的。"

两人俯眼看着底下空荡荡的街道——吉米坐在女儿墙上，爱碧则是安全地立身墙后。两人一来一往辩论着，爱碧一脸开朗的冷静，吉米则是满肚子绝望。

克莱佛·史提突然出现在人行道上。

"他手里拿着什么啊？"爱碧问。

"一加仑油漆和一把刷子。"油漆和他的头发一样白。

"就是你以前惯用的工具啦。"

"谢谢你提醒我，我随时都可以重操旧业，帮人油漆房子。"

爱碧笑起来，"我还是可以做你的经纪人啊"。

"做不了多久的。"

她默默看着他的眼睛。

她无法否认这点，其实他并不惊讶。

史提将油漆和刷子放在路沿上，然后快步走向电话亭。他关上亭门时，灯光亮了起来。没多久后他出来了。他匆匆走回原处，拿起油漆。

吉米说道："就算你还可以继续当我的经纪人，我也没办法接受别人的施舍啊。"

火岛[2]，1965 年夏天。爱碧·维洛克和柏恩·霍尔走到了松树村的东边，也就是火岛木栈道的另一头，因为他俩听说吉米·卡美拉诺在该处的沙丘当中搭建了一间工作室。他是跟以每小时两块钱工资雇用他在海滩屋油漆天花板的建筑商，讨来了废木材和焦油纸当作建材的。日子挺好过的，他宣称道，因为他每天只需要一块钱就可以填饱肚子，而且只要再多点零头，便可搭渡船和火车往返于纽约，也有能力到运河街买来作画的颜料和画笔。他将塑料玻璃片封钉于屋顶的破洞上当作天窗，另外他还有一台使用六伏特电池的汽车收音机，以及飓风灯，一台他在垃圾堆里找来的瓦斯冰箱。他画架上的画布覆着一席床单。

柏恩（当时他还盘算着要成为画家）问道："冬天你是怎么撑过去的？"

"我在包里街租了个阁楼。"

"跟这里一样豪华吗？"

"比较低阶。"

柏恩看到生锈的冰箱上头，以胶带贴上了吉米从《生活》杂志里剪下来的一幅克莱佛·史提画作的复制品——《PH-129》。这幅画柏恩很熟悉：一抹不规则形状的红，调和于一大片相互较劲的各种层次的黄色当中。如果史提不是照着他的习惯只用号码给他的画作归档的话，他应该会将这幅画取名为《阳光下的血》吧。

柏恩猛一回身，转而将焦点放在吉米的画架上。

2　火岛：fire island，纽约长岛南方的一座沙洲岛。

他问也没问，径自就把那上头的床单扯下来。

吉米的画如同拳头一般，打上了他的脸。怪不得这个靠着捡拾垃圾过活的男人，会是如此的自信满满：光是他指甲里头的才华，都是柏恩远远无法企及的。

柏恩连想都没想，立刻发出反击。

"这正是目前艺术圈欠缺的玩意儿嘛——又一幅抒情的抽象表现主义的画。"

"你帮它取了什么名字？"爱碧问道。

"无题1。"吉米不太确定柏恩的来意，而且他对臀部丰圆的爱碧更有兴趣了。刚才他对那句刺人的话毫无反应，柏恩好像很泄气。在他看来，柏恩就只是个鲁莽的有钱人罢了，虽然受过教育，却一事无成。爱碧的蓝眼闪烁，乌黑的鬈发迷人，她从容的步态是在宣告她的自信，而她脸上的笑容看起来好像完全是冲着吉米来的。

"不错，"柏恩说，"很不错。"

爱碧说："画得真好。"

柏恩打开生锈的冰箱。这里头是稍微凉一点没错，他想着。冰箱里有半瓶酒。

"我马上回来。"他推开纱门。

"终于摆脱他了。"吉米说。

爱碧说："如果我跟你上床的话，我们永远也没办法当朋友。"

"什么？怎么突然这样讲呢？"

"我知道你这型的人。"

"什么型啊？"

"意大利人。我很了解意大利男人，你们根本就把持不住。"

"我不是意大利人。我是美国人。"

"你知道我的意思啦。你的父亲一定有过不少情人吧？"

"他那一型还要更糟。他是个暴力的罪犯——曾经把人推下楼去。"

"抱歉——"

"不用道歉。有时候我会纳闷，他干坏事的时候是不是跟我画画时一样爽。"

"我刚才实在不该说那些话的——不过那是我的心里话。"

"当朋友有什么好处呢？"

"我就可以帮你忙了啊。"

"你打算怎么帮呢？"

爱碧·维洛克站在《无题1》的前头。

她评估一幅画，根据的只有一项准则：如果她开始呼吸困难的话，就表示这是一幅好画。柏恩说这是克莱佛·史提的模仿版，这话倒是有那么一丝丝真实性，不过只是一丝丝而已。这画潜藏着一股它自身的魔力。

"你打算找谁帮你卖画？"

"等我画出足够的数量以后，就会找家画廊合作的。"

"你已经找到了。"

"你吗？"

"我会在五十七街开一家画廊。"

五十七街是纽约画廊的集中处——这是首屈一指的绘画市场啊。她这项提议即将改变他的一生。吉米·卡美拉诺满脸惊诧，愣了半天只能呆呆说出一声"哦"。

柏恩·霍尔又回到了木栈道，他走了一英里路，来到港口。这儿有家杂货店，还有一家酒铺。他偷了某人的红色推车，将他的战利品堆到上头，然后推到木栈道的尽头。之后他便将一包包商品抱在怀里，拖着脚穿过积聚成堆的沙土，一路闪躲着有毒的常春藤。大热天底下，这一路搞得他满头大汗，不过最后他总算是踏进了小木屋，但没想到这一回他得承受他这一天以来的第二个打击。

爱碧正在痴痴地看着吉米·卡美拉诺，仿佛他才是真正的艺术品，而非他那幅《无题1》。这倒也不是说，她对那幅画就没有觊觎之心了——她够聪明，当然知道这画的价值，不过她是打算连人带画都归为己有呢。

吉米看起来颇为自得。也许是他带头的，是他先抛出第一个眼神——那抹"我俩何不——"的眼神。爱碧不是脚踏两条船的女人，基本上不是，一定是吉米开的头。

柏恩满心烦乱，他将冷切肉、啤酒、可乐，还有酒全摆进冰箱。他的手在发抖。他将鲔鱼罐头、水果、咖啡，以及蒸发了的牛奶放到夹板层架上，并将白糖倒进几乎是空了的玻璃罐里——卡美拉诺用来防蚁用的容器。

"我一直在想啊。"他终于开口道。他踱着步走向画架——吉米没再覆上床单了。"你有个问题。"

"我什么问题也没有。"

这个婊子养的还真有自信呢。

"你不觉得你有问题，不过你啊，其实是在抄袭某人1949年的一幅作品。"

"我没有抄袭任何人。"

"也许不是百分之百的抄袭啦，不过依我看来，你摆明了就是亦步亦趋跟着克莱佛·史提走过雪地，硬要把自己的脚塞进他的足迹。"

这话吉米完全无法接受，"画画是不可能不受前人影响的。如果爱德华·霍普没有强调波普艺术是受到垃圾箱画派的影响的话，你说那些搞波普的白痴能有机会出头吗"？

"我同意那群人全是白痴没错，不过他们可没抄袭霍普或者垃圾箱画派哟。"

"只要能够有所增添，仿效本身并没什么不好吧。"

柏恩把他拖到冰箱前面。"你是为什么要把这玩意儿剪下来的？你干吗要把它贴在这里呢？"

"因为只有他才有办法画出这种东西来。"

"我就是这个意思啊，"柏恩说，"他足迹周围的白雪，是永远也不会融化的。"

"是吗？可如果我往那上头点把火呢？"

柏恩看着爱碧。她撇开头去。他不是"快要失去"她了，他其实是已经败给这个才华横溢的狗杂种了。而且这人并非只是"抢走"他的女朋友而已；更有甚者，他（吉米）传承了克莱佛·史提高妙的画风，他的成就绝对是会远远高过柏恩的——除非出了个什么差错让他跌倒。

此时柏恩注意到了他先前没发现的一张剪报——在《PH-129》底下，贴了张从上个月的纽约时报剪下来的一篇短文，那上头标注的是洛杉矶的日期：1965 年 6 月 18 号。

新近落成的洛杉矶美术馆今天开始举办的展览，题名为"纽约画派：第一代"，这是纽约抽象表现主义画派头一次的历史性回顾展。此次展出的艺术家包括杰克森·波拉克、威廉·德·库宁、法兰兹·克蓝以及克莱佛·史提。

"你看看这文章的最后一行，"柏恩对吉米说，"'画评人都在讨论，这家美术馆的收藏出现了很严重的断层'呢。你知道这是什么意思吧？这就表示，他们就缺你这一把火。"

这句恭维话，吉米听得很乐——一如柏恩所料。"我就说了啊，"他表示，"创作总是难免与前人有相似之处。师从之作，也可以发光发亮的。荣·舒勒（Jon Schueler）就是个现成的例子。"

柏恩很夸张地呻吟了一声。"又是一个衍生性的抒情抽象表现主义画家。"

"荣·舒勒大可以在罗斯科的画作周围添上圈圈呢。"

"我同意,"柏恩说道,"不过他永远也得不着这个机会。"

"我们全都是衍生自前人吧。舒勒衍生自透纳,普普白痴们衍生自霍普,霍普衍生自史龙。就连史提都是衍生性的画家呢。"

"史提又是衍生自谁啊?"

"史提就是衍生自史提啊。"

柏恩笑了起来,"就这句话,吉米"。

他找到了个开罐器,打开两罐啤酒。爱碧喝的是葡萄酒。

三人聊了起来。越战此时正打得如火如荼,不过吉米多年前便给征召过(就在高中毕业之后),而柏恩则是膝盖受伤,所以两人如今都可以免役了。

"我打算退出画坛。"柏恩说道,语出突然。

吉米大吃一惊。"不再画画吗?"

"该是退出的时候了。波普艺术、动态艺术[3]、地景艺术、欧普艺术[4],还有照相写实主义艺术,现在什么名堂都有,搞得咱们这些老老实实作画的艺术家都不好混了。不过你倒是不用担心,吉米。总之,除了顶尖画家以外,其他人其实已经没得混了,只是他们还不知道而已。我很羡慕你,不过我有自知之明,我根本没有才华跟大环境对抗。"

"那你打算做什么呢?"

柏恩咧嘴一笑,"总是可以当艺评人啊。爱碧老说我言辞犀利,是吧,亲爱的"?

爱碧问道:"你这儿可有地方……"她伸手指了指周遭。

---

3 动态艺术:指有一部分设计成动态并配以音响、照明等的雕塑艺术。
4 欧普艺术:OP Art,又称为视幻艺术或光效应艺术,是使用光学的技术营造出奇异的艺术效果。

PH-129

by Clyfford Still, 1949
Oil on canvas, 53×44 in (134.6×113 cm).
Copyright c 2017 Clyfford Still Museum, Denver,
CO c City and County of Denver / ARS, NY.

"屋子外头有一间厕所，很干净的。"

她一离开以后，吉米便问："爱碧果真拥有五十七街的一家画廊吗？"

"就要有了。"

"不是盖的，她还提议要当我的经纪人呢。"

"这我可不惊讶。她的鉴识眼光一流，很清楚什么好卖。"

"那你们两个是……？"

柏恩心里突然涌起了希望，但这只是自欺欺人；他别无他法，只能吞下这个挫败了。爱碧已经被这人电晕了，她不可能再回到他身边。不管他使尽多少招数全力挽回，恐怕也是毫无胜算。如今他也只能吞下怒火，暗自饮泣了。他说："我们只是偶尔聚在一起的老友罢了。"

"她还真有足够的资金开设画廊吗？"

"在纽约啊，只要是画家的女友，肯定就有个超级有钱的老爸，而且老妈如果不是死于难产，就是变成了个万劫不复的酒鬼。"柏恩噼里啪啦说出一长串女孩的名字，她们当中有些是吉米于画展中经人引介过的，要不就是他曾风闻其名，而其中两个还曾跟他发展过恋情——但因过于短暂，所以他其实也搞不清她们的母亲到底是死了，还是成天都烂醉如泥。

"爱碧的母亲是哪一种状况啊？"

"随便啦，"柏恩笑一笑，摆出一副世故人士享受着纽约艺术圈里各色各样奇闻怪事的自得之态，"反正结果都一样。画家的账单准定都有人付。老爸们一个个抓起狂来，所有的旁观者也都因此有了好戏可看——至少能看个一阵子。然后就有画作问世了。"

他开始思量起，这两个人到底哪一个的杀伤力比较大——是抢走她的吉米呢，还是移情别恋的爱碧。所幸他其实无须选择，因为他只要对付其中一个，结果一定是两个都蒙受其害。

一年以后，爱碧在五十七街开了店。由于她很有生意头脑，懂得经营人脉，再加上她的品位和纽约人喜爱追求貌似"新颖"的事物正好相合，所以她的生意自然是蒸蒸日上。又过了一年以后，她在城中苏活区的格林街另开了一家维洛克画廊。她的父亲——一位辛辛那提的实业家——有一天闯进了画廊，他不但没有欣赏墙面上待售的画作，反而是怒气冲冲地指着空旷的画廊空间质问道："这算是哪门子生意啊？你的资产在哪儿？"

　　"我的旗下有五十名艺术家。"

　　"他们不是资产，是负债！"

　　爱碧说道："如果他们是负债的话，这笔债的利润还真大呢。"她拿出该栋建筑的所有权证给他看，并表明说，她已经不需要他提供零用钱了。那一刻她想必是扬眉吐气爽翻天了，不过两人心里都明白：她有一部分的资金是来自她慷慨的祖母。

　　她看着柏恩在当时的大环境里找到一份差事，顺利地从"准画家"的身份转行为自由撰稿人。他的作品散见于《艺闻》《美国艺术》《国际艺术》《仕绅》等杂志，以及《艺文与政治季刊》。她会为他加油打气——两人其实已有互相帮衬的味道——而且时不时会拉他一把。比方说她举办餐会时，会邀请《巴黎艺评》季刊的编辑参加。柏恩为这家重量级杂志所写有关波普艺术的文章——在大力赞扬波普提供了"野性愉悦"的同时，却又狠狠嘲讽起它存在的必要——让他的照片得以刊登在《纽约》杂志创刊号的封面上，他也因此瞬间爆红。"年轻有为的独立艺评人柏恩·霍尔前程看好，他兼具了艺术经纪人精准的鉴识眼光，也具备了艺术史家博大精深的知识，而他如同剃刀般尖利的笔锋则将他的所知所见以万钧之力呈现于读者面前。"

　　爱碧听说《纽约》杂志打算请他担纲他们的常任专栏作家时，立刻知会了一名在《纽约时报》任职的友人，于是《纽约时报》二话不说马上雇请他担任专职，并提供了优渥的薪水和各种福利。纽约其他几家推出艺评专栏的报章杂志其后都一一应声倒地，柏恩从此便成了艺评界之王，只要是他亲手钦点的画家，必定都会一夕爆红，身价大涨。

吉米·卡美拉诺夏天通常是在他的小木屋作画，冬天则转移阵地，于包里街进行创作。爱碧一直等到她累积了足够的影响力之后，才将他介绍给自己最具前瞻眼光的客户。此外，她也挑选了他画作里的精华，为他在苏活区的维洛克画廊办展。柏恩在《纽约时报》就这个展览所写的艺评，开宗明义第一句话就是：这正是目前艺术圈所欠缺的玩意儿——又一幅抒情的抽象表现主义的画。

吉米把报纸往地板上一丢，抡起拳头捶上墙壁。

"再念下去啊！"爱碧说。

"他这是报复。那个婊子养的是因为你对我投怀送抱，才找我开刀的。"

爱碧说："我原本也有这顾虑，很担心他会来这招，不过不知怎么他倒是没下手，我觉得好意外呢——等你把这篇文章读完就知道了。"她并没有费事捡起报纸，因为她已经把内容都背下来了。

"各位或许会心生疑惑：如果我们已经有了一个超凡入圣的克莱佛·史提，又为什么还需要另一个克莱佛·史提呢？问得好！不过只要你们在苏活区格林街的维洛克画廊看过吉米·卡美拉诺的最新展览以后，心里自然便会有了解答。我要强调的，是'新'这个字眼。好一个画家啊！你们这会儿心中的疑问想必已变成为：他是怎么办到的呢？他怎会有这通天的本领，能在历经三十年的绘画运动当中，注入如此清新的气息？"

"你就要一步登天了，吉米。"

他向来都是靠劳力维生。而如今，由于无须为食物和租金奔忙，他的作品自然是源源不绝了。在不到一年的时间里，他所完成的绘画数量便足以让爱碧从中选出精华来为他再办一个新展了。柏恩·霍尔极为欣赏这次展览，因此他在《纽约时报》以及其他杂志里，都是以他的如椽之笔全力为吉米背书。而他在他为《艺闻》杂志所写的畅销年轻画家综述的系列文章当中，也将吉米于一年半之后所推出的新展纳入其中。其后，由于火岛的"国家海滩协会"将吉米盖在沙丘间的木屋列为违章建筑，吉米便委托了知名的海滩屋建筑师何瑞斯·克利弗，为他在偏远的水岛的海滩上设计了一栋新潮的工作室／别墅。而当吉米在包里街租屋的房东打算调涨租金时，他更是干脆买下了整栋楼房。

庆祝装潢完工的派对结束之后，大伙儿都拖着疲惫的步伐离开了，爱碧也上床休息去了。此时，柏恩问他："你这一向都还有时间作画吗？"

"抽不出多少时间。装潢和盖海滩屋两件事是同时进行，我的精力都给耗掉了大半。"

"你什么都没画吗？"

"是画了些东西，不过我还没准备给人看呢。"

"你是要我苦苦哀求不成？"

吉米啪的一声打开开关。隔开工作室的墙面应声神奇地滑了开来，展现出墙后一幅幅暴露在灯光下的画作。吉米并不知道，柏恩先前其实已经说服了爱碧让他偷偷瞧过这一切。此时，他在画作之间昂首阔步地走来走去，步伐好快。

"我了解你为什么需要墙面隔开了。"

"什么意思？"

"上不了台面，对吧？"

"你这是什么话？"

柏恩两手插进口袋里，在画与画间转来绕去，"妈的，你这是想干吗呢"？

"我打算改变画风。"

"恕我冒昧——你这叫一脚踩进了狗屎。"

"你搞错了。"吉米说。

"而且你这是在倒退。这根本不是你。这不是吉米·卡美拉诺。这是……我还真不知道这是什么玩意儿。"

"就说是写实派好了,"吉米说,"或者寓言派?具象派?"

"你怎么会想走这路线的?"

"C大道上头有一家酒吧,他们的地窖好大,原本应该是游泳池之类的。"

"这我听说过。"

"星期一晚上,有三百名具象派画家在那儿联合展出作品,每个人都有自己的想法,大伙儿简直都要拳脚相向了。"

"具象派早就过时了。"

"就因为过时了,所以才有新意在里头啊。"

"但你大可不必吧。你已经是大红大紫,成了大明星,也成了大富翁。你这辈子只要维持原来的画风,就可以永保不败了。"

吉米说:"你曾跟我说过,不要踩着史提的足迹往前走。记得吧?时间证明你是对的,我已经没办法一再重复老套。现在的我很自然地就只能这样作画。"

"如果我是你的话,我会三思而行……"柏恩再次环顾周遭,"嗯,正如你刚才所说,数量其实也没多少。"突然,他的表情缓和下来,"唉,老天,吉米啊,我很抱歉。你就别听我的吧。毕竟,你还是得顺着你自己的……我也不知道——你的直觉、你的判断、你的缪斯女神的指引来做吧。你是优质画家,你自然知道下一步该怎样走……"

他走到门边时,忍不住又转身说道:"代我吻吻爱碧,道个晚安,好吗?"

他很怀疑吉米听到了这句话，因为此时吉米的脸上满满都是深沉的疑惑。

克莱佛·史提踏下了路沿，他将大毛刷往油漆桶里插下去，然后弯下膝盖，将毛刷凑向街面，开始往前迈步。

爱碧问道："他这是在干吗呢？"

吉米将他先前塞进口袋里的柏恩所写的艺评掏出来，顺一顺皱巴巴的页面，然后默默就着城市的夜光读了起来。

"我算是背叛了那些投资卡美拉诺画作的收藏家吗？不算吧。他们都是成年人了，而且应该还是会在他们的收藏里看到'美'的。他们当中的精英也会因此而步入升华的境界。毕竟，于辗转难眠的夜晚里，又有哪个真正的艺术爱好者会懊恼于自身藏品直落的行情呢？不过我还是必须对艺术家和收藏家们鞠躬道个歉。卡美拉诺新近在苏活的维洛克画廊所办的展览，简直是臭不可闻——这是致力于翻新旧轮胎的橡胶工厂所发出的恶臭。请问这次展览和他上一次的展出，还有上上一次，还有上上上一次……又有什么差别呢？如果卡美拉诺执意守旧，如果他拒绝成长的话，谁又奈何得了他？然而我们还真是得拜托这人，别再掠夺克莱佛·史提的资源，别再利用他了吧。"

柏恩·霍尔打从一开始就是设了局要害他，打从一开始就是想要毁掉他。然而吉米却是笨得可以，竟然一路都听他的话。

"克莱佛是在干吗啊？"爱碧又问了一次。

吉米先前瞥过一眼就知道了，"他是在画一匹马。他说这条街需要有匹马才行，所以他就过去画了。搞不懂的是，那辆车他倒是打算怎么处理"？

马儿已经逐渐成形了。这匹比例完美的动物的线条从路沿延伸到路沿，然而如果再画下去的话，前头那辆单独停放的车是会挡路的。

"我干吗要听柏恩的话呢？我干吗要弃掉我新创的画风，回到老路模仿史提呢？"

"你并没有模仿，"爱碧斩钉截铁地说，"别用这个字眼吧。"

"起先我是没有，但后来就有了。所以我才必须改变啊，然而柏恩却要了我一道。搞不懂，都过了八年啦，爱碧，我是说，这么久的时间……？"他的声音越说越小，眼光落上了街道。

爱碧为了抓住他的注意力，略显羞赧地笑起来，意思是在问："若换成你的话，难道就不会八年来都对我念念不忘吗？"不过此时吉米的全副心思已经都放在往车子方向逼近的史提了。突然，他的脸刷亮起来。

"噢——原来他是打这主意呢！"

克莱佛·史提在马儿的尾巴画了一道螺旋卷，一路拉到它的背上，所以刹那间，它看来就是活蹦乱跳高兴的样子。他将空了的油漆桶和刷子搁上一个溢满了垃圾的桶子，又在口袋里摸索出钥匙来，然后便爬上车子，噗地开走了。

爱碧伸手越过女儿墙，碰着吉米的肩膀，"你并没有模仿"。

"我好爱受欢迎的感觉。我上瘾了。"

"谁又不是这样呢？"

吉米指指那匹马，"史提就不会"。

"很好。咱们去喝一杯吧。"

"你说'很好'是什么意思？"

"你已经知道史提传递的信息了。"

吉米·卡美拉诺转身面对爱碧·维洛克，然而他并没有从平台移开，"如果我不再画画的话，你还会跟我在一起吗"？

"如果我的眼睛瞎了，我敢不牵着一只导盲犬在街上走吗？才不呢。你不画画，我们只有分道扬镳。"

"如果我不放下画笔，却离开纽约继续创作出更好的画来，你会跟着我一起离开纽约吗？"

"不会——因为我开了两家画廊，旗下有五十名疯狂的画家得靠我维生。"

"你会来看我吗？"

她碰碰他的脸，"我去找你的次数会多到保证你不会后悔离开"。

吉米·卡美拉诺俯眼看着那匹马。它是他这辈子看过的最美丽的生物，而且他永远也不可能画得出来。他两手撑在平台上，"如果我纵身一跳呢"？

"那么艺术圈就会平白少掉一幅伟大的画作了。"

"只少掉一幅吗？"

"克莱佛·史提今晚大老远从马里兰州开车过来，如果不来的话，他应该可以创作出一幅伟大的画。请你马上离开屋顶，回去工作吧——你不只欠了他，也欠了我。"她抛给他一抹爱碧式的笑容，而他则是想着：史提是对的。我照着自己的方法走，从来就没走错路。

"跳下来啊！"

吉米往前倾身，朝下看去。柏恩·霍尔就站在人行道上，把两手环成杯状在大喊。克莱佛·史提打了电话给他，是担心那匹马的说服力不够，他希望柏恩能够帮忙爱碧把吉米劝下来——史提当然不知道，柏恩心中另有盘算。

"跳下来啊！"

吉米的身体往前斜去，开始有点不平衡了。

"跳下来啊，你这狗杂种！"

吉米·卡美拉诺伸出手臂环上滴水嘴兽，以求自保。沉重无比的石兽在平台上稍稍晃起来。他有百分之一秒的时间可以放手，免得它将他一块儿拖下去。然而在那百分之一秒的时间里，他看到了另一种可能。如果他转而按压那庞大的兽，便能借由那重力让自己往后撑去，而且也可顺带达到另一种效果。很好的效果。

柏恩仍在仰头朝着他大吼。

吉米吼了回去："接住！"

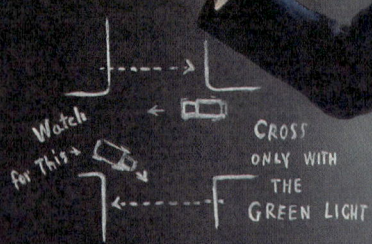

16

吉尔 · D. 布洛克
Jill D. Blok

作者

目前定居纽约,她是作家,也是律师,
不过这并不表示写作永远是她的第
一顺位。她创作的灵感来源于她周
遭的世界,而以下这篇故事则是受
惠于挂在她公寓里的一幅画作:阿
特 · 弗拉姆的《记得那所有的安全
守则》。至于她从事法律工作的动力,
则是来自不想被解雇的恐惧心理。

《记得那所有的安全守则》(局部)
阿特 · 弗拉姆, 1953

Remember All the Safety Rules
by Art Frahm, 1953
Oil on canvas, 29.5×33.5 in. (74.9×85.1 cm.).
Private collection/Jill D. Block.

安全守则
Safety Rules

第一天

　　这是我的第三次，所以我对进行的方式很清楚。我一早就乘车进城，这样一来，出了地铁站以后，我就有时间到星巴克买杯咖啡了。我于八点五十五分到了楼上，走进舒适的休息室里。我找了个座位，掏出我的杂志，浏览了一下时装广告，而葛雷登·卡特（Graydon Carter）那篇讽刺特朗普的文章[1]我正读得入神的时候，时间到了。有位女士要我们把卡片沿着虚线孔洞撕开，等她一一收齐之后，她便将指导影片放给大家看。

　　影片结束后大约三十分钟，一名法警走进来，准备召集第一组人。这我可一点也不惊讶。程序我已倒背如流：我们当中将有二十或二十五个人被带到法庭去，由他们挑选出陪审员。其余的人则会待在这里，等着他们召集下几组团体。应该会搞一整天，甚至有可能拖到明天。顶多三天吧，然后我就算是完成我的公民义务了。希望我会是第一组人，早死早超生，也许回家前我还能

1　这篇文章如今已是家喻户晓，标题是《只有美国才会发生》，文中洋洋洒洒列举出几十条只有美国才会发生的事情——样样都与美国新任总统特朗普有关。

有点空闲去买靴子呢。

他唱名的时候，我老习惯不改，开始跟着数起数来。他是根据他捧着的那叠卡片念的，声如洪钟，是戴警徽者那种"令人厌烦的权威"的调调；不过偶尔会冒出个名字他不确定该怎么念。我数到八十五的时候就放弃了，但他还是继续念下去。我环顾周遭，中央走道两旁每一排各有六把椅子，看起来大约有二十五排。不是每个座位都坐了人，不过也差不多了。说来我们总共就有两百五十人咯？还是两百六？我打算粗略算一算人数时，听到了自己的名字。我把杂志放回包包里，拿起我的空咖啡杯，加入大伙儿的行列一起走向房间后面的那扇门，然后踏上通道。法警则在继续唱名中。

说来好玩，规则只要一改变，人就不一样了。我不到一个小时前走进来的时候，觉得自己好像是这儿的主人：我很清楚该到哪儿，该做什么，下一步又是什么。陪审是义务，好的，好的。也许午休时间，我可以找个沙龙修修指甲吧。然后呢，没两下我就跟其他所有人一样，只能听候指示，跟着一群人走进未知的世界。

"应该每个人都叫到了。"法警穿行于人群中，还不断讲着话。"如果没听到名字的话，检查一下你们收到的明信片，上头写明了日期。如果你的明信片写的是 2016 年 9 月 27 日，三一一号房的话，你就来对了地方，可以跟着我一起走。如果你的明信片写的不是 2016 年 9 月 27 日，三一一号房的话，你就来错了地方。如果你来错了地方的话，你就得到三五五号房主事官的办公室去。其他所有人呢，现在是要到九楼的四十二区。请跟着我走。"

他折腾了不止四十五分钟，才把我们全体都领到楼上，进入法庭。我们就像一班调皮捣蛋的幼儿园学生一样。我们坐满了所有的座位，而且房间两侧以及后面都还有人是站着的。法官自我介绍起来，他说座位不够很抱歉，也谢谢我们能够来到这里。他介绍起原告律师、辩护律师，以及被告，并解释说，两位律师将会从众人当中，挑出合适的陪审员。为什么要找这么多人来呢？嗳，他解释道，这场审判预计要进行四个月的时间。一个星期审判四天，从早上十点到下午五点，一直到一月底才会结束。众人一起"嘎"了一声，然后就是满场嗡嗡嗡的耳语。他等我们安静下来以后，才稍微谈了一下陪审团制度运行的方式。他说，他很清楚我们每个人今天来到这里就是做了牺牲，更不要提那些被选为陪审员的人日后所需提供的服务了。然后他便要求我们花个几分钟思考一件事（仔细想想，并做决定）：根据他刚才所描述的时间表，我们是否有办法为这场审判担任陪审呢？他很行。他懂得让你觉得自己好像欠了他什么，好像你还真得仔细深思，尽己所能来支持我们法律制度里头这个非常基本的条文。意思是说，如果你说你没办法的话，你会让他非常失望。他说如果我们觉得可行的话，就请跟法警拿一张问卷到外头的廊厅填写，填完以后请交还给法警，然后等星期五再过来。如果我们觉得不可行的话，则请找个位子坐下。他和两位律师将和留下来的每个人私下谈谈——一个一个来。

我坐了下来。

这整整一天，我真是无聊到快疯了。法庭里不能使用电子产品，而且这里头又冷得要死。为了免于无聊，我只好看着他们是怎么安排排队的先后次序——难不成搞懂了制度的运作方式，就可以让我多点掌控权吗？他们一次请五个人起身——按照我们坐在长板凳上的顺序来。等五人当中只剩最后一个等在密闭的门外时，他们才会请接下来的五个人起身。我仔细观察，想搞清楚跟法官私下谈过后出来的人里头，有几个还是免不了得拿问卷的；又有多少人结果是交还了卡片，受命回到原先的房间里，应该就是要在那里解散吧。他们请我们外出用餐时，我的前面还有七个人。两点一刻再来，他们说。等我回去时，我是排在一个显然这辈子从来没有通过金属探测仪的人的后头（"什么？我得把皮带解下来啊？"），所以我是搞了不知多久才得以进到法庭。我原本是排在七个人后面，而这会儿我却是坐在最后一排，成了倒数第五个。一整个下午都是一样的过程：坐着，等着。然后，终于轮到我进去了。法官再一次自我介绍，并介绍了律师，而我也来了段自我介绍。我跟他们解释说，我因为工作性质的关系，无法胜任。我说我在银行的职务内容重复性很高，随时都需要有人做我所做的工作。他们问我说，这个职务有几个人在做，而这一天又是谁在代我的班，而如果我们当中有一个人生病或者度假去的话，都是怎么处理的。我心想我是不是该换个说辞，不知道如果我说我已经安排了一个性命攸关的手术要做的话，他们会不会要我提出证明。法官谢谢我拨出时间前来，并要我填写问卷，星期五再来。

第二天

我们已被告知，星期五要到一间更大的法庭报到，然而这一天回来的人里头，还是有好几个没有位子坐。原来这是因为我们星期二的那组人其实是第二组，两个星期前他们也以同样的方式找来了一组人；所以这一天，对所有填过问卷的人来说，都是第二天。法官一开头便讲明了，律师在我们当中选出来的陪审团，预定是要审理 1978 年米罗·雷希特遭到绑架并被杀害的案子。我猛吸了一口冷气。米雪琳娜！刹那间，我懂了：我人在这里，是有原因的。法官解释说，如果有人熟悉这件案子的话，也不会因此就被淘汰掉。他表示，我们当中的某些人也许对这案子了解很多，而另外或许也有人从来没听过此案，不过他们不会单凭这一点就来决定结果。

他开始解释起甄选陪审团的过程。他们将先随机选出十六个人，这十六个人将坐在陪审席上，一个个轮流回答法官提出来的一系列问题。律师则将根据候选人提供的答案，来决定这十六人当中是否会有一个或者不止一个人，不适合陪审此案，并请不合适者离开。之后则会再随机选出替补人员，而法官也会再向这些新来的人提出同样的问题。只要总共有十六人过了法官提问的这一关，两名律师便会针对这一组人做筛选。整个过程将在法庭上进行，我们每一个人都要在场。不能讲电话，不能使用计算机。接着他就开始谈起陪审员秉持公正的重要性，所以我就没再听了。

米雪琳娜。我已经好多年都没想到她了，但在我的脑海里，她的影像还清楚得仿佛昨天才见过一样。她扎了两根辫子，在学校里大家都习惯叫她辫儿，辫儿·葛莱帝。因为米雪琳娜（Micheline，法文名字）这名字实在太长，太难发音了，而且对我们这个安静单调的新泽西小镇来说，也实在太"异国"了。不过我一向都只叫她米雪琳娜。我会自个儿关在房间里头练习，练到发音正确为止，就跟她发的音一样，跟她妈妈一样。

米雪琳娜是我最好的朋友。她是我选的，是我从一年级的同班同学里头挑选出来的——就像你在农夫市集摊子上的一大篮苹果里，挑出最好看的那一颗一样。她真正算是我自己的第一个朋友，她母亲和我母亲并非先前就是朋友，而且她也不是大人聊天时，硬塞来给我要我们一起玩的。她是出自我的选择，没错。打从第一眼看到她，我就没办法移开我的目光。她很特别，跟我们其他人都不一样。倒也不只是她的名字，而是她的言谈举止、她的口音、她的穿着。她穿的是法国名牌 Petit Bateau，而我们其他人则是穿着我们母亲从平价百货店 JC Penney 买来的 Danskin。

每个人都想跟她做朋友，就连透纳太太（脚踝好厚，链子眼镜就挂在她的脖子上晃啊晃的）都迷上了米雪琳娜。而她，也同样选择了我——这对当时六岁的我来说，真是不可思议。她是我最好的朋友，而我也是她最好的朋友，这点我是百分之百地肯定，毫无疑问；而这也是我一路走来从来都没再有过的信心。我俩是辫儿和妮卡：米雪琳娜和薇若妮卡。

法官请我们到外头走廊先休息十分钟。他说等我们回来时，他们就会开始随机挑出第一组的十六人。我们的午休时间是一点到两点一刻。我拎起我的包包，打开手机，跟着大家一起走出法庭。"拜托选我，拜托选我，拜托选我。"我默默想着。排队等着上洗手间时，我打开电邮信箱想看看先前关机时来了多少信。拜托选我，拜托选我，拜托选我。我收起手机，一封信都没点开来看。让我来吧，我想着。给我这个机会。让我为米雪琳娜做点事吧。

我们是二十五分钟以后才回到里头。大伙儿入座之后，一切都就绪了。法警摇着曲柄，从装着许多卡片的金属桶里头抽出一张来。拜托选我，拜托选我，拜托选我。他念出名字，然后又把一个个字母拼出来，先是名，然后是姓；我猜是要确定书记官不至于拼错名字吧。我挺直了腰坐在椅子上，然后稍稍侧向左边，如果他抬起眼睛的话，应该可以很清楚地看到我。他已经喊了十个名字。还有六个。我闭上眼睛，缓缓吸了口气。拜托选我，拜托选我，拜托选我。

他没有选我。

我好失望，但我知道我的名字还是有机会被叫到的。我注意听着法官对那十六个选出来的人所说的话。他对每一个人都是以同样的顺序，问着同样那几个问题。等到他开始问第四个人的时候，我已经把问题都背下来了。"你住在曼哈顿的哪里？""你的家乡是哪里？""你念了几年书？""你目前在上班吗？""你是从事哪一类的工作？""你和谁一起住呢？""你的小孩在上学吗？"我应该可以对答如流。我研究生毕业以后就搬到上城东区，如今已在那儿住了差不多三十年。我是一个人住，没小孩，也没有带小孩的经验。"你本人，或者你的好友或家人，有谁曾经是某个罪行的受害者吗？""你有哪个好友，或者家人，是在执法部门工作的吗？""你认不认识哪个曾被控告或者宣判有罪的人呢？""闲暇时间，你喜欢做些什么？"大部分人回答问题的时候，声音都好小（虽然律师一直提醒他们要放大声量），所以我其实也听不到他们的回答。坐在房间右边前排的人离陪审席最近，有个女的回答她和谁同住时，他们都笑起来。我抬眼看去，发现法官也在笑呢。不知道她到底是说了什么。

穿着水牛比尔 T 恤的男人答说"有的"——他本人，或者他的好友或家人，有人曾经是某个罪行的受害者。法官问道，先前在问卷里头他是否已描述过了，男人回答说是。噢，妈的。我记得是有这个问题，但答题当时我没有多想。我很确定，我回答说"没有"。而如果我说"有的"的话，我应该也只是想到我的皮夹曾在巴黎被偷过吧，所以我有可能只是简单写下"1984 年，被扒走皮包"。我倒也不是说谎。总之，不是故意的。我的的确确是一直没有以那种方式去想过米雪琳娜——毕竟，我们那时只有八岁大啊。

说起来，先前在填问卷时我完全没提到那件事，感觉上好像也是天意。我人在这里，是有原因的。原先我根本不知道要陪审的是什么案子，我大可以答说"有的"，然后写下事发经过，那样一来，八成我就会被请回家了。而这，以当时我的心情来说，不是正合我意吗？所以说起来，当时我好像是刻意不提一样。但其实我是很希望被请回家啊。如果当时我想到了这一点，我就应该会给个肯定的答案吧。

法官问完第七个人以后，午休时间到了。我在外头走来走去，想要决定下一步。我到底是该告诉他们呢，还是不要？我当然知道我应该要说，他们会问那个问题是有原因的。而我们则都宣誓过了——宣誓要实话实说。但我也知道，如果直言不讳的话，他们对我是会有偏见的。他们会假定我无法公正陪审，认为我会因为米雪琳娜的案子，无法不带私心看待此案。

午餐过后，接续未竟之事：法官继续提出同样的问题，而陪审席的人则继续答题。我阖上双眼。

突然，我某个记忆涌现了：过程生动，如同梦境，但我却是清醒得很，百分之百知道自己身在何处——就坐在法庭里头，背景传来嗡嗡的问答声。我们当时是念二年级。这我知道，因为乔登小姐人在里头，而她就是我们二年级的老师。大家都好爱她，因为她年轻漂亮，尤其前一年我们又是被透纳太太教过。那一天有个警察来到我们班上，跟我们宣讲交通安全。比方说过马路要停、听、看，而且一定要走斑马线，等等。警察说完了以后，问大家有没有问题要问，有两个孩子举了手，一个是叫蒂米什么的男孩，他升五年级以后搬到外地去了，另一个就是米雪琳娜。蒂米问警察，他有没有开过枪。而米雪琳娜则问，走过鬼屋的时候，有什么安全守则要遵守。

大家全笑起来了，包括警察先生和乔登小姐。不过我知道她不是在搞笑。米雪琳娜和我每天上下学都是一起走。现在回想起来，我觉得我们的父母应该不会那么放心才对——不过当时的大环境确实是不同于现在。学校里所有住在靠湖边的孩子都是同时走在同一个方向的，虽然不是集体行动，但绝对不至于落单。米雪琳娜跟我则是住在很远的另一头，所以每回走过红屋的时候，都只有我们两个。

我们其实已经拟出了自己奉行的安全守则了。经过红屋的时候，我们一定会屏住气。我们会在信箱旁边深深吸进一大口气，然后屏住那口气，直到我们抵达另一头的那棵树下，摸到树干为止。我们尽可能快步前进，可是不能跑，也不能看那房子。我们会直直看着前方，尽量不要眨眼睛。我还真搞不懂，我们怎么不过街走另一边就好了。

法官问完最后一个人以后，跟律师谈了几分钟。他要陪审席的人稍等一下，因为律师可能还有问题要问，至于我们其他人，今天就到此为止，可以先行离去。他们要我们星期一早上十点再来。外头天气挺好的，回办公室也嫌晚了，所以我决定干脆就走路回家。

我其实也没有真的相信，红屋是间鬼屋。当时我搞不好连鬼屋的真正意思都不清楚。那屋子相当老旧，油漆斑驳甚至剥落了，而且里头没有人住。前头的草坪杂草丛生，下雪时车道也没人铲过雪。通往前方门廊的台阶有一级破掉了。我还记得到外地念大学时，有一次我回乡探望，发现老屋给拆掉了，上头已经盖了一栋新房子。这我无法相信——红屋竟然不见了。我问母亲到底是怎么回事，红屋的屋主是谁，他们是什么时候卖掉房子的？她说她不知道我在讲什么。就是那间老红屋啊，她不是开车经过那儿几千次了吗？搞不好几万次都有了，就是老爸称之为"天下第一丑屋"的那间啊。她还是想不起来。

整个周末我都尽量保持忙碌，不希望自己的思绪被这件案子拖着走。法官说了，我们最好不要谈论这件案子，或者阅读相关的数据，要避免接触到任何相关的文章，或者新闻报道以及谈话。他说我们可以告诉别人我们有可能陪审的是哪件案子，不过只能点到为止。但我决定连这点都不要透露，我可不想承受别人跟我谈论此案的风险，也不想提到米雪琳娜。

我从来都没搞懂为什么米雪琳娜失踪一事，不像几年之后米罗·雷希特的案子一样，引起全国的瞩目。她失踪了，对我们当地人来说当然是天大的事。那之后，我听了大人的谈论，也读过报道，但我搞不清我到底记得多少，又知道多少。我只知道海伦到米雪琳娜的房间是要叫她起床上学，但她的床上没人。她不见了。她的父亲到外地出差了，所以家里头只有她们两个。屋子的后门没上锁——不过很多人其实都习惯不锁后门。海伦先前喝了酒。后来我读到的新闻报道，焦点都集中在垃圾桶里的一个空酒瓶，以及料理台上一只半空的瓶子。她倒在沙发上睡着了，当晚

　　　　　　　　　　　　形与色的故事

屋里不管发生了什么，她都无知无觉。

海伦跟其他妈妈不太一样，而且她朋友不多。她跟彼特是他在法国工作的时候认识的。他们从巴黎搬过来，是因为彼特被调到纽约分公司——就在米雪琳娜和我开始上一年级前的那个夏天。海伦跟其他妈妈不一样，她不会跟着我们班一起去郊游，也不会到学校图书馆当义工，或者帮万圣节游行做准备。我妈妈对她就很不满，也许所有的妈妈都对她不满吧。我从米雪琳娜那儿回到家以后，讲到海伦说我可以叫她妈咪，还说她帮我俩都喷了她的香水，让我们帮着她做蛋糕，我们搞得一团糟，她却笑得好开心——我们把糖粉撒得到处都是呢。所有这些，我妈听了好像都没感觉。在我家呢，米雪琳娜会很有礼貌地称呼我妈妈为艾礼斯太太，有时候我妈会特别开恩，让我们窝在房间里，用迷你餐桌吃电视餐。我妈妈后来说过，海伦穿得那么时髦去参加葬礼，真是叫人不舒服——瞧她还抹了口红，围上丝巾呢。我还记得我妈跟我爸说："天下哪有这种母亲啊，竟然扎了条丝巾去参加自己小孩的葬礼咧？"

第三天

拜托选我，拜托选我，拜托选我。这一天一开头的时候，是由法警另找人选，取代先前因为与法官问答不合需求而被剔除的两个人。我试图回忆那两个空座位先前坐的是谁，他们到底是说了什么才被淘汰的。法警转动曲柄，抽出一张卡片，这回是要选出三号座位的人。拜托选我，拜托选我，拜托选我。不是我。下一个名字是要取代九号。不是我。法官对这两个新来的人重复问了先前那一系列问题。问完以后，他和律师耳语交谈起来。我猜他们是要讨论这两个新人是否可行吧，然后法官表示待会儿便要交由律师接手了。他先是稍微解释了一下陪

Remember All the Safety Rules

by Art Frahm, 1953
Oil on canvas, 29.5×33.5 in. (74.9×85.1 cm.).
Private collection/Jill D. Block.

审员资格审查的过程，并要求旁观席上的我们注意听（要仔细思考自己将如何作答噢），然后他便将后续交给控方律师了。

起先我还蛮喜欢她的。这人看来蛮有能力的样子。她讲话大声，颇具权威，而且像是很习惯即兴演讲。她谈到她和她的组员即将展示的证据，及其所将指证之事。她也谈到辩护律师有可能展示的证据。而等她开始提问时，你可以看得出来，她已经背下每个座位上的人的名字了。"康东先生，你听取证据时，应该能够运用常识来决定该证据是否可靠，对吧？"康东先生说是的。"而你，华德先生，也一样吗？你也能应用你的生活经验以及常识，来判定证据是否可靠吗？"华德先生说是的。"其他每个人都一样吗？这儿有没有人无法运用自己的常识呢？罗梅托先生？你的名字我念对了吗？"我可以看得出来，可怜的罗梅托先生搞不清自己是该针对她的哪个问题作答。

她解释说，控方的第一个证人将是米罗的母亲温迪·雷希特，而她出庭作证时，很有可能会感情用事。"米罗遭到绑架谋杀已经是三十八年前的事了。有谁——"

"我有意见，应该说是'据称'遭到绑架谋杀吧。"辩护律师提出抗议。

法官转头面向陪审席的众人，"除非已经证明绑架谋杀之事的确曾发生，否则请牢记，我们只能说那是'据称'已经发生。请继续"。

她再次开口时，刻意强调"据称"两个字，语气像是在安抚不听话的小孩一样。她问说，是否有人觉得温迪·雷希特"应该忘记过去"算了？众人集体答道"不"。而当她问说，大家是否同意现实生活其实跟电视剧《法网游龙》不一样时，我就没再听她讲话了。

有很长一段时间，我一直认为米雪琳娜出事是我造成的。有一天，我俩放学后一起回家，经过红屋的时候，有个什么东西引起了我的注意。我的头几乎没动，只是斜了眼往左瞄去。然后我便停下脚步，转过了身。有个男人坐在门前台阶上，拨弄着破掉了的那一级木台阶。我抓住米雪琳娜的手，向他指去。"瞧！有个妖怪呢。"我们全力冲刺到我家，没跟我妈提起这件事，因为我很担心如果破坏红屋守则的话，我俩会惹上麻烦。如果当初我们跟人说了这件事的话，不知道结果会是如何。也许后续发展就会不一样了吧。

那之后，我们又看到那妖怪三次。有两回，他是坐在一辆停在红屋前头的肮脏的白车子里；还有一回，他是站在门廊上抽烟，就在前门旁边。他的长相平凡，是个大人，不过年纪不大，戴了眼镜，留着长发，衣服松松垮垮的。我们最后一回看到他时，他笑着朝我们挥挥手。我俩吓都吓死了。

控方律师继续提出她那些问了等于没问的问题，而陪审席上的人则继续提供她正确答案。"身为陪审员，你们有责任听从法官的指示。这点你们做得到吗？行吗？陈先生？弗罗利先生？""如果某人没受过教育，你们觉得他讲的话能信吗？"我的天哪，她问的这些问题真是蠢到不行。搞不懂这种问法是怎么能够帮她筛选陪审员的。我抽出我的书，一直读到午休时间。

辩护律师就好多了。至少看得出来，他是在用心了解跟他对答的人。他在提问之前，先花了很多时间讲话。他谈到证据不足的问题，以及合理的怀疑，还有定罪之前应该假设被告无辜，等等。他谈到原告那方所要面对的挑战，因为根本没有目击证人，没有DNA，也没有治安摄像头拍下的影片。而且米罗的尸体一直都没有找到。

米雪琳娜的尸体是她失踪三天以后，在湖里被发现的。她是遭人勒毙的，而且在置入水里以前，就已经死了。这些细节当时我都不知道——我是多年以后，才从我妈妈口中问出来的。面对一个八岁的小孩，你要怎么告诉她，她最好的朋友是在她母亲入睡以后，被人从床上带走，杀害，然后弃置湖中呢？

我打从一开始，就知道她失踪了。头一个早上，大家都惊恐万分，还编不出一个可以拿来安抚小孩的故事。等她的尸体被发现以后，我妈告诉我说米雪琳娜去了一个非常遥远的地方，而且永远不能回来了。我之所以知道她死了，是因为学校有些比较虔诚的信教小孩说她已经上天堂了。我妈妈八成是从哪儿听来或者读来了一种说法——说是一定要让小孩把自己的感觉说出来才行，所以那天晚上她送我上床时，倒是没有跟我讲个真相的消毒版，而是要我告诉她，我觉得事情的真相是什么。我说一定是妖怪干的。是红屋那个妖怪把她带走的。我妈觉得就算她和我爸要编个故事哄我，大概也只能做到这样，所以她就抱了我一下，然后躺在我旁边陪到我入睡为止。

律师问了好几个关于智商以及心理测验的问题：有人做过智商测验吗？各位都听说过迈尔斯-布里格斯性格测验[2]吧？他不像先前那位问一堆是非题。他是随机挑着不同的人，问他们的经验，或者他们对某件事的看法。他谈到精神疾病，并询问众人，他们和精神病人有过什么样的接触。他说审判期间，控方将提出证词，宣称被告曾于 20 世纪 80 及 90 年代期间吸了好几年的毒。他询问说，得知此事之后，大家对被告的看法会有所改变吗？大家会觉得他有可能因此犯下罪行吗？而家暴问题也是一样——他和他的前妻之间曾闹过几次家暴。我知道律师的意图何在，他是想把丑事先摊出来，他可不想装着没事，假称这人是个天使。他

2　迈尔斯-布里格斯性格测验：即 MBTI(Myers-Briggs Type Indicador)，当今世界应用颇为广泛的性格测试工具之一，由美国心理学家布里格斯和迈尔斯母女指定。——编者注

问这些问题是想知道，有谁可以过滤这些负面信息，不会因此就假设这人很可能犯下杀人罪行。

妖怪从来没被逮到。或者该说，如果他曾被逮到的话，应该也跟米雪琳娜的案子无关。我虽然在那一次谈话里跟我母亲提到，我知道是妖怪把她抓走了，但后来都没有人跟我问起这事。警方并没有派一个慈眉善目的女警，要我为她画下妖怪的长相，也没有哪个驻校的心理医生发誓要帮我找到一个可以跟大人沟通的方法。在1971那年，是不兴这套的。

米雪琳娜失踪后没多久，海伦和彼特就搬走了。后来我妈告诉我说，听说他们分开了，海伦已经回到法国。我大三那年在巴黎当交换学生，那一整段时间，我好希望能找到海伦，但其实我也没真在找她，只是想着或许我会在地铁或者哪家咖啡店碰到她。而且还担心着，如果真的碰到了，后续会是如何。我希望看到她，是想跟她道歉，我希望她能告诉我说，错不在我。几年前，我在网络上看到她的讣告。搞半天，她早在1982年就过世了——那是我去法国前一年的事了。

辩护律师花了许多时间谈到认罪问题。他说，审判期间控方将提出证词，宣称被告已经认罪——在不同的时间，跟不同的对象认过罪。他提问说，一个人会承认自己没犯下的罪行，是基于什么原因呢？他说被告的智商只有六十七，曾被诊断出有精神性幻觉的问题，而且他是在经过警方七个小时的侦讯之后才认罪的——那当中的过程，大半都没有列入记录。他目前已经服刑四年，等着接受审判。

辩护律师说，"据称"发生过的绑架根本没有目击证人。他问众人说，大家是否可以想象一下真正的事发过程。米罗失踪，除了绑架之外，有没有其他合理的解释？有人答说，他也许是离家出走了，要不就是迷路。他们是在说米雪琳娜有可能是离家出走吗？不可能。她不可能离家出走。要不就是海伦伤了她吗？绝

　　　　　　　　　　　　　　形与色的故事

无可能。

　　辩护律师在差几分钟五点的时候结束了谈话，并请我们于隔天早上十点回来报到。这一整天都是酷刑，而我只能在一旁观看、聆听。此刻我只想快快回家，钻进被窝里——停止思考，停止回忆。

第四天

　　法官感谢我们这几天的耐心，并解释说，如果没被选为此次审判的陪审员的话，也只是表示辩、控双方律师无法达成协议，让你为此次审判陪审而已。他告诉我们接下来的步骤：法警将读出那十六人当中，被挑选为陪审员的人的姓名。"法警叫到你的名字时，麻烦站起来。至于其他人，请仍就座。"我注意到，他就是头一天早上出现在楼下大房间的法警。也许他是一直都陪着我们呢。"三号座位，爱丽西亚·梅森。"她站起来。"十四号座位，罗贝托·迪亚兹。"他站起来。我们等着法警念出下一个名字。一片沉默。

　　我们是花了好一会儿才领悟到：就这样了——搞了这么久，他们只选出两个人而已。这场陪审员挑选战有得熬了。

　　法官告诉那十四个被淘汰的人后续得做的事，然后便要那两名中选的人宣誓"就职"。之后，这两人便跟着法警去填写联系方式了。法官要他们下星期一前来报到。

　　从我坐着的地方——也就是辩方座后头的第三排——我可以看到被告剃光了头的后脑勺，还有他颈背上的那圈肥肉。米罗是三十八年前失踪的，当年嫌犯才十八岁。事发那天，米罗说了他是要去嫌犯工作的那家熟食店买午餐吃的。此人有吸毒和家暴的历史，而且老天在上他也认罪了啊。要将他定罪，实在是太容易了。然而万一不是他呢？他们说他在认罪以前，被警方审讯了七小时之久。而且显而易见，他患了精神疾病。这人的智商才六十七。我不知道正常的智商是多少，不过六十七听起来好像不太妙。他的心智年龄会不会等同于八岁小孩呢？想当年我八岁的时候，我跟母亲说，是红屋的妖怪把米雪琳娜带走的。

　　法警正在摇动曲柄，从金属桶中抽出了十六个新的名字。和先前一样，他先念出名字，然后拼出字母，先是名然后是姓。那念诵声已成了背景噪音，我没再听了。我抬眼望去，发现一不留神间，已有九个座位坐了人。我闭上眼睛，这个经验对涉身此案的每个人都是个严酷的考验。不要选我，不要选我，不要选我。起先我还以为这将是我为米雪琳娜伸张正义的机会，然而现在我领悟到了，这样子是不会有好结果的。不要选我，不要选我，不要选我。事实摆在眼前：谁也不会知道事情的真相。或许这也无妨——因为就算知道了真相，又能帮得了谁呢？也许大家都太强调真相大白的重要性了。也许我人在这里的原因，就是这个：就是要让我明白这点。我已经听够了，我不需要再听下去了。我伸手从我搁在地板上的包包里抽出书来。

　　"十一号座位，V–E–R–O–N–I–C–A E–L–L–I–S（Veronica Ellis 薇若妮卡·艾礼斯）。"

　　这一回，法官提问的速度加快了一点，我们已经知道接下来的流程。他在十二点五十分，结束了和我旁边的罗莎利亚小姐的问答。法官说，我们可以提早午休吃饭，并在两点十五分以前回来。我在法院旁边的公园里找到一张可以晒到阳光的长椅子。我坐在上头，往后一靠，闭上了眼睛。

　　我本人，或者我的好友或家人，有谁曾是某个罪行的受害者吗？我不知道正确答案是什么。我可以回答说不。那是四十五年前的事了。我们都只是孩子。当时我并不知道到底发生了什么。我不是目击者，警方一直没有找我问过话，我对那个案子或者当时的调查毫无所知。那是很久前的事了。我已经好多年都没再想过那事了，直到眼前这个案子朝我砸了过来。

这是不公平的。这案子根本就不归我管啊——应该是由律师决定答案吧。他们受雇拿钱就是要做决定，我呢，则是根本没钱可领。我下定决心，不要再管。我已经宣誓过要说实话，所以我打算就照实说了。我本人，或者我的好友或家人，有谁曾经是某个罪行的受害者吗？我会答说是的。如果法官问我，先前填问卷时，我有没有写下事情经过的话，我会答说没有。如果法官问我，是否想要和他们单独讨论的话，我会说好。我会告诉他们，我认识米雪琳娜·葛莱帝。那个案子他们或许知道，或许不知道。不管他们问我什么，我都会如实回答：眼前的案子不归我管。

我在长椅子上坐到两点十分。然后踏入法院，走在安保走道的围栏之内，上楼步入法庭。法警领着今早被选上的我们坐上陪审席。我们等着观众席的人（那些还没被选上或者已被淘汰的人）——入座。

"午安，你是艾礼斯小姐，对吧？"

"是的。"

"你是住在曼哈顿的哪里？"

"上城东区。"

"你是哪里人？"

"新泽西人。"

"你在上城东区住了多久？"

"二十八年左右。"

"你的学历呢？"

"我有硕士学位。"

"研究领域呢？"

"金融。我拿到了 MBA。"

"你目前在上班吗？"

"在上班。"

"你的工作性质是什么？"

"我在银行业。我在一家银行的财务部门工作。"

"我们先前谈过了。重复性很高的工作，对吧？"

"没错，我提过了。"

"你目前和谁住在一起？"

"我一个人住。"

"你本人，或者你的好友或家人，有谁曾经是某个罪行的受害者吗？"

我的心脏猛跳。不知道坐在十号座位的罗莎利亚小姐是否听得到呢。

"是的。"

"太不幸了。这会影响到你陪审本案的公正性吗？"

且慢，什么问题啊？按理说他是不该问这个问题的。

"呃，不会。应该不会吧。我是说，不会。不至于有影响。"

其实他是应该问我，先前填问卷时，我有没有写明当时的经过才对吧。我到底该——

"你有哪个好友，或者家人，是在执法部门工作的吗？"

"没有。"

怎么没人讲话呢？大家都有在注意听吗？我望着坐在桌子后头的两位律师。应该要有人出来讲话啊。

"你认不认识哪个曾被控告或者宣判有罪的人呢？"

"不认识。"

"空闲时间，你喜欢做些什么？"

"呃，我——我练瑜伽。我喜欢阅读，还有看电视。也爱玩填字游戏。"

"很好。谢谢你，艾礼斯小姐。下一位是科龙先生，对吧？"

想要报复的话，

牺牲是不可避免的。

17

乔纳森·桑特洛弗
Jonathan Santlofer

作者

写过五本小说，包括畅销书《死亡艺术家》，以及赢得尼洛奖的《恐惧的解剖》。

桑特洛弗也是个知名的艺术家，他的作品已被收藏在大都会博物馆、芝加哥美术馆，以及内华克美术馆。他住在纽约市，是纽约小说中心犯罪小说学会的主任。

《光的帝国》（局部）

雷尼·马格利特，1953—1954

The Empire of Light

煤气灯下
Gaslight

　　没错，她这一阵子一直不太舒服，整个人都不对劲，头痛，恶心，还有轻微的晕眩。不过她应该没事。她从小就很容易感冒或者得流感，一次又一次地觉得自己不太对劲。敏感啦，她母亲老是这么说——这话应该没错。想来是病毒吧，就这么回事——至少前几个星期她是这么想的。然而如今都过了三个月还没好，她心里还真免不了要犯嘀咕。

　　"要有耐性啊，葆拉，你也知道咱们纽约的感冒通常都拖很久的，尤其是冬天。"和她新婚才六个月的丈夫葛里哥莱这么说。他永远都是这么体贴，想尽办法要安慰她。

　　然而到底是哪种感冒，会拖三个月还没法好呢？

　　搞到后来，她决定要去看医生，因为实在受不了葛里哥莱老是说她耐性不够。葛里哥莱坚持要她去找他的医生，因为他是"纽约最棒的啊"。这位医生年岁挺大了，满头棉花糖样的白发，身上散发出一股樟脑丸的味道。他的办公室虽然位于挺时髦的公园大道，但有点破败，等候室里的椅垫好老旧，有一个甚至破了个洞呢。目前只有一个病患在等着，是个女人，看来至少九十岁了，而且好像已经瞎了，她的眼睛蒙上了一层乳色的白翳，葆拉看得有点心惊。这里没有接待员，门是医生自个儿打开的，他带着葆拉走进检验间，一边大声念着她刚才填好的表格："三十七岁，不曾有过严重疾病。"

他人倒是挺好的，葆拉想着，而且看起来算是合格的医生吧：帮她做例行检查，量血压，检查心脏和肺，还有抽血。她还真得承认，他确实是挺有魅力，而且蛮健谈的，此外，两人还有个共同的嗜好：他们都喜欢推理电影和小说——推理是她从小就喜欢的类型故事。检查身体的过程当中，两人就这么讨论起古典和现代推理作品当中自己的最爱。

不过等她回到家后，她还是跟葛里哥莱抱怨起来。"他的办公室好乱，而且他好老。"她的丈夫递给她的眼神，意思是在说你真是个被宠坏了的小孩——她瞧见他英俊的脸庞上掠过这种神情，他想藏可是藏不住。她很清楚这种表情，这辈子她不知见过多少次了；他说得确实没错，她是给宠坏了。她是一对很成功的艺术家夫妻的独生女，他们提供她最好的教育，送她上最棒的私立小学，然后是寄宿学校。而那之后，她父母的钱又把她送到顶尖的艺术学校，供她念完大学以及研究生。她念的是绘画，不过她很清楚自己不是可造之材，她永远不可能晋升到她父母那种高档的艺术等级。打从念完研究生以后，她就很少提起画笔作画了，而现在，她在自己那间设备齐全的画室里头，其实都只是在闲晃：重新整理高档的油画颜料和色粉笔，但是颜料管根本没有开封，色粉笔的包裹纸也都还没撕下。

葆拉勉强自己爬下床，费力地刷牙、洗脸，然后拿起梳子梳头，每个动作都好费力。之后她便走下铺设了豪华地毯的楼梯（她住的是一栋位于格林威治村的棕石建筑），一手沿着橡木栏杆滑了下去。她一直很喜欢这种触感，光滑坚固，是她可以仰赖的依靠，生命中具有这种特质的东西实在很少。所幸她能拥有葛里哥莱：他是她的磐石，她的守护者。

"不成材的女儿"这个封号如同墨渍一般渗入她的脑里，虽然她的父母从来没有这样说过，没有当着她的面。他们总是鼓励她，就跟所有望女成凤的父母一样，对她宠爱有加，希望她终有成名的一天。她非成名不可，这是他们从未说出口的话，她却清楚地感觉到了。同时她也知道，自己永远也不可能达到他们的期望。

葆拉的手指紧紧攥住栏杆。

她的母亲是知名的画家，她是少数能以色粉画[1]闯出名号的艺术家。"她是极少数可以超越其使用材质的极限，而画出无限可能的艺术家。"《纽约时报》在她母亲二十三岁首次开办画展时，如此评论道。这篇画评葆拉已经读了不知多少次，她都可以背下来了，而且她也读过其他画评——叙述着她母亲传奇的绘画生涯。她的事业一直是平步青云，她的画作目前的估价都在六位数，而最被看好的作品在拍卖会里的叫价更是超过百万美元。

她的父亲也一样。几乎每一本艺术杂志和期刊都把他称作"天才"，而他的主要画作——也就是大尺寸的叙事性作品——目前的卖价更是超过她母亲的色粉画。真是一对天才夫妻啊，葆拉在寄宿学校的朋友都好羡慕她。"你的父母可真酷呀！"虽然她宁可自己的妈妈是个家庭主妇，而爸爸则是会计就好了。

早在葆拉出生之前，就已经有过十几年这种赞誉不断的艺评了。

"我那个女婴的出生是个意外啊。"有一回她偷听到母亲在跟一个朋友耳语道——那时她已连喝了好几杯马丁尼。当时的葆拉有四五岁，而"意外"这两个字，就像鼹鼠一样钻进了她心灵的底层，待在里头永远出不来了。

1　色粉画：Pastel. 一门独立的绘画形式，用特质的色粉笔，直接在色粉画纸上干绘。它是西洋主要色彩画种之一，大约有五百年历史。

葛里哥莱本身是个企图心很强的艺术家，她头一回跟他提起自己父母的身份时，他着实大吃一惊。而且这位帅到不行的年轻男子（一位艺术家）竟然还跟她调情呢——这她也同样是大吃一惊。应该是调情吧——他说话时，一手搭在她的手臂还有手腕上，那双蓝色的眼睛发出亮光，他脸上那抹迷死人的笑容让她是越来越爱，另外就是他那露出胡茬的完美的双颊了。

葆拉在楼梯底的镜子前面停下脚来。这面镜子的表层绘有反影图案，所以照镜子的人往往无法分辨何为真实，何为镜像。这是她父亲一系列手绘镜面的创作之一，她在镜中看到自己被切割了的影像：一只大鼻子，以及方正的下颚。她和她父亲的相似之处还真是诡异，然而他那粗犷的男子美放在女孩子的脸上，却是完全显不出好来。

"把你的弱点变成你的强项。"她的母亲老爱这么说。她研读起葆拉的脸面，就像是在分析一幅毕加索所绘的肖像。她会将头歪到一边，然后又歪向另一边。有一回她是建议葆拉去做鼻整形，而另一回则是建议她做下巴缩小术。

不过葛里哥莱倒是觉得她很迷人。他老跟她说，她很"不一样"，然而私底下葆拉其实宁可听到他说她"漂亮"，甚至说她"秀气"也可以。

她最喜欢拿着他炫耀了，她可以感觉到别人的眼神从葛里哥莱身上移向她来，然后又移回去。她一定是有个什么优点才会让他娶她的，他们心里头肯定是这么想着，不过她倒是不介意。毕竟，他已经是她的了。他也不只是英俊而已，他简直是俊俏到不行，大家都这么说的。而且他又比她小八岁，虽然她其实也还算年轻，或者说曾经年轻过吧，因为近来这挥之不去的疾病已在她的眼周制造了黑眼圈，她的皮肤也因此变得苍黄了。

在葛里哥莱之前，她也曾交过几个男朋友，不过没一个认真过，而且都交往不久。或许是因为他们每一个都有某种问题吧，不过她觉得也许问题更是出自她自己。但这都成为过去了，如今的她婚姻幸福美满——这是她每天都要拿来勉励自己的话。

厨房里，时髦的中岛料理台上留有一张字条：亲爱的，今天就是你会大有改善的日子了！我会提早回家。爱你，葛里哥莱。

她的丈夫总是轻手轻脚地爬下他们的床，小心翼翼不忍吵醒她。他是多么体贴啊，总是在照顾她。

这张字条葆拉念了一遍又一遍，她将字条凑到脸颊边。她的脑海里浮现起自己为丈夫添购的工作室——一个位于改装过的工业大楼里头的庞大空间。虽然她这栋棕石建筑里头房间很多——任他挑选——但他说他实在无法在家里作画，他非得出去不可：得有自己的空间才行哪。这点她虽然了解，但她是多么希望能把他留在自己身边啊。不过他是如此体贴而且忠贞，对她永远是那么关爱有加。送他一间工作室也是理所当然的事。而且他也确实是个很有才华的画家，他需要的就是一点时间而已，而这，他以前从来就没有过——因为他是出身于一个蓝领家庭，而他所念的州立大学的艺术学系又是那么平庸。他倒是从来没有抱怨过，只是这回他却因为她立意要为他买间工作室，而跟她起了争执。

"我不希望你为我花钱，葆拉。"

"不为你花钱，那我还能为谁花呢？"

葛里哥莱完美的下颚紧紧一收。他告诉她，他只要能待在自己位于下东区的公寓就很满意了。那里的客厅可以充当他的工作室。

不过最终还是葆拉获胜了。

她心里到底是在想什么呢？她很不喜欢让他拥有自己的公寓，不管是哪里的公寓都一样。另有一间工作室是可以的，然而拥有一间他厌烦她时可以躲避的公寓可就不行了，而且当然，这是她心里永远的痛，虽然他已多次跟她保证他不会变心。他已多次向她宣告他的爱。

她想象着葛里哥莱作画时全神贯注的表情，他血脉偾张的喉咙上集结着汗珠，还有他身上的气味。有那么一会儿，她所有的病症都消失了，她觉得自己已经复原了，因为只要想到葛里哥莱是她的，只要想到他爱她，她就可以获得片刻的安适。

她又听了一次西维斯罕医生的电话留言。他告诉她说她并没有罹患莱姆病。这是她自我诊断的结果，因为她夏天时回到老家度假，而那个地区则是辟虱猖獗之地。

如果不是莱姆病的话，那又怎么解释她老感到恶心、疼痛呢——还有幻视的问题。这是她唯一可以拿来解释自己症状的方式啊。她会在一瞬间看到某物，然后又看不到了。家里的钥匙明明就是放在前门旁边的小桃花心木桌上头，却会突然不见了。她很确定有一条项链她是放在梳妆台上，但也消失了。她是快要发疯了吗？这种病会不会是早发性痴呆的前兆？

医生检查不出所以然来，她的验血结果全都正常。他认为她有可能只是感染到某种不严重的病毒，他说病毒最终自然都会消失，而且也许她只是过度劳累吧。这话还真是惹恼了她。她成天都无所事事，怎么可能劳累呢？她已不再画画，她没有工作，而拜她成功的双亲所赐，她其实也不需要工作。她整天就是躺在沙发上阅读侦探和惊悚小说。当她把医生的结论告诉葛里哥莱时，他好高兴：你瞧，亲爱的，你根本就没事啊。只是小毛病而已。

茶壶底下塞了另一张字条：把这喝掉！爱你的葛里哥莱。

葆拉打开壶盖，看看里头的茶：是浓浊的褐色。牛蒡根，天知道这是什么玩意儿，不过茶包上是这么说的。打从她得病以后，葛里哥莱就常带些自然疗法推荐的各种难喝的茶回来给她，另外就是一些混合了羽衣甘蓝、豆腐以及维他命和各种矿物质的饮料了，不过葆拉可不打算喝下这么难看又难喝的茶，更何况茶又已经凉了。

她正打算整壶倒掉时，脑里却出现了贴心的葛里哥莱，他对她是如此的关爱，而且他老会带着长者的严厉眼神看着她——就跟她常在她父母脸上看到的表情一样。

她为自己倒了一杯来喝。

尝起来有点苦辣。两小口就已经很够了，不过她会跟葛里哥莱说，她是整壶都喝光了。

没多久之后，她发作了：视线有点模糊，整个房间开始旋转起来。

葆拉缓缓坐上椅子，等待发作期过去——如果这只是一时发作的话。结果也真的就过去了，只是她的头却开始阵阵作痛起来。

她深吸了口气，然后再啜几口茶，她的手一直在抖，她差点就把茶泼洒掉了。

我到底是怎么回事啊？

她该打电话给西维斯罕医生，再约一次诊吗？或者也许该跟她原本的家庭医生联络？不过，她已经做过所有的检查了。如果状况严重的话，早该发现了吧？

难道全是她的幻想吗？

果真如此的话，原因会是什么？她这辈子从来没有这么快乐过，因为她已成了葛里哥莱的妻子，他就爱她本然的样子，而不是将她理想化以后爱上虚幻的影子。

她又啜了一口茶。葛里哥莱好体贴啊，他走前还特地为她泡茶呢。

她不想在他工作的时候打扰他，不过手机就在她手里，而她也已经按下了自动拨号键。铃声正在响呢。葆拉将手机贴上耳旁，等着听到丈夫的声音。她需要他的安抚。

语音信箱。

他作画的时候，通常都会把话筒拿开。

"我只是想跟你打声招呼。"葆拉说，她装出轻松愉快的语调。她不想让他听到她的沮丧，她的需要。"也没什么事啦。我知道你在工作，所以不用回电给我了。晚上见啦。爱你。"

她关上手机，手还在抖，不过就算只是听到葛里哥莱的电话语音，她的心情就稍微好一点了，也有力气在上楼之后，拐个弯走到工作室。她已经好几个月没进来了，也许是该动手作画了。总得找个什么让自己分心，让自己有点成就感的事吧。

头一眼看去，工作室感觉上还是跟以前一样整洁，不过细看之后，她发现有好几个崭新的颜料管都露出凹陷处，像是曾被挤压过，有一管甚至盖套周围都渗出颜料来了，而其他几管的标签都破了。

葆拉将渗出颜料那管的盖套转紧了。一定是她哪一回拿来把玩造成的，不过她已毫无记忆。

她再一次担心起自己的记性、自己的神智，不过她马上就撇开这个情绪，小心翼翼地将各色油画颜料按照分色图的顺序一一排好：先是黄色系，然后橘色系，接下来是紫色和蓝色系，最后则是各种层次的黑与白。这样劳动的同时，她的心静下来了，而且她对成果也相当满意。之后，她又开始动手排列起色粉，这才发现其中好几条色粉的包覆纸套都撕破了，而且有几条看来有点老旧，顶端也碎裂了。这点还真叫人惊讶。她很确定自己根本就没用过啊。有吗？天哪，她还真是想不起来。

在油画颜料下头的那个架子上，摆放了好些没用过的装着溶剂的瓶瓶罐罐，其中一个的手把上头，沾上了像是蓝色颜料的东西。她将那瓶子拿起来仔细一看，这才发现那上头印了指纹。她的指纹吗？她是什么时候碰过这东西？而且这个瓶子的盖子也是松的，她真的完全想不起自己曾经将它打开来过。

一想到自己有可能神志不清，她就觉得好累。要不就是该倒过来看吧：是因为太累，所以记忆才会受损？不管从什么角度想，她都已经受够了。

她回到卧房，一头倒在床上，伸手拿起床头柜上新买的犯罪小说来看。才读了几页，她的眼睛就快闭上了，但她拒绝对疲倦投降，她坐直身，套了件开司米羊毛衣以及一条毛长裤。她如果出门呼吸一点新鲜空气的话，应该就没问题了。她，套上靴子，往脖子圈上一条围巾，然后穿上冬天的长外套走下楼去。

走到外头，只见她自家的窗户点缀着白霜，而小径上则是一片片的雪与冰，煤气灯下挂着冰柱——这灯是他们争取了好几个月以后，市政府才派人装上的。这是葛里哥莱的突发奇想，他觉得煤气灯有种浪漫的古味，而葆拉也全力支持他的想法。

她一挥手，将精雕的铁铸灯下的冰柱打掉。她看着它掉到地上，如同玻璃般碎成片片。

而她也就是在这个时候，注意到煤气灯往阴暗的人行道上打出了黑影。她回头看着自己的房子——也是阴暗的；然后又看着她家隔壁的几栋房子——也是阴黑的，而且他们的窗户还闪着金黄色的光。

怎么可能呢？

她抬头看着明亮的蓝天上的朵朵白云。

她打了个寒战，闭上眼睛数到十。等她睁开眼睛时，一切都没有变：房子还是阴暗的，天空仍是亮蓝，而煤气灯则在发光。

她看了看表：早上十点十六分。

在她的脚底下，雪融成了水滩——如同定格电影里头的影像一般。一会儿之后，水滩又凝固成了冰。

葆拉打了个抖，紧紧拉住自己的外套，阖上眼睛，然后再一次数起数来。

这一回，当她睁开眼睛以后，一切又恢复了正常：房屋和蓝天一般明亮，一片片积雪如同泡沫般堆在她靴子的周遭。她放眼一看，四处都是阳光，这是个明亮的冬日早晨。

葆拉的头又开始晕眩了，而她胃部深处则泛起不舒服的感觉，像是随时都要呕吐。

她立刻冲回家里，砰地关上前门，整个背贴在门上，想要稳住呼吸。她像是刚跑了一段好长的距离，而不只是几码的路而已。

我到底是怎么了？

恶心感以及气喘的状况都退去之后，她拿起笔记本电脑，上了 Google 输入她的症状：头晕、头痛、恶心、幻视。有太多太多可能了，从贫血到高血压、中耳炎到心血管疾病，还有糖尿病跟焦虑症，然而这些病症应该都是她早先做的检查会发现的啊。

焦虑：就是这个了！她一直都是神经紧张、焦虑，而且很容易担心。

她可以请医生开些抗焦虑的药物，然后就会没事的。简单至极。

她怎么一直都没想到呢？她已经觉得好多了。

她正要打电话给葛里哥莱，跟他说出自己最新的诊断时，她瞥了瞥计算机屏幕，发现头晕和幻视还有另外一个可能的原因：中毒。

她扫读了相关信息以后，发现毒的来源也有许多可能性，而她最熟悉的一种便是有毒的绘画用具。她一页页看下去，发现了含有重金属的颜料清单，以及会释放出挥发性有机化合物的溶剂以及亮光漆（毒性类似加热后的塑料、树脂所释放出的有毒烟雾），而喷雾定色液和黏胶也是危险物质。

接下去则是一长串毒性最强的颜料名称：钡黄、生赭、镉红。另外还有铬绿以及普鲁士蓝、锰紫、拿波里黄以及朱红色。当她看到钴蓝以及铅白时，开始深思起来。

葆拉先前念艺术学校时，就知道铅白色有毒——大家都选用没有毒性的钛白色。只是除了铅白和镉色以外，她一直都不知道

其他颜料也有危险，尤其是钴蓝。

不过对于毒物，她其实并不陌生，对吧？她脑子的底层有个什么就像是没洗好的底片一样，她无法解读。

到底是什么呢？

在这一长串有毒颜料的下头，她读到了警告：吸入或者食用其中任何一样，就算是分量很小，都会导致头晕、头痛、恶心，而且在某些人身上，也会带来幻视。此外，如果是大剂量的话，则有可能致命。

葆拉的手指在键盘上发抖。她会不会是于无意间，经由艺术用品而毒到了自己呢？然而这可说不通吧？她已经好多年都没画画了。

然后，有个念头就像一抹水彩般涂上她的心灵之眼。葛里哥莱每天都作画的，他会使用油画颜料以及溶剂，而且他每次回家时，全身都是松节油的味道。手指则沾了颜色，镉红——这他拒绝放弃（"这种红是无可取代的"）；另外便是钴蓝了——这是他作画的必备色彩。此外，葛里哥莱也会自己调色，他通常都用臼和杵将未加工的颜料混入亚麻籽油磨碎来用。她父亲偶尔也会这么做，因为"唯有亲手研磨出来的色彩，才能表达出那种特殊的丰润"——虽然他也知道，吸入颜料，或者手指沾上颜料（它们可以被皮肤吸收而进入体内），对健康的危害很大。她的母亲也一样，她于使用粉彩时，就是不肯戴上口罩，然而以粉彩作画时，其实很容易就会吸入飘散到空中的有毒粉末的。她的父母好像都觉得，弄脏的手以及沾满颜料的衣服就是一个艺术家的正宗标记，而葛里哥莱显然也跟他们一样，抱持着同样错误的想法。

她难道是吸入了从他的衣服散发出来的溶剂气体吗？要不就是亲吻他的手指时吮入了有毒颜料吧。

她觉得是有可能，但那种毒性应该还不至于让她生病吧？而且是病成这样。

葆拉往后靠坐，脑子里又浮现了另外一套想法以及影像：葛里哥莱每天为她准备的茶和饮料，它们的味道好怪，又苦，而且喝下之后她就开始头疼头晕。

但这是不可能的啊。

葛里哥莱很爱她的。

他真是爱她吗？

她再一次看到了，不是看到影像，而是看到了一个无情的事实：一名英俊的年轻男子为了钱而娶她。他在她身上还能看到什么呢？她一无所成，既不漂亮也不聪明，她就只是毫无名气的葆拉，既枯燥又无聊。她只有一个优点——有钱得很。

两人初次相遇时，葛里哥莱等于是一无所有：住在下东区的公寓，在一家画廊里兼差，为他们制作壁画；没有遗产，没有前途，他身为画家的前景有可能永远不会实现。毕竟，无法靠作画维生的人多的是。

不过她奋力打退了这个想法。应该是她读了太多犯罪小说，想太多了吧。

葛里哥莱确实是关心她。他需要她，他很宠她。

然而这个念头很快就变质了。他是需要她没错：为的是他崭新的工作室还有她美丽的棕石建筑，为的是所有在他成为她的丈夫之后，可以享受到的好处。他们并没有定下婚前协议，因为当时她并不想羞辱他，她不希望玷污两人的爱。

玷污（taint）。

这个词在她的眼前飞舞着，一个个字母幻化成液状的水流，滴入一杯杯茶里头，渗入饮料当中，然后变形为抽象的罗夏墨渍[2]，然后又变成蜷曲的蛇，而最后则是幻化为葛里哥莱那张英俊

2　罗夏墨渍：罗夏墨渍测验是一种利用墨迹图片来测出一个人个性特质的心理测验。

The Empire of Light

by Rene Magritte, 1953–1954
Oil on canvas, 76$\frac{15}{16}$×51$\frac{5}{8}$ in. (195.4×131.2 cm.).
The Solomon R. Guggenheim Foundation
Peggy Guggenheim Collection, Venice, 1976,
c 2017 C. Herscovici / Artists Rights Society(ARS), New York.

的脸：不怀好意飞斜着眼。

不。

葆拉摇摇头，拒绝这个想法。房间旋转起来，她的脑袋昏糊了。然而等她恢复神智以后，这个念头却还在，而且她知道自己想得没错：葛里哥莱确实是打算杀掉她。

这就跟那部英格丽·褒曼和查尔斯·博耶主演的经典黑白片一样了：先生为了拿到妻子的钱，想尽办法要把她给逼疯。片名叫什么呢？葆拉想了一下，嗯想起来了：《煤气灯下》。就是那部电影。

葆拉站起身来，她的平衡还是有点问题，不过她的脑袋已经很清楚了，而且她已下定决心。她想起了在她工作室里那几条凹陷的颜料管跟破败的色粉，还有那罐沾上了蓝色指纹的溶剂。要在她的茶里头添些溶剂，或在她的饮料里头加点色粉末，实在是太容易了。

完美的计划：用她自己的画材毒死她。他挺聪明的，不会用到他自己的。

她在房间里来回踱着步，两只手紧紧握成拳头贴在两侧。她这一向也实在太笨、太虚荣，太信任人了吧。她将眼泪抹下脸颊，这才发现自己哭过了。不过她可不能让自己继续悲伤下去。

不。她打算报复。

而且她也知道该怎么进行。

她将以其人之道还治其人之身，而且她的技巧会更高明。她不会在他的食物里撒下有毒的钴蓝颜料，也不会在他的饮料里注入溶剂。那太花时间了。但这倒也不是因为她急于收到成效。她是可以慢慢来的，她需要的是靠得住的手法，必得万无一失才行。

葆拉已经好多年没有下来这里了，这地方老让她觉得心里毛毛的，光秃秃的灯泡在一条链子底下晃来晃去，投出诡异的阴影，老是渗水的墙面透出绿色的霉斑，另外就是油炉发出的低吼声了。这间地下室除了各种不同的修理工人来过以外，很少有人进来。葆拉总是站在楼梯顶端，一手搭在门把上准备逃离，一边叫道："底下都还好吗？"然后便跑掉，等着他们修理完毕。她的父亲一直说要把这地方好好整顿一番，他打算找人清掉霉斑、油漆墙壁，并添上合适的灯具，却一直没有实现承诺，因为他老是忙着作画、开展、和经纪商以及收藏家聚会。而她的母亲也是一样。

她大半时间都是独自过活的，对吧？

打从婴儿期开始，然后是学步期，她一直都有个女佣——就跟曼哈顿某种特定阶级人家的小孩一样。那是个高大的德国女人，不苟言笑，两眼距离好近看起来好严肃，而且手上老是拿把梳子，意思是要随时准备惩罚吧。她是从慕尼黑移民来到美国的，虽然德国有个家，但在这里没有半个亲人，有一天她连个纸条也没留下便不见了。她的父母相当惊讶，不过葆拉却是泰然自若。当时七岁的她觉得自己完全不需要别人照顾。德国女人之后，又来了个女佣，这是她父母坚持要雇来的，不过她没撑多久，才几个星期而已，如同蜻蜓点水。那之后，她的父母决定要让葆拉直接到他俩个别使用的工作室去，而葆拉也轮流去了几次，不过她还是比较喜欢独自待在偌大的棕石建筑里头。没多久后，她的父母也只有顺她的意了。他俩都忙于工作，实在没有时间管她。

葆拉戴上了乳胶手套，走下通往地下室的楼阶，她穿过潮湿的水泥地，走向暗黑角落里的那个金属柜时，滴水的声音发出回响。她的父亲在那柜子里收纳了他很少用到的老式绘画材料：威尼斯松节油、一管管不太稳定的色淀染料、上釉用的石蜡，以及一些不能接触热气的材料。

地上有好几只死老鼠，干缩了的死物。葆拉踏过它们身上时，屏住呼吸。她打开柜门时，金属铰链发出嘎吱的声响，她推开一块块石蜡以及许多瓶瓶罐罐和一管管颜料时，忍不住发起抖来。纸盒子仍然藏在最里头，包在厚实的塑料套里——就跟她记忆中一样。

到了厨房，葆拉将盒子放到水槽底下，就搁在一盒铁丝刷以及一瓶彗星清洁剂后头。先前（几天以前吧）那个没有发展成形的影像突然掠过她的脑海，不过这回她看到全貌了——因为原先的缺角已经补齐了。许久以前，她曾经连续好几年都是天天看到那个影像，不过之后它便消失了。而现在，它又回来了。

葆拉闭上眼睛，然而那个影像却在她的脑子里挥之不去，如同噩梦一般，等着她承认说它是真实无误的。她点个头，仿佛是在说：好吧，我看到了，我知道了，我想起来了——但这又怎样呢？

她已经不再喝葛里哥莱为她准备的饮料了，而且他泡的茶这几个星期来她都倒进水槽冲掉。她确实是觉得好多了，比较有元气。葛里哥莱好像很高兴，不过她知道他只是在演戏。

今晚她就要为他准备他最爱的勃艮第炖牛肉了。她会把洋葱和蘑菇切碎，烫好培根，然后将切成丁的里脊肉烧炙备用。她会以牛肉汤汁拌上玉米粉来做成蘸酱。

取自地下室的盒子已经摆到料理台上。她戴上手套，找到她的祖母在她婴儿期时送给她的一根迷你银汤匙，并将汤匙插入那一盒如同盐巴的结晶体。有近一半的结晶体都被她摇回盒子里，她其实只需要一点点就好。她将结晶体混入炖肉里头。

颗粒很快就融化了。没有颜色，没有气味，尝不出味道。而且这物也不会改变任何食物或者饮料的质地，所以它才会有个相当知名的封号：毒中之毒。

"哇，"葛里哥莱说，"味道好棒。可是你真的不该这么费力准备的，甜心。"

"动一动对我也有好处啊，"葆拉说，"而且我很喜欢看到你快乐的模样。"她往后靠坐，看着他吃下两大堆炖肉，而她却只是嚼了几口生菜色拉而已。她说她还是没胃口。

她做的炖肉分量多到可以吃两个晚上，所以第二天的晚餐葛里哥莱又是高高兴兴地大快朵颐。

一个星期以后，他俩依偎在床上一起观赏《法律与秩序》的回放影集时，他抱怨说头好痛，而他站起来以后，却是一个不稳，得赶紧抓住床头板才行。

"天呐，"他说，"我头好昏。"

"也许是因为刚才喝了两杯酒吧。"她说。

"可是我晚餐一直都习惯喝两杯啊。"

葆拉停了三天没动手，之后才又往那昂贵的拉菲·罗斯柴尔德红酒（Lafite Rothschild）添上一些小白片。这酒她没办法喝实在是太可惜了，不过她知道葛里哥莱一定无法抗拒。到了厨房，她拿起另一瓶酒（很普通的 Merlot）为自己倒一杯，然后又倒了些拉菲红酒到水槽里，假装自己的杯子装的也是拉菲酒。白白浪费好酒真是可惜，她想着，不过想要报复的话，牺牲是不可免的。

葛里哥莱还是照他的老习惯喝了两杯，然后又来个半杯。"好酒不喝太可惜了。"说着他便将酒喝下了。

葆拉觉得这个方法确实比较简单：不用费事烹饪，只消在葛里哥莱一定会喝的那瓶酒里，倒进一点白色结晶体就行了。微醺之际，他是会把头晕怪罪在酒上头，不过他还是会照喝不误。

大约一个星期以后，他抱怨说牙齿好痛，而当他让葆拉检视他指甲上头奇怪的白色斑点时，她表示这一定是他画画用的溶剂，或者那个"可怕的镉红颜料"造成的，要不就是因为他缺乏某种维他命，所以最好还是到健康食品店买些补品吧——这他立刻照办了。

不过一直要等他的头发开始脱落时，他才真的吓到了。"我把头发往后梳的时候，水槽和我的手里，全是头发！"

"太可笑了吧！"葆拉说，一边仔细地检视起他的头。她伸出手指梳理他的头发时，注意到了头发的稀薄处，还有自己指间的一绺绺头发。"男人到了你这年龄啊，难免都要掉发的。也许你可以去买那个叫什么来着的——你知道，那个叫罗根的生发剂试试看。大家都说很有效呢。"

葛里哥莱马上买了来，而且像是执行宗教仪式一般，早晚各一次将那泡沫抹进头皮里。葆拉在旁观看，心里几乎觉得有点不舍起来。

她知道这事不宜再拖。葛里哥莱几个星期前就看了医生——医生当然找不出问题——不过这会儿，他又打算再去看医生了。

葆拉知道这种作用缓慢的毒药其实很难察觉，而且由于非常少见，所以医生们很少会想到要检测它在人体内的存在。更何况，打从 20 世纪 70 年代中期以后，美国就开始禁用含有硫酸铊的老鼠药了。她猜想她父亲多年前把药买来，应该是想要控制住他们这栋棕石建筑地下室里的老鼠和偶尔出现的硕鼠吧，只是后来他却忘了这事。不过她可没忘。

她还记得自己找到毒药的那一天：她读了卷标，也去查了相关资料，得知这种药的功效。

葆拉已经好几天都没在食物和饮料里动手脚了，为的就是要在再次动手之前，让葛里哥莱感觉好些，让他误以为自己已经脱离了险境。之后，她便开始在奶油鱼汤以及晶莹剔透的丽丝玲白酒里添加了一点药粉，而当葛里哥莱餐后砰地倒在地上时，她便扶着他上床，然后打电话给医生。

"原来如此，"她说，手机贴在耳朵上头，"是正在流行的急性肠胃炎啊？可是他已经好好坏坏一阵子了呢……噢，那他应该是会复原吗，医生？不过等他体力好一点以后，我还是会带他去你那儿看诊的。"她的声音充满了对葛里哥莱的关心以及对医生的期待。她希望西维斯罕医生会记得她曾打过电话，记得她是多么的关心与焦虑——但又不至于过度焦虑。

是时候了。

她坚持要葛里哥莱喝下一壶茶，一杯接着一杯。

这下子便是呕吐和拉肚子了，真是不好受，然后葛里哥莱又开始抱怨说，他觉得自己的脚好像被火烧到了。

她立刻表示同情，并拿了个冰袋敷在他的脚上。

他有整整两天都是这种情况，不管是在床上或在床下。他得跛着脚走路，而且有一回几乎要哭出来了。她说如果情况恶化的话，她会打电话给911，不过她根本没有拨号。

看着他如此受苦，她觉得好难过。他强健的身体日益单薄消瘦，他的俊美也逐渐消逝。

然后她便跟他说了。她非说不可。她要让他知道她的所作所为，还有她的动机。他已回天乏术，因为药性已经发作，他绝无可能把她告诉他的话重复一遍。

"我知道你先前是想干吗，"她说，"你想拿颜料和溶剂毒死我呢。"

葛里哥莱挣扎着抬起头来，"什一什么？"声音嘶哑。

"你要的是我的房子，我的钱。我很清楚，葛里哥莱。我看到了证据，不过我已经胜过你了。"

"我一怎么可能？"他的声带紧缩，每个字都像玻璃碎片一样，卡在他的喉咙，不过他还是讲下去，跟她恳求，"我一爱你啊，葆拉。这是真的，你难道一还不清楚吗？"

　　　　　　　　　　　形与色的故事

"哈！"她大喝一声。

葛里哥莱想办法坐直了身。他吸了好几口气，"葆拉，你一是一对一我一做了什一什么吗？"

有那么一会儿，那张没洗好的底片又回到她的脑子里了，这会儿则是清晰可见，而且连他吐出的话语也是那么熟悉。

"你先前想要害死我，"她说，"所以我才会要害死你。这才公平吧。"

"你一你疯了！"他厉声说道。

"我？疯了？我吗？"

葆拉心里有个什么啪地爆开，她的眼前冒出了点点金星，她的手臂上上下下刺痒起来，像是有蚂蚁在爬。她倾身凑向他的脸，尖声嘶叫道："疯的是你啦！是你！不是我！"她脑海里的影像炙烧起来，有好几个字词在她的脑子里砰砰锤打着：意外、失败、无用。她伸出如同爪子的手，凑近他的脖子，她简直是怒不可遏，整个身体都在抖。然后她又止住了手，深深吸进一口气，然后再一口。没必要这样吵啊闹的搞得好难看，毕竟事情很快就要结束了。

葛里哥莱只是愣眼看着她，他的脸好憔悴，眼睛湿湿黏黏的，"你一怎么一竟然一会一以为我有可能一想要……伤害你啊？"然后他的身子便猛个一震，抽搐起来，他的头往后倒在枕头上，嘴巴扭曲着，一抹细长的黏稠口水淌到了他的下巴。

他的心脏开始衰竭以后，葆拉几乎是得到了解脱。看着自己曾经那么深爱、曾经俊美的葛里哥莱在受苦，她其实也不好过——虽然明明知道他做了什么，知道他想做什么。

等紧急救护人员赶到，并宣布他死亡以后，她是真真切切地流下了眼泪，两手绞缠起来——直到救护车离开现场。然后她便将屋里的毒药清干净，她丢掉了所有葛里哥莱曾经用过的餐盘、玻璃杯、马克杯，还有其他器具，然后将他的床单清洗干净，并丢掉了她曾用来涂抹他的呕吐物的毛巾。

法兰克·坎贝尔殡仪馆打从 18 世纪后期便开始为本城服务了。他们服务的对象包括了知名的默片演员鲁道夫·范伦铁诺以及葛丽泰·嘉宝，还有前纽约州州长马力欧·古莫，以及最近才自杀身亡的演员飞利浦·西摩·霍夫曼，以及遭人枪杀的饶舌歌手"声名狼藉先生"（The Notorious B.I.G）。这些名人都是在此得到死后的殊荣。

葆拉认为葛里哥莱也应该风风光光地离开这个世界，所以殡仪馆里的小教堂自然是塞满了各色花朵，并放置了一张他俩的放大结婚照：葆拉看起来虽然平庸，但显得相当幸福，而帅气的葛里哥莱则是笑容满面。照片的四周装饰着盛开的剑兰，就放在宽大的入口处，欢迎各位嘉宾进场。

葆拉的脸扑了许多白粉，这在她名家设计的黑色礼服衬托之下——昂贵且颇为合宜的简约礼服——看来和月亮一样苍白。她戴着毫无瑕疵的寡妇面具，眼泪很自然地流了下来。无论如何，她是真的爱过葛里哥莱，而且她发现大家对她表达致哀之意的时候，点头吸鼻子的动作她都可以轻易做到，简直都能获颁奥斯卡金像奖了。早知如此，当初就应该选择当演员的，而不是苦苦追在自己的艺术家父母后头想跟他们竞争。

接待会后来移到她家里继续进行，棕石建筑里摆设的花花朵朵绝对不亚于殡仪馆。另外还有一盘盘精致的点心供宾客取用，也有身穿燕尾服的酒保捧着昂贵的白酒和沛绿雅矿泉水在厅里穿梭。

她已雇请专业人员清过家里了，不过空气中还是飘浮着那么一点点消毒药水的味道。

葆拉看到嫉羡过自己的友人时，颇感安慰。她们一直都无法相信，像她这样的人怎么有可能找到葛里哥莱这般优质的老公，大家都为她感到难过与不平。亲戚们则是摇着头，告诉她说，这是她生命里第三次得勇敢面对死亡了。

而看到棉花糖头发的男人时，她倒是没有太过惊诧，毕竟他也为葛里哥莱看过好几年的诊了。

"真是不幸。"年长的医生说道，他抓着她的手紧紧握住，"好难接受啊。葛里哥莱是那么优秀的年轻人，才华横溢，人又那么好。"他顿了一下，"听说他是得了病毒性脑炎，对吧？"

葆拉悲伤地点点头。她知道铊中毒的症状和这种病非常类似，而且如果没有使用特殊且精密的实验室仪器来测试的话，这种毒根本就无法检测出来。不过就算如此，她可不想冒什么风险。她不打算进行解剖，而且她也已经预约好时间，明天就要将葛里哥莱的尸体火化了。

"真是太不幸了，"西维斯罕医生说道，一边摇着头，"要是你打电话的时候，我立刻赶来就好了。"

葆拉也摇起头来，"当时你也不知道状况啊。谁会想到有那么严重呢？别再怪罪自己了"。

"唉，"他说，"只是他实在太年轻了，又是那么优秀，大好的前程就摆在眼前，而且他真的好爱你呢，葆拉，这是他上一回看诊的时候跟我说的——才几个星期以前。"

葆拉很想对着老医生尖声大吼：那全是狗屁啦——他根本就是想害死我！——不过她还是保持镇静。"是吗？"她的话语轻柔，但在这同时，有一段回忆却如同影片一般，在她脑子的深处放映起来：圣诞假期，她上寄宿学校的最后一年。当时她带了一幅画回家，那是她在艺术课里画好的——她花了不知多少个星期，耗费许多心力才完成的，为的就是要取悦她才华过人的父母。那是她的心血结晶，她最好的作品。她这会儿看到它了——那画就贴靠在她母亲那个大工作室的墙面上，母亲先是凑上前去，然后又往后退一步，一边摸着下巴，摆出一副深思的模样。

"很好啊，葆拉。"她说，声音里有那么一丝丝惊讶之意。

哇，葆拉觉得好骄傲啊。

然后她的母亲又凑上前去："不过这里，还有这里，"她指着葆拉画作上的某些区块，"是有点改进的空间。"

"怎么说呢？"葆拉问道，虽然她其实是想大声叫骂、怒吼，诅咒她的母亲。不过母亲此时已经拿起一支画笔，沾上调色盘在调色了。

"这个区块，"她的母亲说道，"你看，这儿还需要更多颜色，"一边说着，她已经往画布上抹了一笔，"还有这里——"她停下手，拿起另一支画笔，在调色盘的一方颜料上抹了抹，然后便往葆拉那幅画的另一个区块按压上去。

"你看是不是好多了？"

葆拉微乎其微地点了个头。

母亲一次又一次地调和起不同的颜色，然后往画布上抹去，她专心修改，根本就忘了葆拉的存在。葆拉在她的身旁萎缩而去。到了最后，原本的画已经有一半都不见了——被覆盖在一层潮湿的颜料底下。

"大功告成！"她的母亲宣告道。

葆拉勉强挤出笑容，然后便拾掇起自己的画——潮湿的颜料濡上了她的手指。她将画带回自己的房间，放进衣柜，猛力将柜门关上。以后她再也不会拿自己的作品给母亲看了。

不过几个星期以后，葆拉学年结束回到家时，发现这幅放置在衣柜里的画，竟然和当初完工时一模一样，完全看不见母亲加工的痕迹。

但这怎么可能呢？

葆拉将画举起来，凑上脸就近观察，她一寸一寸仔细地检查，却完全看不到颜料被刮除的痕迹，也看不到任何加工的迹象。这幅画就跟她当初在寄宿学校画好的时候一样，完全没有改变。

葆拉觉得不可思议，而且也想不出到底是怎么回事，不过这件怪事不管是在当时，或是现在，其实都已经无关紧要了。

"嗯，没错，"医生正在说，而葆拉则是一头雾水，"你说什么？"

"我是在说，葛里哥莱啊，他还真是爱你。"

有那么一会儿，葆拉抑不住心里的悲伤与悔恨。

"你的母亲当初也是这样死的，对吧？"医生说，"什么？"葆拉不敢相信自己的耳朵。"应该是吧，"她说，勉强压下心中的恐慌。"发生当时，我人是在寄宿学校。"

"原来如此。还有你父亲的死，就在你母亲过世之后几个月呢。对你来说，一定是很大的打击吧。"他捏住她的手。

葆拉没有马上响应，她逼着自己抬起眼睛来。"是的，"她说，"我好崇拜我的父母。"

"好一对才华横溢的夫妻。"西维斯罕说道。

葆拉的叔叔就站在离他俩不远之处，而这会儿他则是凑了过来——这人有志于成为作家，目前他是在某一所中学教书维生，不过葆拉跟他一点也不熟。

"安东心脏衰竭的原因，他们一直无法确定。真不知道妈的他们怎么那么快就把他埋进土里。四十九岁就死了呢，老天在上。"

葆拉朝男人肃穆地点个头，然后便扭头看着西维斯罕医生——他正在说："我看到尸体了。"

"我父亲的尸体吗？"葆拉问道。

"不，我说的是葛里哥莱。由于多年来都是我在帮他看诊，验尸官基于礼貌就打电话通知了我——何况我跟他又是医学院的老朋友了。"

"哦？"葆拉把自己的手从年长医生稍嫌过大的握力中抽开。

"你不介意帮我招一辆出租车吧，"他问道。

"当然不介意。"她说，于是他便拉起她的手臂，两人缓缓地行走在逐渐稀少的吊丧人群之中（众人点着头，呢喃着致哀之词），走向大门，然后踏上街道。

"你读过阿加莎·克里斯蒂的小说吧？"走在路上时，医生这么问道，"噢，你当然读过了，我头一回在诊间看到你时，你就说过了吧。她是你很年轻的时候，就非常偏爱的作家——你是这么说的，对吧？"

葆拉张开嘴，却要花点时间才能把话挤出来："是的。"

"那本克里斯蒂的书是叫什么来着的？你知道，那里头提到：大家原本以为死因是中蛊，但后来才发现其实是中毒。"

葆拉耸耸肩，心神有点慌乱，她朝着一辆驶过来的出租车招起手来。车子一旋，停在路沿上。

《灰马酒店》！"西维斯罕的指头啪响起来，"就是这本！你看过了没？"

"没有，"葆拉说，她的心脏扑扑乱跳，"应该没看过吧。"

"如果读过的话，你一定会记得的。嗯，也罢。"他抓住出租车的门把，然后又停了手，扭头面对她，"对了，我希望你不介意，不过我已经擅做主张，延迟了葛里哥莱火化的时间——顶多只要再等一天就行了。"

"但——这是为什么呢？"葆拉抬起了眼睛，然后又往下看——她得避开医生的眼睛。而当她回头看着屋子的时候，发现它已突然暗了下去，人行道也是，不过天空还是亮的。

"你还好吗？"医生问道。

"嗯——还好。"她说，她的眼睛从明灿的天空倏地飘向暗去的屋子，然后又回到天空。

"葛里哥莱的指甲看起来有点怪，"医生说，"也许没什么吧，不过化学合成物通常都会集结在指甲里头——这点在一般的检验程序里，往往会给忽略掉。"

形与色的故事

葆拉的脑子登时大乱，她努力地思考起来。"噢，那应该是作画造成的吧，"她说，"我跟他提醒了不知多少次，可是葛里哥莱就是坚持要使用有毒性的颜料，像镉红啦，还有钴蓝。"

"真的吗？"西维斯罕说道，"嗯，那些倒是也可以做检测啦，不过除非葛里哥莱把一整条颜料都吞下去，要不应该是不会有致命的危险。不对，跟那应该没关系的。"

他停了口，搔搔脑袋，"验尸官目前是在进行我安排要做的检测。"

葆拉抬头看着穿过明亮天空的朵朵白云，然后望向她那栋棕石建筑前面的煤气灯。那灯在黑暗里发出的光芒，好像比先前更为炽烈了。